CHRI

Originaire du nord de   , Cévenol d'adoption et de cœur depuis plus de quarante ans, Christian Laborie a été professeur d'histoire-géographie. Auteur de plus d'une vingtaine de romans ayant le plus souvent les Cévennes comme cadre, il a notamment publié *Les Rives blanches*, puis la grande saga de la famille Rochefort, qui comprend *Les Rochefort*, *L'Enfant rebelle*, *Le Goût du soleil*, *La Promesse à Élise* et *L'Héritier du secret*. Tous ont paru aux Presses de la Cité. *Les Enfants de Val Fleuri* a paru en 2020 chez le même éditeur. Son nouveau roman, *Les Fiancés de l'été*, est le premier tome d'une nouvelle saga et paraît aux Presses de la Cité en 2021.

LES ENFANTS DE VAL FLEURI

ÉGALEMENT CHEZ POCKET

Les Rochefort
L'Enfant rebelle
Le Goût du soleil
La Promesse à Élise
L'Héritier du secret
Les Rives blanches
Dans les yeux d'Ana
Les Enfants de Val Fleuri

CHRISTIAN LABORIE

LES ENFANTS
DE VAL FLEURI

L'éditeur de cet ouvrage s'engage dans une démarche de certification FSC® qui contribue à la préservation des forêts pour les générations futures.

Pour en savoir plus :
www.editis.com/engagement-rse/

Le Code de la propriété intellectuelle n'autorisant, aux termes de l'article L. 122-5, 2° et 3° a, d'une part, que les « copies ou reproductions strictement réservées à l'usage privé du copiste et non destinées à une utilisation collective » et, d'autre part, que les analyses et les courtes citations dans un but d'exemple et d'illustration, « toute représentation ou reproduction intégrale ou partielle faite sans le consentement de l'auteur ou de ses ayants droit ou ayants cause est illicite » (art. L. 122-4).
Cette représentation ou reproduction, par quelque procédé que ce soit, constituerait donc une contrefaçon, sanctionnée par les articles L. 335-2 et suivants du Code de la propriété intellectuelle.

© Presses de la Cité, un département place des éditeurs 2019 et 2020,
pour la présente édition
ISBN : 978-2-266-31618-7
Dépôt légal : septembre 2021

Avertissement

Ce roman est une fiction. Si l'auteur a pris quelques libertés avec la géographie, certains événements et les quelques personnages ayant vécu à l'époque et qu'il a mis en scène, les faits auxquels il se réfère ont été transcrits avec la volonté de rester fidèle au contexte historique.

Première partie

DAMIEN ET MARION

1

Incendie

Anduze, 1932

Une chape de plomb avait brutalement recouvert les collines. Dans les lointains, une barre de nuages chapeautait la montagne, menaçante, réduisant la visibilité à néant, progressant comme un cheval au galop. Le ciel s'apprêtait à se déverser sur les sommets et dans les vallées. Les vieux Cévenols avaient l'habitude de ces sautes d'humeur du temps. Lorsque l'automne chassait l'été dans ses derniers retranchements, ils percevaient mieux que personne le danger couru par les imprévoyants qui se risquaient seuls sur les drailles ou sur les chemins escarpés. Nombreux étaient ceux qui avaient parfois exposé leur vie en s'aventurant sur les crêtes du Lozère ou sur les pentes de l'Aigoual, sous l'orage ou une violente tempête de vent du sud. Quand les Cévennes barraient la route aux dépressions engendrées par la Méditerranée, le déluge était à craindre. Les gardonnades, ces énormes crues du Gardon, avaient laissé dans la mémoire des hommes des souvenirs impérissables.

Aussi Amélie Chassagne avait-elle défendu à sa fille de sortir.

— Ne pars pas encore par monts et par vaux. Va plutôt seconder ton père. Il a besoin d'aide.

Mais Marion n'avait qu'une idée : retrouver son ami Damien dans les vignes pour échapper ensemble à leur quotidien. Elle ne répondit pas à sa mère et s'éclipsa avant qu'il ne soit trop tard.

— Où est-elle ? maugréa Amélie. Elle n'en fait qu'à sa tête, cette gamine !

Robert, son mari, n'avait pas entendu arriver l'orage. Enfermé dans sa bergerie avec ses bêtes, il surveillait une malheureuse qui ne parvenait pas à mettre bas. A cette heure tardive de l'après-midi, Marion avait l'habitude de le rejoindre pour traire les chèvres. Tant qu'elle n'avait pas repris l'école, la fillette, âgée de onze ans, aidait ses parents à la ferme. Les vendanges commenceraient bientôt, elle leur donnerait également la main en se mêlant à une *cole*, une équipe de vendangeurs, comme la plupart des enfants des familles paysannes des villages alentour.

Les Chassagne exploitaient les terres du domaine de Val Fleuri, l'une des propriétés des Beauvallon. Irène de Beauvallon en avait hérité à son mariage, une douzaine d'années plus tôt, l'apportant dans sa dot à Philippe Ferrière, un riche fabricant de céramique de la ville d'Uzès. Robert Chassagne remplissait la tâche de régisseur et veillait principalement aux vignes, plusieurs dizaines d'hectares de bons cépages qui étaient la fierté de sa propriétaire.

— Elle va me faire devenir chèvre ! ronchonna de plus belle Amélie, sans réponse de sa fille. Où a-t-elle encore filé ?

Dehors, le vent redoublait, s'engouffrant dans le feuillage des arbres comme dans la voilure de navires en perdition. Elle sortit de son cantou où elle préparait la soupe du soir, se posta en haut de l'escalier, se tint à la rambarde.

— Marion, où es-tu ? Reviens. Ton père a besoin de toi.

La violence des bourrasques masquait sa voix.

Marion avait déjà disparu et n'entendait pas sa mère l'appeler.

Elle se dirigea tout droit vers une capitelle, au beau milieu de Terre rouge, une parcelle de vigne bordée de taillis et de bois de chêne vert, que les anciens avaient toujours dénommée ainsi sans que personne sache vraiment pourquoi.

Dans l'abri de berger, Damien l'attendait, anxieux de ne pas la voir arriver, comme chaque fois qu'ils s'y donnaient rendez-vous. Le jeune Ferrière était un garçon chétif, qui n'accusait pas ses douze ans. Ses grandes boucles blondes ondulaient autour de son visage et ensoleillaient son regard d'un bleu de porcelaine. Depuis sa tendre enfance, il ne manquait jamais une occasion de retrouver son amie Marion, dès que sa famille se rendait dans son manoir de Val Fleuri, le temps d'un week-end ou pour un plus long séjour à l'occasion des vacances de Noël, de Pâques ou d'été. Les deux enfants avaient pris l'habitude de jouer ensemble dans les vignes ou dans la garrigue environnante. Leurs parents les laissaient agir à leur guise et leur accordaient toute leur confiance. Seule Amélie Chassagne émettait quelques réserves aux fréquentations de sa fille, estimant qu'elle devait éviter toute familiarité avec le fils du maître.

La nature était leur meilleure complice. Ils allaient de découverte en découverte et rapportaient sans cesse chez eux des plantes inconnues, des insectes mystérieux, des cailloux de toutes sortes et de toutes couleurs, des morceaux de bois aux formes suggestives. Au printemps, ils s'enivraient des fragrances des fleurs sauvages, de l'odeur miellée des jeunes frondaisons. Ils s'égaraient avec joie dans la forêt où rôdaient les sangliers. Quand, à l'affût du moindre bruit, ils entendaient une branche sèche craquer sous le sabot d'un animal, ils se cachaient vite derrière un buisson, haletants, dans l'espoir d'apercevoir un chevreuil ou une biche. Damien affirmait avoir observé un soir d'automne, à l'époque du rut, un énorme cerf aux bois majestueux. Ils s'étaient toisés du regard comme par défi. Puis la bête s'était retirée, lentement, à travers le taillis, pour ne plus jamais réapparaître.

Philippe n'aimait pas que son fils erre sur ses terres sans l'avertir. Il craignait toujours de mauvaises rencontres.

— On ne sait jamais, prétextait-il. Par ces temps incertains, les vagabonds sont nombreux à sillonner routes et chemins.

— Il ne commet rien de répréhensible, plaidait Irène lorsque son mari s'inquiétait des escapades de son fils. Il apprécie la compagnie de la petite Marion. Ce ne sont que des enfants.

Les Ferrière avaient un second fils, Florian, né deux ans après Damien. Si l'aîné était le reflet de sa mère, par son tempérament doux et son physique plutôt frêle, le cadet était sans conteste le portrait de son père. Têtu, fonceur, un rien râleur, à dix ans, Florian ne laissait jamais le dernier mot à son frère lorsqu'ils se querellaient. Philippe reconnaissait, non sans amertume, que Florian serait, plus tard, plus susceptible de lui succéder à la tête de l'entreprise.

— Etre patron nécessite une force de caractère que je ne perçois pas chez Damien ! affirmait-il.

Chez les Ferrière, en effet, la transmission de la fabrique de céramique s'était toujours réalisée du père au fils aîné.

— La tradition risque de s'éteindre avec notre génération ! déplorait-il avant l'heure.

— Tu songes déjà à la retraite ! se moquait alors sa femme. Tu n'as que trente-sept ans, c'est un peu jeune pour y penser, non ?

— Un bon patron doit envisager l'avenir avec sérénité et le prévoir longtemps à l'avance. C'est ce que m'a inculqué mon malheureux père. S'il n'avait pas réfléchi à sa relève suffisamment tôt, je n'aurais pas été préparé à temps pour lui succéder. Et notre entreprise aurait couru un grave danger, celui de ne pas avoir à sa tête un chef parfaitement formé au moment voulu.

Philippe, aîné d'une nombreuse fratrie, avait été contraint de prendre la direction de la fabrique de céramique Ferrière dès l'âge de dix-huit ans, à la suite de la disparition prématurée d'Eugène Ferrière, mort dans un tragique accident de chasse en 1913.

— Remarque, cela m'a valu d'être exempté de la conscription en 14, quand la guerre a éclaté. Si mon père n'avait pas été tué en poursuivant le sanglier, c'est moi qui aurais peut-être perdu la vie au front ! Mais, chargé de famille et à la tête d'une grosse entreprise, j'ai évité le pire !

C'était là sa grande consolation. Non qu'il fût heureux, à l'époque, d'avoir échappé à la guerre, mais parce que cela lui avait permis d'assurer la prospérité de l'entreprise familiale dans une période où les faillites succédaient aux faillites à cause du départ et du non-retour des hommes.

— Comme l'on dit, un malheur sert toujours à quelque chose !

Irène n'appréciait pas le fatalisme de son mari. Avec les années, elle l'avait découvert sous un jour qu'elle ne lui connaissait pas au début de leur mariage. Quand ils s'étaient rencontrés, Philippe l'avait immédiatement séduite par son dynamisme, son envie de révolutionner le monde avec ses idées novatrices, son appétit de création dans le domaine où il excellait, la céramique de luxe. Il ne se montrait jamais résigné, ne courbait pas l'échine devant les difficultés, ne renonçait jamais. Or, depuis quelques années, il semblait éprouver de la lassitude, voire du désenchantement. Etait-ce parce que son fils Damien lui paraissait peu apte à lui succéder, parce qu'il décelait en lui un être trop faible, sans force de caractère ?

— Si Damien ne prend pas ta suite, son frère le remplacera. Ce n'est pas si grave qu'il ne soit pas l'aîné ! Où est le problème ?

Irène ne voulait pas entendre parler du caractère impulsif de son cadet. Pour elle, son enfant était comme tous les enfants de son âge, certes très colérique mais jamais au point de l'inquiéter.

— Quoi qu'il en soit, s'insurgeait-elle, il est encore trop tôt pour envisager l'avenir de nos fils.

— Je n'ai jamais insinué que Florian sera incapable de me succéder. Mais il faudra d'abord qu'il se tempère ! Je ne peux pas compter uniquement sur lui pour l'avenir de l'entreprise Ferrière. Or, Damien ne me semble pas capable d'assurer ma succession.

Irène refusait de discuter de tels sujets…

* * *

Quand Damien aperçut son amie, il lui sauta au cou. La pluie commençait à tomber.

— J'ai bien cru que tu ne viendrais pas, lui dit-il sans lui permettre de s'exprimer. Tu n'as pas craint l'orage ?

Marion était transie et haletait. Elle avait peine à reprendre sa respiration.

— J'ai froid, se plaignit-elle.

— Je vais allumer un feu avec de la paille et du bois mort.

— Non. On se ferait repérer.

— Que se passe-t-il ? De quoi as-tu peur ?

La petite fille s'assit à même le sol sur un lit d'herbe sèche, enserrant ses genoux dans ses bras.

— Tu peux m'expliquer ? insista Damien.

Marion grelottait, visiblement choquée.

— J'ai croisé quelqu'un de bizarre en chemin.

— Une mauvaise rencontre ! Qui donc ?

— Je n'ai pas distingué le visage de l'individu qui me poursuivait.

— C'était un garçon ? Un adulte ?

— Plutôt un jeune homme, car il paraissait très leste. Il avait une casquette rabattue sur les yeux.

— Es-tu sûre qu'il te menaçait ?

— En tout cas, il m'a suivie pendant un bon moment. Et j'ai eu beau accélérer le pas, il ne m'a pas lâchée d'une semelle.

Damien étreignit son amie puis lui frictionna le dos pour la réchauffer.

— Parles-en à ton père en rentrant.

— Pour qu'il me reproche d'être partie te rejoindre sans l'avertir !

— Jusqu'à présent, tes parents ne te l'ont jamais interdit !

— Oh ! ma mère me dit souvent que je ne devrais pas te fréquenter. Que ce n'est pas convenable.

— Mais pourquoi ? On ne fait rien de mal. Chez moi, je suis libre. On me permet de te rencontrer.

— Nous ne sommes pas du même monde, Damien. Ta mère est la propriétaire du domaine sur lequel ma famille travaille.

Jamais Damien n'avait ressenti cette différence sociale. Il comprenait d'autant moins que la remarque provenait de son amie qui, la première, aurait pu s'insurger si l'interdiction était venue de chez lui.

— Je ne saisis pas. Puisque mes parents ne trouvent aucune objection à ce que nous jouions ensemble, pourquoi les tiens s'y opposeraient-ils ? Tu te méprends à leur sujet.

Un fort grondement retentit au-dessus des collines. Des éclairs, tels des sabres d'acier, déchirèrent le ciel, illuminant l'horizon d'un feu aveuglant. Quelques secondes après, un violent coup de tonnerre suivi d'un jaillissement de lumière claqua comme un tir d'obus. La foudre s'abattit près d'une grange voisine. Celle-ci s'embrasa aussitôt.

— La remise de mon père ! s'écria Marion. Elle est remplie de matériel et de foin.

Elle sortit de l'abri, bravant la pluie et les éclairs qui ne cessaient de fuser de toutes parts.

— Je dois rentrer, poursuivit-elle. Mes parents ont peut-être besoin d'aide.

— Je t'accompagne.

Les deux enfants se précipitèrent en direction du Mas neuf, la ferme des Chassagne.

En chemin, ils croisèrent un individu qui ne semblait pas pressé de se mettre à l'abri. Il arborait une casquette en laine à carreaux beiges et marron. En levant les yeux vers lui, Marion s'arrêta net, paralysée de stupeur. Elle baissa le regard. L'homme s'était brutalement posté en travers de sa route.

— Où courez-vous si vite, les tourtereaux ? s'exclama l'inconnu. Vous avez des choses à vous reprocher ?

— Laissez-nous passer, répondit Damien sans perdre son sang-froid.

— Pas avant que vous me disiez où vous filez.

Marion tremblait de peur et ne parvenait pas à se contenir.

— Nous rentrons chez moi, répliqua Damien, au manoir de Val Fleuri. Mes parents nous y attendent.

— Au manoir de Val Fleuri ! Serais-tu le fils de la châtelaine ? Et toi, petite, qui es-tu ?

— C'est ma sœur, mentit Damien. Fichez-nous la paix. Il pleut à verse. Nous ne devons pas traîner.

L'homme paraissait douter de ses explications.

— Si tu es le fils de la châtelaine, qu'est-ce que tu fabriques avec cette gamine habillée comme une souillon ? Et tu affirmes qu'elle est ta sœur ! Tu te fous de moi.

Il se rapprocha des deux enfants. Reprit :

— Racontez-moi ce que vous avez vu à l'instant.

Damien ne comprenait pas ce que voulait l'individu.

— Faut vous faire un dessin ? éructa l'homme à la mine patibulaire.

— Mais… rien de spécial ! répondit Damien. Seulement la foudre qui s'est abattue sur la grange du Mas neuf.

— Et vous n'avez rencontré personne en chemin !

— Si, vous.

— Je te dis que non. Vous n'avez aperçu personne. T'as pigé ?

L'homme saisit Damien violemment par le bras et le secoua.

— Oui, oui. Personne. Promis.

— Si jamais tu causes, tu me retrouveras vite en face de toi. Et là, ce ne sera plus la même chanson. C'est clair ?

— J'ai compris, je me tairai. Maintenant, lâchez-moi.

L'inconnu continuait à le secouer.

— Arrêtez, vous lui faites mal ! s'écria Marion. Vous n'avez pas honte de vous en prendre à des enfants !

Sans ménagement, il repoussa Damien qui s'affala dans la boue.

Puis il disparut aussi rapidement qu'il avait surgi.

— Qui était-ce ? demanda Damien, en se relevant. Tu le connais ?

— Non, je ne l'ai jamais vu avant aujourd'hui. Mais je suis certaine que c'est l'homme qui m'a suivie quand je suis allée à ta rencontre. J'ignore ce qu'il voulait.

Sans s'attarder, les deux enfants regagnèrent le Mas neuf où Robert s'efforçait de contenir le feu qui ravageait sa grange. Il ne cessait de courir entre le puits et le brasier. Avec sa femme et deux de ses ouvriers agricoles, il tentait désespérément d'éteindre les flammes à grands coups de seaux d'eau dérisoires. Lorsqu'il aperçut sa fille en compagnie de Damien, il se retint de lui adresser des reproches.

— Où étais-tu ? se contenta-t-il de lui demander.

Puis, sans attendre sa réponse, il lui intima l'ordre de se joindre à la noria.

— Plus nous serons, plus nous aurons une chance de sauver les meubles.

— Je peux vous aider ? proposa aussitôt Damien.

Robert n'avait pas osé commander le fils du maître. S'il autorisait sa fille à jouer avec lui, en revanche il ne se serait jamais permis de lui donner un ordre ou de le réprimander.

— C'est pas de refus, petit. Tu es le bienvenu.

Bientôt des voisins accoururent. Mais le brasier était trop important pour espérer l'éteindre. Les flammes finirent leur œuvre inexorablement, malgré la pluie qui redoublait.

Robert dut s'avouer vaincu. Quand la grange fut réduite à l'état de cendres, il baissa les bras.

— C'est plus la peine, les gars. Il n'y a plus rien à sauver. Tout a brûlé. Heureusement que le feu ne s'est pas propagé jusqu'au mas ! Nous aurions tout perdu.

Un de ses valets de ferme manquait à l'appel.

— Où est Germain ? s'enquit Robert, inquiet.

Tous regardèrent à la ronde. Personne.

Alors, de l'écran de fumée qui s'étiolait autour du sinistre, une silhouette se détacha.

— Germain ! soupira Robert avec soulagement. Tu nous as fait peur. On t'a cru dans les flammes.

— Patron, voyez ce que j'ai trouvé !

Il exhibait un bidon de métal, du genre de ceux qu'on remplit à la station-service.

— Ce n'est pas la foudre qui a embrasé la grange. L'incendie est volontaire. C'est un acte criminel. Quelqu'un a allumé le feu en profitant de l'orage pour vous tromper. Il n'a pas pensé à remporter son bidon d'essence.

Robert n'en croyait pas ses yeux hagards.

— Mais… mais… je ne comprends pas ! Pourquoi mettre le feu à ma grange ?

Amélie s'était absentée pour préparer une collation aux hommes. Quand elle revint sur les lieux du drame, elle prit la conversation en cours.

— Un acte criminel ! Mais c'est absurde ! Nous n'avons pas d'ennemis dans la commune. Et pas plus dans la commune qu'ailleurs.

— Pourtant, la preuve est là, insista Germain. Je l'ai trouvée.

Amélie invita la petite troupe à venir se réconforter dans sa cuisine. Apercevant Damien à côté de sa fille, elle lui proposa :

— Tu es le bienvenu si tu as envie de boire quelque chose. J'ai préparé de la citronnade. Je sais que tu l'aimes.

Damien regarda Marion avec étonnement.

— C'est moi qui le lui ai dit, lui souffla la fillette au creux de l'oreille.

Leur complicité reprenait le dessus.

— J'accepte volontiers, madame Chassagne.

— Comme il est poli, ce petit ! releva Amélie. Je te fournirai des habits secs. Tu m'as l'air trempé jusqu'aux os. Ils seront un peu grands pour ta taille, mais tu ne dois pas rester dans cet état. Tu prendrais mal.

Damien n'osa refuser sa proposition. Il expliquerait à ses parents sa mésaventure. Ils ne lui en tiendraient pas rigueur, il en était persuadé.

Une fois réfugié dans le cantou du Mas neuf, Damien s'approcha de Marion et lui murmura en aparté :

— Si on racontait à ton père qu'on a croisé un étranger bizarre en cours de route ?

Marion hésita. Elle avait encore en mémoire sa frayeur lorsqu'elle s'était sentie suivie.

— Non, finit-elle par chuchoter. Ce n'est pas la peine. Si l'homme apprend que nous l'avons trahi, il se vengera sur nous. J'ai trop peur.

Damien se rendit à ses arguments. Pourtant, il trépignait d'avouer la vérité par souci de justice. Si l'incendie de la grange était le fait de cet individu, il fallait le poursuivre pour le juger et le condamner.

Mais, au-delà de cet acte criminel, Damien ignorait quelles étaient les véritables motivations de l'inconnu à la casquette.

2

Une dynastie de faïenciers

Les Ferrière étaient une riche famille d'Uzès qui avait fait fortune dans la céramique depuis plus d'un siècle. Leur destin était né de la terre et du feu un jour de 1802, à l'époque bénie où le luxe de la table avait pris son essor. Leur histoire s'inscrivait dans l'argile au plus profond de la matière et ne se distinguait pas de celle du duché à l'ombre duquel leur fabrique avait vu le jour l'année du couronnement de l'empereur Napoléon Ier. Les aïeux de Philippe avaient transmis leur savoir et leur savoir-faire rares et précieux à leurs descendants dans la plus pure tradition du geste ancien et parfait, et avec le même souci d'authenticité et de bon goût leurs véritables lettres de noblesse. Reconnues bien au-delà de la région, les faïences Ferrière s'illustraient sur certaines tables huppées du pays. La duchesse d'Uzès en personne en était l'ambassadrice partout à chacune de ses réceptions.

Le premier Ferrière de la dynastie, un certain Charles Henri, avait monté un modeste atelier en plein cœur de la cité ducale, non loin des remparts qui enserraient le château. Issu du monde paysan, il s'était lancé dans la céramique par goût pour la création artistique. De ses mains habiles, il sculptait la terre comme d'autres façonnaient la pierre ou le bronze. Il se perfectionna très vite et maîtrisa une matière que ses ancêtres n'avaient que travaillée à la charrue et à la sueur de leur front pour nourrir leurs nombreuses familles. Il transmit son art à son fils aîné, Henri Jean, qui, lui-même, le transmit au sien. Ainsi naquit une tradition familiale qui ne devait jamais plus s'interrompre.

De génération en génération, la céramique Ferrière acquit une notoriété qui traversa sans faillir les pires périodes de difficulté, grâce au labeur et au talent de chacun de ses maîtres faïenciers.

Au début du siècle, le père de Philippe, Eugène Honoré Ferrière, se trouvait à la tête d'une entreprise qui comptait parmi les plus importantes de la région. Ses ateliers exportaient dans l'Europe entière ses collections d'assiettes, de pots, de pichets, de plats, de vases, de corbeilles tressées destinés à la table mais aussi à l'ornementation. Si, à l'origine, la fabrique Ferrière utilisait les argiles rouges et poreuses de la région d'Uzès, celles-là mêmes qui avaient attiré cent ans plus tôt des faïenciers valenciennois, juste avant son fatal accident de chasse Eugène avait opté partiellement pour l'usage d'une argile blanche plus malléable, à forte proportion de kaolin. Ses productions gagnèrent en qualité et en finesse, ce qui lui permit de prétendre rivaliser avec la porcelaine.

Il fut le premier de la famille à délaisser le travail manuel pour se consacrer uniquement à la création.

Il passait le plus clair de son temps à dessiner des modèles, à imaginer des formes et des couleurs, à concevoir leur décoration. Il se voulait avant tout artiste et ne touchait presque plus la terre, abandonnant cette noble tâche à ses ouvriers qu'il formait avec une extrême exigence. Quand un apprenti sortait des ateliers Ferrière, il avait acquis toutes les compétences pour entrer dans le métier.

Philippe avait suivi les traces de son père. Artiste dans l'âme également, il se montrait aussi un homme d'affaires redoutable et dirigeait son entreprise avec brio, ce qui laissait dire à la ronde que la fabrique Ferrière était devenue une « usine » éloignée de ce qui avait établi le renom de ses fondateurs. Mais Philippe n'écoutait pas ses détracteurs. S'il avait de sérieux concurrents, il ne se connaissait pas d'ennemis. Au décès de son père, à dix-huit ans, il avait embrassé le siècle de la modernité sans hésitation et sans jamais remettre en question ce qui avait défini la spécificité de la faïence Ferrière. Mais il reconnaissait volontiers que l'avenir exigeait de voir grand. Aussi n'avait-il qu'un objectif : développer davantage encore sa capacité de production et être le premier dans le monde de la faïence.

— La notoriété d'Uzès n'est plus à prouver, se complaisait-il à affirmer lors des dîners mondains auxquels il participait avec sa femme. Il faut maintenant consolider les acquis transmis par nos parents et enclencher la vitesse supérieure.

Sa façon d'envisager l'évolution du métier d'art qu'il représentait ne plaisait pas à tous. Philippe n'avait que trois maîtres mots à la bouche, qui n'emportaient pas l'unanimité dans le milieu : variété, bon marché, qualité. Il se targuait de fournir à la fois des produits de luxe destinés aux collectionneurs et aux puristes, et des articles de consommation courante, comme le XXe siècle en serait bientôt inondé. Ses détracteurs étaient nombreux à lui reprocher de dévaloriser l'aspect artistique de la profession et de la réduire à la simple fabrication d'objets utilitaires. Ce à quoi il répondait sans se départir de son calme et sans se déconsidérer :

— La faïencerie est d'abord à usage domestique ! Je ne vois pas en quoi produire plus avec les moyens les plus modernes pour diminuer le prix de revient est préjudiciable à notre métier et à sa réputation. Je veux prouver qu'on est capable de créer de belles pièces dans l'amour de l'art et de les diffuser en grande quantité sans nuire à leur qualité artistique.

— Vous n'êtes qu'un affairiste, lui opposa un jour l'un de ses concurrents les plus acharnés. Vous profanez la profession. L'art de la table ne peut être industrialisé. Il doit demeurer la combinaison d'un savoir-faire artisanal et d'une profonde orientation artistique. La faïence d'Uzès doit conserver ce qui a toujours fait d'elle une invitation à la douceur et à la poésie, fruit d'une longue tradition de culture familiale dont vous êtes vous-même l'héritier.

Philippe Ferrière, placé très jeune à la tête de son entreprise, dérangeait, car il bousculait les us et coutumes d'un métier ancestral qui n'avait jamais sacrifié à la mode du jour.

— N'oubliez jamais que nous sommes avant tout des artistes, lui assena son interlocuteur pour clore la discussion.

Avec les années, Philippe n'avait pas changé d'objectifs. Il avait considérablement agrandi la fabrique léguée par son défunt père et l'avait délocalisée à l'extérieur de la ville afin d'être plus près de l'Alzon, petit affluent du Gard, qui s'écoulait à proximité. L'eau et la terre, en effet, étaient les biens les plus précieux que les céramistes recherchaient pour se développer.

Il employait une cinquantaine de salariés, répartis entre les différents ateliers exigés par la confection des pièces. Si les plus doués étaient affectés aux tours – vases, pots et pichets étaient toujours façonnés manuellement –, il choisissait avec soin les cuiseurs qui avaient la charge du four. De leur compétence, mais surtout de leur perception intuitive de la cuisson, dépendait la réussite d'une fournée. Aussi surveillait-il cette tâche ultime avec attention, celle qui révélait au jour le fruit de plusieurs semaines de patience, le résultat de sa création. Mais il tenait à ce que ses ouvriers passent par tous les postes, de la simple manutention au tournage ou au pressage pour les articles de table jusqu'au tressage des corbeilles et à l'émaillage final. Seules les fines ornementations, peintes avec minutie, au pinceau ou au pochoir, demeuraient l'apanage des femmes recrutées avec exigence pour leurs qualités artistiques. Il avait constitué une équipe de dix décoratrices, toutes travaillant à la chaîne les objets les plus divers de ses collections. Celles-ci étaient répertoriées dans un catalogue que Philippe diffusait auprès des clients potentiels, restaurateurs, hôteliers, familles aristocratiques, grands magasins parisiens. Quant aux produits moins coûteux sortis de ses ateliers, surtout grâce aux innombrables moules hérités de ses prédécesseurs, il en inondait les foires et les marchés de la région, sans indiquer sa marque de fabrique afin de ne pas nuire à son image.

Malgré le déclin enregistré par la ville depuis le début du siècle, ses affaires ne faiblissaient pas. Philippe s'enorgueillissait même de consolider ce que son père lui avait laissé. Uzès en effet traversait de grosses difficultés. Elle avait sombré dans une sorte de léthargie paralysante, telle une « Belle au bois dormant », selon les termes que certains utilisaient. La chute catastrophique de sa population en témoignait. Celle-ci, après avoir culminé à plus de dix mille habitants au XVIIIe siècle, était tombée à trois mille cinq cents. La pauvreté s'était accrue et était visible dans les rues. La cité ducale n'avait pas su se transformer. Ses activités traditionnelles avaient périclité et n'avaient pas été remplacées. Les immeubles du centre historique se délabraient. Les toitures, faute de soins, se détérioraient. Les infiltrations dans les plus vieilles maisons provoquaient régulièrement des effondrements.

Quand, à la suite du krach boursier du 24 octobre 1929, la crise s'abattit sur le monde, Philippe se crut à l'abri de la tourmente. Au reste, protégé par la dévaluation du franc opérée par Poincaré, le pays ne semblait pas touché par cette énorme dépression économique venue d'outre-Atlantique. Deux années auparavant, misant sur la prospérité illimitée du système capitaliste, il avait investi dans son entreprise à une époque où la méfiance eût été de rigueur. A cette fin, il avait emprunté aux banques de grosses sommes, persuadé que la France échapperait au cataclysme. Si sa femme, Irène, avait tenté de le dissuader, prétextant que la tempête se déchaînerait sans préavis, il lui avait assuré que rien ne l'empêcherait de « croquer ses concurrents », qui, pour lui, péchaient par excès de prudence.

Mais quand les premiers effets de la crise s'annoncèrent à la fin de 1931, Philippe commença à déchanter. Ses dettes grevaient sa trésorerie. Or son carnet de commandes baissait dangereusement. Ses bénéfices s'amenuisaient.

— Rien de grave, soutenait-il pourtant. Nous avons les reins solides.

* * *

Philippe se croyait inattaquable. En réalité, il n'avait pas que des amis autour de lui. Sa réussite, au prix de lourds investissements, créait des envieux. Or, en cette période où la prospérité était remise en question et où les plus vulnérables étaient les premières victimes, il passait encore pour un privilégié. Partout on le prenait pour un accapareur, un patron sans foi ni loi, un exploiteur des petites gens. Cependant ses employés ne se plaignaient pas. Au contraire, ils lui savaient gré de ne pas profiter des difficultés du moment pour licencier, comme c'était malheureusement fréquent dans tous les secteurs d'activité.

Si Philippe se montrait exigeant, son personnel le considérait comme un homme juste et compréhensif. Certes, il n'octroyait pas facilement d'augmentations de salaire mais, lorsqu'il avait accordé sa confiance à quelqu'un, il lui garantissait la pérennité de son emploi tant que ce dernier lui donnait satisfaction.

Il instruisait lui-même sa main-d'œuvre, ne regardant pas à la dépense occasionnée par l'apprentissage. Il savait qu'un ouvrier bien formé lui serait d'une forte rentabilité dans les années futures. Aussi, peu l'abandonnaient. Sur sa cinquantaine d'employés, une demi-douzaine d'apprentis s'initiaient au métier pendant au moins cinq années avant d'être définitivement embauchés. A dix-huit ans, devenus des hommes, ils remplaçaient les anciens partant pour une retraite bien méritée après de longues années de bons et loyaux services. Les plus âgés d'entre eux avaient été engagés par le père de Philippe et avaient connu l'époque de la fabrication artisanale, où le rendement n'était pas la première préoccupation. Ils mettaient leur expérience au service des plus jeunes et leur transmettaient les méthodes empiriques avec lesquelles les techniques modernes ne pouvaient pas toujours rivaliser.

Philippe s'était mis en tête de se hisser au niveau des meilleurs faïenciers de l'Hexagone. Ceux-ci représentaient à ses yeux le modèle à suivre pour ériger Uzès en l'une des plus grandes places dans cet univers de l'art de la table. Ses prétentions paraissaient démesurées au regard des capacités de production de sa fabrique, mais il gardait l'espoir qu'avec le temps et l'argent il parviendrait à ses fins avant d'avoir atteint l'automne de sa vie.

— C'est un empire que je veux léguer à mes enfants ! aimait-il déclarer d'un ton péremptoire devant ses amis.

Aussi, avec la crise et les premières difficultés qu'il enregistrait, Philippe Ferrière se voyait-il contraint d'en rabattre et de réviser à la baisse ses prévisions d'expansion.

— Ce n'est que provisoire ! affirmait-il pour tranquilliser son épouse. Quand l'orage sera derrière nous, nos activités reprendront de plus belle. Ce qu'il y a de merveilleux avec les objets que nous créons, c'est leur caractère éphémère. La vaisselle se casse, il faut donc la remplacer régulièrement.

Irène percevait de l'aigreur dans les propos de son mari. Une sorte de mauvais esprit s'était emparé de lui depuis qu'il se sentait fragilisé par les événements.

— Ne serait-il pas préférable de privilégier les articles de luxe comme c'était le cas jusqu'à l'époque de ton père ? Aujourd'hui, avec la pauvreté qui s'installe durablement dans les classes populaires, il vaudrait mieux miser sur tes clients les plus fortunés. La crise les affectera sans doute moins que la majorité des gens. Ils t'adresseront toujours leurs commandes, quoi qu'il arrive. C'est bien malheureux à constater, mais quand tout va mal, seuls les riches s'en sortent !

— Tu voudrais que je réduise ma capacité de production ! Et que je débauche pour diminuer mes charges salariales !

— Ce serait plus prudent.

— Jamais ! Un Ferrière ne met pas au chômage un ouvrier, à moins qu'il n'ait commis une faute grave.

Philippe s'enfermait de plus en plus longtemps dans son petit atelier personnel, l'endroit où il concevait ses nouveautés, où il laissait libre cours à son imagination et à son talent de créateur. Dans son antre, loin de la chaleur des fours et de l'humidité de la terre argileuse, il s'évadait dans ses rêves les plus extravagants et les concrétisait sur le papier à dessin avec une grande dextérité. Il maniait le fusain, l'encre de Chine et le pinceau comme un peintre élaborant ses premières esquisses. Depuis son plus jeune âge, il dessinait des vases, des corbeilles tressées, des plats aux décors les plus sophistiqués et aux couleurs les plus folles. Il aimait se prendre pour un artiste et regrettait parfois que le destin l'ait placé à la tête d'une entreprise de céramique, fût-elle celle de ses aïeux.

« Si j'avais pu choisir mon avenir, laissait-il parfois échapper avec un brin d'amertume, j'aurais suivi les traces d'un Van Gogh ou d'un Cézanne. J'aurais vécu libre et sans souci de devoir faire fructifier l'héritage familial. »

Irène ne comprenait pas ses états d'âme.

Quand ils s'étaient rencontrés, juste après la guerre, elle n'avait que seize ans, lui vingt-trois. Avec ses parents, elle s'était rendue à une réception donnée au château par la duchesse afin de fêter la victoire tant attendue. Lui avait été convié en tant que principal fournisseur en vaisselle de luxe de la famille ducale. Il dirigeait son entreprise depuis cinq ans déjà et, malgré son âge, était jugé dans toute la cité comme quelqu'un d'incontournable.

Les deux jeunes gens s'étaient plu immédiatement. Philippe était bel homme, plein de prestance, arborant avec élégance l'habit de cérémonie. Irène portait une robe longue en satin, toute brodée en dentelle d'Alençon. Son décolleté mettait ses formes en valeur. Ses cheveux dorés ondoyaient sur ses épaules nues. Tous les regards s'étaient tournés vers elle, tant elle resplendissait.

A l'ouverture du bal, Philippe fut le premier à l'inviter à danser. Respectueux des convenances, il aborda ses parents avec politesse pour obtenir leur permission de conduire leur fille sur la piste. Léopold et Thérèse de Beauvallon sourcillèrent devant le jeune roturier qu'ils estimèrent sur le moment un peu téméraire mais ils ne repoussèrent pas sa demande. Philippe et Irène passèrent la soirée dans les bras l'un de l'autre, enchaînant valse sur valse, ne voyant personne autour d'eux, s'enivrant de la musique de l'orchestre à en perdre la raison.

Dès le lendemain, Philippe se renseigna sur la famille d'Irène et s'empressa d'accourir sur ses terres de Ganges où elle résidait dans une demeure ancestrale dont une aile tombait en ruine faute d'avoir été restaurée à temps. Les Beauvallon étaient issus de la vieille aristocratie française d'Ancien Régime. Leurs ascendants avaient eu beaucoup de mal à maintenir leur patrimoine en état. Lorsque Léopold de Beauvallon avait hérité de son père, sa fortune s'était déjà évaporée, mais il mettait toujours un point d'honneur à ne pas céder à la tentation de vendre la moindre parcelle léguée par ses aïeux.

Philippe s'arrangea pour rencontrer Irène à plusieurs reprises. Celle-ci, subjuguée par son chevalier servant, n'avait de cesse de le rejoindre à l'insu de ses parents, prétextant des promenades à cheval ou des escapades en ville avec sa gouvernante. L'amour et l'inexpérience la firent succomber au charme de Philippe au bout de quelques mois seulement. La jeune fille tomba enceinte alors qu'elle n'avait que dix-sept ans. Philippe, dont les sentiments envers elle étaient sincères, ne se défila pas. Il alla trouver les parents d'Irène et leur expliqua la situation. Léopold de Beauvallon entra dans une colère magistrale et faillit renier sa fille sur-le-champ, la menaçant du couvent. Mais Thérèse, sa femme, le calma. Il finit par exiger de Philippe qu'il répare sa faute le plus rapidement possible. Chez les Beauvallon, il n'était pas envisageable qu'une fille mette au monde un enfant en dehors des sacro-saints liens du mariage.

La cérémonie nuptiale fut donc organisée à la hâte afin de couper court à tout soupçon. Philippe, qui venait de perdre sa mère, morte de chagrin cinq ans après la disparition tragique de son mari, assura à ses futurs beaux-parents que leur fille serait la plus heureuse des épouses et qu'il lui garantissait d'ores et déjà un avenir confortable grâce à sa fabrique. Fort de cette promesse, Léopold de Beauvallon consentit à doter Irène d'un domaine qu'il possédait sur la commune d'Anduze, Val Fleuri, comportant un petit manoir désaffecté et de nombreux hectares de vignes, de bois et de garrigue.

A la naissance de leur premier enfant, Irène, âgée de dix-huit ans seulement, décida de remettre en état le manoir de Val Fleuri. Elle comptait sur la fortune de son mari, à défaut de celle de sa propre famille. Ainsi Philippe entreprit-il la restauration de sa maison de maître abandonnée. Il la transforma en une luxueuse résidence secondaire qu'il adopta immédiatement. Quand son travail à la fabrique se faisait trop harassant, il ne manquait jamais une occasion de venir s'y reposer. Il y trouvait l'inspiration pour ses futures créations, la sérénité dont il avait besoin pour gérer ses affaires.

Alors que celles-ci commençaient à le tourmenter, quelle ne fut pas sa stupeur lorsqu'il reçut, le lendemain matin de l'incendie, une lettre anonyme :

Ce qui est arrivé à la grange de votre régisseur pourrait s'étendre à votre manoir, voire plus…

La missive se terminait de façon laconique par des points de suspension.
Philippe comprit sans hésiter ce que cela signifiait.
Mais il ignorait les raisons d'une telle menace et qui en était l'auteur.

3

La crise

Philippe Ferrière se rendit aussitôt sur les lieux de l'incendie. Avec Robert Chassagne, il constata, navré, l'étendue des dégâts et regretta que personne n'ait aperçu le criminel. Il se garda néanmoins de raconter qu'il avait reçu une lettre anonyme dont l'auteur, selon lui, était le commanditaire du délit. Il avait beau passer en revue tous ceux qui avaient intérêt à lui nuire, il ne trouvait aucun nom parmi ses concurrents susceptibles d'un tel geste d'intimidation.

Devant Robert, il dissimula ses craintes. Ceux qui l'avaient menacé pourraient, la prochaine fois, mettre le feu à la ferme des Chassagne, voire à sa propre demeure. Mais il ne voulait affoler personne.

— Prenez garde, se contenta-t-il de lui conseiller. L'auteur de l'incendie court toujours. Alertez la gendarmerie. Elle diligentera une enquête. Malheureusement, avec le peu de preuves dont nous disposons, il ne sera pas facile d'arrêter le responsable. Un bidon d'essence, ce n'est pas suffisant pour confondre un coupable.

Philippe ne tenait pas à révéler aux autorités qu'il avait reçu un avertissement personnel. Il désirait régler cette navrante histoire par ses propres moyens.

— Je vais engager un détective privé, annonça-t-il à sa femme le jour même. Il faut éclaircir cette affaire au plus vite.

— Soupçonnes-tu quelqu'un de ton entourage ou parmi tes collègues ?

— Il est trop tôt. Mais sans aucun doute, c'est un individu qui souhaite ma perte.

— Il pourrait s'agir d'un ouvrier que tu as congédié. Je sais que cela t'arrive rarement, mais, je me souviens, il y a quelques mois tu as remercié un cuiseur qui n'effectuait pas correctement son travail. Il a peut-être voulu se venger.

— Feygerol ? Impossible. C'était un brave garçon. Têtu et souvent distrait, mais pas mauvais bougre. Je le crois incapable d'un tel acte... Non, je pense plutôt à quelqu'un que je gênerais. Quelqu'un qui aurait intérêt à ce que mon entreprise soit prise dans la tourmente de la crise.

Irène était la première à s'étonner des ennemis de Philippe. Ce fait lui paraissait nouveau. Jusqu'à présent, Philippe ne s'était jamais plaint de l'attitude de ses concurrents. Ceux-ci, s'ils le jugeaient sévèrement et ne lui accordaient aucune concession, l'avaient toujours respecté et considéré comme un grand faïencier.

Mais Irène ne connaissait pas tout des agissements de son mari. Celui-ci la tenait éloignée de certaines de ses décisions, autant pour ne pas la mêler aux arcanes de ses affaires que pour lui éviter des soucis inutiles.

Afin d'accroître sa capacité d'investissements, Philippe avait eu recours, en effet, avant l'éclosion de la crise, à un homme peu scrupuleux qui lui avait prêté une grosse somme à titre personnel. Il lui avait montré des gages de sérieux, proposé un taux d'intérêt que même les banquiers ne lui avaient pas assuré. La transaction paraissait tout à fait légale. En réalité, Philippe avait contracté une dette chez un usurier qui avait conquis sa confiance.

L'affaire aurait pu en rester à ce stade. Philippe avait commencé à honorer ses traites, parallèlement à ce qu'il rendait tous les mois aux banques qui, elles, lui avaient fourni la plus grande partie des capitaux dont il avait eu besoin pour développer son entreprise. Il avait acquis un four supplémentaire fonctionnant au gaz et, pour cela, construit un bâtiment flambant neuf doté du matériel le plus moderne. Il avait aussi embauché deux représentants, l'un pour démarcher la moitié nord du pays, l'autre la moitié sud. C'était, affirmait-il, la seule manière d'être présent sur tous les marchés pour rivaliser avec les faïenceries installées depuis des lustres dans toutes les régions de l'Hexagone.

Mais, la crise sévissant, sa capacité de remboursement s'était amoindrie. Il avait été contraint de demander un report de sa dette, ce qui avait engendré des agios qui grevaient sa trésorerie et réduisaient à néant ses projets d'expansion.

Il tâchait bien de dissimuler ses ennuis à sa femme mais, maintenant qu'il était directement menacé, il se sentait acculé. Il ne pourrait plus longtemps lui cacher la vérité si ce qu'il craignait se confirmait : son prêteur recourait aux grands moyens pour l'obliger à respecter ses engagements tacites et s'acquitter des sommes qu'il lui devait. La crise le prenait sans doute à la gorge. Il avait besoin de son argent et le réclamait de toute urgence à tous ses débiteurs.

L'enquête discrète du détective ne donna aucun résultat. Philippe ne lui avait pas avoué qu'il avait fait appel à un usurier, ne tenant pas à ce que cela se sache.

Pour affronter ses difficultés, il décida de fermer un atelier de poterie qu'il avait monté avec son père peu avant la mort de ce dernier. A Uzès, cet artisanat avait connu un certain essor, notamment dans la commune voisine de Saint-Quentin. Mais Philippe n'avait jamais accordé une grande attention à cette branche de la céramique qu'il jugeait moins noble que la faïence. Si elle avait réalisé les beaux jours de certains artisans, surtout à Anduze au siècle précédent, elle vivait à présent un sérieux déclin. Dans la cité cévenole, un seul fabricant subsistait parmi plusieurs dizaines qui y avaient pignon sur rue.

La mort dans l'âme, il licencia quatre ouvriers potiers qu'il parvint à replacer chez des concurrents. Mais, par cet acte, il retrouva de la trésorerie, ce qui lui permit de respecter momentanément ses obligations dans l'attente d'une solution définitive. D'après ses calculs, la somme qu'il devait encore à son usurier lui serait remboursée en l'espace de deux années si ses bénéfices se maintenaient à leur niveau actuel.

C'était compter sans la crise qui s'aggravait.

Ses carnets de commandes s'amenuisaient en effet à son plus grand désespoir. Ses ateliers tournaient au ralenti. Si rien ne survenait dans les mois à venir, il serait lui aussi acculé et mettrait la clé sous la porte.

Quand l'année toucha à sa fin, son comptable le prévint :

— L'an prochain, si vous ne réalisez pas une marge au moins égale à une fois et demie celle de cette année, vous irez à votre perte. J'ai le regret de vous le dire.

Certes, la fermeture de sa poterie lui avait permis d'alléger sa dette, mais la baisse de son chiffre d'affaires causée par la mévente de ses articles de faïence l'empêchait d'honorer la totalité de ses emprunts bancaires. Or les établissements de crédit, eux-mêmes en difficulté, réclamaient d'être payés sans délai.

Philippe, toutefois, était parvenu à convaincre ses amis banquiers de temporiser. Mais ce n'était que partie remise, si aucun fait nouveau ne venait éclaircir son horizon.

* * *

1933

Le jeune Damien était loin de se douter des problèmes de son père. Lorsqu'il rentrait à Uzès, il ne pensait qu'à retourner à Anduze où l'attendait son amie Marion.

D'un tempérament doux et docile, l'enfant aimait traîner dans les ateliers de céramique, regardant les ouvriers au travail. Il semblait rêveur. En réalité, il était subjugué par la maîtrise des plus expérimentés qui, de leurs mains habiles, transformaient l'argile brute en objets d'une finesse inégalable et aux courbes délicates.

Il ne manquait jamais de s'extasier quand, sur le tour, il observait comment, d'une simple pression des doigts de l'intérieur ou de l'extérieur, la terre, souple et humide, changeait de forme comme par enchantement. Les tourneurs étaient des magiciens à ses yeux émerveillés. Ils façonnaient les pièces imaginées par son père, comme Dieu avait créé le premier homme avec de la glaise avant de lui insuffler la vie. Pour lui, rien n'était plus fantastique que cette sublimation de la matière.

Pourtant Philippe ne voyait en lui qu'un enfant timoré, inapte à prendre rapidement de grandes décisions. Certes, Damien n'était pas exubérant et ne montrait pas la force de caractère nécessaire, selon son père, à la conduite d'une entreprise comme la sienne. Lorsqu'il jouait avec son frère Florian, il le laissait toujours avoir le dessus et se retirait sans insister, évitant l'affrontement. Philippe avait beau le secouer, exiger de son fils aîné qu'il redresse la tête, ce dernier refusait de s'imposer et battait en retraite.

— Plus tard, il sera incapable de diriger la fabrique, maugréait-il.

Florian, lui, se révélait plus frondeur. Mais, à la grande déception de son père, il ne témoignait aucun intérêt pour son activité. Il affirmait même naïvement qu'il ne mettrait jamais les mains dans la boue pour ne pas se salir. Aussi, contrairement à Damien, on ne le voyait jamais rôder dans les ateliers de céramique ni tourner autour des ouvriers. Il préférait vagabonder par monts et par vaux et faire les quatre cents coups.

— Mes deux fils ne tiennent pas de moi, se plaignait Philippe. Il me faudrait un troisième enfant. Peut-être alors aurais-je un digne héritier !

Irène ne lui répondait jamais quand il émettait une telle suggestion. Sa dernière grossesse s'était plutôt mal déroulée. Elle n'avait aucune envie de concevoir une troisième fois.

Les Ferrière se rendaient à Anduze chaque fin de mois, toujours le dernier week-end. Partant de bon matin le samedi – Irène acceptait de faire manquer l'école à ses fils pour une demi-journée –, ils y arrivaient aux environs de dix heures. Damien trépignait d'impatience d'échapper à l'emprise parentale et de rejoindre Marion. Celle-ci l'attendait dans leur refuge, l'abri de berger qui avait résisté à l'usure du temps dans les vignes du domaine.

Six mois s'étaient écoulés depuis le fameux incendie. Les gendarmes n'avaient pas mis la main sur le coupable. L'enquête s'était enlisée. Ils avaient conclu, sans l'avouer de manière officielle, que le dossier était clos. La plainte de Philippe Ferrière restait sans suite. Depuis qu'il avait retrouvé quelques subsides pour satisfaire son usurier, il n'avait plus été menacé et, momentanément, il se sentait rassuré.

Mars chassait les dernières froidures et annonçait déjà les douceurs printanières. La terre demeurait humide et lourde. La végétation commençait à frémir. Les premiers bourgeons avaient éclos. Le thym et le romarin épanchaient leurs effluves dans la garrigue, tandis que les vignes, endormies pendant l'hiver, accrochaient leurs premiers sarments à leurs tuteurs.

Quand les deux enfants revenaient de leurs escapades, chez eux c'étaient toujours les mêmes remontrances qu'ils entendaient de la bouche de leurs mamans.

— Tu as vu dans quel état tu es ! s'insurgeaient-elles.

Penauds, ils ne répliquaient pas et s'excusaient. Leurs mères les obligeaient à nettoyer leurs chaussures pour les responsabiliser, et leur demandaient de faire attention, à l'avenir.

Un après-midi, alors que la pluie avait détrempé la garrigue, Damien rentra plus crotté que d'habitude. Ses semelles étaient lourdes d'une couche d'argile rougeâtre et collante. Il eut beau se frotter les pieds sur le grattoir avant d'entrer, il laissa derrière lui des marques de son passage. Irène était absente, partie faire des courses à Anduze avec Florian. Damien tomba sur son père qui venait de terminer l'esquisse d'un nouveau service de table et sortait de son bureau. Philippe stoppa net son fils.

— Enlève immédiatement tes bottines ! lui ordonna-t-il. Ta mère va être furieuse ! Tu as vu dans quel état tu as mis le parquet du salon !

Damien, pris en faute, n'osa répliquer. Il baissa le regard, pâlit, s'excusa timidement.

— Je… je nettoierai, papa. Maman ne verra rien. Ce n'est qu'un peu de boue.

Philippe s'apprêtait à retourner à son travail quand ses yeux se fixèrent sur les traces laissées par son fils.

— Où as-tu encore été rôder aujourd'hui ?

— Mais je n'ai rien fait de mal ! se justifia aussitôt l'enfant, croyant que son père voulait le punir.

— Je te demande seulement d'où tu viens. Je ne te gronde pas. Cette terre rouge… sur les semelles de tes chaussures, d'où provient-elle ?

Damien ne comprenait pas pourquoi son père s'inquiétait de la couleur de la terre qui l'avait trahi.

— Tu étais avec ton amie Marion ? insista Philippe. Dans les vignes de Val Fleuri ?

— Euh… non, avoua Damien. Nous nous sommes égarés un peu au-dessus de l'endroit où nous avons l'habitude de jouer. Au-delà de Terre rouge, il y a une étendue de ronces et de buissons. Nous avons voulu l'explorer. On n'y était jamais allés. Pour cause, c'est impénétrable. Il n'y a que les sangliers qui s'y enfoncent.

— Je ne connais pas cette parcelle. Elle n'a jamais été exploitée, reconnut Philippe. Mais quelle idée saugrenue avez-vous eue de vous perdre dans ce coin ?

— On y a été par curiosité.

— J'ignorais que la terre y avait cette couleur ! Remarque, c'est peut-être la raison pour laquelle la vigne en contrebas s'appelle Terre rouge !

— Pourquoi me demandes-tu tout cela ? s'étonna Damien.

Philippe semblait songeur tout à coup. Le céramiste qu'il était reprenait le dessus.

— Pour rien, coupa-t-il. Nettoie vite tes chaussures avant que ta mère ne rentre.

* * *

Un mois s'écoula, puis un autre. Philippe avait oublié ses remarques adressées à Damien à la suite de son escapade dans la garrigue.

Les beaux jours s'étaient définitivement installés. Il inspectait son domaine à cheval, comme chaque fois qu'il avait besoin de s'aérer et d'évacuer ses soucis quotidiens. Val Fleuri resplendissait dans ses atours printaniers. L'air était gorgé de pépiements d'oiseaux et le ciel s'émaillait de rose aux premières heures du jour.

Philippe aimait se lever tôt pour parcourir au galop les prairies qui s'étiraient le long du Gardon. Le sol humide exhalait des parfums enivrants. La rosée blanche tapissait le feuillage des chênes et des genévriers. Bon cavalier, il menait sa monture sur les pentes les plus raides, n'hésitant pas à sortir des sentiers battus pour explorer, au pas, les endroits peu accessibles et embroussaillés.

Ce matin-là, après avoir effectué une longue distance en direction de Durfort, il s'en retournait vers Val Fleuri par un chemin qui lui était inconnu. De loin, il avait en ligne de mire le château de Mornac, à l'extrémité sud de son domaine, quatre murailles en ruine adossées à un donjon érigé sur un tertre, seul élément de l'édifice encore intact après des siècles de lente décrépitude. Construit au XIIe siècle par le chevalier de Beauvallon, il avait été abandonné à la Renaissance par ses descendants au profit du manoir qu'ils occupèrent avant de migrer à Ganges. Depuis, il n'avait cessé de se dégrader au point qu'il était dangereux de s'y hasarder.

Voulant couper au plus court afin d'éviter un trop grand détour, Philippe pénétra par un chemin étroit dans une zone embroussaillée jamais défrichée. Il reconnut aussitôt le secteur où il s'aventurait. Les vignes de Val Fleuri se situaient juste en contrebas. Le plateau qu'il parcourait avec prudence n'en était séparé que par un revers d'une vingtaine de mètres de dénivelé. Tout à coup, la jument se cabra, refusant de continuer. Surpris, Philippe faillit être désarçonné. Devant lui, un énorme nid de frelons montait la garde et interdisait l'accès.

— Holà, ma belle ! s'écria-t-il. N'aie pas peur ! Ils ne te piqueront pas si tu ne les effraies pas.

Il mit pied à terre, retenant sa monture par la bride, et examina le couvert végétal, cherchant un passage à travers buissons et taillis.

Parvenu en bordure du plateau, il se fraya difficilement un chemin, écartant devant lui les branches, les ronces, les lianes qui l'obstruaient. Derrière, le cheval émettait de petits hennissements d'appréhension.

— Oui, je sais ! lui dit Philippe, je n'aurais jamais dû t'entraîner dans ce guêpier. Mais, maintenant qu'on y est, il faut sortir de là. Et le plus vite possible. Tu sens l'écurie ? Je te promets une bonne ration d'avoine en récompense.

Le sentier se dégageait. Le domaine apparaissait déjà un peu plus bas. Philippe s'arrêta pour l'observer. Sur les franges, les vignes abandonnées étaient retournées à la garrigue. Mais, plus loin, les alignements de ceps conféraient à la plaine une allure de camaïeux où le vert tendre des jeunes pousses se détachait harmonieusement sur le bistre de la terre fraîchement labourée. De là où il s'était posté, il remarqua que le sol avait été désherbé avec soin, les sarments issus de la dernière taille brûlés aux extrémités des parcelles. Rien n'avait été délaissé.

« Ce Chassagne, pensa-t-il, est vraiment un excellent régisseur ! Il ne laisse rien traîner d'une saison à l'autre. »

Il descendit en direction du vignoble. La terre devenait collante. Ses bottes s'enfonçaient dans le sol, ainsi que les sabots de son cheval. Il n'y prêta pas garde, plus affairé à ne pas s'égratigner et à protéger sa monture qu'à se préoccuper de savoir où il posait les pieds.

Lorsqu'il arriva aux abords des premières rangées de vignes, il s'arrêta pour décrotter ses semelles avant de remonter en selle. Levant le pied, il demeura interdit. Il se souvint tout à coup de la remarque qu'il avait adressée à son fils quand celui-ci était rentré de l'une de ses escapades en compagnie de la petite Marion, deux mois plus tôt.

— De l'argile rouge ! s'étonna-t-il. La même que celle qu'a apportée Damien sur ses semelles.

Il se baissa. Ramassa une poignée de terre. L'examina avec attention.

Il eut une seconde d'hésitation. Il la huma profondément. Porta à la bouche une pincée de matière qu'il cracha aussitôt. La texture lui parut d'une finesse extraordinaire, la souplesse inégalable, et le goût ne lui laissait aucun doute sur sa composition.

— Cette terre est une merveille ! s'extasia-t-il à voix haute, en se tournant vers sa jument. Tu entends, Perline. C'est un vrai trésor, j'en suis certain. Dire que nous l'avions à portée de main et que nous ne l'avions jamais deviné !

Il enveloppa une plus grande quantité d'argile dans un sac de coton qu'il gardait toujours attaché à sa selle en cas de trouvaille. Mit le pied à l'étrier. Piqua des deux et rejoignit son manoir sans s'attarder davantage.

— Regarde ce que j'ai ramassé ! annonça-t-il à sa femme sans prendre la peine de se déchausser.

— Voyons, Philippe ! l'arrêta celle-ci. Tu reproches à Damien de salir la maison quand il revient crotté, et toi, tu fais la même chose !

— Aujourd'hui ce n'est pas grave…

— Tu expliqueras cela à ton fils !

— Cette argile rouge… c'est la même que Damien avait sous les pieds quand je l'ai grondé la dernière fois. Sur le moment, je n'y ai pas prêté attention…

Et Philippe de narrer à sa femme sa promenade matinale et sa découverte.

— Je n'avais jamais exploré cette zone qui borde les vignes vers le nord.

— Elle n'a jamais été exploitée, car elle n'a aucune valeur. Elle a toujours été ensauvagée ; c'est le domaine des sangliers, des renards et des blaireaux.

— Eh bien, on a eu tort de ne pas s'y intéresser plus tôt.

— Je ne vois pas ce qu'on en tirerait, à moins de défricher pour laisser paître des brebis ! Ça n'en vaut pas la peine.

— Au contraire, je suis persuadé qu'on possède là un petit trésor.

— Tu me sembles bien mystérieux, Philippe. C'est le printemps qui te rend si frétillant !

— Je ne veux rien affirmer pour l'instant. Mais je pense détenir un moyen de me sortir de mes ennuis financiers.

4

La carrière

Pour tous les céramistes, l'argile – avec le four – représentait le bien le plus précieux. Celui qui possédait une carrière à l'endroit même de sa fabrique passait pour un privilégié. Il ne dépendait de personne pour sa matière première, ce qui allégeait considérablement ses dépenses de production. Or les veines exploitables et rentables étaient rares dans la région, surtout en pays calcaire. A Uzès, Philippe utilisait une argile rouge et poreuse, réputée, qu'il se procurait au prix fort chez un carrier. Il la mélangeait à du kaolin dans une proportion qu'il gardait secrète afin de la rendre plus souple et plus fine, plus propre à la fabrication de ses pièces de vaisselle de luxe, fleuron de sa maison. En période normale, le coût de ce matériau n'alourdissait pas énormément le prix de revient de ces créations. Or, avec la crise et l'inflation qu'elle entraînait, la part de tous les composants de la céramique avait flambé, non seulement la terre glaise, mais encore les oxydes nécessaires à l'émaillage et au vernissage.

Aussi Philippe rêvait-il depuis qu'il avait découvert sur son domaine la présence d'une argile qui, d'après ses premières estimations, remplissait parfaitement le cahier des charges de la production de faïence.

Il en avait envoyé un échantillon à un laboratoire spécialisé afin d'en connaître la nature exacte, sa teneur en fer, en silice, en magnésium, en manganèse... On lui avait répondu qu'il s'agissait d'une glaise conforme aux qualités requises pour la cuisson à haute température, jusqu'à mille trois cents degrés. Elle était suffisamment plastique et contenait assez de minéraux pour devenir solide. Elle pouvait être travaillée seule, sans apport d'autres matières. Elle ne nécessiterait pas d'être abondamment lavée et tamisée pour en extraire les éléments grossiers, sable, cailloux, susceptibles, après broyage et pressage, de la rendre trop ferme ou trop poreuse. Sa couleur légèrement rougeâtre n'était pas un inconvénient. Elle attestait d'une certaine teneur en oxyde de fer, ce qui, après l'engobage, disparaîtrait aisément. Alors que la plupart des argiles étaient additionnées de sable, de chamotte ou de fibre de cellulose, celle de Terre rouge semblait appartenir aux plus pures et aux plus malléables de toutes celles que Philippe avait travaillées dans ses ateliers.

A la lecture des résultats de l'analyse, ce dernier exulta.

— Ça y est ! s'écria-t-il. C'est la fin de nos soucis !

Il tenait à la main le compte rendu du laboratoire et l'exhibait comme un précieux talisman. Irène et ses deux fils étaient déjà installés à table, et attendaient avec patience d'être servis par la gouvernante.

— Philippe, ça ne peut pas attendre ! le coupa sa femme. Le repas est prêt. Le plat est en train de refroidir.

— J'ai une excellente nouvelle à vous annoncer. Cela mérite toute votre attention.

Irène sourit. Elle avait l'habitude des envolées de son mari. Il lui arrivait souvent de s'exalter pour des faits peu importants à ses yeux, mais qui en avaient énormément pour lui, comme la réussite d'une couleur qu'il cherchait à mettre au point, ou d'une pièce de vaisselle qu'il était parvenu à confectionner en dépit des difficultés de sa réalisation.

— Que nous vaut ton excès d'euphorie ? s'enquit Irène. (Puis, s'adressant à ses fils :) Mangez, les garçons, ne nous attendez pas. Votre père va nous expliquer ce qui le rend si fébrile.

— Mes chéris, nous sommes propriétaires d'une carrière d'argile qui fera notre fortune.

— Notre fortune ! N'est-ce pas un peu exagéré ?

— En tout cas, Terre rouge nous permettra d'être totalement indépendants de nos fournisseurs en matière première. En voici la preuve. Les résultats d'analyse sont formels. Cette argile est l'une des meilleures qui existent dans la région. Meilleure, j'en suis certain, que celle des Boisset d'Anduze.

— Tu souhaites l'exploiter ?

— Non seulement j'ai l'intention d'ouvrir ma propre carrière, mais aussi de créer, à Val Fleuri cette fois, sur le lieu même de l'extraction, une autre unité de production de céramique. Je vais me lancer dans la fabrication de vases horticoles en parallèle avec ma faïencerie d'Uzès. Je me diversifie. En ces temps houleux, mieux vaut posséder deux fers au feu !

— Avons-nous les reins assez solides pour nous agrandir ? Les banques te soutiendront-elles ?

— J'en fais mon affaire.

Dans les jours qui suivirent, Philippe prit contact avec un entrepreneur pour commencer à dégager la veine d'argile qui affleurait au fin fond de Val Fleuri.

* * *

Les premiers coups de pelle mécanique à peine donnés, Philippe décida la construction d'un nouveau four. Au siècle précédent, peu de céramistes possédaient un tel outil de travail. Le four, en effet, nécessitait un lourd investissement. De plus, il devait être incorporé à un édifice suffisamment haut et spacieux, à l'abri de tout risque de propagation d'incendie. Ce qui limitait les possibilités d'installation dans un bâtiment trop rapproché des autres habitations. Il fallait stocker le bois, prévoir assez d'espace pour les différents corps de métier, pour l'emmagasinement des pièces à cuire et celles sortant du four. Aussi les petits artisans avaient-ils souvent recours à un confrère plus important et plus riche, et payaient un droit de cuisson pour leur propre production.

Le manoir restauré par les Ferrière à Anduze présentait l'avantage d'être situé au beau milieu d'un vaste domaine. La place ne manquait pas. Le bois pouvait être apporté directement à partir de la chênaie voisine dont ils étaient propriétaires. Au départ, par prudence,

Philippe ne voulut pas investir dans un four à gaz, comme à Uzès.

— Ici, nous avons assez de ressources naturelles pour alimenter en fagots un four traditionnel, se justifia-t-il. Pour le moment, l'essentiel est de se positionner sur le marché de la poterie dans une commune réputée pour cette spécialité.

Anduze, en effet, s'enorgueillissait d'avoir été jadis une cité reconnue pour ses vases de jardin. La légende racontait que les premiers d'entre eux étaient apparus au XVIIe siècle. A l'époque, un potier cévenol aurait été subjugué par un vase de type Médicis à la foire de Beaucaire, un vase à motif fleuri et orné d'une guirlande ou cordelière. De retour dans sa bonne ville, il y trouva une grande source d'inspiration. L'histoire affirmait également que des vases d'Anduze auraient décoré l'Orangerie de Versailles sous le règne de Louis XIV et qu'on y avait aussi découvert des tessons marqués *Gautier-1804*, preuve qu'il y avait déjà des poteries anduziennes sous l'Empire au château de Versailles.

Philippe reconnaissait volontiers que, pour le moment, seuls les Boisset étaient parvenus à s'imposer sur le marché de la poterie ornementale de jardin à Anduze. Ils étaient l'unique famille, aux origines remontant au début du XVIe siècle, à n'avoir jamais cessé leur activité depuis ce mystérieux Gautier avec qui ils étaient apparentés. Ils n'avaient jamais failli à la tradition et bénéficiaient d'un passé glorieux et d'une réputation inattaquable. En outre, ils étaient les seuls à exploiter une carrière d'argile sur le lieu de leur entreprise, au lieu dit Labahou.

— Dorénavant, nous serons deux ! se vantait Philippe en surveillant de près la mise au jour de sa carrière. Et je parie que mon argile est de meilleure qualité.

Il avait aussi en tête d'utiliser son nouveau trésor dans sa fabrique de faïence d'Uzès.

— Cette glaise possède presque les mêmes qualités que la terre à porcelaine, avait-il relevé en examinant les résultats du laboratoire. Des veines de kaolin sont présentes au milieu de l'argile rouge. Ce qui est tout à fait exceptionnel pour une région au sous-sol riche en oxyde de fer. Mes services de table y gagneront en finesse et en solidité.

Depuis son extraordinaire découverte, Philippe se sentait tout ragaillardi. Son âme de créateur s'emballait. Il finissait par en oublier les menaces dont il avait été victime. Il échafaudait des tas de projets pour renouveler sa gamme d'articles et, exultait-il, il se lancerait bientôt dans la production des célèbres vases d'Anduze.

Tandis que certains se contentaient de fabriquer des briques ou des canalisations en terre cuite, lui, Philippe Ferrière, deviendrait le roi de la céramique de toute la région.

— Ah, si nous étions à Limoges ! regrettait-il parfois en effleurant du doigt l'une de ses œuvres, comme d'autres caressent délicatement une pièce de soie ou de velours.

* * *

Damien suivait les travaux avec beaucoup d'intérêt. Le jeune garçon, contrairement à son frère, appréciait la vie au grand air. Toutes les occasions lui étaient bonnes pour échapper à la surveillance de sa mère. Aussi accompagnait-il son père sans rechigner, lui indiquant même les endroits qu'il connaissait pour y avoir déjà traîné ses guêtres avec son amie Marion. Terre rouge n'avait plus de secrets pour lui. Il en avait exploré chaque parcelle, chaque mètre carré de broussailles et de sous-bois, toujours à l'affût de quelque animal sauvage.

Il n'avait jamais parlé à son père de sa rencontre avec le cerf qui lui avait coupé le souffle par la majesté et l'envergure de ses bois. Il ne le croirait pas, avait-il pensé alors. Seule Marion, mise dans la confidence, n'avait pas douté de sa parole, comme chaque fois qu'il lui narrait une aventure à laquelle elle n'avait pas participé. Damien avait tendance à enjoliver ses récits. Il se sentait l'âme d'un passeur d'histoires, c'était son expression favorite lorsqu'il discourait sans discontinuer pour le plus grand plaisir de son amie.

— Plus tard, lui répétait-il souvent, je serai écrivain, comme Jules Verne.

— Tu ne seras pas céramiste, comme ton père ?

— Si. L'un n'empêche pas l'autre. Je créerai des plats et des assiettes, de belles soupières et des corbeilles sur lesquels je peindrai les personnages et les animaux tirés des livres que j'écrirai.

— Tu souhaites vraiment devenir un artiste ? s'étonnait Marion, plus habituée à une existence terre à terre qu'intellectuelle.

Les deux enfants rêvaient d'un monde édulcoré où les problèmes quotidiens n'auraient pas d'emprise sur eux, où les lendemains seraient enchanteurs. Ils n'avaient pas conscience des difficultés que rencontraient leurs parents, chacun dans sa famille respective.

— Et toi, que feras-tu quand tu seras grande ? demandait Damien lorsqu'ils s'interrogeaient tous deux sur leur avenir.

Plus réaliste, Marion se blottissait contre lui et, timidement, osait lui avouer :

— Moi, quand je serai grande, je me marierai avec toi.

Alors, Damien la prenait gentiment dans ses bras et l'invitait à imaginer avec lui ce que serait leur vie au milieu de la nature, entourés d'animaux et de gens attentionnés, dans un univers idyllique où le malheur serait banni, où les enfants seraient rois.

— Damien, accompagne-moi à la carrière ! ordonna Philippe à son fils par un matin ensoleillé. Je veux que tu te rendes compte du chantier que nous avons ouvert et qui est maintenant prêt à nous donner la glaise dont nous sortirons bientôt nos plus belles pièces.

L'enfant obtempéra. Il chaussa ses bottes, car, là où son père s'apprêtait à le conduire, la terre était collante et souple. Il s'y enfoncerait à chaque pas.

Philippe décida de s'y rendre à cheval et déclara :

— Il est temps de te mettre à l'équitation. Tu n'as que trop tardé. Je t'ai sellé Jupiter. Il est doux comme un agneau et il est juste à ta taille.

Le garçon n'était pas des plus téméraires. Il tenta de dissuader son père.

— Mais je ne sais pas monter ! objecta-t-il. Je vais tomber au premier obstacle.

— Si tu refuses, j'emmène Florian à ta place. Ton frère, lui, m'accompagnera volontiers. Il ne demande que cela.

Damien suivit son père sans conviction. Il adorait les animaux, mais l'équitation ne l'attirait pas.

— Florian est beaucoup plus courageux que toi, le réprimanda Philippe devant le manque d'enthousiasme de son aîné. Il ne craint pas de se faire mal. C'est un fonceur.

— Peut-être, mais lui n'aime pas façonner l'argile et se salir les mains. Moi si ! Il ne sera jamais un faïencier comme toi. Et il ne sait pas dessiner ! se renfrogna Damien, vexé d'être comparé à son jeune frère.

Philippe sortit Jupiter de son box et lui indiqua comment monter en selle.

— Pose ton pied gauche dans l'étrier en tenant bien le pommeau et les rênes des deux mains. Pousse ensuite sur tes jambes en t'agrippant. Allez… vas-y.

L'enfant s'y reprit à trois fois avant de se hisser sur le dos du cheval. Celui-ci demeurait placide et obéissant.

— Tu vois que tu ne risques rien ! Ne sois pas aussi froussard !

A son tour, Philippe enfourcha sa monture et, tirant les rênes de Jupiter d'une main, commença à avancer. Damien se tenait raide et avait empoigné la crinière de l'animal.

— Ne crains rien. Ton cheval ne partira pas au galop tant que tu ne le lui commanderas pas. Fais comme je te le dis.

Les deux cavaliers progressaient lentement en direction de Terre rouge. Puis Philippe donna des talons. Son alezan se mit au trot.

— Décolle les fesses à chaque pas de ton cheval, accompagne-le, conseilla-t-il à son fils qui, déjà, se sentait désarçonné. Serre fort ses flancs entre tes cuisses. C'est bien, tu as une bonne assiette.

Damien faisait des efforts surhumains pour ne pas chuter.

— Tiens-toi droit. Regarde devant toi, guide ton cheval avec tes rênes bien tendues.

Tant bien que mal, Damien garda l'équilibre et ne tomba pas. Quand Philippe constata qu'il parvenait à se maintenir en selle, il piqua des deux. Son alezan prit le petit galop. Jupiter suivit sans que son jeune maître eût besoin de lui en donner l'ordre.

— C'est parfait ! s'écria Philippe. Assieds-toi correctement dans le fond de ta selle, légèrement penché en arrière. Pousse les talons vers le bas. Tu dois te sentir comme dans un fauteuil !

— Ce n'est pas aussi confortable ! Je suis secoué comme un prunier, se plaignit Damien, peu rassuré.

Au bout d'un quart d'heure, les deux cavaliers arrivèrent aux abords de la carrière. Les cognements d'une pelle mécanique se répercutaient contre les flancs de la montagne voisine. Une vaste échancrure entaillait le plateau, telle une saignée dans un corps inerte. La roche, meuble et humide, apparaissait à nu sur les parois ainsi créées. Le sol était noyé sous une nappe d'eau stagnante, encombrée de branches d'arbres et de broussailles arrachées à la forêt qui surplombait l'emplacement. Au centre, un monticule de terre rouge auréolée de taches blanchâtres finissait de s'égoutter.

— Voilà notre trésor ! dit Philippe en mettant pied à terre.

Tout en retenant son propre cheval par les rênes, il s'approcha de Jupiter, le saisit par le licou.

— Tu t'en es parfaitement sorti. Je suis fier de toi. Tu peux descendre à présent. Caresse ta monture et flatte-la. Tu dois amadouer ton cheval.

L'enfant s'exécuta, heureux de retrouver la terre ferme.

— Alors, qu'en penses-tu ? Elle n'est pas belle, notre carrière !

Damien hésitait.

— Tu ne dis rien !

— Ils ont massacré le paysage ! La montagne est blessée à vif maintenant.

— Oh, ce n'est que de la roche !

Damien se dirigea vers l'entaille béante où la pelle mécanique allait et venait sans interruption, creusant toujours plus profondément.

— Il y a un banc de calcaire qu'il faut excaver, expliqua Philippe. Dans ce secteur, la géologie est tourmentée. Les strates ne sont pas horizontales, elles sont plissées.

— C'est sans doute à cause des poussées alpines. Les couches sédimentaires ont été chahutées quand les Alpes se sont soulevées.

Philippe regarda son fils d'un air étonné.

— Tu en connais des choses ! Qui t'a appris cela ? Le maître d'école ?

— Non, je l'ai lu dans un livre de géographie de ta bibliothèque.

— Parce que tu fouilles dans mon bureau maintenant ! Je l'ignorais. Et qu'est-ce qui t'intéresse dans ma bibliothèque ?

L'enfant, pris en faute, ne répondit pas.

— Alors ? insista son père.

— J'y emprunte certains de tes livres. J'aime lire, tu le sais bien.

— Je m'en suis aperçu, en effet... Et quelles sont tes lectures favorites ?

— Tout ce qui touche à la terre et les romans d'aventures, comme ceux de Jules Verne. J'adore aussi les livres d'art.

— Je vois. Et tu souhaiterais, sans doute, exercer un jour le même métier que le mien ?

— J'aime pétrir l'argile. C'est amusant et mystérieux. Elle donne l'impression de nous filer entre les doigts, mais nous en faisons ce que nous voulons.

— Et l'aspect décoratif, artistique, la création de collections ? Tu as envie d'apprendre ?

L'enfant rougit subitement, comme pris au piège de sa désobéissance.

— Qu'as-tu ? Pourquoi restes-tu muet ?

Alors Damien sortit de la poche extérieure de sa veste un calepin de dimension moyenne, épais comme un carnet de voyage. Il le tendit à son père.

— Qu'est-ce que c'est ? s'étonna ce dernier.

— Ouvre-le.

Philippe se saisit du calepin. Le feuilleta. S'ébahit.

A l'intérieur, il découvrit des croquis au crayon, d'autres peints à la gouache. Tous représentaient des pièces de vaisselle comme lui-même en réalisait dans l'intimité de son bureau.

— C'est toi qui as dessiné cela ? demanda-t-il, incrédule.

— Oui. Tu les trouves mauvais ?

Philippe dévisageait son fils comme s'il le voyait pour la première fois.

— Mais… pas du tout ! Tes esquisses sont même exceptionnelles pour un enfant de ton âge. Un peu naïves pour certaines, mais toutes démontrent une grande dextérité et une connaissance surprenante de l'art de la table. Je n'en reviens pas ! Comment as-tu appris à dessiner de cette manière ?

— En regardant tes propres dessins et en examinant tes collections.

— Tu as vraiment envie d'apprendre le métier de céramiste dans quelques années ? Je veux dire… pas celui de tourneur ou de potier ? Celui de créateur ?

— Je ne sais pas. Peut-être.

— Tu es encore un peu jeune pour décider de ton avenir… J'avoue que, jusqu'à présent, je ne comptais pas sur toi pour me succéder. Pour diriger une entreprise comme la nôtre, il faut posséder d'autres qualités que celles d'artiste. Mais ce n'est ni le lieu ni le moment d'en parler. Nous en discuterons plus tard.

Damien ne releva pas la remarque de son père à son propos. Il ignorait que ce dernier déplorait en lui son manque de caractère, d'audace aussi, pressentant Florian plus apte à le remplacer un jour.

L'enfant, heureux d'avoir été complimenté, redressa fièrement la tête et pointa du doigt le haut de la falaise argileuse.

— Je vais te confier un secret, murmura-t-il.

— Un secret ! Bigre !

— Tu as vu, dans mon carnet, le plat sur lequel j'ai dessiné un cerf ?

— Oui. Tu l'as parfaitement représenté. Je n'aurais pas fait mieux. Et le décor à médaillons et guirlandes polychromes est très réussi. Je te félicite.

— Merci, papa.

— C'est donc cela ton secret ?

— Non. Ce cerf... il existe vraiment. Je l'ai aperçu, là-haut dans les fourrés. Il portait des bois aussi grands que sur mon croquis.

Philippe n'avait pas remarqué la majesté du cervidé peint par son fils.

— Tu n'exagères pas un peu ?

Il compta le nombre de pointes par bois que l'enfant avait dessinées.

— Ton cerf est un seize-cors ! Je ne pense pas qu'il y en ait de si beaux dans nos forêts ! Je ne suis pas chasseur de ce type de gibier, mais j'ai déjà rencontré des cerfs. Jamais de si splendides !

— Je t'assure, papa. Je n'invente rien. J'ai vu ce cerf un jour que je me promenais seul dans les bois. Il a surgi du taillis, puis a disparu lentement comme s'il se méfiait de moi. Je ne l'ai plus jamais revu.

Philippe ne voulut pas contredire son fils. Ce qu'il avait représenté avec talent dans son carnet suffisait à son ravissement.

— Au fond, peu importe ! L'essentiel est que tu réussisses à sublimer tes impressions quand tu dessines ou quand tu peins. Or je crois que tu y parviens parfaitement.

Heureux de ces éloges paternels, Damien remonta en selle sans demander son aide.

— Alors, lui dit-il avec courage. On y va ? Ça commence à me plaire, l'équitation.

5

Nouveau départ

L'inconnu que Damien et Marion avaient croisé en chemin n'était autre que l'incendiaire. Il s'était fait prendre en flagrant délit sur les lieux d'un autre de ses forfaits. Il avait avoué son acte criminel perpétré au Mas neuf et avait été mis hors d'état de nuire. Ce qui avait rassuré les enfants. Quant à Philippe, il n'avait plus été menacé. Il s'était empressé d'acquitter la somme dont il était encore débiteur et avait donné à son créancier l'assurance que son avenir était consolidé par la découverte de Val Fleuri. Tout était rentré dans l'ordre, même s'il se méfiait toujours des exactions possibles de cet individu qui, au demeurant, n'avait pas été inquiété et vivait en toute impunité.

Il regrettait d'avoir été tenté par la facilité et reconnaissait avoir été trompé par les belles promesses.

« C'est la première fois que ça m'arrive ! » se reprochait-il avec écœurement, quand il terminait ses comptes dans son bureau d'Uzès. Il alignait les chiffres, totalisait les dépenses, les recettes, calculait la part des immobilisations et des frais de fonctionnement, prévoyait ses prochains avoirs en fonction des commandes. Globalement, son bilan financier le satisfaisait. Son chiffre d'affaires, sans avoir atteint son niveau d'avant la crise, était reparti à la hausse. Il dégageait des bénéfices qui lui permettraient non seulement d'honorer ses créances, mais aussi d'envisager ses futurs investissements. La tempête semblait s'éloigner.

— J'ai la tête hors de l'eau ! s'exclama-t-il un soir après avoir vérifié les registres de son comptable. Tout est rentré dans l'ordre.

— Tu parles tout seul ! s'étonna Irène en entrant à l'improviste dans son bureau.

— Euh... non ! se reprit aussitôt Philippe. Je mettais seulement des mots sur mes pensées.

— Et puis-je savoir pourquoi tu as la tête hors de l'eau ?

— Oh, ce n'est qu'une façon de s'exprimer. Malgré la crise, notre entreprise se porte plutôt bien. Et notre poterie d'Anduze accroîtra encore notre potentiel d'expansion. Elle nous ouvrira de nouveaux débouchés, nous positionnera dans un secteur où l'argent ne manque pas. Nous répandrons davantage nos services de table en faïence de luxe.

— Es-tu certain que ta production de vases s'écoulera facilement ?

— A Anduze, il n'y a guère de concurrence. Nous ne serons que deux grandes maisons sur la place. Je vais demander une étude de marché pour connaître les clients des Boisset. En fonction du résultat, je chercherai à toucher une autre clientèle avec des produits différents.

— Le vase d'Anduze traditionnel respecte des normes de fabrication. Tu n'innoveras pas sans prendre le risque de t'écarter du véritable vase d'Anduze !

Irène s'était renseignée sur la spécificité de ce dernier. Elle avait appris que les Boisset s'enorgueillissaient à juste titre de créer les authentiques vases horticoles dans leur couleur d'origine, le « jaspé » aux reflets miel, vert et brun, à la panse ornementée selon la taille au minimum de deux guirlandes et deux macarons à l'effigie de la famille du potier. Les dimensions et les profils fluctuaient d'un artisan à l'autre. La gamme avait toujours été très variée, allant des simples pots de fleurs aux vases d'orangerie dépassant un mètre de hauteur et quatre-vingts centimètres de diamètre. Quant aux formes plus ou moins trapues, elles gardaient une certaine constante à quelques nuances près : un galbe en cloche retournée reposant sur un piédouche mouluré.

— Tous les potiers ont personnalisé leur production, se justifia Philippe. A bien y regarder, aucun vase d'Anduze ne ressemble à un autre. Les plus récents sont plus élégants, plus élancés. Les cartouches et les guirlandes sont les vraies marques de fabrique qui différencient leur provenance. Dans ce domaine aussi, l'imagination joue un grand rôle. Il ne suffit pas d'imiter, mais d'innover, d'inventer, comme le peintre devant son chevalet. Je mettrai mon esprit créatif et mon talent à profit. Je me distinguerai dans ma collection de vases d'Anduze comme en matière de services de table.

Philippe se montrait très enthousiaste. Il retrouvait foi en l'avenir malgré les vicissitudes du moment. Chaque fois que son emploi du temps le lui permettait, il quittait Uzès et ses ateliers de faïence pour rejoindre les contreforts cévenols où il avait hâte d'entrer en concurrence avec la famille Boisset pour prouver ce qu'il était capable de réaliser.

A Val Fleuri, la carrière avait été complètement dégagée et était prête à fournir l'argile nécessaire à sa nouvelle activité. Certes, Philippe reconnaissait que le métier de potier était moins noble que celui de faïencier, mais il aimait les challenges. Aussi mettait-il un point d'honneur à réussir ce que beaucoup d'autres dans le passé n'avaient pas su perpétuer. De nombreux artisans potiers, en effet, avaient disparu au cours du siècle précédent.

— A côté des Boisset qui incarnent la permanence, la tradition, j'aspire à devenir le symbole du renouveau dans un domaine qui s'est quelque peu endormi sur ses lauriers, relevait-il quand certains de ses confrères uzétiens lui reprochaient de s'abaisser à vouloir fabriquer des « pots de fleurs ».

— Nous ne sommes pas des potiers ! lui déclaraient-ils sur un ton péremptoire. Nous avons vocation à égaler les porcelainiers de Limoges, nous sommes de vrais artistes.

— Artiste et artisan ne sont-ils pas deux mots de la même famille ? Et vous oubliez que les vases d'Anduze ne sont pas de vulgaires pots de fleurs ! Ce sont de véritables objets d'art qui ornent les orangeries des plus beaux châteaux de France, voire d'Europe. On y plante des agrumes qui concourent à l'art horticole. Je vous rappelle que Claude Monet a passé plus de trente ans de sa vie à peindre de simples nénuphars à Giverny. Il savourait particulièrement les paysages de jardin. Mes vases inspireront les peintres de notre époque. Et tels les deux cent cinquante nymphéas de Monet, aucun de mes vases ne sera identique à un autre. C'est ce qui leur conférera leur rareté et leur richesse.

Dans le monde des céramistes, Philippe avait conscience qu'une certaine aristocratie s'était constituée. Les porcelainiers de Limoges tenaient le haut du pavé. Dans le domaine où il excellait, il entrait en lice avec les faïenciers de Nevers, Gien, Moustiers, Bordeaux, Longwy ou Desvres. Les villes renommées pour leur production se comptaient par dizaines. Lui-même avait très tôt désiré se démarquer en proposant des articles luxueux, afin d'asseoir sa notoriété. Il se sentait petit devant les énormes manufactures qui dominaient le marché depuis des siècles. Il ne craignait donc pas de se lancer à présent dans une branche de la céramique où il savait que la concurrence serait moins rude.

— Après l'Uzège, je vais investir les Cévennes ! pérorait-il pour couper court à toute discussion. Et associer sous le patronyme des Ferrière l'art de la table à celui des jardins floraux.

* * *

Plusieurs mois s'écoulèrent. L'année touchait à sa fin. Dans tout le pays, les affaires redémarraient grâce aux mesures drastiques prises par le gouvernement pour juguler la crise.

Philippe avait commandité la construction d'un bâtiment entièrement conçu autour du four qu'il désirait installer. Ce dernier, comme il l'avait prévu, fonctionnerait au bois, mais aussi au gaz en cas de besoin. Déjà, tout le bois de chêne provenant du défrichage de la carrière avait été amassé non loin du site et débité. Les fagots étaient prêts à être enfournés. La terre glaise avait été acheminée à proximité du lieu de production et constituait des monticules impressionnants.

La nouvelle fabrique Ferrière se situait à deux cents mètres environ du manoir. Concepteur de sa production, Philippe tenait à contrôler toutes les phases de la fabrication des vases, depuis la préparation de l'argile après extraction jusqu'à la sortie du four. Comme à Uzès, il s'en remettrait à la compétence des ouvriers qu'il s'apprêtait à recruter. Certes, sa présence à Anduze serait intermittente, n'ayant pas l'intention de délaisser son entreprise uzétienne, mais il comptait bien partager équitablement son temps entre les deux cités.

Dans un premier temps, il embaucha un maître potier qui avait effectué son tour de France chez les Compagnons du devoir. Jean Lanoir n'avait pas encore trente ans, mais avait déjà une sérieuse expérience. Il avait travaillé dans les grands centres de poterie du pays, notamment à Vallauris où il avait touché avant l'heure à la céramique d'art. Puis il avait opéré en Alsace, à Betschdorf et à Soufflenheim où il avait excellé dans la faïence de table.

— Je ne vous engage pas pour fabriquer des plats et des assiettes, le prévint aussitôt Philippe, comme c'était votre spécialité dans vos postes précédents. A Anduze, nous nous trouvons dans le monde des vases horticoles. Mais l'aspect artistique ne doit pas vous échapper pour autant. J'accorderai autant d'importance à la finesse et à la délicatesse de notre future production qu'à ce que je crée dans ma faïencerie d'Uzès. L'esprit est le même.

— Je m'adapterai, affirma Jean Lanoir.

— Je vous confie la responsabilité de l'atelier pendant mon absence. Votre titre de contremaître vous donnera toute latitude pour prendre les décisions nécessaires au bon fonctionnement de l'entreprise. Vous dirigerez le personnel, superviserez les commandes. Bref, vous serez ici mon second. Quand je passerai, disons une fois par quinzaine, vous me ferez votre rapport. J'envisage de demeurer sur place une petite semaine, le temps de vous transmettre mes consignes et de vérifier que tout se déroule sans problème.

— Vous pouvez compter sur moi, monsieur Ferrière.

— Je vous charge de me présenter les ouvriers que vous désirez recruter aux différents postes de fabrication.

— Je me suis permis de contacter plusieurs personnes compétentes qui m'ont été recommandées. Des jeunes et des anciens. Le mélange des âges est bénéfique. Dois-je également embaucher de la main-d'œuvre féminine ?

Philippe parut surpris par la question.

— Des femmes, dans une fabrique de vases ! Ce ne serait pas très judicieux. La poterie est un travail d'hommes. La préparation de la terre, le tournage, la cuisson et surtout la manutention sont des postes pénibles.

— Je pensais au vernissage !

— L'utilisation des produits chimiques est dangereuse. L'émaillage nécessite la manipulation de grandes quantités de substances toxiques. Ce n'est pas comme pour la décoration des pièces de faïence qui exige beaucoup de doigté et de précision, d'esprit artistique. A Uzès, j'ai recours aux petites mains féminines pour ce savoir-faire délicat. Pour les vases, je ne crois pas que les femmes nous soient très utiles.

— Dans ce cas, je n'embaucherai que du personnel masculin.

Philippe s'en remit donc à son nouveau contremaître.

Un mois plus tard, ce dernier avait recruté toute son équipe. Une douzaine d'ouvriers et apprentis, tous aguerris au métier de potier, même les plus jeunes qui avaient déjà travaillé par ailleurs. Ils connaissaient tous les bases de la fabrication des célèbres vases d'Anduze.

De son côté, Philippe n'avait pas perdu son temps. Il avait fait confectionner de nombreux moules pour façonner les motifs de décoration ainsi que ceux qui serviraient à la réalisation des grosses pièces. Il avait commandé en grande quantité le produit pour l'engobage, le sulfure de plomb pour le vernissage, tous les oxydes métalliques nécessaires à la coloration après cuisson. Il avait dessiné de multiples esquisses de vases de toutes dimensions, respectant les formes et les volumes. Mais il avait ajouté sa griffe personnelle en concevant des médaillons, des guirlandes, des ornements sortis de son imagination. Il avait évité de copier des modèles existants et avait mis un point d'honneur à proposer des articles uniques, remarquables par leur originalité et leur sobriété.

* * *

Au printemps suivant, le samedi 21 avril 1934, quand le matériel fut enfin prêt et une fois la main-d'œuvre informée de ses intentions, Philippe inaugura officiellement sa poterie d'Anduze. Il organisa des portes ouvertes auxquelles il convia le maire ainsi que le sous-préfet d'Alès. Le député de la circonscription, retenu à l'Assemblée nationale où l'on débattait de la décision du ministre de l'Intérieur Albert Sarraut de retirer l'autorisation de séjour accordée à Léon Trotski, se fit représenter par son suppléant. La population anduzienne fut invitée à un apéritif de découverte au cours duquel un vase miniature – effectué en réalité dans les ateliers d'Uzès – fut offert à chacun en guise de bienvenue.

Dès onze heures, une foule de curieux commença à affluer aux abords de la nouvelle fabrique. Devant le bâtiment principal où se trouvait la pièce maîtresse du complexe – le four –, une estrade attendait les orateurs. Des tables avaient été dressées sur des tréteaux, des bancs placés sur les quatre côtés de ce qui constituait la cour centrale. Pour l'occasion, Philippe avait embauché cinq jeunes filles pour assurer le service. Toutes arboraient une jupe noire et un chemisier blanc, des bas gris anthracite et des souliers vernis qui leur donnaient l'air de parfaites serveuses de restaurant.

Irène avait sorti sa plus belle robe et insisté pour que ses deux fils soignent leur coiffure et leur tenue.

— Faites honneur à votre père, avait-elle prétexté pour les convaincre de l'importance de la réception organisée par son mari. Tout le monde va nous regarder. Il faut donner bonne impression. Notre réputation en dépend.

Damien avait aussitôt obtempéré. A bientôt quatorze ans, l'adolescent avait conscience de l'enjeu. Il pensait très naturellement qu'un jour il prendrait la relève de son père et se sentait déjà investi dans le patrimoine familial. Son frère, en revanche, ne montrait guère d'enthousiasme. Comme chaque fois qu'il était question de l'entreprise paternelle, Florian rechignait, montrait de la mauvaise volonté. A douze ans, son caractère s'était beaucoup affirmé. Il ne voulait pas entendre parler de la profession de son père. Très déterminé, il accentuait sa différence par rapport à Damien qu'il jugeait sévèrement, lui reprochant de se soumettre à leurs parents sans oser se démarquer.

— Je suis l'aîné, se justifiait Damien. C'est d'abord sur moi que reposera l'avenir de la Société Ferrière. Je n'ai pas le droit de me défiler. Mais je ne me force pas ; le métier de papa est le plus beau du monde. Il me convient parfaitement. Moi aussi, un jour, je créerai ma collection de services de table. J'aurai ma griffe, comme papa possède la sienne.

— J'ai de plus nobles ambitions ! La céramique, c'est bon pour les manuels. Moi, je suivrai de longues études, pour devenir quelqu'un.

— Des études ! Lesquelles ?

— J'irai à l'université. Je serai avocat ou magistrat, quelque chose comme ça. Ou médecin pour sauver des vies. Je ne veux surtout pas me salir les mains en pétrissant l'argile. Or c'est ce qui t'attend si tu acceptes ce que papa nous réserve. Je l'ai surpris un soir à parler à maman. Dès que nous aurons atteint l'âge de travailler, il nous apprendra le métier en commençant par le début.

— C'est-à-dire ?

— Par le façonnage de la terre. Il te faudra passer par tous les postes de ses ateliers. Etre apprenti aux ordres d'un ouvrier qui te commandera comme si tu n'étais pas le fils du patron. C'est ça que tu souhaites ? Moi, non !

Florian semblait parfaitement renseigné sur les volontés de son père. Aussi avait-il décidé de s'opposer avec énergie à cet avenir peu engageant à ses yeux.

— Tu agiras comme tu l'entends, insista-t-il. Mais moi, je ne serai jamais le larbin d'un employé de papa, fût-il maître d'apprentissage.

Damien n'avait jamais songé à cette éventualité. Mais, en son for intérieur, aborder le métier par le bas de l'échelle ne le décourageait pas.

— Ça ne me déplaît pas, répondit-il. Tant que je pourrai dessiner, imaginer, laisser vagabonder mon esprit, je serai très heureux.

— Tu rêves, Damien !

Les deux frères discouraient sans se rendre compte du temps qui s'écoulait.

Quand Philippe les avertit que le monde était arrivé et que les allocutions allaient débuter, Florian se renfrogna et refusa d'assister à la cérémonie.

— Je dois accueillir le sous-préfet, lui opposa son père avec colère. Je n'ai pas le temps de m'occuper de toi et de ta mauvaise humeur ! Tu viens immédiatement ! C'est un ordre. Nous reparlerons de ton attitude quand tout sera terminé. Prends donc exemple sur Damien. Lui au moins m'écoute sans discuter.

— C'est un poltron ! bredouilla Florian.

— Je n'ai pas bien entendu !

Le jeune garçon fronça les sourcils, ronchonna comme un vieux, finit par plier.

Dehors, la foule était impatiente de se précipiter vers les tables où les cinq serveuses avaient disposé les toasts et les bouteilles d'apéritif.

Philippe se dirigea sans tarder vers l'estrade et demanda aux invités un peu de silence.

— Je n'ai pas l'intention de vous infliger un long discours, commença-t-il. Permettez-moi néanmoins de dire deux mots avant de procéder à l'inauguration de cette nouvelle unité de production de vases d'Anduze que j'espère conduire à la prospérité. Je désire ardemment m'inscrire dans la droite ligne de tous ceux qui, jusqu'à présent, ont concouru à la notoriété de notre bonne ville dans un secteur où, il faut le reconnaître, elle excelle depuis longtemps. Mais le vase d'Anduze n'a pas d'égal. Il est unique en son genre...

Et Philippe de raconter par le menu les origines du vase d'Anduze, depuis le fameux potier Gautier jusqu'aux artisans du XIXe siècle qui assurèrent la renommée de la cité cévenole en ce domaine. Il évita de trop s'étendre sur la pérennité de la famille Boisset, dont il admit la valeur et le rôle primordial dans l'histoire de la poterie anduzienne. Il ne voulait surtout pas passer pour un rival. Il parla d'eux comme de futurs confrères, à qui il accordait toute sa reconnaissance et sa sympathie.

Prenant à son tour la parole en termes élogieux et flatteurs, le sous-préfet insista sur l'aspect économique de l'initiative de Philippe Ferrière, concédant qu'en période difficile comme celle que venait de traverser la France, il était téméraire mais méritoire de créer des emplois et de participer au redressement du pays. Il énuméra les grands chantiers mis en œuvre par le gouvernement pour juguler la crise qui, affirma-t-il, était « derrière nous ».

Le maire quant à lui, plus pragmatique, avoua qu'une nouvelle entreprise serait bénéfique au budget de la commune. Il encouragea Philippe à se développer et trouva un prétexte pour tirer la couverture à lui en vue des prochaines municipales.

Quand les trois orateurs eurent fini leur discours, Irène monta sur l'estrade et annonça d'une voix timide :

— Vous me connaissez tous. Ma famille est issue d'une longue lignée enracinée dans la région. Grâce à la Société Ferrière, les Beauvallon se réimplantent donc ici, à Anduze, d'où ils sont originaires. Je suis comblée de revenir parmi vous. Je vous convie maintenant à boire ensemble le verre de l'amitié, comme on dit, afin de souhaiter un vif et grand succès à mon mari.

Les invités applaudirent davantage Irène qu'ils n'avaient ovationné les officiels, et se ruèrent aussitôt sur les petits-fours et autres réjouissances qu'Irène avait commandés à leur intention.

Les Chassagne avaient rejoint les Ferrière et les félicitaient. Damien en avait profité pour retrouver Marion à l'écart. Les deux adolescents ne perdaient jamais une occasion de s'isoler et s'envoler au pays de leurs rêves.

Au bout d'une heure, Irène vint les interrompre, préoccupée de ne pas apercevoir Florian en leur compagnie.

— Je croyais ton frère avec toi ! dit-elle, inquiète, à son aîné. Sais-tu où il est ?

— Non, reconnut Damien. Je suis resté avec Marion depuis la fin des discours. Il joue probablement avec les autres enfants.

— J'ai fait le tour. Il n'est nulle part.

— Il s'est sans doute réfugié dans la maison.

— J'en reviens. Il n'y est pas. La gouvernante ne l'a pas vu rentrer. Où peut-il être ?

Irène avertit aussitôt son mari. Celui-ci tenta de la tranquilliser.

— Quand l'inauguration sera terminée, il réapparaîtra. Il se cache quelque part. Tu le connais. Il manifeste son indifférence. Nous avons eu des mots avant la cérémonie.

Une fois tout le monde rentré chez soi, Philippe partit, en vain, à la recherche de son fils.

Personne ne l'avait aperçu depuis qu'il avait pris la parole.

Florian avait disparu.

6

La fugue

A Val Fleuri, ce fut le branle-bas de combat pendant toute la journée et toute la soirée. A minuit, Florian n'était toujours pas rentré. Philippe avait demandé à ses hommes de passer le domaine au peigne fin. Des amis chasseurs s'étaient joints au groupe pour organiser une battue digne de celles qu'ils effectuaient lors de leurs traques aux cerfs ou aux sangliers. Mais force leur fut de constater, après de vains efforts, que l'enfant s'était bel et bien volatilisé.

Sur le moment, Damien repensa à l'individu qui l'avait menacé lors de l'incendie de la grange des Chassagne. Mais l'événement était si lointain – près de deux ans s'étaient écoulés – qu'il lui parut peu probable que la disparition de son frère eût un quelconque rapport avec ce drame. S'il se garda de dévoiler ses soupçons à son père, il en parla néanmoins à Marion le lendemain même.

— Il serait donc revenu ! Je n'y crois pas trop, mais on ne sait jamais.

— Tu songes à une rançon ?
— C'est possible.
— A moins que ce ne soit en relation avec la création de la nouvelle fabrique de céramique de ton père. Sa poterie en mécontente plus d'un !
— Il a affirmé n'avoir aucune intention de nuire aux intérêts de son principal concurrent.

Les deux adolescents cherchaient toutes les explications à la disparition de Florian.

— Ton frère se cache dans les bois, suggéra Marion. Et il n'ose plus réapparaître de crainte d'être puni.
— Tu es libre cet après-midi ?
— Je dois aider ma mère dans le chai. Les hommes nettoient les foudres et les barriques, nous deux, nous rinçons les tonnelets et les bouteilles. Ainsi, quand arrivent les vendanges, tout est prêt.
— Si tu peux te dégager quelques heures, nous partirons à la recherche de Florian, s'il n'est pas encore rentré.

Les efforts de Philippe et de son équipe se révélaient inefficaces. Plus de vingt-quatre heures après la disparition de l'enfant, celui-ci demeurait introuvable.

Irène entrevoyait déjà le pire.

— Il faut alerter la gendarmerie, dit-elle à son mari. Florian s'est écarté de nos terres, c'est une certitude.
— On a fouillé partout, bois et fourrés, vignes et garrigue. Il a dû sortir du domaine, se réfugier dans un coin perdu et se fourvoyer.
— Il ne s'est pas échappé aussi loin uniquement sur un coup de tête ! Certes, il est frondeur et têtu, mais il a un bon fond. Il ne nous créerait pas une telle frayeur

pour un simple accrochage avec son père. Ce n'est pas la première fois qu'il s'oppose à toi. Tout est toujours rentré rapidement dans l'ordre jusqu'à présent.

— Depuis quelque temps, il montre une hostilité radicale à tout ce que je lui impose.

— J'ai l'impression qu'il jalouse Damien parce que tu t'occupes moins de lui.

— C'est faux ! Damien aura bientôt quatorze ans. Il atteint l'âge à partir duquel il faut choisir son avenir. Comme il désire suivre la même voie que la mienne, j'écoute attentivement ce qu'il me dit pour le conseiller.

— Je croyais que tu l'estimais incapable d'être ton successeur et que Florian avait ta préférence !

— Je ne renie pas mes propos. Mais Florian ne veut rien entendre. Il refuse d'envisager d'entrer un jour dans l'entreprise. Il dénigre mon métier, tu ne l'ignores pas.

— Florian n'est qu'un enfant. Il s'est rendu compte que tu t'intéressais davantage à son frère. Il s'est enfui sur un coup de tête, profitant de la cérémonie d'inauguration pour échapper à notre vigilance.

Philippe reconnaissait le bien-fondé du raisonnement de sa femme. Il accepta, non sans réticence, de déclarer la disparition de son fils aux gendarmes. Ceux-ci débarquèrent à Val Fleuri dans l'après-midi. Trois hommes en uniforme, dans une fourgonnette de fonction.

Ils demandèrent aussitôt le signalement du jeune garçon, questionnèrent Philippe et Irène, puis les employés du manoir. Aucun d'eux n'avait aperçu Florian depuis la veille. Marie-Thérèse, la gouvernante, indiqua l'avoir croisé pour la dernière fois peu après la fin des discours.

— Il est entré dans la cuisine, s'est servi un verre d'eau, se souvint-elle. Ce qui m'a étonnée, car, dehors, sur les tables, il y avait de la citronnade et des jus de fruits pour les enfants. Je n'ai pas eu le temps de lui adresser la parole qu'il avait déjà filé vers la porte de sortie.

— La porte de sortie ! Vous en êtes sûre ? insista l'adjudant de gendarmerie, venu en personne à la requête de Philippe.

La gouvernante hésita.

— Maintenant que j'y réfléchis… je ne l'affirmerais pas. Mais je le vois encore disparaître en coup de vent. Je me suis dit qu'il avait rejoint ses camarades, qu'il avait soif et que ce qu'on lui proposait à l'extérieur ne lui plaisait pas. Avec les enfants, allez savoir ! Ce dont je me souviens, c'est qu'il était en nage. Il avait dû courir et s'exciter au milieu de tout ce monde.

L'adjudant ne semblait pas convaincu.

— Au cours de la cérémonie d'inauguration, au dire de son frère, personne ne l'a aperçu. Il n'a pas joué avec les autres enfants. Apparemment, il est demeuré seul.

Irène se culpabilisait, se reprochant de ne pas avoir été à l'écoute de son jeune fils. Elle avait fouillé la maison dans ses moindres recoins, inspecté sa chambre, à l'affût du moindre indice. Florian n'avait pas prémédité son acte. Ses affaires étaient rangées. L'enfant était très soigneux. Il ne laissait jamais rien traîner.

« S'il avait voulu nous prévenir, pensa-t-elle, il aurait déposé un mot sur sa table de travail. »

Un détail cependant la frappa tout à coup. Un détail qui lui avait échappé jusque-là : sur le dossier de la chaise, où il avait l'habitude de plier ses habits avant de se coucher, Florian avait abandonné la tenue qu'il portait pour la cérémonie.

— Il s'est changé avant de disparaître ! s'exclama-t-elle. Il a rendossé ses habits de semaine. Je n'y avais pas prêté attention.

L'adjudant nota ce fait dans son calepin, examina les vêtements en question, fouilla dans les poches du pantalon et de la veste.

— Rien, constata-t-il avec regret. Rien pour nous mettre sur une piste.

Il finit son tour d'inspection, puis rejoignit Philippe dans son bureau.

— Nous allons lancer une procédure de recherche. Etes-vous sûr que vous avez fouillé la totalité de votre domaine avec votre personnel ?

— Ce sont mes terres, adjudant ! Ne perdez pas votre temps là où mes hommes sont passés. Ils auraient retrouvé une aiguille dans une meule de foin. Aucune parcelle de bois, de vigne ou de friche de Val Fleuri ne leur est étrangère.

— Alors, je préviens immédiatement mes collègues des communes avoisinantes pour étendre la zone de nos investigations.

Philippe dissimulait ses craintes, ne voulant surtout pas affoler sa femme. Florian ne serait pas le premier enfant à jamais disparu.

— Hâtez-vous, adjudant. Vous savez mieux que moi qu'en cas de disparition les heures sont comptées et que plus on tarde, moins on a de chances de revoir l'enfant vivant.

— Je connais mon métier, monsieur Ferrière. Faites-nous confiance.

Les gendarmes reprirent le chemin du chef-lieu. Le calme revint à Val Fleuri. Un calme annonciateur de catastrophe.

* * *

Au milieu de l'après-midi, Marion rejoignit Damien au manoir.

— Ma mère m'a laissée partir alors que nous n'avions pas terminé, déclara-t-elle. Je lui ai expliqué que je voulais t'accompagner pour rechercher Florian. Elle a rechigné mais m'a donné la permission jusqu'à huit heures.

— Tes parents sont vraiment compréhensifs !

— Les tiens aussi !

— Pas tant que ça, au fond. Mon père nous dicte toujours notre conduite et je pense qu'il a déjà décidé de notre avenir, à Florian et moi. Quant à ma mère, elle écoute son mari.

— Pourtant, ils t'autorisent à venir me voir.

— Tant que nous resterons irréprochables, ils ne m'interdiront pas de te fréquenter. Pour eux, nous ne sommes que des amis d'enfance. Tu me comprends ?

Damien n'avait jamais avoué à Marion que son cœur battait étrangement en sa présence. Ses sentiments, d'amitié au départ, s'étaient peu à peu changés en un attachement plus fort qui l'empêchait parfois de s'endormir. Elle occupait de plus en plus son esprit. Son être frissonnait intérieurement quand il songeait à elle. L'attrait qu'elle exerçait sur lui s'était transformé en une sorte de désir nouveau. Il avait remarqué les modifications de son corps, la naissance de sa poitrine, le galbe de ses hanches, ses gestes plus féminins. Tout l'attirait en elle. Il la découvrait depuis peu sous un autre jour, percevait en elle non plus une petite fille mais une jeune fille.

Marion, elle, n'avait jamais cessé d'affirmer à Damien qu'elle l'aimait et qu'elle n'envisageait pas de vivre sans lui. Mais le jeune Ferrière n'avait pas compris alors qu'elle parlait avec son cœur, n'éprouvant pas encore la force de l'amour qui l'animait à présent.

— Tu veux toujours m'épouser quand nous serons plus grands ? lui demanda-t-il.

— Evidemment !

— Alors, il faudra convaincre mes parents. Ce ne sera pas facile !

— Et les miens aussi. Car, chez moi, mon père répète qu'on ne mélange pas les torchons et les serviettes. Tu saisis ce que cela signifie ?

— Euh... oui.

Damien n'insista pas.

— Nous sommes très jeunes. Nous avons du temps devant nous. Nos parents changeront d'opinion quand ils s'apercevront qu'entre nous c'est sérieux !

A ces mots, Marion se blottit contre la poitrine de Damien, caressa tendrement sa nuque, posa un baiser sur sa joue. Il l'enveloppa de ses bras. La regarda avec amour. L'embrassa pour la première fois sur la bouche. Un peu maladroitement d'abord. Puis, oubliant ses appréhensions, avec plus d'assurance. Elle se laissa emporter, le cœur prêt à se rompre.

Reprenant leurs esprits, les deux adolescents décidèrent de se mettre à la recherche de Florian.

— Je suis sûr que les hommes de mon père ne sont pas passés partout.

— Le terrain n'a aucun secret pour eux, objecta Marion. Mon père, qui les accompagnait, nous a dit que tous les recoins avaient été fouillés. En vain.

— Florian a pu tomber dans un trou profond, une faille ou quelque chose de ce genre. J'en ai trouvé dans les bois qui entourent Terre rouge, cachées par les broussailles. S'il s'en est approché de trop près, il a pu perdre l'équilibre et tomber plusieurs mètres plus bas. Un jour, posté aux abords de l'une de ces cavernes, j'ai entendu du bruit à l'intérieur. J'y suis descendu à l'aide d'une corde que j'avais emportée. J'ai allumé ma torche et j'ai aperçu des ombres qui fuyaient dans l'obscurité.

— Tu n'as pas eu peur ?

— Si, un peu.

— Tu as vu ce que c'était ?

— Non. Mais renseignements pris, cela devait être des blaireaux. Il y en a beaucoup dans la forêt. Ils se terrent pendant le jour et sortent la nuit. Ils occasionnent des dégâts considérables dans les vignes lors de la saison des vendanges. Ils mangent le raisin.

— Oui, je sais, mon père me l'a expliqué. Il leur tend souvent des pièges, mais il parvient rarement à en attraper un.

Damien entraîna Marion au plus profond du domaine de Val Fleuri, traversant taillis et futaies sans hésiter. Le jeune garçon connaissait la moindre sente, le plus petit replat, se repérait comme un véritable homme des bois. Marion le suivait, étonnée du sens de l'orientation de son ami.

— Tu es sûr qu'on retrouvera notre chemin ? s'inquiéta-t-elle au bout d'une heure.
— Certain ! Ne te fais aucun souci. Nous ne sommes pas perdus. Regarde, d'ici on domine la carrière de mon père. Elle se trouve juste en dessous.
— Nous avons parcouru toute cette distance pour revenir sur nos pas !
— Oui...

Damien ne termina pas sa phrase. Il trébucha sur une pierre. Ses pieds s'enfoncèrent d'un coup dans le sol qui lui parut se dérober sous son poids. Il n'eut que le temps de s'agripper à un buis pour éviter la chute. Il se sentit suspendu dans le vide. Avec précaution, il observa le trou béant qui s'ouvrait sous lui, et découvrit à sa grande surprise une excavation d'un bon mètre de diamètre qui plongeait dans le noir.

Marion, qui n'avait pas réagi, lui demanda s'il n'avait rien de cassé et, s'étant approchée, écarquilla les yeux.
— Mais tu aurais pu te tuer !

Damien sortit du piège à la force des bras et reprit sa respiration.
— Je me suis fait une belle frayeur, reconnut-il.

Puis, s'avançant plus près du rebord :
— J'ai bien failli disparaître dans cette caverne. Je ne l'avais jamais aperçue jusqu'à maintenant. Elle était bien cachée dans les fourrés.
— Les hommes de ton père sont aussi passés à côté.

Examinant l'orifice, Damien constata que la végétation touffue qui la dissimulait n'était pas aplatie.
— Personne n'est entré dans ce trou depuis longtemps.
— Tu crois qu'il s'agit d'une grotte inexplorée ?

— Demain nous reviendrons la visiter. J'apporterai le matériel nécessaire, une corde, des lampes, de quoi marquer des repères.

* * *

Au manoir, la consternation était à son comble. A la fin de la seconde journée, Florian n'avait toujours pas réapparu. Irène était désespérée. Les gendarmes étaient venus au rapport. Ils n'avaient trouvé trace du garçon nulle part.

— Nous allons élargir nos recherches, prévint l'adjudant. Votre fils a peut-être pris la direction de Nîmes, voire du Rhône. S'il s'est caché dans une grande ville, il peut demeurer dissimulé des jours entiers avant qu'on ne le retrouve.

— Florian n'est qu'un enfant ! s'insurgea Irène. Il n'est jamais parti seul nulle part. Avec nous, il n'est allé qu'à Uzès, Anduze, un peu en Lozère où nous avons une petite propriété du côté de La Bastide. Une vieille ferme qui me vient de mes aïeux, et qui date de l'époque où ils envoyaient les troupeaux de leurs métayers en transhumance pendant l'été.

— Vous auriez dû nous le dire avant ! maugréa l'adjudant. Votre fils s'y est sans doute réfugié. Nous n'avons pas poussé nos investigations dans cette direction.

— Florian n'y est allé qu'une ou deux fois, pas plus ! Et il n'avait que sept ou huit ans.

Philippe intervint :

— J'admets avoir omis ce détail. Mais je ne pense pas que Florian soit parti si loin. Les paysans qui tiennent cette bergerie à partir du printemps sont pour lui de parfaits étrangers.

— Avec les enfants, il ne faut jamais jurer de rien. Je vais contacter mes collègues de Villefort. Ils y feront un petit tour discrètement. Si votre fils s'y trouve, ils s'en chargeront.

Irène semblait un peu soulagée. Elle commença à espérer que l'adjudant ne se soit pas trompé.

— Demain matin, nous en saurons davantage. D'ici là, si votre fils revient de lui-même, comme l'enfant prodigue, prévenez-nous.

Le lendemain, vers dix heures, l'adjudant de gendarmerie téléphona au manoir :

— Allô, monsieur Ferrière ! J'ai une bonne nouvelle à vous annoncer. On a retrouvé votre fils. C'est bien ce que nous avions soupçonné : il s'est réfugié dans votre ferme de Lozère. Il est épuisé. Il n'y est arrivé qu'hier soir. Le malheureux a beaucoup marché. Il a profité d'un paysan qui l'a transporté dans sa vieille camionnette. J'ignore comment il a fait pour parvenir à bon port, mais l'essentiel est qu'il soit sain et sauf... Mes collègues se proposent de nous l'amener. Un conseil : ne lui tombez pas dessus à bras raccourcis ! Laissez-lui le temps de s'expliquer. S'il a fugué, il faut en découvrir les raisons exactes afin que ça ne se renouvelle plus.

Philippe et Irène n'avaient pas l'esprit à la réprimande. Ils ressentaient un vif soulagement. En même temps, ils ne comprenaient pas ce qui avait poussé leur fils à un tel geste. Certes, Florian s'était heurté une fois de plus à son père, mais la dispute n'avait pas été importante au point de le décider à quitter le toit familial.

Que s'était-il passé dans la tête du jeune Ferrière ?

A la fin de l'après-midi, Florian, encadré par deux gendarmes, rentra à Val Fleuri, l'air penaud. Fatigué par sa longue cavalcade, les habits salis, la mine défaite de ne pas avoir dormi tout son content, l'enfant ne prononça pas un mot quand l'adjudant le laissa aux bons soins de ses parents. Il se tenait debout devant son père, dans l'attente d'une sévère réprimande.

— Alors, amorça Philippe, tu n'as rien à nous raconter ?

Florian ne bronchait pas, réfugié dans son mutisme.

— Voyons, chéri, intervint Irène pour détendre l'atmosphère. Tu peux parler sans crainte. Nous t'écoutons. Nous aimerions savoir ce qui t'a poussé à t'enfuir de la maison.

Florian, les yeux rivés au sol, se taisait toujours.

— Si tu préfères attendre pour nous expliquer, nous ne te forçons pas. Monte dans ta chambre, prends un bon bain. Ensuite, tu redescendras au salon et nous réfléchirons calmement. Papa n'a nullement l'intention de te gronder, n'est-ce pas, Philippe ?

— Bien sûr que non ! Mais je souhaiterais que tu nous donnes la raison de ta fugue.

Alors Florian admit :

— Je voulais seulement que vous fassiez plus attention à moi. Depuis que Damien vous a appris son envie de succéder plus tard à papa, je n'existe plus. Vous ne parlez que de lui. Je ne compte plus à vos yeux. J'ai eu beau commettre des bêtises, vous ne les avez même pas relevées. Moi aussi, je sais ce que je ferai quand je serai grand. Mais ça ne vous intéresse pas !

Irène consulta son mari du regard. Philippe fronça les sourcils pour lui signifier de ne pas intervenir.

— Ecoute ta mère et redescends quand tu seras prêt. Nous discuterons sérieusement à tête reposée.

Une petite heure après, Florian redescendit et, calmement, son père lui accorda toute son attention.

— Je ne t'obligerai jamais à suivre mes traces, le rassura-t-il. Si tu désires poursuivre de longues études pour devenir…

— Médecin, coupa le jeune garçon. Je serai médecin. C'est décidé.

— Eh bien, si tel est ton choix, je ne m'y opposerai pas. Je ne doute pas que tu y parviennes. Mais, en attendant, j'aimerais que tu montres de la bonne volonté quand je te demande d'obéir. A ton âge, tu dois nous faire confiance.

Regrettant déjà les soucis qu'il avait occasionnés à ses parents, Florian leur demanda pardon et promit de ne plus recommencer.

Le lendemain, de bonne heure, quand il vit Damien partir, paré comme un spéléologue, il s'étonna :

— Où cours-tu avec tout ton barda ? Tu ressembles à un explorateur. Ça ne te ressemble pas.

— On change dans la vie.

— Encore une de tes idées farfelues !

Damien ne répondit pas, ne souhaitant pas dévoiler ses intentions.

7

La grotte

Sans en avoir parlé à ses parents, Damien partait rejoindre Marion dans la garrigue entourant les vignes de Val Fleuri.

La capitelle où ils avaient l'habitude de se retrouver se situait à proximité de la nouvelle carrière de Philippe. Des hommes travaillaient à l'extraction de la terre. Les moteurs de leurs engins d'excavation vrombissaient, lâchant dans l'atmosphère des panaches de fumée noire et âcre.

— A ce rythme-là, releva Marion, ils vont défoncer la montagne et la percer jusqu'à l'autre versant !

— Quand ils auront amoncelé suffisamment d'argile, ils s'arrêteront. Le tas que tu aperçois là-bas est déjà assez gros pour une année de production, m'a expliqué mon père. Ce qu'ils sortent à présent sera envoyé par camion dans sa fabrique d'Uzès.

Marion s'extasiait devant le travail accompli par les machines.

— Nous deviendrons bientôt totalement indépendants de nos fournisseurs de glaise, ajouta fièrement Damien. Comme les Boisset d'Anduze.

— Les Boisset ?

— Ils exploitent une grande poterie et une carrière d'argile à l'extrémité de la ville, en direction de Saint-Jean-du-Gard.

— Oui, je les connais, mentit Marion.

— Mon père désire suivre leur exemple en créant une collection originale de vases d'Anduze.

— Pourquoi as-tu insisté pour que je t'accompagne ce matin ?

— Mais je te l'ai dit hier soir ! Pour explorer la grotte que nous avons découverte.

Marion montrait peu d'enthousiasme.

— Tu veux que je descende dans ce trou avec toi ?

— Oui. Pourquoi ? Tu as peur ? Si tu préfères, j'y descendrai seul. Tu n'auras qu'à m'attendre à l'extérieur.

— Il n'en est pas question, répliqua aussitôt la jeune fille, vexée. Je ne te lâche pas.

Damien rassembla le matériel qu'il avait apporté de chez lui, et remit à Marion une torche, des bottes, un pantalon et un casque muni d'une lampe frontale.

— Les casques proviennent de la mine, expliqua-t-il. Je les ai dénichés dans une brocante avec ma mère. Elle me les a offerts.

— Drôle de cadeau !

— Ils sont à notre taille. Ils ont servi à des enfants mineurs.

Marion s'étonna du harnachement que Damien lui proposait. Mais celui-ci insista :

— Il faut se protéger la tête. Ça peut être dangereux. Et, surtout, il faudra bien s'encorder l'un à l'autre, notamment dans les descentes.

Marion obtempéra. Elle se couvrit la tête du casque, enfila le pantalon par-dessus sa robe, chaussa les bottes et suivit son ami vers l'aventure.

Ils évitèrent d'attirer l'attention des ouvriers de la carrière, contournèrent celle-ci et grimpèrent au-dessus de la falaise qui la surplombait jusqu'à l'endroit où se situait la caverne.

Depuis la veille, rien n'avait été modifié. Le trou présentait toujours la trace de la chute avortée de Damien.

— S'il y avait des animaux à l'intérieur, ils seraient sortis pendant la nuit et auraient piétiné la végétation. Ça se verrait, expliqua-t-il, comme pour tranquilliser Marion.

La jeune fille ne semblait pas rassurée. Mise devant le fait accompli, elle n'osa cependant revenir sur sa décision.

Damien attacha une corde autour du tronc de l'arbre le plus proche, puis jeta l'autre extrémité dans l'orifice. Par curiosité, il lança une pierre dans le vide et écouta attentivement. La pierre ricocha plusieurs fois, rebondissant sur la paroi rocheuse, dans un bruit sourd de caisse de résonance. Au bout de trois ou quatre secondes, le silence s'imposa à nouveau.

— Ça m'a l'air profond ! On ne dirait pas, vu d'ici. Il doit y avoir des replats. Ils faciliteront notre descente.

— Des animaux sauvages pourraient donc y avoir pénétré et y séjourner !

— Ce n'est pas impossible. Il y a probablement d'autres entrées. Les grottes sont souvent ramifiées sous terre.

— Que fera-t-on dans ce cas ?

— Ne t'inquiète pas. En percevant du bruit, ils auront plus peur que toi et ils déguerpiront avant que tu les aperçoives. Si ce sont des blaireaux, il n'y a aucun danger. Ils n'attaquent pas l'homme.

— Et si c'est un ours ?

Damien éclata de rire.

— Un ours ! Pourquoi pas une meute de loups ? Marion, voyons ! On ne t'a pas appris qu'il n'y avait plus de loups dans les Cévennes depuis le siècle dernier ? Quant aux ours, ils remontent à la préhistoire !

Damien encorda son amie comme un véritable spéléologue, attacha sa lampe frontale sur son casque, vérifia sa tenue.

— C'est bon, maintenant, on descend.

* * *

Pendant ce temps, au manoir des Ferrière, Philippe avait repris sa discussion avec Florian et tentait de le convaincre qu'il devait lui faire confiance.

— Tu n'as que douze ans. Il est encore trop tôt pour que tu décides de ton avenir. Je n'ai pas l'intention de t'influencer. Comme je te l'ai dit hier soir, tu poursuivras les études que tu souhaites. Mais sache que j'avais placé beaucoup d'espoirs en toi. Très vite, je me suis rendu compte que tu avais toutes les qualités pour devenir plus tard un excellent chef d'entreprise. Tu as du caractère. Tu ne te laisses pas commander facilement. Tu sais ce que tu veux et ce que tu ne veux pas. J'aime ça. Voilà pourquoi j'avais misé sur toi plutôt que sur ton frère pour me remplacer un jour.

— Je suis nul en dessin. Je n'ai pas l'esprit créatif. Et j'ai horreur de pétrir l'argile. C'est gluant et salissant.

— En tant que patron, tu ne seras pas obligé de mettre la main à la pâte. Moi-même, il y a longtemps que je ne me suis plus assis devant un tour. Je le regrette parfois, car c'est à ce poste que tu ressens le mieux l'art de la céramique. C'est quand tu malaxes la glaise que tu crées vraiment. Tu façonnes l'objet à partir de l'élément le plus essentiel : la terre. Tu lui octroies la forme que tu souhaites, tu lui donnes vie. Tu peux défaire aussi vite ce que tu as imaginé, lui attribuer une autre forme, une autre âme.

Philippe n'oubliait pas qu'avant de devenir un grand faïencier il avait commencé comme simple tourneur, obéissant ainsi à la volonté de son propre père qui avait tenu à ce qu'il découvre toutes les phases du métier par l'apprentissage.

— Si tu décides un jour de me succéder, certes, il te faudra accepter de partir te former chez un confrère, comme moi quand j'étais jeune. Mais ce temps-là passe rapidement. Quand tu reviendras instruit et éduqué par nos pairs, tu seras en capacité de diriger l'entreprise familiale et de suivre dignement les traces de tes aïeux.

— Je serai médecin ! s'entêta Florian.

— Je ne te demande pas de te décider maintenant.

— Je ne changerai pas d'avis. De plus, en tant qu'aîné, c'est à Damien de te remplacer, pas à moi.

Il aime façonner la terre. Il dessine très bien et ne pense qu'à créer des services de table, comme toi. C'est lui qui te succédera, pas moi.

Philippe n'insista pas. Il ne sentait pas son fils prêt à renoncer.

Irène intervint afin de mettre un terme à leur discussion :

— Puisque Florian souhaite poursuivre de longues études, à la rentrée prochaine nous l'inscrirons dans un bon lycée privé à Nîmes, proposa-t-elle. Il y sera bien encadré. S'il venait à changer d'idée, il serait toujours temps qu'il entreprenne son apprentissage. Quant à Damien, laissons-le fixer son avenir sans rien lui imposer. S'il désire exercer le même métier que le tien, ne le décourage pas. Il a un don certain pour la création artistique. Ce serait dommage de l'empêcher de le mettre en œuvre sous prétexte que tu imagines davantage Florian prendre ta relève.

Philippe ne considérait pas les faits de cette manière. Il aurait préféré décider lui-même pour ses fils. Issu d'un milieu où les enfants n'estimaient pas eux-mêmes ce qui était bon ou mauvais pour eux, il acceptait mal de se plier aux exigences des autres. S'il avait eu une fille, il n'aurait pas accepté de bonne grâce de lui permettre de choisir son fiancé sans son consentement. Il lui aurait présenté le fils de l'un de ses amis ou d'une connaissance et aurait tenté de la persuader qu'il s'agissait du meilleur parti. Philippe oubliait qu'il avait mis sa belle-famille devant le fait accompli lorsque Irène était tombée enceinte à l'âge de dix-sept ans. Ne l'avait-il pas séduite à l'insu de ses parents, les Beauvallon ?

N'était-il pas à leurs yeux un vulgaire roturier, un petit-bourgeois enrichi ?

Irène savait lui rappeler leur jeunesse et leur entêtement commun devant sa propre famille. Sans elle, Philippe ne serait jamais parvenu à ses fins. Elle avait bravé tous les carcans familiaux et sociaux de l'époque. Elle avait tenu tête à son père malgré ses menaces de l'envoyer accoucher dans un couvent, loin des rumeurs qui, avait-il redouté, n'auraient pas manqué de se répandre. Elle aimait Philippe autant qu'il l'aimait. Et ils avaient assumé leur amour sans craindre d'affronter les foudres de leur entourage.

Florian ne démontrait-il pas déjà la même force de caractère ?

A douze ans, le jeune Ferrière osait s'affirmer et s'affranchir de la tradition familiale.

Vers midi, la gouvernante annonça que le repas était prêt.

Irène, qui n'avait pas vu Damien de la matinée, crut que ce dernier paressait encore sous les couvertures. Il n'était pas rare, en effet, qu'il oublie de se lever quand il n'avait aucune obligation scolaire. Il flânait volontiers au lit, restait dans sa chambre, à lire ses livres préférés, à dessiner, à demeurer hors du temps dans la contemplation. Parfois il observait le paysage pendant des heures à travers sa grande baie vitrée, épiant les oiseaux dans le ciel, les lapins sauvages dans les rangées de vignes ou simplement le souffle du vent dans le feuillage des arbres. Au printemps, lorsque l'aube nimbait de rosée l'herbe des prairies, il s'extasiait, les sens en éveil, comme un peintre esquissant la naissance du premier jour. Son regard se portait toujours vers la fontaine du jardin d'où, en toutes saisons, jaillissait une eau fraîche et limpide. La tonnelle attenante ployait sous le poids d'une lourde et antique glycine dont les fleurs, en été, embaumaient l'air jusqu'à sa fenêtre. Combien de fois Damien avait-il croqué dans son calepin cette nature généreuse qui nourrissait son imagination de jeune artiste ?

— Si papa n'avait pas été céramiste et s'il ne m'avait pas transmis son amour pour la terre glaise, j'aurais été peintre à défaut d'être écrivain, affirmait-il comme son père avant lui. J'aurais vécu de mes pinceaux comme d'autres vivent de leur plume, répétait-il à l'envi.

L'aîné des Ferrière avait l'âme romantique, ce qui n'était pas pour déplaire à sa mère mais désespérait son père.

Irène monta en personne prévenir son fils de l'arrivée de son père et l'invita à passer à table. Quand elle ouvrit la porte de sa chambre, découvrant son lit défait, elle fut prise de panique. Elle crut sur le moment que Damien, à son tour, avait agi comme son frère. Vite, elle redescendit aux nouvelles. Marie-Thérèse la tranquillisa aussitôt.

— Monsieur Damien est parti tôt ce matin, madame, en emportant casques, cordage, bottes et je ne sais quoi encore. Un vrai déguisement d'explorateur ! Il m'a priée de vous avertir de ne pas vous inquiéter, qu'il serait de retour dans l'après-midi.

— Vous a-t-il informée de l'endroit où il s'est rendu ?

— Non. Et je n'ai pas osé le questionner.

— Vous auriez dû ! Vous connaissez mon fils. Il aime se perdre dans la nature. S'il lui arrivait quelque chose, nous serions bien en peine de le retrouver.

Irène, à demi rassurée, prévint son mari qu'il était inutile d'attendre Damien.

Florian était déjà installé à table à sa place habituelle.

— Moi, je l'ai croisé, Damien, ce matin. Je me suis levé pour aller aux toilettes. Je suis tombé sur lui. Il était déguisé en explorateur. Quand je lui ai demandé ce qu'il faisait ainsi harnaché, il n'a pas voulu me l'expliquer.

Philippe réfléchit, s'assombrit.

— Un casque, des cordes... J'espère qu'il ne s'est pas mis en tête de descendre dans un de ces trous dont le domaine est truffé !

— J'ignorais qu'il y avait des grottes à Val Fleuri, s'étonna Irène. On ne m'en a jamais parlé.

— Oh ! elles n'ont aucun intérêt spéléologique. Ce ne sont que des failles ou des fissures dans la roche. Rien de très profond. Mais si l'on n'y prend garde, un accident est vite arrivé.

* * *

Damien était passé le premier. Il avait attendu d'avoir atteint le fond de la cavité pour appeler Marion et lui signifier qu'elle pouvait amorcer sa descente.

— C'est profond, l'avertit-il. Sois prudente. Tu trouveras trois paliers. Reste bien accrochée à la corde. N'aie pas peur, tu as environ dix mètres sous toi. Je t'éclaire.

Marion, peu rassurée, suivit les recommandations de son ami à la lettre. Dans l'obscurité, elle appréhendait moins le vide, mais la sensation de pénétrer dans un univers inconnu lui ôtait toute témérité. Elle hésita quelques secondes, puis glissa lentement le long de la corde, tenant celle-ci fermement des deux mains. Elle passa le premier ressaut, le deuxième. Un bloc rocheux entravait sa progression.

— Contourne-le par la droite, lui indiqua Damien. Tu y es presque.

Marion se balança en poussant sur ses pieds afin de se détacher de la paroi.

— Je n'y arrive pas. J'ai peur de lâcher.

Au-dessous, Damien pointa sa torche dans sa direction.

— Je remonte t'aider. Ne bouge pas.

En quelques secondes, il eut rejoint Marion. Il la prit dans ses bras, la rassura.

— Tu ne crains plus rien, je suis là.

Alors, serrés l'un contre l'autre, ils parvinrent d'un pas prudent au fond de la grotte. Le sol était humide et glissant. Des gouttes d'eau suintaient de la voûte.

Damien balaya du faisceau de sa lampe l'espace autour de lui, s'extasia.

— Ouah ! Je n'en crois pas mes yeux !

A son tour, Marion projeta sa lumière sur les parois rocheuses et découvrit une armée de stalactites et de stalagmites. Les couleurs rougeâtres et cuivrées attestaient de la minéralisation des eaux d'infiltration.

Les deux adolescents se taisaient, ébahis. Jamais ils n'auraient imaginé une telle merveille sous leurs pieds.

— Regarde là-bas, remarqua Damien, la grotte semble se poursuivre. Un étroit couloir communique avec une seconde cavité. Je sens un souffle d'air. Sûr qu'il y a une sortie un peu plus bas.

Prudemment, ils se dirigèrent vers l'extrémité de la caverne. Celle-ci n'était en réalité que l'entrée d'un réseau ramifié de plusieurs salles.

Ils se frayèrent un passage à travers des éboulis, longèrent un mince filet d'eau qui coulait à leurs pieds. Débouchèrent dans une salle immense, à la configuration chaotique.

Damien sortit de son sac une autre lampe afin de mieux appréhender l'espace qu'il pressentait autour de lui.

Tout excité, il braquait ses torches dans tous les sens. Marion l'imitait, aussi stupéfaite que lui.

Sur les parois, ils remarquèrent toute une série de dessins tracés à l'ocre rouge et des figures noires représentant un bestiaire d'une époque lointaine.

— Cette caverne a été habitée ! releva Marion. Des hommes ont peint sur les murs.

Damien avait déjà lu des récits de découvertes spéléologiques. Il avait quelques connaissances en préhistoire et savait qu'en certaines périodes les hommes se réfugiaient dans les grottes, pas toujours pour se protéger, mais pour y laisser libre cours à leur imagination et à leurs dons artistiques.

Il examina attentivement ce qui se dévoilait sous ses yeux émerveillés.

— Ici, c'est un bison, expliqua-t-il à Marion. Là, ce sont des chevaux.

— Ils ont une drôle d'allure !

— Ce sont des espèces qui n'existent plus aujourd'hui.

Plus loin, il attira le regard de son amie sur des mains qui avaient été imprimées en négatif et en positif sur la roche.

— A quoi ça sert de dessiner des mains ? demanda Marion.

— Peut-être était-ce pour ces artistes une manière de signer leurs œuvres. Il y en a une plus petite que les autres, c'est sans doute celle d'un enfant.

Les deux adolescents allaient de découverte en découverte. Ils pénétrèrent dans une troisième salle, puis dans une quatrième. Toutes aussi vastes les unes que les autres. Dans certaines, le plafond se situait à plusieurs dizaines de mètres de hauteur. Plus ils s'enfonçaient dans les profondeurs de la terre, plus l'humidité s'accentuait. Les peintures y étaient réalisées à l'aide de pigments charbonneux.

Marion s'amusait à deviner ce qu'elles représentaient.

— Tiens, regarde, ici on dirait des éléphants.

— Non, il s'agit de mammouths. C'était à l'époque glaciaire. Dans notre région, il y a des milliers d'années, les glaciers recouvraient tout. Et il y avait des mammouths.

— Et là, ce sont des rhinocéros ?

— Exact. Des rhinocéros laineux.

— Toujours à cause du froid qui sévissait ?

— Tu as tout compris.

Dans des galeries latérales, ils découvrirent encore des ours, des rennes, des aurochs, des bouquetins.

— Pourquoi les hommes préhistoriques dessinaient-ils des animaux sur les murs des cavernes ? s'étonnait Marion dont les connaissances en la matière n'étaient guère poussées.

— Ce sont des scènes de chasse ou une façon de vénérer les animaux les plus dangereux et les plus craints. Comme les félins et les ours.

Les deux comparses ne voyaient pas le temps passer. Ils s'apprêtaient à quitter les lieux, quand Damien remarqua sur une paroi de la salle du fond une représentation humaine : un être mi-homme, mi-animal. C'était la seule figuration anthropomorphique de la grotte. L'homme avait la jambe et un bras humains, mais une tête de bison.

— Etrange, non ? releva Damien en pointant la peinture avec le faisceau de sa lampe. Ce serait un sorcier avec son masque que ça ne me surprendrait pas.

— Il me fait peur, bredouilla Marion. J'ai envie de sortir d'ici sans plus tarder et de retourner au soleil.

Damien ne contraignit pas son amie à poursuivre leurs recherches.

Plus de trois heures s'étaient écoulées depuis leur entrée dans la grotte.

Ils retrouvèrent facilement leur chemin et, une fois parvenus à l'air libre, demeurèrent quelques instants totalement subjugués.

— Et maintenant ? demanda Marion.

Damien réfléchit.

— D'abord, nous devons dissimuler l'orifice de ce gouffre afin que nul après nous ne s'aperçoive de son existence. Ensuite, jure-moi de ne parler à personne de ce que nous avons découvert. Moi-même, je garderai le secret.

— Pourquoi donc ?

— C'est plus prudent pour le moment. Il faut prendre son temps avant de se précipiter à tout révéler.

Marion jugea étrange la décision de son ami, mais lui promit de ne rien dévoiler.

Toutefois, trop excité par sa fabuleuse trouvaille, le soir même, Damien ne put s'empêcher d'en discuter avec son père.

Philippe l'écouta sans trop relever l'importance des affirmations de son fils.

— Tu n'exagères pas un peu ? lui opposa-t-il.
— Non. Tout ce que je viens de te dire est vrai. Je n'invente rien.
— Alors, demain, j'irai voir moi-même pour m'en rendre compte.
— Je pourrai t'accompagner ?
— Je préfère m'y rendre seul.

8

Le secret

Philippe avait peine à croire les explications de son fils. Il tint néanmoins à se rendre sur place afin d'avoir la certitude que ce dernier n'affabulait pas. Il connaissait Damien. C'était un garçon très imaginatif, qui aimait raconter des histoires, enjoliver à sa manière naïve les récits qu'il lisait.

A bientôt trente-sept ans, Philippe avait conservé la souplesse et l'agilité de sa jeunesse. Il se maintenait en forme en pratiquant le tennis et l'équitation avec régularité. Il adorait la vie en plein air et, en été, s'adonnait à de grandes randonnées en montagne quand son emploi du temps le lui permettait. Il avait réalisé le tour du mont Blanc et franchi les plus hauts cols alpestres et pyrénéens. L'hiver, il s'accordait toujours quelques jours pour le ski, activité qui débutait dans quelques rares stations alpines, un sport encore d'aventure, où il fallait d'abord, pour profiter d'une longue descente, gravir à l'aide de peaux de phoque les pentes des massifs. Philippe n'hésitait pas à se perdre dans la poudreuse avec ses amis. Il ne craignait pas de se fourvoyer ni de dépasser ses propres forces. Il guettait avec impatience la construction du premier téléphérique pour les skieurs à Megève. Le baron de Rothschild, initiateur du projet depuis 1921, devait en personne inaugurer la première montée, prévue dans l'année 1934. Philippe ne voulait surtout pas manquer cet événement et avait prévenu Irène de son intention de l'entraîner sur les pistes l'hiver suivant.

« Je n'ai pas ta forme physique, lui avait-elle répondu. Et je ne souhaite pas que tu mettes les enfants en danger en leur demandant de dévaler les pentes enneigées des Alpes. »

Philippe n'avait pas discuté davantage car, pour l'instant, il avait d'autres préoccupations en tête. Mais il s'était juré de revenir sur ce sujet au moment opportun. Il avait seulement argumenté en faveur de ses fils.

« L'air de la haute montagne leur ferait du bien, avait-il affirmé. Et ça dégourdirait Florian. Si son frère est un vrai casse-cou, lui n'est pas assez intrépide. »

Depuis l'hiver précédent, Philippe n'avait plus abordé la question. Irène avait même oublié ses propos. Aussi, lorsqu'il la prévint qu'il s'apprêtait à explorer une grotte, ses craintes refirent surface.

— Tu vas encore te mettre en danger ! lui objecta-t-elle. Je te déconseille d'y aller seul. On ne sait jamais. Tu me crées sans cesse du souci quand tu pars ainsi à l'aventure, tu ne l'ignores pas.

— Cette cavité n'est certainement pas très profonde. Damien y est descendu avec la petite Marion. Cesse donc de t'inquiéter. Si je t'écoute, nos fils deviendront des mauviettes.

Devant les craintes de sa femme, Philippe ne s'acharnait jamais longtemps à la convaincre. Il exécrait les disputes et préférait abandonner la discussion plutôt que la laisser s'envenimer.

— Je te promets d'être prudent, la rassura-t-il en l'embrassant. Si je vois qu'il y a danger, je n'insisterai pas.

Il se rendit sur place à cheval et ne trouva pas l'endroit facilement. Pourtant les lieux n'avaient pas de secret pour lui. Damien avait si bien dissimulé l'orifice de la grotte qu'il passa devant sans s'en apercevoir. Ce n'est qu'au bout d'une bonne heure d'hésitation qu'il finit par tomber sur les buissons qui en recouvraient l'entrée. Son regard, en effet, fut attiré par la végétation anormalement aplatie au-dessus du trou.

Il mit pied à terre, attacha sa monture à un arbre. Il s'était muni d'une corde et du même matériel que son fils. Par précaution, il avait aussi emporté un sac à dos dans lequel il avait enfourné une pelote de ficelle en guise de fil d'Ariane, du matériel d'escalade, ainsi qu'un couteau d'attaque et un pistolet, plus transportable qu'un fusil de chasse en cas de mauvaises rencontres. Il n'aimait pas se retrouver à l'improviste en tête à tête avec une bête sauvage. Chasseur à ses jours, il ne partait jamais sans être armé au minimum.

Il s'encorda et, suivant les traces de Damien, descendit lestement dans les profondeurs de la terre. Il reconnut aussitôt les marques de ses bottes qu'il avait laissées derrière lui. Il prit les mêmes précautions quand il franchit les trois replats. Puis, une fois parvenu au fond, à plus de dix mètres de la surface, il brandit sa lampe d'un geste circulaire pour se repérer.

Comme Damien, il s'extasia. Les concrétions, aux formes tout aussi majestueuses les unes que les autres, le sidérèrent. Jamais il n'aurait soupçonné une telle merveille sous ses pieds quand il parcourait la garrigue à cheval. Ce n'était qu'une succession de stalagmites et de stalactites géantes, de coulées de calcite, d'élégantes colonnes, de draperies translucides.

Plus que son fils, avec ses yeux d'adulte, il saisit immédiatement l'importance du gouffre. Puis lorsqu'il découvrit à son tour les peintures rupestres, il réalisa que son domaine recelait un véritable trésor. Il examina avec curiosité chaque dessin effectué à l'ocre ou au charbon de bois, essaya de comprendre le sens caché des figures symboliques où l'abstrait l'emportait sur le concret. Il en conclut qu'à la préhistoire le site était particulièrement humanisé. Les multiples dessins et peintures, leur complexité, leur niveau artistique n'étaient pas le fait de quelques individus isolés, mais sans aucun doute celui de tout un groupe social ayant déjà une connaissance parfaite de l'art pariétal et un degré de culture développé.

Quand il parvint au fond de la dernière salle, là où Damien et Marion s'en étaient retournés, il sentit un léger souffle venant de plus haut. Il brandit sa torche loin au-dessus de sa tête, aperçut une ouverture qui avait probablement échappé aux deux explorateurs en herbe. Damien lui avait affirmé avoir atteint l'extrémité de la grotte, qu'il n'y avait pas une seconde issue.

Il se hissa à la force des bras. Une étroiture semblait communiquer avec une autre salle. Un bruit d'eau qui s'égoutte retentissait sur la paroi rocheuse.

Philippe hésita. Il avait promis à Irène de ne pas prendre de risques inutiles. Il examina les contours du goulet. Celui-ci était à moitié obstrué au départ. Pour le parcourir, il fallait ramper sur le dos et demeurer plaqué au sol en reculant.

Il se débarrassa de son sac, le passa dans l'entrée du boyau et s'y engagea, maintenant sa torche d'une main. Quand il fut entièrement allongé dans le conduit, le nez à quelques dizaines de centimètres à peine du plafond, il commença à progresser, poussant son sac en avant à chacun de ses mouvements. Ses genoux heurtaient la paroi. Son dos râpait la roche humide. Il avançait lentement, n'ayant qu'une crainte : que le couloir bifurque et l'oblige à se contorsionner pour se débloquer.

Au bout de quelques mètres, ce qu'il redoutait arriva. Le boyau se coudait à quatre-vingt-dix degrés. Il crut demeurer coincé dans l'angle. Rebrousser chemin lui était impossible. Heureusement le virage se présentait dans le bon sens. Il pourrait se plier au niveau de la ceinture pour franchir l'obstacle. Il poussa son sac le plus loin possible pour avoir plus d'aisance. Puis il se faufila tel un reptile. Lorsque tout son corps fut passé, il reprit sa respiration. Il commençait à souffrir de claustrophobie. Mais peu à peu sa peur de rester enterré vivant s'estompa.

Il songea à Irène. A ses enfants. Cela lui redonna courage.

Il rampa encore une dizaine de mètres et parvint enfin à se dégager de son piège. Sortant la tête la première, il demeura un instant le buste à demi enfoui dans le boyau. De sa torche, il éclaira la salle qui s'ouvrait devant lui. Elle était aussi vaste que celles des peintures rupestres. Une fois debout, il s'accorda un moment pour recouvrer ses esprits, puis, rendossant son sac, il partit à la découverte du lieu.

* * *

C'était le même paysage de concrétions calciques que dans la première salle. Cette fois, les parois étaient dépourvues de représentations artistiques. Les hommes préhistoriques n'avaient pas pénétré dans cette partie du gouffre. L'étroiture scabreuse que Philippe venait d'emprunter expliquant sans doute cette désaffection.

Ce dernier explora minutieusement chaque recoin de la nouvelle cavité, curieux d'y découvrir d'autres merveilles. Mais force lui fut de constater qu'il ne s'agissait que d'un univers minéral. Il suivit un chemin relativement bien tracé au sol. A sa gauche, un filet d'eau courait au-devant de lui et semblait indiquer une issue prochaine. Philippe sentit un souffle d'air qui ne le trompa pas. La grotte possédait donc une seconde entrée. Il s'apprêtait à gravir un petit tertre qui obstruait le passage, quand son regard se figea sur une forme étrange qu'il ne parvint pas, sur le moment, à identifier. Il projeta le faisceau de sa torche dans sa direction. Ecarquilla les yeux.

Derrière le monticule sur lequel il s'était perché, il distingua des ossements. Un squelette humain en parfait état, reposant sur le côté, dans une position fœtale. Stupéfait, il s'en approcha, le cœur en émoi, le contourna, l'examina avec attention.

Il n'y avait rien autour de la dépouille. Aucun objet, aucune trace de son séjour, pas le moindre morceau de tissu provenant d'un vêtement. Les os étaient blanchâtres comme s'ils dataient d'une période lointaine.

« Pas de doute, songea Philippe, cet homme a vécu il y a très longtemps ! »

N'ayant aucune notion d'anthropologie, il ne pouvait deviner si la mort de l'individu datait de quelques années, voire de quelques siècles ou de l'époque lointaine des hommes des cavernes.

« Si seulement je trouvais des éclats de pierre, des silex, un biface, je me ferais une idée ! »

Il eut beau fouiller, il ne décela aucun indice susceptible de le mettre sur la piste.

« Cet individu – homme ou femme, il n'aurait su le préciser – s'est faufilé comme moi par l'étroiture, puis s'est retrouvé prisonnier et a fini ses jours ici, mort de faim », conclut-il après avoir longuement réfléchi.

Il allait abandonner sa macabre découverte quand ses yeux se fixèrent sur un bloc de pierre dressé un peu à l'écart, sous un rideau de concrétions. Une sorte de bassin, creusé dans la roche où l'eau, à force de s'égoutter de la voûte, avait amassé de la calcite et formé un début de stalagmite. Il s'en approcha et s'étonna. Au fond de la cuvette, des os éparpillés étaient amoncelés, des restes d'animaux, sans doute, étant donné leur taille.

Il les examina à leur tour, un à un, et songea à des animaux immolés, la forme de la cuvette faisant penser à une vasque sacrificielle.

« Qu'est-ce que tout cela signifie ? s'interrogea Philippe, décontenancé devant tant de découvertes. Ce lieu aurait été également un site religieux ? »

Tout concourait en effet à prouver que les hommes avaient exploité ces grottes en diverses périodes. Ils les avaient utilisées en des temps immémoriaux pour se réfugier, y avaient laissé des œuvres pariétales d'une extrême richesse, puis y avaient pratiqué des cérémonies mystiques ou de magie noire. A quelle époque ? Philippe était bien incapable de le préciser, mais il sentait autour de lui une atmosphère étrange, comme si des esprits tentaient de lui communiquer quelques mystérieux secrets.

Il décida de ressortir au plus vite.

Il suivit son instinct et, plutôt que de rebrousser chemin par le boyau où il avait cru rester coincé, se dirigea au fond de la grotte où il percevait un appel d'air. A ses pieds, le filet d'eau s'était transformé en ruisselet. Il se faufilait dans les anfractuosités de la roche et cascadait à chaque ressaut.

L'obscurité devint moins épaisse. Philippe n'eut bientôt plus besoin de s'éclairer.

— La voilà, l'autre entrée ! exulta-t-il à voix haute. C'est donc par là que notre homme est arrivé.

Il se fraya un passage entre les éboulis qui gênaient sa progression. Des chutes de pierres avaient masqué l'orifice de la grotte.

« Pourvu que ce ne soit pas complètement obstrué ! commença-t-il à craindre. Sinon, il me faudra ramper à nouveau dans ce boyau étroit pour ressortir de l'autre côté. »

L'air était de plus en plus vif. Le courant d'eau de plus en plus rapide. La luminosité de plus en plus forte. La sortie approchait. Contournant quelques gros éboulis, Philippe finit par retrouver la lumière. Il dégagea avec peine les ronces et les buissons qui dissimulaient l'accès très étroit de la grotte, remonta à la surface et demeura quelques secondes tout hébété. Il était maintenant prisonnier d'un couvert inextricable qui n'avait pas été défriché depuis des lustres. Dépourvu de tout repère, il tenta de s'en extraire à l'aide de la machette qu'il avait emportée dans son sac à dos. A chaque coup qu'il assenait, il s'égratignait le visage et les avant-bras. Mais, à force d'obstination, il parvint enfin à s'extirper de sa prison végétale.

Alors, reconnaissant le lieu où il avait débouché, il s'étonna :

— Mais... ce sont les douves du château !

Les ruines du château de Mornac se situaient sur le domaine de Val Fleuri, non loin de l'endroit où il exploitait maintenant sa carrière d'argile. Philippe connaissait toutes les pierres de cet antique vestige médiéval, mais il ignorait que, dans les fossés qui l'entouraient, un passage communiquait avec des grottes. Vu son état, il déconseillait toujours à ses fils, surtout à Damien, le plus téméraire des deux, d'y pénétrer seul. Des pans de mur entiers, fragilisés par les assauts du temps et par l'érosion, risquaient à tout moment de s'effondrer. Une oubliette béante s'ouvrait à l'air libre et représentait un réel danger.

« Sûr qu'il s'agit d'un moyen de se mettre à l'abri en cas de danger, réfléchit-il. Mais pourquoi ce souterrain n'a-t-il pas d'autres débouchés que ce boyau impraticable donnant accès à ces grottes fabuleuses ? »

Il avait beau retourner sa question mille fois dans sa tête, il ne trouvait aucune explication plausible.

Midi sonnait comme un rappel au clocher lointain de la cité anduzienne.

Philippe prit conscience qu'il s'était absenté depuis le petit matin et qu'Irène devait s'inquiéter. Il pensa que son cheval l'attendait à l'endroit où il l'avait attaché. Certes, à vol d'oiseau, la distance qui l'en séparait n'était pas énorme, mais étant donné la configuration des lieux, il lui faudrait plus d'une heure pour le rejoindre, en reprenant le chemin du manoir et de la carrière.

En songeant soudain à celle-ci, il s'effraya.

— La carrière ! s'exclama-t-il. Bon sang, la carrière !

Dans son expédition à mille lieues sous terre, comme il s'était senti loin de ses principales préoccupations ! Il en avait même oublié les raisons qui l'avaient poussé à venir constater les dires de son fils.

« Damien a donc dit vrai ! Il a fait une extraordinaire découverte. Ces grottes représentent une richesse spéléologique incontestable. »

Chemin faisant, il ne cessa de s'interroger.

Fallait-il dévoiler ce précieux trésor ? Comment réagiraient les autorités administratives, voire culturelles, du pays si elles apprenaient l'existence d'une telle merveille sur son domaine ? Obtiendrait-il le droit de l'exploiter lui-même après expertise des spécialistes en art pariétal ? Serait-il obligé d'accorder une concession ?

Il ne s'arrêta pas au manoir, préféra aller rechercher sa jument sans perdre plus de temps.

Celle-ci l'attendait sans s'impatienter. Elle avait détaché son licou et broutait calmement l'herbe rare qui s'étalait à ses pieds. Quand elle l'aperçut, elle émit un petit hennissement de joie et poussa Philippe du chanfrein comme pour lui signifier qu'il était en retard.

— Tu as raison, je t'ai laissée seule trop longtemps. Mais si tu savais par où je suis passé et ce que j'ai vu !

Il enfourcha sa monture et rentra au galop sans s'attarder.

Quand il parvint au manoir, il avait déjà arrêté sa décision : ne rien divulguer.

« Si je parle de ces grottes, je risque de ne plus être maître chez moi, s'était-il persuadé en cours de route. Le préfet enverra des tas d'experts qui m'interdiront d'exploiter ma carrière. Celle-ci se situe juste en dessous. Il ordonnera de délimiter un périmètre de sauvegarde, le temps de déclarer le site officiel. Puis, s'il autorise la visite des lieux, je serai dépossédé de mon bien et je n'aurai plus accès à ma carrière. Mes projets tomberont à l'eau ! »

* * *

Au manoir, tous l'attendaient avec impatience. Damien n'avait pas cessé de parler de son exploit toute la matinée, persuadé que son père exulterait en rentrant et le féliciterait. Même Florian se montrait curieux d'entendre ses propos, ayant peine à croire son frère.

— Tu affirmes avoir découvert des peintures sur les murs d'une grotte ! avait-il rétorqué quand Damien s'était expliqué devant lui. Mais personne ne s'amuserait à dessiner dans de tels endroits !

— C'est de l'art pariétal ! Tu es donc à ce point ignorant ! Je n'invente rien. Je te jure qu'avec Marion on a vu des tas de dessins et de peintures rupestres, dans un gouffre situé juste au-dessus de la carrière, sur la parcelle de Terre rouge.

Irène ne doutait pas des paroles de son fils. Mais n'avait-il pas tendance à enjoliver les faits ? se demandait-elle en attendant le retour de Philippe.

Ils étaient déjà passés à table quand celui-ci fit son entrée, le visage fermé.

Florian, se méprenant, intervint le premier :

— Damien a exagéré, n'est-ce pas ? Il s'est encore vanté, comme d'habitude.

Irène le reprit sévèrement.

— Laisse donc ton père s'expliquer ! Tu es bien impoli, Florian !

Alors Philippe déclara :

— Je n'ai rien découvert d'extraordinaire. Des grottes, certes, mais pas de quoi fouetter un chat.

— J'avais raison ! bondit Florian. T'es qu'un menteur, Damien. Un gros menteur !

— Ça suffit, Florian ! le reprit Irène. Ce n'est pas à toi qu'il revient de sermonner ton frère.

— Mais… balbutia Damien. Ce n'est pas possible, papa. Je ne mens pas. Et je ne suis pas seul à avoir vu. Marion m'accompagnait. Elle te le confirmera. Je dis la vérité.

Philippe fronça les sourcils, l'air contrarié.

— Marion ! Ah oui, Marion ! Euh… Eh bien, elle s'est trompée… Comme toi. Ce que vous avez pris pour des peintures rupestres ne sont que de vulgaires graffitis. Cela ne vaut pas la peine d'y accorder de l'intérêt… J'ai assez perdu de temps ce matin. Mangeons maintenant. Le repas refroidit.

Dans l'après-midi, Philippe ordonna à son fils aîné de le suivre dans son bureau.
— Ecoute-moi bien. Ce que j'ai à te demander est d'une grande importance. Je sais que tu n'as pas menti. Mais je ne souhaite pas que ce que nous avons trouvé, toi et moi…
— Et Marion !
— Oui… et Marion. Je ne tiens pas, te disais-je, à ce que cela se sache. Donc, promets-moi de ne jamais le divulguer. Il y va de l'avenir de notre entreprise. Personne ne doit connaître l'existence de ces peintures rupestres. Tu exigeras de ton amie qu'elle se taise. Je compte sur toi pour lui en expliquer les raisons. Si notre trouvaille vient à se savoir, on nous confisquera Terre rouge et nous n'aurons plus accès à la carrière. Tu comprends ?

Damien reconnut le bien-fondé des craintes de son père. Il lui jura de garder le secret et d'obtenir la connivence de Marion.

Le lendemain, celle-ci lui promit, à son tour, d'être une tombe aussi silencieuse que les représentations qui ornaient les murs de la grotte de Terre rouge.

9

Début d'apprentissage

1936

Deux ans s'écoulèrent. L'entreprise Ferrière était sortie de la crise. Les soucis financiers de Philippe avaient disparu. Ses dettes avaient été épongées grâce à un chiffre d'affaires constamment en hausse. La conjoncture était redevenue favorable et, si au niveau national l'équilibre politique demeurait fragile, ses commandes ne cessaient de s'accroître.

Sa poterie d'Anduze produisait des vases originaux qui ornaient déjà les jardins des grandes maisons bourgeoises et des châteaux de la région. Philippe en effet avait ciblé une clientèle de luxe afin de se démarquer de ses concurrents. Pour le moment, il n'avait nulle intention de fabriquer des petites pièces plutôt destinées aux particuliers. Ses vases étaient utilisés comme éléments de décoration dans les allées des parcs ou dans les orangeraies. Son carnet d'adresses de faïencier lui avait facilité la tâche. Les deux commerciaux, embauchés quelques années plus tôt, proposaient ainsi, dans leurs tournées, aussi bien des services de table haut de gamme que des vases horticoles hors du commun.

Les remous politiques pourtant commençaient à l'inquiéter. Certes, en février 1934, il avait condamné les violences des ligues fascistes et leurs débordements. Ses idées, franchement républicaines, s'opposaient à l'extrémisme radical de tout bord. Il se méfiait néanmoins de la progression des partis de gauche dont le programme, pensait-il, poussé à l'extrême, remettrait en cause la reprise économique encore fragile. Il écoutait toujours avec attention son personnel syndiqué. Il se montrait ouvert et compréhensif, respectueux du droit du travail. Mais il ne tolérait pas d'être contesté dans ses choix, estimant qu'un patron était maître chez lui.

Or, avec la montée du Front populaire, il craignait que les classes laborieuses soient tentées par l'expérience bolchevique telle que les Russes la vivaient depuis bientôt vingt ans. Homme de droite, Philippe, en tant que patron, ne concevait pas d'avoir des comptes à rendre à des représentants du peuple. Aussi avait-il précisé, lors des embauches, qu'en cas de conflit au sein de son entreprise, la décision finale lui reviendrait. Au reste, jusqu'à ce jour, il n'avait jamais eu à déplorer la moindre revendication. Il distribuait des augmentations de salaire selon le mérite de chacun et se montrait plutôt en avance sur son époque en matière sociale. Ainsi avait-il de lui-même réduit le temps de travail de son personnel, acceptant la semaine de quarante heures au lieu des quarante-huit heures partout ailleurs, et lui avait-il octroyé dix jours de congés payés annuels. Il se voulait paternaliste, soucieux de la santé de ses ouvriers, de leur vieillesse, de l'avenir de leurs enfants, des conditions de vie de leurs épouses. Irène se rendait elle-même auprès de ces dernières chaque fois que l'une d'elles rencontrait des difficultés. Elle se préoccupait particulièrement des enfants en âge de fréquenter l'école et, si elle décelait une famille dans le besoin, elle s'empressait de la signaler à son mari afin qu'il prenne les mesures nécessaires pour lui venir en aide.

A Uzès, et maintenant à Anduze, les employés de Philippe Ferrière étaient considérés comme des privilégiés et suscitaient des jalousies chez ses concurrents, dont certains voyaient en lui une sorte de démagogue aux arrière-pensées évidentes.

A la fin de l'année 1935, il avait été contraint de remplacer son homme de confiance dans sa faïencerie d'Uzès.

Le vieux Théodore Lacoste, toujours actif à l'âge de soixante-sept ans, avait contracté une grave maladie. Les médecins de l'hôpital avaient diagnostiqué un empoisonnement aux produits toxiques. Le malheureux était condamné. Une mauvaise tumeur au foie le minait insidieusement et il dut renoncer à son emploi. Informé, Philippe admit que les conditions de travail de ceux qui manipulaient les oxydes métalliques à longueur de journée étaient assez dangereuses. Toutefois, il ne pouvait rien contre cette fatalité, hormis améliorer la ventilation des hangars – ce qu'il réalisa aussitôt – et exiger de son personnel de respecter les consignes afin d'éviter d'inhaler trop longtemps les vapeurs nocives.

— Ce n'est pas pour rien que j'ai diminué les horaires dans mon entreprise, se justifiait-il, et que j'accorde des congés à mes employés. J'ai conscience des difficultés de notre métier.

Sachant que Théodore ne reprendrait jamais son activité, Philippe l'avait remplacé en engageant un contremaître recommandé par un confrère. Lucien Girard était un homme d'une trentaine d'années. Il avait travaillé à Limoges dans une fabrique de porcelaine où il avait prouvé ses compétences et montré de grandes qualités de chef d'équipe. Philippe l'avait mis à l'essai pendant un mois, puis lui avait confié la responsabilité de ses ateliers.

— N'omettez jamais ceci, lui avait-il cependant notifié au moment de l'embaucher définitivement. Ici, c'est moi qui décide. Ne prenez jamais d'initiatives sans mon consentement. Je crée les collections et vous les réalisez avec mes ouvriers. Je ne veux aucun conflit. Tout doit se régler à l'amiable pour le bien de tous.

Lucien Girard avait fait bonne impression à Philippe. D'un naturel discret, d'un abord affable, il ne manquait pas d'autorité, ce qui, pour diriger, représentait un atout indéniable.

— Ah oui ! avait ajouté Philippe. J'oubliais de vous dire que je vous laisserai bientôt mon fils aîné en apprentissage. Damien souhaite suivre les traces de son père. Mais ce n'est pas parce qu'il est le fils du patron que vous le ménagerez. Je compte sur vous pour l'initier à toutes les phases du métier afin qu'il en connaisse tous les rouages. Plus tard, il me succédera.

— Ne vous inquiétez pas, monsieur Ferrière, avait répondu Lucien Girard. Je veillerai sur votre fils comme s'il s'agissait du mien. Et je ne lui accorderai aucune faveur due à sa situation.

Damien allait avoir seize ans au début de l'année. Philippe, d'un commun accord avec Irène, lui avait demandé de rester au lycée jusqu'à son anniversaire. Puis il se chargerait de son éducation en l'intégrant successivement à toutes ses équipes de fabrication.

Le jeune Ferrière trépignait d'impatience. Il s'en était ouvert à Marion qui, elle, avait déjà quitté les bancs de l'école primaire après avoir passé le certificat d'études. A quinze ans, elle était devenue une fille très attirante que les garçons courtisaient volontiers. Mais, fidèle à son amour d'enfance, Marion ne pensait qu'à Damien et n'avait jamais trahi ni ses sentiments pour lui ni sa promesse de garder secrète l'existence de la fameuse grotte de Terre rouge.

— Mon père a accepté que je travaille dans ses ateliers ! lui annonça Damien lorsque Philippe eut pris sa décision. Je vais bientôt commencer mon apprentissage.

Marion se rembrunit.

— Alors on se verra moins ?

— Mais non ! Pourquoi ? J'accompagnerai mes parents quand ils viendront à Anduze. Ça ne changera rien.

Marion se blottit dans ses bras. Au fond d'elle-même, elle craignait que le père de Damien n'ait l'intention de les séparer. Elle avait souvent imaginé cette éventualité, consciente qu'un jour son ami s'envolerait vers d'autres horizons et finirait par l'oublier.

— Tu ne me quitteras jamais, n'est-ce pas ? Je t'aime, Damien.

— Mais pourquoi te mets-tu de telles idées dans la tête ? Je ne t'ai jamais dit que je partirais. Au contraire, en allant à Uzès, je ne m'éloigne pas. Et peut-être qu'un jour je travaillerai dans les ateliers d'Anduze pour parfaire mon éducation dans la poterie. Alors nous serons encore plus près l'un de l'autre. Puis, quand nous serons en âge de décider de notre avenir, nous nous marierons. Je te l'ai toujours promis. Il faut me croire.

— Tes parents accepteront-ils que tu épouses la fille de leur régisseur, une fille de paysans ?

— En douterais-tu ? Mon père est un homme en avance sur son temps. Il le prouve dans son entreprise. Il n'a aucune idée préconçue. Il te connaît. Et il connaît très bien ta famille. Je ne vois pas pourquoi il s'opposerait à l'amour qui nous unit.

Aveuglé par ses propres sentiments, Damien était persuadé que rien ni personne ne viendrait assombrir son bonheur. Surtout pas les siens qui ne lui avaient jamais interdit de fréquenter la jeune Marion. Aussi pensait-il que son apprentissage à Uzès ne serait pas un obstacle à sa relation avec celle qu'il aimait depuis l'enfance.

* * *

A la mi-janvier 1936, lorsqu'il atteignit ses seize ans, Damien prit ses fonctions auprès de Lucien Girard. De constitution menue, il ne paraissait pas son âge. Parmi les manœuvres, tous plus jeunes de deux à trois ans, il ne se démarquait pas.

— T'as vu ? C'est le fils du patron, souffla l'un d'eux quand Lucien l'introduisit auprès du personnel.

Damien connaissait la plupart des employés de son père, traînant souvent dans les travées des ateliers. Mais ce jour-là, il ressentit une certaine appréhension. Sa gorge était nouée, son ventre douloureux, ses traits crispés.

— Je ne vous présente pas Damien Ferrière, dit Lucien. Pour nous tous, ce sera Damien. Ici, il n'est pas le fils Ferrière, mais un apprenti comme les autres. De ma part, il n'y aura aucun favoritisme. Il apprendra le métier de A à Z comme ceux de son âge. Il passera donc par tous les postes. Je compte sur chacun d'entre vous pour l'initier au mieux de vos compétences afin qu'en sortant de vos mains il soit un parfait élément.

— Mais il ne sera jamais comme nous ! objecta un garçon d'une quinzaine d'années, au visage marbré de traces d'argile.

— Pour devenir un jour patron, il devra faire ses preuves. C'est la volonté de son père. Il saura ainsi ce qu'est le travail manuel et dirigera l'entreprise familiale en toute connaissance de cause.

Les anciens ouvriers de Philippe ne laissèrent paraître aucun signe de réprobation. Mais les jeunes manœuvres ne cachèrent pas leur méfiance vis-à-vis de celui qui, visiblement, les intriguait. Ils crurent sur le moment que Damien serait un mouchard parmi eux et qu'ils perdraient toute liberté d'expression.

Ils ne l'accueillirent pas très chaleureusement et retournèrent à leur tâche sans lui adresser la parole.

Lucien prit le temps d'expliquer à son élève ce qu'il attendait de lui, avant de l'abandonner aux mains d'André, le plus vieux de l'équipe, qui, étant donné son âge, n'était plus employé qu'au service de nettoyage.

— Je me doute que tu connais tous les recoins de la fabrique de ton père et que celle-ci n'a aucun secret pour toi, mais je dois agir avec toi comme si tu n'étais jamais venu ici.

Damien ne bronchait pas. Obéissant, il écouta scrupuleusement les explications du contremaître, comme s'il découvrait les lieux pour la première fois. Quand la visite fut terminée, Lucien le confia aux bons soins d'André.

— Pendant trois mois, tu aideras André à maintenir les ateliers propres. Rien ne doit traîner. Tu balayeras, tu laveras le sol, tu rangeras chaque chose à sa place. Tout doit être nickel.

Le vieil André paraissait gêné. Il n'avait encore dit mot.

— Ne le ménage pas, lui conseilla Lucien. Sinon, le patron ne sera pas satisfait.

Quand Lucien se fut éloigné. André enfin desserra les lèvres :

— Excusez-moi, monsieur Damien, je ne pourrais jamais vous commander. Je vous connais depuis votre naissance. Vous êtes le fils de monsieur Ferrière. Comment exiger de moi que je vous considère comme un manœuvre ? Cela m'est impossible.

— Il le faudra bien, André. Sinon Lucien vous en tiendra rigueur. Et d'abord, ne m'appelez plus monsieur Damien, mais Damien tout court. Et tutoyez-moi.

— Oh non ! Ça, jamais.

Damien eut toutes les peines du monde à convaincre André. Au bout de quelques heures, quand il eut manipulé le balai et la serpillière sans montrer la moindre répulsion, le vieil ouvrier finit par rompre la glace qui le séparait de son jeune apprenti.

Les mois s'écoulèrent dans la monotonie d'un travail routinier.

Damien ne se plaignait pas du sort que son père lui avait réservé. Le soir, exténué par les efforts physiques et par la longueur des journées de travail, il s'affalait sur son lit et attendait, ensommeillé, que sa mère lui demande de descendre dîner.

— Alors, s'enquit Philippe à la fin du troisième mois, comment se déroule ton apprentissage ? Tu veux toujours travailler à la faïencerie ?

— Bien sûr ! Et j'ai hâte qu'on m'initie vraiment au métier. Je n'ai encore rien réalisé de très intéressant jusqu'à présent. Le nettoyage, ce n'est pas vraiment ce que je souhaitais, mais puisqu'il faut en passer par là, je serai patient.

Irène, sans le laisser voir, s'apitoyait. Elle devinait que son fils souffrait, mais ne désirait pas s'opposer à la décision de son mari. Seul Florian ne dissimulait pas ce qu'il pensait :

— Eh bien, moi, je ne regrette pas d'avoir renoncé à une telle existence. Effectuer le ménage dans les ateliers, ce n'est pas digne d'un Ferrière ! C'est dégradant.

— Je te prie de te taire ! lui ordonna Philippe. Tu n'as pas voix au chapitre puisque tu refuses ce que ton frère a eu le courage d'accepter.

— Je suis bien plus à ma place au lycée.

Florian avait intégré une institution privée à Nîmes depuis deux ans maintenant. Excellent élève, il avait été admis en classe de quatrième avec les félicitations de ses professeurs. Damien ne montrait aucune jalousie et admirait même son frère quand ce dernier l'entretenait de ses cours de latin ou de grec, de français ou de mathématiques.

— Tu veux vraiment être médecin quand tu seras grand ? lui demandait-il fréquemment.

— Oui, c'est ce que je veux.

— Tu réussiras, j'en suis sûr. Il suffit d'en avoir la volonté.

— Et toi, tu désires toujours suivre les traces des Ferrière ?

— Je n'ai pas changé d'avis. Je suis conscient que papa essaie de me décourager afin de me mettre à l'épreuve. C'est pour forger mon caractère, m'a-t-il expliqué. Je n'ai pas l'intention de le décevoir.

— Alors, moi aussi, je te souhaite de réussir.

Avec l'âge, les deux frères étaient moins en conflit qu'à l'époque de leur enfance. Ils se retrouvaient volontiers autour des mêmes préoccupations et commençaient à devenir complices vis-à-vis de leurs parents. Damien osait parler de ses sentiments pour Marion, Florian lui promettait de se taire. Une certaine connivence s'établissait entre eux pour le plus grand bonheur d'Irène qui, sans le leur avouer, perçait leurs secrets à jour.

— Ce qui me gêne le plus, reconnut Damien, un soir qu'ils étaient tous réunis à Val Fleuri, ce sont les remarques du contremaître. Il prétend que les patrons vont tous payer quand le Front populaire aura remporté la victoire. Il affirme devant les ouvriers de papa que la révolution est en marche. Et que les patrons n'ont qu'à bien se tenir. Je ne saisis pas trop ce qu'il entend par là, mais j'ai l'impression qu'il est en train de dresser le personnel contre papa.

— Tu le crois vraiment ? Quel est le rapport avec les élections ?

— Je l'ignore. Je n'y comprends pas grand-chose, à toutes ces histoires.

Damien ne s'intéressait pas à la politique. Au reste, chez lui, ses parents évitaient d'aborder devant leurs enfants des discussions qui n'étaient pas de leur âge. Philippe ne laissait jamais traîner ses journaux et, le poste de TSF se trouvant dans son bureau, il était le seul à y avoir accès.

— Parles-en à papa, suggéra Florian. Ce Lucien est peut-être un bolchevik.

— Un quoi ?

— Un bolchevik, un communiste, si tu préfères.

— Quelle importance si c'est un bolche... un communiste ?

— C'est un gars dangereux. Au lycée, mon prof d'histoire nous a expliqué ce qui se passe en Russie. A la fin de la dernière guerre, les bolcheviks ont fait la révolution et ont pris le pouvoir. Ils ont dépossédé tous les patrons et ont assassiné le tsar et toute sa famille. Ce sont des gens redoutables ! Et d'après ce qu'on m'a dit, ils sont infiltrés partout.

Damien écoutait son frère sans l'interrompre. Il n'aurait jamais imaginé qu'un employé embauché par son père pût se rebeller contre lui et nuire à ses intérêts.

— Papa est un bon chef d'entreprise. Tous me l'affirment.

— Tous ? Même ce contremaître ?

— Oh, avec lui, je ne discute pas vraiment. Il me commande comme si j'étais le fils de personne.

— Tu vois que j'ai raison ! Il ne tient aucun cas de toi parce que tu es le fils du patron, de l'homme à abattre.

— Non, c'est papa qui lui a demandé d'agir avec moi sans favoritisme.

— Il en profite !

Florian commençait à semer le doute dans l'esprit de son frère.

Damien se promit d'être vigilant dès son retour à la fabrique.

— Je t'en dirai plus le week-end prochain quand tu rentreras de la pension.

* * *

Les élections législatives approchaient. Tout le monde prédisait un raz-de-marée des partis rassemblés au sein de l'alliance du Front populaire. Avec le printemps, un peu partout la liesse s'était déjà installée. Les classes populaires, galvanisées par les discours enflammés de Léon Blum, ne croyaient pas à une défaite de leur chef de file. Les communistes ne restaient pas inactifs. Relayés dans beaucoup de secteurs par les syndiqués de la CGT, ils étaient présents dans la plupart des usines. Leurs dirigeants appelaient à la grève dès la victoire obtenue afin de contraindre le patronat à la discussion.

Dans l'entreprise Ferrière, l'effervescence était à son comble. Personne ne demeurait indifférent à ce qui se déroulait dans l'ensemble du pays. Même Philippe réagissait favorablement aux événements, malgré ses idées peu conformes au sens de l'Histoire.

— Ce Léon Blum avance parfois de bons principes, reconnaissait-il. Je ne suis pas hostile à l'amélioration de la condition ouvrière. Je l'ai prouvé depuis longtemps. Je n'ai pas attendu qu'un gouvernement fasse voter des lois sociales pour agir.

Irène, plus méfiante, ne le contredisait pas, mais n'allait pas jusqu'à approuver le programme du Front populaire.

— Si la gauche gagne les législatives, je crains fort que nos intérêts en pâtissent. Les syndicats feront de la surenchère auprès des nouveaux dirigeants. Comme ceux-ci leur devront la victoire, ils seront contraints de leur donner satisfaction.

Le 3 mai, le second tour des élections vit le succès du Parti socialiste. Avec le soutien des communistes et des radicaux, Léon Blum fut désigné comme le successeur naturel d'Albert Sarraut à l'hôtel Matignon. L'alliance du Front populaire triomphait.

— La droite républicaine n'a pas démérité, reconnut Philippe, non sans une pointe d'amertume. En tout cas, je me réjouis de l'écrasement de l'extrême droite. Les ligues laissaient planer sur le pays un climat néfaste aux affaires. Maintenant, il faut attendre les premières décisions du nouveau gouvernement pour juger sur pièce.

Léon Blum désirait prendre le temps de la réflexion pour constituer son cabinet. Les communistes avaient déjà annoncé qu'ils n'y participeraient pas.

— C'est une bonne chose, avoua Philippe. La France n'avait rien à gagner à être dirigée par des partisans de Staline.

Ce que beaucoup avaient prévu arriva dans les jours qui suivirent les élections. La France fut paralysée par la grève. Une ambiance de kermesse s'installa dans les rues de toutes les grandes villes. On campait joyeusement dans les cours d'usine, dans l'attente des premières mesures sociales. Les ouvriers s'étaient approprié leurs outils de travail pour prouver aux patrons qu'ils n'étaient plus disposés à subir leurs volontés sans réagir.

Dans l'entreprise de Philippe régnait la même ambiance festive. Mais son personnel n'était pas remonté contre lui et ne s'était pas mis en grève. Il le respectait trop pour chercher à abuser de la situation et lui extorquer des avantages supplémentaires. Ils étaient tous conscients qu'il leur avait beaucoup concédé.

Pourtant, en catimini, Lucien Girard tentait de convaincre ses troupes de ne pas plier l'échine devant leur patron.

— Il faut profiter de la conjoncture pour lui imposer nos revendications, s'évertuait-il à les convaincre, le soir, une fois sortis de la faïencerie. Faisons grève, comme tous les prolétaires du pays.

Il invitait ses collègues dans un café situé sur la place aux Herbes, en plein centre, là où se réunissaient les éléments les plus vindicatifs de la contestation. Mais peu le suivaient, préférant se tenir à l'écart pour ne pas nuire à leur entreprise. Seuls les plus jeunes se laissaient entraîner et le rejoignaient, davantage par curiosité que par adhésion à ses idées.

— L'avancée sociale ne s'obtiendra pas sans vous ! les invectivait-il. N'attendez pas qu'il soit trop tard. Agissons maintenant, pendant que le fer est chaud.

Il faut abattre la caste des possédants. La révolution est en marche.

Damien voyait la fébrilité monter autour de lui. Il était encore très jeune pour comprendre les enjeux qui étaient en train de bouleverser l'échiquier politique. Mais il sentait son père en danger. Depuis les élections, il percevait une certaine méfiance de la part de Lucien Girard à son égard. Il avait l'impression qu'il lui en voulait.

Ne souhaitant pas passer pour l'envoyé du patron, il s'abstint d'en parler à son père. Si celui-ci avait remarqué le changement d'attitude de certains de ses employés, il accordait toujours sa confiance à son contremaître.

Mais, un soir, Damien surprit une conversation qui lui fit craindre le pire.

10

Lendemains de grève

Lucien Girard était prêt à tout pour parvenir à ses fins. D'obédience trotskiste, plus engagé que la plupart de ses camarades, il se méfiait des socialistes, auxquels il n'accordait aucune confiance. Il se démarquait également du Parti communiste de Maurice Thorez et de sa courroie de transmission, la CGT, dirigée par Léon Jouhaux. Il ne cessait de prêcher pour une révolution internationale des prolétaires et pour se débarrasser le plus rapidement possible de la classe des possédants.

Damien se tenait à l'écart lorsqu'il parlait à ses collègues avec des airs de comploteur. Mais, à force de l'entendre prononcer le nom de son père, il finit par prêter l'oreille. Ce qu'il entendit un soir de la bouche du contremaître le sidéra.

— N'attendons pas que les partenaires sociaux se mettent d'accord, expliquait-il à voix étouffée. Ils le feront sur le dos des travailleurs.

— Mais il est question d'augmenter nos salaires et de nous accorder la semaine de quarante heures et quinze jours de congés payés, lui répliquaient ceux qui se montraient déjà convaincus de la victoire. Il ne faut pas surenchérir, sinon, on n'obtiendra rien.

— Les discussions avec le patronat sont inefficaces et inutiles. Agissons autrement. On est en train de se laisser enfumer.

— Que proposes-tu alors, toi qui sembles au courant de tout ? l'interrogeaient les ouvriers de Philippe Ferrière.

— L'action plutôt que les parlottes. Le pouvoir est dans la rue, pas sous les lambris des cabinets ministériels et dans les bureaux. Je vous propose de retenir le patron, de l'empêcher de sortir afin d'exiger de lui qu'il cède à toutes nos revendications. Et ce n'est pas une augmentation de salaire ni deux semaines de congé qui doivent vous satisfaire. Emparons-nous de la fabrique, nous la dirigerons nous-mêmes par un système collégial.

— Tu veux séquestrer monsieur Ferrière ! s'insurgea le vieil André. Et le déposséder de ses biens !

— Oui, parfaitement. Ce n'est que par la méthode forte que nous réussirons à nous débarrasser de la classe des riches.

— Tu préfères la violence plutôt que le dialogue !

Lucien Girard, très calme en temps ordinaire, déployait ses arguments avec véhémence. Mis à part quelques jeunes ouvriers, personne ne semblait l'approuver. Ce qui finit par le rendre furieux.

— Vous n'êtes qu'une bande de traîtres, leur lâcha-t-il. Tous des jaunes, inféodés au patronat. Vous n'obtiendrez rien en agissant ainsi. Lorsqu'on vous aura fait croire que vous avez gagné, on vous reprendra tous les avantages que vous aurez acquis. Vous ne viendrez pas vous plaindre, alors.

Un silence s'appesantit sur l'atelier où Lucien avait rassemblé son équipe.

Un homme, embauché depuis peu par Philippe, prit la parole.

— Je suis avec toi, déclara-t-il sans hésitation.

— Moi aussi, suivit son voisin.

Petit à petit, une dizaine d'ouvriers levèrent le bras pour indiquer leur adhésion aux thèses de Lucien. Les autres s'abstinrent, mais n'osèrent s'opposer à leurs camarades.

Damien était resté dissimulé derrière une palette d'assiettes prête à être embarquée vers son lieu de destination. Il ne bougeait pas, de peur d'être découvert. Il respirait lentement, l'oreille aux aguets.

Quand Lucien donna l'ordre de se remettre au travail, il sortit de sa cachette et fit comme si de rien n'était.

— Où étais-tu, petit ? lui demanda Lucien. Tu ne devais pas balayer les extérieurs, ce matin ?

— J'ai fini, chef. Je venais aux consignes.

Le contremaître eut une moue de méfiance.

— Tu as entendu ce que je disais aux hommes ?

— Euh… non, mentit Damien. Pourquoi ?

— Parce que ça vaut aussi pour toi.

— C'est-à-dire ?

— N'écoutons pas ce qu'on raconte dans la rue. Par les temps qui courent, il se dit n'importe quoi.

Damien feignit de ne pas comprendre, mais estima que Lucien se moquait de lui. Il avait parfaitement perçu ses mauvaises intentions et n'avait qu'une hâte : prévenir son père.

— Que me chantes-tu là ? s'étonna Philippe. Lucien Girard veut me séquestrer ? Lui en qui j'ai toute confiance ! Mais pourquoi donc ?

Et Damien de révéler les propos qu'il avait surpris.

— Et tu me certifies que plusieurs ouvriers sont prêts à lui emboîter le pas ?

— Une dizaine. Les autres ont refusé.

— Peux-tu me donner des noms ? Je dois agir vite avant qu'il ne soit trop tard.

Damien tergiversa.

— Alors, insista Philippe. Des noms, je veux des noms ! Je n'hésiterai pas à les renvoyer sur-le-champ.

— Je… je ne peux pas, s'excusa Damien. Je ne tiens pas à passer pour un traître.

Philippe devint furibond.

— Comment ça, un traître ! Tu ne fais que ton devoir en dénonçant ces individus qui complotent dans mon dos. Dire que je leur ai procuré du travail, accordé avant l'heure des avantages qu'ils n'auraient jamais obtenus ailleurs ! Et, maintenant, ils écoutent ce… ce révolutionnaire bolchevique. Bien mal m'en a pris de l'avoir engagé celui-là et de lui avoir donné toute ma confiance !

Philippe ne parlait pas. Il criait sa colère. Damien n'osait l'interrompre, ne sachant plus quelle attitude adopter.

Entendant les foudres de son mari, Irène accourut.

— Qu'y a-t-il ? s'enquit-elle aussitôt.

— Il y a… il y a que mes ouvriers complotent dans mon dos. Et que j'ai embauché sans m'en rendre compte un voyou de la pire espèce.

— Qui donc ?
— Lucien Girard.
— Ton nouveau contremaître ?
— Raconte à ta mère ce que tu as entendu ce matin à la fabrique, ordonna Philippe à son fils.

Damien s'exécuta sans omettre le moindre détail.

Philippe reprit :

— Et ton fils refuse de me donner des noms sous prétexte qu'il craint de passer pour un délateur. Tu imagines la scène ? C'est à mourir de rire ! Le fils du patron qui s'obstine à défendre les ennemis de son père ! On aura tout vu.

Irène tenta de calmer la situation.

— Je comprends les scrupules de Damien. Il ne faut pas lui en vouloir. Mets-toi à sa place. S'il dénonce ceux qui trament quelque chose contre toi, il ne pourra plus regarder les autres droit dans les yeux. Ils se méfieront de lui.

— Seule une minorité a suivi ce Lucien Girard. C'est donc que la majorité ne l'approuve pas. Je ne vois pas pourquoi Damien aurait à redouter leur regard réprobateur.

— La plupart d'entre eux n'ont certainement pas osé acquiescer à ses arguments, mais ils n'en pensent peut-être pas moins.

Philippe ne décolérait pas.

— Je vais commencer par renvoyer ce Girard sans préavis. Il ne faut pas attendre que le gouvernement nous ponde des directives en faveur des ouvriers qui m'interdiront de licencier comme je le souhaite. Ensuite, je mettrai les points sur les i devant tout le monde. Je dois faire preuve d'autorité, sinon, je ne serai plus maître chez moi. Quant à toi, Damien, reste à l'écart de tout cela.

— Qui sera mon maître d'apprentissage dorénavant ?

— Je l'ignore. Chaque chose en son temps. Dans l'immédiat, je te demanderai de rester à la maison. Je crains des remous dans les jours qui viennent. D'autant que l'on attend d'un moment à l'autre les grandes décisions issues des discussions entre le patronat et le gouvernement. J'ai la chance que mon personnel ne se soit pas mis en grève comme partout ailleurs. Mais on ne sait jamais. Je ne veux pas que tu sois mêlé à ces histoires.

Damien obtempéra, inquiet de la tournure incertaine que prenaient les événements.

* * *

Les accords Matignon furent conclus le 8 juin entre le président du Conseil, Léon Blum, les représentants de la Confédération générale du patronat français pour les patrons, et ceux de la Confédération générale du travail pour les ouvriers. Trois jours plus tôt, l'appel à la reprise du travail par Léon Blum et Léon Jouhaux n'avait pas été suivi et la situation menaçait de dégénérer. Les meneurs surenchérissaient.

Philippe, très au fait de l'actualité grâce aux connaissances qu'il avait nouées dans le milieu parlementaire, craignait le pire. Il avait renvoyé son contremaître sans autre motif que ses propos séditieux, contraires aux intérêts de l'entreprise. Lucien Girard ne fut pas dupe. Il accusa immédiatement Damien d'avoir rapporté ses paroles, « des propos mensongers », avait-il soutenu.

Il avait menacé Philippe de manière vindicative et prédit sa faillite dans les mois à venir.

— Et ce ne sont pas les mesures sociales de ce gouvernement de traîtres qui en seront la cause ! avait-il vociféré. Mais la révolution qui est en marche et qui balaiera tout sur son passage. Un monde nouveau va naître sur les cendres de l'Ancien Monde, et vous, la classe des possédants, disparaîtrez à tout jamais. Ce sera la victoire des prolétaires de toutes les nations, l'abolition des classes sociales, la fin de l'exploitation des pauvres par les riches que vous représentez.

Philippe ne s'était pas laissé impressionner par la diatribe de Lucien Girard. Il l'avait même écouté jusqu'au bout sans l'interrompre, montrant, dans cette situation tendue, un calme surprenant et désarmant. Quand Lucien eut terminé de le menacer, il le pria de prendre la porte et de ne jamais plus rôder autour de sa fabrique.

L'affaire fut close.

Le jour suivant, lendemain de la signature des accords Matignon, Philippe convoqua son personnel, l'informa de sa décision et exigea que tous retournent au travail sans prêter attention aux sirènes des utopistes et des démagogues.

— Le mouvement social a triomphé. Je l'admets, annonça-t-il. Dans les jours qui viennent, vous recevrez par vos syndicats et par les journaux tous les détails des accords que le gouvernement est parvenu à obtenir des partenaires sociaux. Tout rentrera bientôt dans l'ordre. Je vous suis reconnaissant de ne pas vous être mis en grève, ce qui aurait assurément fragilisé notre entreprise, alors que celle-ci connaît une reprise pleine d'espérance. Je ne m'opposerai pas, évidemment, à l'application des mesures adoptées à Matignon. Je remarquerai seulement que j'en ai devancé certaines depuis plusieurs années. Vu le nombre d'employés de notre établissement, vous désignerez officiellement vos délégués du personnel afin de respecter les conventions collectives qui vont être étendues et généralisées. Faites-le sans tarder. Selon ce qui a été décrété, je vous accorderai une augmentation de salaire, dans la moyenne de la fourchette proposée, soit douze pour cent. Et, bien sûr, vos congés annuels passeront de dix à quatorze jours.

Les ouvriers de Philippe se montrèrent très satisfaits de la réaction de leur patron. Ils ne lui témoignèrent aucun mécontentement et lui surent gré de considérer les nouvelles dispositions avec compréhension.

Le soir même, Philippe demanda à Damien de le retrouver dans son bureau.

— Tu ne peux plus rester dans nos ateliers, le prévint-il. Ta position en effet serait très... inconfortable. Aussi t'ai-je trouvé une autre formation. Tu accompliras ton apprentissage à Limoges, chez les porcelainiers.

* * *

La résolution de Philippe tomba sur Damien comme un couperet. Celui-ci comprit immédiatement ce que cela signifiait. Il serait pour longtemps éloigné de Marion. Il n'avait jamais imaginé une telle situation.

Sur le moment, il ne discuta pas. Il ne sentait pas son père disposé à écouter ses arguments. Surtout en faveur de Marion.

En réalité, Philippe n'approuvait plus la fréquentation de son fils. Il s'était aperçu de l'importance que la fille de son régisseur avait prise dans la vie de son aîné. Les deux adolescents ne perdaient jamais une occasion de se retrouver lorsqu'il emmenait sa famille à Anduze. Certes, cela n'était pas nouveau. Damien et Marion avaient toujours joué ensemble quand ils étaient plus jeunes. Et si cette dernière était rarement venue au manoir de Val Fleuri, Damien, lui, allait souvent à la ferme des Chassagne.

Mais, avec les années, Philippe avait remarqué que leur amitié devenait moins platonique. Damien parlait de son amie en termes qui ne le trompaient pas. Son empressement à la rejoindre trahissait les sentiments qu'il éprouvait pour elle.

Irène n'avait pas caché à son mari ce qu'elle-même avait deviné depuis longtemps.

— Ils ne font rien de mal, se dédouanait-elle quand Philippe s'interrogeait sur ce qui pouvait bien motiver chez son fils un tel attachement pour la fille de son régisseur. Ce n'est qu'un amour de jeunesse. Ça leur passera.

Mais, avec les années, cet amour de jeunesse persistait. Irène ne le déplorait pas, persuadée que son fils ne commettrait pas l'irréparable. Elle ne souhaitait pas, elle non plus, que sa relation avec Marion devienne trop sérieuse, de crainte de le voir souffrir le jour où il se rendrait à la raison.

Aussi, lorsque Philippe lui annonça son intention d'envoyer Damien en apprentissage à Limoges, elle ne lui opposa aucune objection.

— Je t'approuve. Il était temps que cela cesse. Ça n'a que trop duré à mon goût. Damien se fourvoie.

— Je t'avais prévenue. Il fallait l'arrêter avant qu'il ne soit trop tard. Je ne suis pas intervenu. Je le regrette. Maintenant la séparation lui sera plus douloureuse. Mais je compte bien qu'à Limoges il oubliera vite cette jeune Marion. Il ne rentrera à Uzès qu'aux vacances de Noël, une fois par an. Je me suis déjà entendu avec mon ami Jocelyn Marcillac qui a accepté de l'accueillir dans son usine de porcelaine. Il dirige une excellente entreprise dont la production est vendue bien au-delà de nos frontières. Damien y sera entre de bonnes mains.

Les jours s'écoulaient pour Damien dans la hantise de son départ. Celui-ci était prévu pour le début août. Il ne s'était pas opposé aux volontés de Philippe. Il connaissait son père. Rien ne le déciderait à revenir sur sa position.

Depuis, il avait hâte de retourner à Anduze pour revoir Marion. Il n'imaginait pas que ce serait sans doute la dernière fois avant longtemps, n'envisageant pas de lui dire adieu. Il n'avait qu'une obsession : la serrer contre lui et oublier avec elle le cauchemar qu'il lui semblait traverser.

Le soir, dans sa chambre, il ressassait tous les scénarios. Il enlèverait Marion et partirait avec elle, loin, très loin, là où personne ne songerait à les retrouver. Ou alors, il demanderait à un prêtre de les unir sans le consentement de leurs familles. Pourquoi pas un pasteur aux idées larges ? Marion était huguenote. Elle lui avait expliqué que chez les protestants, quand un garçon enlevait une jeune fille, les parents, mis devant le fait accompli, devaient accepter de les marier. Ceci était vrai pour les unions mixtes, les *bigarats*, entre catholiques et réformés. Mais il espérait bénéficier de la même tolérance et se voyait déjà au bras de sa bien-aimée, sous les vivats de leurs amis et de leurs proches, réconciliés.

Philippe avait d'autres soucis en tête. Pour lui, l'affaire était entendue. Damien n'avait pas montré de résistance à sa décision.

Il avait aménagé les nouveaux horaires de ses employés pour les deux mois à venir à cause des congés payés qui allaient bientôt commencer. Il manquerait de main-d'œuvre, car, jusqu'à présent, il n'avait accordé de jours de liberté à son personnel que pendant les périodes creuses de l'année, en janvier et en février, jamais lors des beaux jours. De plus, la décision gouvernementale, adoptée à la va-vite par l'Assemblée le 11 juin, à l'unanimité des cinq cent quatre-vingt-douze votants, serait appliquée dans la foulée, à peine quelques semaines plus tard. Cela l'obligeait à réagir rapidement. Il se résigna à embaucher des saisonniers sans contrat qu'il renverrait immédiatement après l'été.

Dès le début juillet, six cent mille ouvriers se ruèrent sur la route des vacances, bénéficiant d'un billet de congé populaire annuel. Les plus favorisés se précipitèrent dans les gares et engorgèrent les chemins de fer. Beaucoup partirent à bicyclette ou à pied, un sac à dos pour tout bagage, mais tous dans l'euphorie de la victoire.

Anduze vit ses premiers vacanciers affluer sur la place Couverte, autour de sa célèbre fontaine-pagode. Uzès subit une vague de touristes au pied de son palais ducal et sur son marché du samedi. Partout régna très vite une grande effervescence, dans l'insouciance des jours heureux, tandis que, au-delà de la barrière pyrénéenne, une guerre civile fratricide venait de commencer dans l'indifférence des nations et que, outre-Rhin, Adolf Hitler peaufinait les jeux Olympiques pour montrer sa puissance à la face du monde.

Les Ferrière retournèrent à Anduze au cours du dernier week-end de juillet, quelques jours seulement avant le départ de Damien pour Limoges.

Sans prévenir, celui-ci se rendit aussitôt chez les Chassagne et demanda à voir Marion. La jeune fille n'était pas au courant de la décision de Philippe.

Damien ne prit pas le temps de l'embrasser.

— Va préparer ta valise et ne dis rien à tes parents, l'exhorta-t-il sans autre explication. Nous devons partir loin d'ici. Ne me pose pas de questions. Si tu m'aimes, suis-moi.

Marion, plus que surprise, obtempéra sur-le-champ, et, sans hésiter, remit son destin entre les mains de celui qu'elle aimait aveuglément.

11

Désillusion

A Val Fleuri, c'était une fois de plus la consternation. La disparition de Damien paraissait inexplicable. La cause pourtant semblait entendue. Lorsque Philippe avait proposé à son fils de partir à Limoges, celui-ci n'avait opposé aucune réticence. Certes, il ne s'était pas enthousiasmé et s'était même plutôt montré réservé quant à ses nouvelles conditions d'apprentissage. Mais de là à s'enfuir sans se justifier, sans marquer sa désapprobation, Philippe en demeurait sidéré.

— Moi qui commençais à admettre qu'il prendrait un jour ma succession ! ne cessait-il de se lamenter en levant les bras au ciel comme pour implorer Dieu. Décidément, de mes deux enfants, aucun ne me ressemble !

Irène avait beau essayer de calmer sa colère, elle ne parvenait pas à le raisonner. Elle se doutait que la cause était à rechercher chez les Chassagne. Mais, pour ne pas accroître l'ire de son mari, elle s'abstint de dévoiler ses craintes. Elle se promit toutefois de rendre visite au plus vite aux parents de Marion pour en avoir le cœur net.

Au Mas neuf, ceux-ci étaient également plongés dans la stupéfaction et le désarroi. Leur fille ne leur avait fourni aucune explication. Elle s'était volatilisée, sans prévenir, sans laisser le moindre mot pour les rassurer.

— J'ai tout de suite pensé que Damien et Marion s'étaient enfuis ensemble, leur avoua Irène. La disparition de votre fille confirme mes soupçons.

— Mais pour quelle raison ? geignait Amélie Chassagne. Marion est heureuse chez nous. Elle n'a jamais manifesté une seule fois un signe de mécontentement ou de profond désaccord. Nous ne l'obligeons pas à nous aider à la ferme. Elle le fait de son plein gré. Je ne comprends pas ce qui lui a mis en tête l'idée de nous quitter.

Irène s'étonnait de la réaction de la mère de Marion. Robert Chassagne, quant à lui, paraissait plus clairvoyant.

— Je craignais que tout ça se termine mal, intervint-il. Mais, à cause de la reconnaissance que je vous dois, madame Ferrière, à vous et à votre mari, je me suis abstenu de m'opposer à cette amourette entre votre fils avec notre fille. Sauf votre respect, j'ai toujours pensé que Marion se fourvoyait.

— Voyons, Robert, le coupa Amélie, qu'est-ce que tu insinues ? Que se passe-t-il entre Marion et Damien ? Ces deux enfants sont amis depuis longtemps. Ce n'est pas une raison pour partir ensemble sans crier gare !

Irène écarquillait les yeux.

— Ils ne sont plus tout à fait des enfants ! précisa-t-elle. N'avez-vous pas remarqué que, depuis un certain temps, leur relation était devenue plus... plus sérieuse ? Damien n'a pas eu besoin de nous en parler pour qu'on le comprenne. Ces jeunes gens sont éperdument amoureux l'un de l'autre. Vous l'ignoriez ?

Amélie s'assit sur la première chaise qui lui tomba sous la main.

— Amoureux... Comment ça, amoureux ! Mais... vous vous trompez. Ce ne sont que des enfants !

— Ça saute aux yeux, Amélie. Votre fille et mon fils sont amoureux et j'ai peur que cela dure longtemps si l'on n'intervient pas.

Robert Chassagne se taisait. Ses mâchoires crispées trahissaient une sourde colère.

— Moi, je m'en doutais, mais je n'ai pas voulu m'interposer. Damien n'a jamais montré le moindre geste irrespectueux à l'égard de ma fille sous notre toit. Jamais je ne les ai surpris à s'embrasser entre deux portes ou à se tenir par la main. Je croyais que leurs sentiments s'étioleraient au fil des années. Que Damien trouverait mieux ailleurs, dans votre milieu. Nous n'appartenons pas au même monde. J'ai eu tort.

— Mon fils est un grand sentimental. Moi aussi, j'ai pensé comme vous. Je ne me suis jamais opposée à ce qu'il fréquente votre fille. Je me disais qu'il finirait par ouvrir les yeux. Aussi, quand mon mari a décidé de l'envoyer à Limoges pour son apprentissage, je l'ai approuvé sans hésitation.

— A Limoges ! s'étonna Robert. Damien doit partir à Limoges ?

— Dans trois jours.

— C'est donc la raison qui vous amène ici. Nos deux enfants se sont enfuis ensemble pour ne pas être séparés.
— La disparition de votre fille prouve en effet cette hypothèse.

Irène s'assit à son tour sans y être invitée. Son visage, défait, laissait percevoir une profonde inquiétude. Amélie lui proposa une tasse de café. Elle refusa.

— Je suis trop bouleversée pour avaler quoi que ce soit, prétexta-t-elle.
— Un peu d'eau fraîche alors ?

Elle but difficilement quelques gorgées. Elle retenait ses larmes, ne voulant pas faiblir devant ses employés.

Elle se reprit :

— Avez-vous une petite idée du lieu où nos enfants se seraient réfugiés ?
— Pas la moindre, répondit Robert. C'est votre fils qui a enlevé notre fille, vous le savez mieux que nous... Votre fils Florian ne s'est-il pas rendu dans votre propriété de Lozère lors de sa fugue il y a deux ans ?
— Mon mari y a songé. Il a immédiatement contacté les occupants de la bergerie. Ils n'ont aperçu personne. Damien s'est douté que nous penserions à cet endroit.
— Il faut à nouveau alerter la gendarmerie, suggéra Amélie. Nos enfants sont mineurs. Nous ne devons pas les abandonner dans la nature sans agir. Un accident pourrait leur arriver.

Irène acquiesça.

Au manoir de Val Fleuri, Philippe était dans tous ses états.

— Dire que je lui faisais confiance ! Que je lui avais trouvé une place d'apprenti dans l'une des plus célèbres manufactures de porcelaine de Limoges ! Et ce petit monsieur a feint d'accepter ma proposition ! C'est tout juste s'il n'a pas laissé percevoir des signes de satisfaction ! Ah, il a bien caché son jeu !

— Papa, osa intervenir Florian, Damien n'a pas prémédité sa fuite. Je te l'affirme. Il m'a même avoué que ta décision à son égard était sans doute la meilleure, étant donné les événements du mois dernier à la fabrique.

— Alors pourquoi s'est-il enfui comme un voleur ?

Cette fois, Philippe était hostile à alerter la gendarmerie. Il était persuadé que son fils finirait par rentrer une fois aux abois. Il refusa la suggestion d'Irène.

— S'il estime être capable, à son âge, de se débrouiller seul, qu'il affronte donc son destin ! Quand il n'aura plus aucune ressource devant lui, il reviendra. Je ne lui donne pas huit jours avant que ça n'arrive.

— Et la petite Marion ? Ses parents s'inquiètent à juste titre. C'est Damien le premier responsable. Ils attendent que tu agisses en tant que père de celui qui a enlevé leur fille.

— Marion ! Elle n'a que ce qu'elle a cherché. Elle s'est accrochée à Damien. Tu ne voudrais pas que je la plaigne ! Cette fille sait depuis toujours ce qu'elle désire ! Elle a mis le grappin sur notre fils, profitant de sa faiblesse de caractère et de ses bons sentiments à son endroit. J'aurais dû me méfier d'elle plus tôt.

Philippe semblait condamner davantage Marion que son fils. A ses yeux, elle était la principale fautive. Elle avait abusé de sa naïveté et joué de ses charmes.

— Tu n'es pas sans avoir remarqué comment elle est devenue... plus enjôleuse. A son âge, elle promet !

— Je n'ai rien relevé de tel, rétorqua Irène qui réprouvait l'attitude de son mari devant le problème qu'ils devaient régler au plus vite. Marion ne vient jamais sous notre toit, je ne comprends pas ce qui te pousse à tenir ces propos.

— Je l'aperçois parfois quand je me promène à cheval du côté du Mas neuf. Pour une fille qui aide ses parents à la ferme, je lui trouve un air un peu aguicheur.

— Tu es bien comme tous les hommes ! Dès qu'une femme vous regarde, votre instinct de prédateur se réveille. Tu te méprends sur le comportement de cette jeune fille. Marion aime Damien. C'est aussi simple que ça.

— Et tu approuves ?

— Non. Et j'étais ravie de ta décision d'envoyer Damien à Limoges. Notre fils a convaincu Marion de l'accompagner. C'est Damien qu'il faut remettre dans le droit chemin.

— Il ne perd rien pour attendre.

* * *

Damien avait emporté le petit pécule qu'il avait économisé depuis plusieurs années, une somme que ses parents le laissaient libre de gérer à sa guise. Il ne l'avait pas dilapidé, dans le but de s'offrir un jour un grand voyage. Depuis son plus jeune âge, depuis qu'il avait lu et relu *Le Tour du monde en quatre-vingts jours* de Jules Verne, il rêvait de traverser l'Atlantique en paquebot, ou l'Europe en chemin de fer. Il se voyait dans la peau d'un Phileas Fogg ou d'un autre aventurier célèbre des temps modernes. Il espérait même s'envoler dans les airs en montgolfière, comme le docteur Samuel Fergusson du roman *Cinq semaines en ballon*. Plus il lisait, plus il rêvait.

Se doutant que son père se rapprocherait aussitôt du couple de bergers de sa ferme lozérienne, il prit la direction opposée et entraîna Marion vers Nîmes, dans l'intention de filer en direction de la Méditerranée. Il ne savait pas où se réfugier exactement. Mais il souhaitait rejoindre un lieu où son goût pour la céramique lui permettrait de travailler rapidement. Il avait observé les ouvriers de son père et s'était déjà exercé au tour pour façonner quelques objets simples à réaliser.

— Je trouverai de l'embauche chez un artisan, plaida-t-il devant Marion qui s'inquiétait de la manière dont ils vivraient loin des leurs. La faïence n'a pas de secret pour moi. Je suis capable d'apprendre très vite les rudiments du métier.

Ils montèrent dans un train pour Marseille. Personne ne leur posa de questions. En cours de route, Damien estima plus prudent de mettre la plus grande distance entre eux et leurs parents.

— Sinon, ils nous enverront les gendarmes et nous n'irons pas loin.

— Où penses-tu aller ?

— Nous pourrions nous réfugier en Italie. Là-bas, on ne nous retrouvera pas.

— Mais on nous arrêtera à la frontière ! Les douaniers exigeront des papiers. Ils ne nous laisseront pas passer.

— Sauf si nous nous arrangeons pour traverser clandestinement.

L'esprit aventurier de Damien reprenait le dessus. Il enserra Marion dans ses bras pour la rassurer, l'embrassa dans le cou à travers sa chevelure de soie et d'or, se perdit dans ses illusions et oublia la réalité qu'ils devraient affronter.

Marion l'écoutait sans l'interrompre, pleine de confiance, à mille lieues d'imaginer combien ses parents s'inquiétaient de sa disparition.

— Tu verras, l'Italie est un pays merveilleux. Les Italiens sont de vrais artistes. Nous pourrions nous réfugier à Florence ou à Faenza.

— Pourquoi ces villes ?

— Ce sont des endroits renommés depuis des siècles. Notamment Florence pour sa porcelaine. Quant à Faenza, elle a donné son nom au mot faïence.

Damien avait lu des livres sur l'histoire de la céramique. Il connaissait certains grands centres de fabrication en France, son père les lui citait souvent dans leurs conversations. Mais, pour les pays étrangers, son savoir était moins précis. Il ignorait que certains lieux, jadis célèbres, ne produisaient plus ou étaient tombés dans l'oubli.

Marion ne désirait que le croire. Elle regardait le paysage défiler par la fenêtre et rêvait, elle aussi, à des lendemains enchanteurs.

Parvenus à Marseille, ils prirent un train pour Nice. Tout se déroulait comme Damien l'espérait. Personne ne leur demanda qui ils étaient ni d'où ils venaient. Avec l'affluence des estivants profitant des congés payés, les contrôleurs des chemins de fer semblaient débordés et poinçonnèrent leurs billets sans se soucier s'ils étaient accompagnés par des adultes. Au reste, des groupes de jeunes, encadrés par des moniteurs, créaient une joyeuse pagaille dans les wagons. L'atmosphère de kermesse se poursuivait sur la route des vacances.

Damien et Marion se réjouissaient de cette liesse qui régnait autour d'eux. Ils y participaient et se joignaient à ceux qui chantaient à tue-tête des airs de Charles Trenet et de Maurice Chevalier.

A Nice, ils s'engouffrèrent dans un autre train pour Menton. Damien avait consulté une carte dans la gare et s'était aperçu que la frontière serait plus rapidement atteinte par la côte.

— Menton se situe à la frontière italienne, expliqua-t-il à Marion qui commençait à tomber de fatigue. Une fois là-bas, nous nous débrouillerons pour traverser sans être contrôlés. Dès que nous parviendrons sur le territoire italien, nous serons sauvés. Personne ne nous retrouvera. A nous la liberté !

Ils passèrent la nuit à la belle étoile, sur la plage. Les étoiles scintillaient au-dessus d'eux. La voûte céleste les couvrait de sa douceur. Le bruit des vagues sur les galets les berçait. Damien observait la ligne d'horizon en songeant à tous les héros de ses lectures. Le contact de Marion l'enivrait et lui procurait des sensations qu'il avait peine à refréner. Il avait envie de s'allonger près d'elle, dans le sable, de la caresser, de l'embrasser à en perdre la raison. Marion était si jolie dans son habit de lumière resplendissant sous les rayons de la lune. Ses yeux de porcelaine brillaient comme deux petits diamants dans leur écrin. Sa peau si fine frissonnait sous ses mains hésitantes. Il n'osait s'aventurer trop loin. Par timidité. Par respect aussi. Car Damien aimait trop Marion pour se comporter comme le commun des mortels, comme un garçon avide de connaître sa première expérience.

— Je te désire tellement, lui susurra-t-il dans le creux de l'oreille.

— Moi aussi.

Elle se renversa dans le sable. Lui prit la main et la lui plaça sur sa poitrine.

— Sens comme mon cœur bat.

Damien amorça une caresse plus intime. L'embrassa sur les lèvres. Se perdit dans les voluptés de son étreinte.

— Il faut se retenir ! s'interrompit-il. Nous risquerions de le regretter.

— Je t'aime, mon amour. Je serai à toi quand tu le voudras. Je t'attendrai.

* * *

Au petit matin, la fraîcheur les réveilla. L'aube se levait à peine au-dessus de la ligne bleue de la grande mer. Le soleil couronnait les collines d'une feuille d'or étincelante. Des fragrances de citronnelle parfumaient la ville et se répandaient jusque sur les plages.

— Comme ça sent bon ! remarqua Marion en s'étirant, la tête posée sur les cuisses de Damien.

— Ce sont les citronniers. La cité en est pleine.

— J'ai une faim de loup.

Ils se dirigèrent vers la terrasse d'un bar qui venait d'ouvrir ses portes. Derrière eux se dressait la basilique Saint-Michel. Ils déjeunèrent d'une tasse de café et d'un croissant. Au moment de payer l'addition, Damien demanda au serveur s'il était possible de franchir la frontière en évitant les douaniers. Le garçon de café l'examina d'un air étonné :

— Passer clandestinement ? Mais… vous me paraissez bien jeunes, vous et votre amie, pour vous lancer dans une telle aventure !

— Ce n'était que simple curiosité. Nous vivons chez nos parents, ma sœur et moi, mentit Damien pour écarter tout soupçon. Ils possèdent une villa sur la côte, pas loin d'ici. Nous sommes en vacances.

— En vacances… hum ! Et vous prenez votre petit déjeuner en terrasse plutôt que chez vous !

Damien ne savait plus quoi ajouter pour se justifier. Sa spontanéité et sa naïveté lui jouaient parfois des tours.

— C'est que… nous avons fait la fête hier soir, avec des amis. Et nous ne sommes pas rentrés chez nous. Nous avons dormi sur la plage.

— Ah, je comprends mieux ! Mais pourquoi voulez-vous éviter les contrôles ? Si vos papiers sont en règle, vous ne risquez rien. Encore que, depuis quelque temps, les Italiens se montrent de plus en plus nerveux. Mussolini a placé ses Chemises noires partout. Derrière les douaniers, ils surveillent de près tous les passages. Si vous tombez entre leurs mains, ils ne vous lâcheront pas facilement.

— Les Chemises noires ! Qu'est-ce que c'est ? demanda Damien qui méconnaissait ce qui se déroulait de l'autre côté des Alpes.

— Mais d'où sors-tu, jeune homme ? Tu affirmes que ta famille possède une villa à Menton et tu ignores ce qui se passe en Italie, à quelques kilomètres seulement d'ici !

Damien crut plus prudent de ne pas insister afin de ne pas s'empêtrer davantage. Le serveur poursuivit néanmoins :

— Les Chemises noires sont à Mussolini ce que les Chemises brunes, les SA, sont à Hitler en Allemagne. Ce sont des miliciens, la garde personnelle du Duce, si tu préfères. Ils sont très violents. Quand ils interrogent quelqu'un, ils emploient la manière forte.

— Et pourquoi les Italiens sont-ils de plus en plus nerveux ? Ils craignent quelque chose ?

— Décidément, il faut tout t'apprendre, mon gars ! Depuis que Mussolini a envahi l'Ethiopie, il est désapprouvé par les grandes nations. Comme tout fauve qui se sent attaqué, il sort les griffes.

— C'est donc dangereux d'aller en Italie ?

— Ça peut l'être. Et pour répondre à ta question, oui, c'est possible d'échapper aux contrôles. Il suffit d'avoir recours à un passeur.

— Et vous en connaissez un ?

Le garçon de café commençait à se méfier.

— Vous n'auriez pas l'intention de faire une fugue, au moins, tous les deux ?

— Une fugue ! Non, absolument pas. Mais on aimerait visiter un peu l'Italie. Nos parents refusent de nous y emmener, sans doute pour la raison que vous avez évoquée. On n'y resterait qu'une journée, ce serait vite fait. Mais sans leur autorisation…

— Ouais… j'ai bien saisi. Alors, je vais vous indiquer le nom d'un gars qui vous aidera à passer moyennant un peu d'argent. Mais avant…

Le serveur frotta son pouce sur son index.

— Vous voyez ce que je veux dire ?

Damien aligna deux billets sur la table.

— C'est tout ce que je peux vous donner.

L'homme se saisit de l'argent, s'absenta quelques minutes et revint, une enveloppe sur son plateau.

— Tiens, dit-il à Damien. Tu expliqueras que vous venez de la part de Luigi.

— Luigi… c'est vous ?

— Oui, c'est moi. Il comprendra.

— Vous êtes italien ?

— Comme beaucoup de gens qui travaillent à Menton. En réalité, Menton, c'est déjà un peu l'Italie.

— J'avais remarqué qu'on y parle beaucoup l'italien.

Marion demeurait muette. Mais, au fond d'elle-même, elle commençait à craindre de se fourvoyer dans une impasse.

Quand ils reprirent leur route, elle tenta de raisonner Damien :

— On ferait mieux de renoncer. Si nous tombons dans les mailles de ces Chemises noires, ils nous jetteront en prison. Nos parents ne nous retrouveront jamais.

— N'aie pas peur ! Je suis là. Quand nous serons en Italie, plus rien ne nous arrivera.

Ils se rendirent à l'adresse indiquée dans l'enveloppe, rue des Marins, dans la vieille ville. Un homme d'une trentaine d'années leur ouvrit sa porte, méfiant. Damien se présenta et lui tendit l'enveloppe.

— Nous venons de la part de Luigi.

L'homme dévisagea ses deux visiteurs et, sans les inviter à entrer, leur proposa de les conduire de l'autre côté de la frontière moyennant deux cents francs[1] par personne. Damien regarda ce qui lui restait dans son portefeuille. S'assombrit.

— C'est trop, objecta-t-il.

— Cent cinquante ! C'est mon dernier mot. Je ne baisserai pas plus.

Damien finit par accepter.

— Es-tu sûr de toi ? lui souffla Marion à l'oreille. Cet homme ne me paraît pas très honnête.

Damien donna la somme au passeur.

— C'est bon, agréa celui-ci. Rendez-vous sur le vieux port ce soir à vingt-deux heures précises. Je vous y attendrai. Ne soyez pas en retard.

Les deux fugitifs s'en remirent à l'inconnu.

A l'heure dite, ils arrivèrent sur les quais du vieux port. Ils n'eurent pas à patienter longtemps. L'homme se dirigea immédiatement vers eux au volant de sa fourgonnette Citroën C4. Sans sortir, il les fit monter et fila sans s'attarder vers l'intérieur des terres.

— Vous ne suivez pas la route du bord de mer pour gagner l'Italie ? s'étonna Damien.

— Pas possible, on tomberait sur la douane. Et puis, de l'autre côté, on rencontrerait vite la milice. Il y a des gardes partout le long du littoral.

Ils roulèrent pendant une bonne heure. La nuit avait enveloppé la cité de son drap d'anthracite. Seuls les reflets de la lune indiquaient au loin la présence de la mer, au fur et à mesure que le véhicule grimpait dans les collines.

---

1. Environ 136 euros d'aujourd'hui.

Quand ils parvinrent en haut d'une côte, le passeur ralentit, coupa son moteur.

— Nous y sommes. La frontière n'est pas loin, là-bas, en contrebas.

Damien jeta un regard circulaire.

— Où donc ?

— Je vais vous y conduire. Il faut traverser ces éboulis. Il n'y a pas de chemin. Vous ferez attention où vous poserez les pieds. Et surtout, pas un mot. Il pourrait y avoir des miliciens en faction.

Damien prit Marion par les épaules.

— J'ai peur, lui murmura-t-elle.

— Nous sommes bientôt arrivés au bout de nos peines.

Un quart d'heure plus tard, l'homme s'arrêta.

— Je n'irai pas plus loin, leur précisa-t-il. L'Italie n'est qu'à deux cents mètres. Vous n'avez qu'à marcher tout droit sans vous retourner, le plus vite possible. Quand vous franchirez la passerelle qu'on distingue d'ici, courez vous abriter dans la grange qui se trouve juste à côté. Demain matin, de braves gens viendront vous secourir. Faites-leur confiance.

Damien remercia le passeur, lui serra la main et, reprenant celle de Marion, s'éloigna.

Quand ils entrèrent dans la grange, un groupe de Chemises noires les attendait, l'arme au poing.

12

Détenus

A Val Fleuri, les nouvelles ne tardèrent pas.

Deux jours après la disparition de Damien et de Marion, Philippe reçut un appel téléphonique de la gendarmerie de Menton lui signifiant que son fils avait été retrouvé en Italie en compagnie d'une jeune fille dénommée Marion Chassagne et conduit à Vintimille par un groupe de miliciens. Les carabiniers italiens les retenaient, après les avoir interrogés, et demandaient à rencontrer immédiatement leurs parents sous peine de les faire comparaître en haut lieu où ils seraient jugés pour tentative d'infiltration illégale dans leur pays. Si la police se chargeait d'eux, l'avait-on prévenu, il serait très difficile de les sortir du guêpier dans lequel ils s'étaient fourrés.

Philippe ne décolérait pas. Il n'aurait jamais cru Damien capable d'un tel acte de rébellion.

— Fuir en Italie ! Mais dans quel but ? Ça ne tient pas debout. Notre fils a perdu la raison. Je suis sûr que c'est cette Marion qui l'a entraîné.

Irène s'abstint de contredire Philippe, ne souhaitant pas soulever la polémique dans ce moment particulièrement inquiétant. Les gendarmes de Menton, en effet, n'étaient pas certains que les carabiniers obtiennent l'autorisation de relâcher les prévenus sans autre procédure.

— Pourquoi veulent-ils nous voir, s'interrogeait Irène, si ce n'est pas pour nous les remettre en mains propres ? Ils ne peuvent quand même pas les retenir pour si peu de chose, comme des criminels ! Ils n'ont rien fait de mal.

— Tu oublies que l'Italie est une dictature et que la liberté n'y existe plus. Mussolini règne en maître absolu sur son pays, et tout son peuple lui est inféodé, de gré ou de force. Damien et Marion se sont placés dans une situation illégale. Ils encourent donc une peine de justice.

— Mais ils sont mineurs !

Philippe décida de se mettre en route sans perdre une seule minute.

— Le temps est précieux. Si j'arrive trop tard, ils seront transférés dans un centre de détention. Alors, il sera impossible d'intervenir.

— Si les carabiniers ont appelé leurs collègues de Menton, se tourmentait Irène, c'est qu'il y a encore un espoir qu'on les relâche, non ?

— Souhaitons-le.

— Comment comptes-tu t'y rendre ?

— En voiture, ce sera plus simple et plus rapide. Au passage, j'embarquerai Robert Chassagne. Sa présence sera utile pour obtenir la libération de sa fille.

On ne sait jamais ce que ces Italiens sont capables d'inventer pour retenir nos enfants dans leurs geôles.

Il quitta Val Fleuri deux heures à peine après avoir été prévenu. Robert Chassagne rechigna à abandonner son travail, prétextant qu'il ne serait pas indispensable.

— Je vous signe une attestation pour Marion. Ils ne douteront pas de votre parole, j'en suis persuadé.

En réalité, Robert redoutait de se retrouver en présence de Philippe pendant des heures, voire pendant des jours. Certes, il était son régisseur, mais il se sentait coupable de l'attitude de sa fille et était mal à l'aise.

— Vous encourez le risque qu'on refuse de me confier Marion, l'avertit Philippe. Je ne suis pas son père.

Robert s'entêta.

Philippe partit seul.

Quand il arriva à Menton, à la tombée de la nuit, il se présenta aussitôt à la gendarmerie. Le brigadier en faction n'était pas au courant de l'affaire. Ses chefs étaient absents et ne lui avaient laissé aucune consigne.

— Sans un ordre de mes supérieurs, je ne peux décider de joindre les carabiniers de Vintimille, lui objecta-t-il. Revenez demain matin.

Philippe eut beau discuter, il ne parvint pas à convaincre son interlocuteur.

Malgré lui, il fut contraint de prendre une chambre d'hôtel.

Le lendemain, il se pointa dans les bureaux de la gendarmerie dès leur ouverture et demanda le capitaine.

Ce dernier l'accueillit à l'écart et, le visage grave, lui annonça :

— Votre fils et son amie ont été transférés à Gênes. Mais pas de panique, ils vont bien. Ils seront bientôt présentés devant le procureur afin d'établir avec précision les raisons qui les ont incités à franchir la frontière clandestinement.

— On les soupçonne de quoi, exactement ? D'appartenir à un groupe d'opposants au Duce ? C'est absurde. A leur âge ! Des comploteurs, ça n'a pas de sens.

— Ce n'est pas à moi qu'il faut affirmer cela, monsieur Ferrière, mais à la police italienne.

— Je pensais qu'ils étaient entre les mains des carabiniers !

— Les Chemises noires s'en sont mêlées et ont exigé qu'on les emmène au poste de la police nationale. Ils ont estimé qu'il s'agissait d'un cas touchant à la sécurité de l'Etat, donc que c'était du ressort de la police et non de la gendarmerie. Mais ne vous inquiétez pas. Ils n'ont pas de preuve à charge contre vos enfants.

— Seul Damien est mon fils, précisa Philippe. La jeune fille qui l'accompagne est son amie. Son père m'a remis une attestation en bonne et due forme pour me porter garant d'elle en son absence... Que dois-je faire maintenant ?

— Si vos papiers sont en règle, vous pouvez toujours tenter de passer la frontière et de vous rendre à Gênes. Mais je ne vous certifie pas qu'on vous autorisera à voir votre fils et sa compagne.

Philippe était dépité. Il croyait que l'affaire serait réglée sans histoire et sans perte de temps. Il avait déjà préparé ce qu'il dirait à Damien. « Surtout, sois diplomate, lui avait conseillé Irène. Ne le sermonne pas trop durement. Laisse-le se justifier sans lui donner l'impression qu'on le condamne sans même l'écouter. »

Il hésita à se rendre en Italie. Mais devant la gravité de la situation, il ne tergiversa pas longtemps.

— Je vous donne mes coordonnées, proposa-t-il au capitaine. Si dans trois jours je ne suis pas revenu, avertissez mon épouse afin qu'elle ne s'inquiète pas inutilement. Je vais l'informer que je pars pour Gênes.

Philippe reprit la route en direction du poste-frontière, angoissé à l'idée de ne pas savoir ce qu'il était advenu de son fils et de Marion. « Pourvu qu'ils ne les aient pas jetés en prison ! » ne cessait-il de se tourmenter chemin faisant.

A la douane française, on ne lui adressa aucune remarque. On le laissa passer sans histoire. Néanmoins on le prévint qu'une fois de l'autre côté de la ligne frontalière, personne ne pourrait plus rien pour lui.

— La France est restée en bonnes relations avec l'Italie, lui expliqua le policier qui contrôla ses papiers. Mais vous n'ignorez pas qu'en allant dans un pays où les libertés sont bafouées, vous courez le risque d'être soupçonné de complot.

— L'Italie n'est quand même pas l'Allemagne, releva Philippe pour se montrer rassuré. Et Mussolini n'est pas Hitler. Il ne faut pas tout mélanger.

— Je vous aurai averti... Bonne route, déclara le policier.

Quand il se trouva en présence de la douane italienne, il ressentit aussitôt un climat de méfiance. Les Chemises noires secondaient la police et surveillaient leurs collègues douaniers. Ceux-ci n'inquiétèrent pas Philippe, mais un milicien lui ordonna de garer sa voiture sur le côté.

— Dans quel but venez-vous en Italie ? s'enquit-il.

Philippe parlait un peu l'italien.

— Je viens pour affaires, mentit-il.

Il ne tenait pas à dévoiler l'objet de sa visite. On l'aurait immédiatement soupçonné, crut-il.

— Je suis fabricant de céramique à Uzès, dans le sud de la France. Je dois rencontrer des confrères à Gênes afin d'élaborer un projet de partenariat commercial.

— De la céramique, quel genre ?

— De la faïence. Et des vases également. Des vases horticoles comme ceux de votre belle ville de Florence. A Anduze, où se trouve ma poterie, on fabrique des vases qui tirent leur origine de ceux qu'on produisait à Florence sous les Médicis.

Le milicien paraissait intéressé par ces explications.

— Mon père est potier, lui avoua-t-il. Il possède un petit atelier à San Remo. C'est une jolie ville, vous connaissez ?

— Non, mais je compte bien m'y arrêter.

— Alors, rendez visite à mon père. Il s'appelle Augusto Lazzaro.

Philippe sentait le milicien réceptif. Il profita de la situation, discuta avec lui encore pendant dix bonnes minutes. Puis, abandonnant sa méfiance, ce dernier l'autorisa à passer sans autre formalité.

Le soir même, Philippe arriva à Gênes.

* * *

Damien et Marion étaient détenus dans une cellule de la police politique, l'OVRA. Véritable police secrète, celle-ci surveillait et réprimait les organisations subversives, la presse hostile à l'Etat et les groupes d'étrangers, surtout depuis l'application des lois dites fascistissimes en 1926.

N'ayant aucune autorisation d'entrée sur le territoire italien et étant mineurs de surcroît, les deux adolescents n'étaient pas parvenus à justifier leur présence. Les miliciens, qui les avaient transférés à Gênes, les soupçonnaient de vouloir se joindre aux jeunes communistes du pays. Ceux-ci étaient pourchassés par le régime. Le Duce, depuis son accession au pouvoir, n'avait pas cessé de supprimer ses adversaires. Les socialistes, les syndicalistes, les partisans de la démocratie et surtout les communistes engorgeaient les prisons des grandes villes. Certains, surtout parmi les dirigeants, avaient été éliminés physiquement de façon arbitraire. L'opposition avait été privée de ses chefs et ne survivait que clandestinement.

Les jeunes gens avaient eu beau affirmer qu'ils n'étaient pas des comploteurs, ils n'avaient pas convaincu les policiers. Leur dossier risquait d'être transmis au Tribunal spécial de défense de l'Etat.

Lorsque Philippe entra dans les locaux de l'OVRA, après avoir été éconduit par la police nationale, il craignit d'être lui-même l'objet de poursuites. On le considéra avec méfiance et il dut attendre deux longues heures avant d'être reçu par un représentant de la police secrète. L'homme, un gradé à la mine patibulaire, portait l'uniforme militaire avec élégance. Il posa sa casquette sur le bureau derrière lequel il s'était assis et sortit d'un tiroir une chemise grise où étaient consignés sur une feuille unique les motifs de l'incarcération de Damien et de Marion.

Dans un premier temps, il laissa volontairement s'installer le silence, évitant de croiser le regard de Philippe. Puis, se raclant la gorge, il leva les yeux vers lui et prit enfin la peine de lui adresser la parole.

Philippe bouillait d'expliquer le sens de sa démarche. Il écouta s'exprimer le gradé de la police secrète sans l'interrompre. Il avait l'expérience des affrontements verbaux. Lui-même n'agissait pas autrement lorsque des représentants de son personnel lui soumettaient leurs revendications. Il était parfaitement inutile de s'opposer de front à un interlocuteur qui avait l'avantage de détenir le pouvoir de décision.

— Vos enfants se sont mis dans de sales draps, commença le policier.

— Il s'agit de mon fils et de son amie. Je vous assure qu'ils n'avaient aucune mauvaise intention en pénétrant dans votre pays.

— On les a arrêtés à la frontière près de Menton. Que cherchaient-ils à cet endroit ?

Philippe eut une seconde d'hésitation. Affirmer qu'ils avaient fait une fugue serait difficile à plaider, surtout à partir d'Anduze.

— Nous étions en villégiature dans cette ville, mentit-il. Nous profitions de cet air de vacances qui règne dans notre pays pour passer en famille une semaine au soleil.

— Et cette jeune fille vous accompagne, je suppose ?

— Oui, parfaitement. Son père me l'a confiée. C'est le régisseur de mes terres. D'ailleurs, j'ai une attestation écrite de sa main qui justifie sa présence avec nous.

— Cela n'explique pas pourquoi votre fils et son amie ont traversé la frontière clandestinement. Ce sont des opposants au régime, infiltrés par l'Internationale communiste ! Des partisans de Staline.

— Vous faites erreur, commissaire. Mon fils n'est pas communiste, loin de là. Chez nous, les Ferrière, nous ne sommes pas de ce bord.

Le policier se dégagea de son bureau et sortit de la pièce sans ajouter aucun commentaire.

Philippe se demandait ce qu'il manigançait et commençait à s'inquiéter. Il avait hâte de revoir Damien.

L'homme revint dix minutes plus tard. Philippe se leva.

— Restez assis… Vous êtes patron d'une entreprise de céramique, n'est-ce pas ?

Philippe s'étonna car il n'avait pas mentionné sa profession.

— C'est exact. Je fabrique de la faïence et des vases horticoles.

— Votre production est célèbre chez vous. Je me suis renseigné. Vous me dites la vérité. J'aime mieux ça !

— Pourquoi vous mentirais-je ? Je n'ai rien à cacher, surtout dans ces circonstances. Mon fils pas plus que son amie n'avaient de mauvaises intentions en entrant dans votre pays. Ils ont certainement estimé qu'ils pouvaient s'y aventurer en toute impunité. Ils ont échappé à ma vigilance, je le reconnais. S'il y a un coupable ici, c'est bien moi. J'aurais dû leur interdire de partir seuls.

Ils ont profité de la liberté que je leur ai accordée pour s'éclipser. Peut-être même qu'ils ont franchi la frontière sans s'en rendre compte.

— Hum ! Vous y croyez, vous ? Vu l'endroit où on les a surpris, ils n'y sont pas arrivés par hasard. On les y a conduits. Ils avaient donc des arrière-pensées. Vous ignorez sans doute que votre pays est truffé d'adversaires du Duce. Nous les surveillons de près. Nous avons des agents infiltrés chez vous pour les empêcher de nuire. Certains embrigadent des jeunes gens afin qu'ils s'introduisent sur notre territoire et fomentent des actions terroristes. Heureusement nos services de renseignement sont très efficaces.

Philippe ne trouvait plus d'arguments à opposer aux supputations du policier. Il sentait qu'il ne parviendrait pas à disculper son fils et sa compagne.

— Et vous, ajouta l'homme en uniforme, qu'est-ce qui me certifie que vous n'êtes pas un espion ? Votre fils et cette fille sont peut-être vos complices.

Philippe songea que l'étau était en train de se resserrer sur lui, comme il l'avait craint.

— Vous vous méprenez ! Cela ne tient pas debout. Moi, un industriel, j'emploierais mon propre fils pour combattre votre pays ! Sous quel prétexte ? J'ai d'autres chats à fouetter que m'occuper des affaires politiques des Etats voisins. Mon entreprise me crée suffisamment de problèmes.

Philippe commençait à monter le ton, exaspéré d'être à son tour soupçonné. Il repoussa sa chaise.

— Commissaire, poursuivit-il en regardant son interlocuteur droit dans les yeux, avez-vous des enfants ?

Surpris, l'homme étira sa moustache.

— Je ne vois pas le rapport.

— Répondez-moi sans détour.

Philippe reprenait le dessus. Il n'avait pas l'habitude de se laisser dominer. La meilleure défense, c'est l'attaque, aimait-il affirmer.

Le policier, décontenancé, bredouilla :

— Oui... j'ai deux enfants. Mais, je vous le répète, je ne vois pas le rapport avec ce qui nous préoccupe.

— A l'heure où nous parlons, êtes-vous certain que l'un d'entre eux ne commet pas une bêtise dans votre dos ? Etes-vous sûr que tous les deux vous approuvent toujours ? Vous exercez une activité susceptible de heurter leur conscience, non ? Et ils pourraient être tentés de vous désobéir, sans penser pour autant se mettre en danger ou braver les autorités de leur pays.

— Où voulez-vous en venir ?

— Si c'étaient vos enfants qui s'étaient introduits en France clandestinement, les croiriez-vous capables de comploter contre la sûreté de l'Etat français ? Avouez que c'est aller un peu vite en besogne et que vous tomberiez dans ce que j'appellerais de l'espionnite.

L'homme repassa derrière son bureau, invita Philippe à se rasseoir. Il saisit le dossier, affecta de le relire.

— J'ai le pouvoir de traduire votre fils et son amie devant le Tribunal de défense de l'Etat, poursuivit-il. S'ils sont reconnus coupables, ils risquent l'emprisonnement pour plusieurs années. D'autres ont été condamnés pour moins que ça. Et j'ai le droit aussi de vous interdire de rentrer en France pour les mêmes raisons.

— Mais vous ne le ferez pas, commissaire. Car l'Italie est un grand pays, ami de la France, et respectueux des bonnes relations.

Le policier commençait à infléchir sa position. Il se reprit :

— Nous verrons cela demain. Il faut encore que j'examine certains détails.

Découragé, Philippe se retira sans discuter davantage. Il savait qu'en cas de blocage, temporiser était toujours la meilleure solution.

Le lendemain matin, après avoir passé une mauvaise nuit dans un hôtel luxueux, il revint à la charge.

On lui demanda de patienter dans un vestibule sordide, aux murs gris et au plafond écaillé. Les fenêtres étaient grillagées comme dans l'enceinte d'une prison. Une odeur de tabac froid empestait l'air. Derrière la cloison, il entendit des cliquetis de machine à écrire et une voix qui dictait un rapport. Il reconnut celle du commissaire.

Puis des bottes martelèrent le sol. Une porte claqua. Des ordres furent vociférés.

Philippe prêta l'oreille, en vain.

Il s'approcha de la porte pour écouter discrètement quand celle-ci s'ouvrit brutalement.

Un milicien le pria d'entrer.

Alors, Philippe eut la plus grande joie de sa vie. Devant lui, son fils, debout, les mains menottées, et, à ses côtés, Marion, la mine défaite.

Damien se tourna vers lui et ne contint pas son soulagement :

— Papa ! Tu es venu nous rechercher.

Les larmes aux yeux, il amorça un pas dans la direction de son père. Celui-ci lui tendit les bras. Mais le commissaire l'arrêta sur-le-champ.

— Monsieur Ferrière, j'ai décidé de relâcher votre fils et son amie. Je ne retiendrai aucune charge contre eux. Je vais ordonner votre reconduction à la frontière sous bonne escorte. Mais soyez certain que vous et votre famille serez fichés par nos services de renseignement et qu'il vous sera interdit dorénavant, et pour longtemps, de vous rendre dans notre pays.

Le policier fit libérer Damien de ses menottes et lui permit d'embrasser son père. Celui-ci se garda de trop d'effusions devant des étrangers. Il serra son fils contre sa poitrine et, s'avançant au-devant de Marion, la prévint :

— J'espère que cela te servira de leçon.

Encadré par trois miliciens à moto, Philippe atteignit la France à la tombée de la nuit. Pendant le trajet, les deux jeunes gens ne dirent mot. Damien se sentait fautif et responsable du danger qu'il avait fait courir à son père.

Lorsqu'ils franchirent la frontière, Philippe soupira de soulagement.

— Nous sommes sortis d'affaire à présent. Il est tard, nous allons dormir dans un hôtel à Menton. Nous reprendrons la route demain matin. Auparavant, je vais avertir ta mère que nous sommes sains et saufs. Elle doit être morte d'inquiétude.

— Je te demande pardon, papa, reconnut Damien. Il ne faut pas en vouloir à Marion. C'est moi qui l'ai entraînée dans cette aventure. Elle n'y est pour rien.

Elle m'a suivi uniquement parce qu'elle ne supportait pas l'idée d'être séparée de moi.

Philippe regarda son fils fixement et lui reprocha, d'un ton autoritaire :

— Tu n'aurais jamais dû agir ainsi.

13

Limoges

Arrivé à Anduze, Philippe s'arrêta au Mas neuf pour remettre Marion en mains propres à son père. N'osant se montrer, Damien resta dans la voiture. Le jeune Ferrière était au désespoir. Il aurait aimé lui dire au revoir et l'embrasser une dernière fois avant de la quitter.

La jeune fille s'éloigna en larmes, sans se retourner. Son père se trouvait dans la cour de la ferme et fut étonné de la précipitation de son patron.

Philippe, en effet, ne s'éternisa pas.

— Nous reparlerons de tout cela plus tard, se contenta-t-il de préciser à son régisseur. Cette histoire navrante est enfin terminée, pour le bien de tous. J'espère que vous sermonnerez votre fille comme il convient.

Il redémarra en trombe sans même demander à voir la mère de Marion. Au moment où il passa le portail de la cour, Damien lança un dernier regard par la lunette arrière. Marion, en haut de l'escalier, s'essuyait les yeux. Il lui fit un geste discret de la main.

La voiture amorça le virage.
Marion disparut de sa vue.

Damien savait que son père ne transigerait pas. Il avait pris une décision et la tiendrait. Après ce qu'il avait commis, Damien ne pouvait lui résister plus longtemps au risque d'accroître son courroux.

Une fois de retour à Val Fleuri, il s'abstint de tout commentaire. Il n'essaya pas de se disculper ni de blanchir Marion. Il sentait que ses parents la considéraient aussi coupable que lui. Aussi attendit-il son départ pour Limoges sans montrer le moindre signe de rébellion.

Florian plaida en sa faveur, justifia son attitude comme celle d'un garçon amoureux aveuglé par ses sentiments. Mais Philippe ne l'écouta pas, estimant qu'un fils n'avait pas le droit de placer les siens dans une telle situation. Il lui intima l'ordre de ne jamais parler de ce fâcheux événement à personne, de crainte que cela nuise à sa notoriété.

— L'incident est clos, ajouta-t-il à l'adresse de tous ceux qui avaient eu vent de l'affaire sous son toit. Demain, Damien part pour Limoges, où il sera bien encadré.

Celui-ci se désespérait de disparaître sans consoler Marion une dernière fois et lui assurer qu'il reviendrait aussi vite que possible. Reclus, il tournait comme un lion en cage, échafaudait mille subterfuges pour s'échapper quelques heures et courir à sa rencontre. Le Mas neuf n'était pas très éloigné de Val Fleuri. Il lui suffirait de s'éclipser pendant la nuit, réfléchissait-il, profitant que tous fussent endormis. Il frapperait aux volets de sa chambre, quitte à monter à l'échelle, tel Roméo retrouvant sa Juliette. Son esprit romantique reprenait le dessus. Il oubliait déjà ce qu'il avait promis à son père : lui obéir, ne plus jamais s'opposer à sa volonté.

Quand, au beau milieu de la nuit, le manoir fut plongé dans le sommeil, il se rhabilla, décidé à exécuter son plan. Personne ne le verrait. Il pourrait faire ses adieux à Marion et la rassurer. Il la serrerait dans ses bras, l'embrasserait à en perdre la raison, l'emmènerait une dernière fois là où personne ne les empêcherait de s'aimer : dans la capitelle de leur enfance.

Mais il trouva sa porte close. Verrouillée de l'extérieur. De rage, il secoua la poignée. En vain. Son père l'avait enfermé à son insu pour qu'il ne soit pas tenté de commettre une ultime bêtise. Sa chambre étant située à l'étage à plus de cinq mètres de hauteur, il lui était impossible de s'éclipser par la fenêtre sans risquer de se rompre les os.

Découragé, il s'effondra sur son lit et ne ferma pas l'œil.

Le lendemain, à l'heure où ses parents donnaient leurs premiers ordres à la gouvernante, il se déshabilla pour laisser croire qu'il avait passé une nuit sans histoire. Lorsqu'il entendit quelqu'un actionner la clé dans la serrure, il feignit de dormir et ne broncha pas. Il descendit peu après et tomba sur Florian attablé pour le petit déjeuner. Il salua son père et sa mère sans mentionner la porte fermée à clé. Philippe lui annonça que tout était prêt pour son départ dans le courant de la matinée.

— Je te conduirai moi-même à la gare d'Alès. De là, tu prendras un train pour Clermont-Ferrand. Puis un autre qui te mènera à Limoges. Quelqu'un t'y attendra sur le quai, muni d'un panneau à ton nom. Impossible de le manquer. Tu es assez débrouillard maintenant pour ne pas te perdre. Tu viens de nous le prouver !

Damien comprit l'allusion mais s'abstint de toute remarque.

Il lui restait peu de temps pour avertir Marion. Alors, il lui écrivit en hâte une lettre qu'il confia à Florian. Ce dernier lui promit de la lui transmettre.

— Ne t'inquiète pas, le rassura-t-il. Marion va pleurer, mais elle sera patiente et courageuse, n'en doute pas.

Florian tint parole. Après le départ de son frère, il se précipita au Mas neuf. Il trouva Marion affairée dans le chai où elle aidait ses parents aux préparatifs des vendanges. Il attira son attention sans que Robert ni Amélie s'aperçoivent de sa présence et, Marion l'ayant rejoint discrètement, il lui remit la lettre de Damien.

— Il voulait te voir avant de quitter Anduze, lui expliqua-t-il. Mais mon père l'en a empêché. Ils sont partis ensemble à la gare d'Alès. Damien est en route pour Limoges. Il te conjure de ne pas te décourager. Vous vous reverrez dès qu'il sera de retour, aux prochaines vacances.

Florian ignorait que Philippe avait décidé de garder Damien à Limoges le plus longtemps possible. Il n'avait dit à personne, hormis son épouse, que leur fils ne rentrerait qu'une seule fois par an, pour les fêtes de Noël et du nouvel an.

Quand Marion eut terminé la lecture de sa lettre, elle se résigna tout en gardant l'espoir que Damien reviendrait bientôt. « A la Toussaint », lui avait-il écrit sans connaître la ferme résolution de son père.

* * *

Arrivé en gare de Limoges, Damien fut accueilli par un employé de Jocelyn Marcillac. L'homme portait un petit écriteau sur lequel étaient inscrits son nom et son prénom. Il s'en remit à ses bons soins avec soulagement. Dans le train, il avait craint de se retrouver seul sur le quai, au cœur d'une ville étrangère.

L'inconnu le rassura aussitôt. L'air jovial, il arborait un large sourire sous une moustache épaisse qui lui barrait le visage. La casquette vissée sur le crâne, il lui saisit la valise des mains et l'invita à le suivre.

— Ma voiture est garée derrière la gare.

En traversant le grand hall, il fit remarquer la beauté caractéristique du lieu.

— Cette gare des Bénédictins est un véritable chef-d'œuvre d'architecture. Il n'y a même pas dix ans qu'elle a été inaugurée. C'était l'année de la crise, en 1929. Elle présente la particularité d'être construite au-dessus des voies.

— Le contraire de celle de Nîmes, releva Damien. Chez moi, les voies passent sur le toit de la gare. Quand un train arrive, tout tremble dans un bruit d'enfer.

— Regarde la coupole au-dessus de nous, elle culmine à plus de trente mètres de haut. A l'extérieur, elle est recouverte de cuivre.

Dehors, l'homme lui montra avec fierté le campanile à l'angle des façades sud et ouest.

— Il monte jusqu'à soixante-sept mètres. C'est le plus haut édifice de Limoges. De loin, avec son dôme et son campanile, la gare des Bénédictins ressemble à une mosquée ! A la cime, la vue y est imprenable. On découvre toute la ville et la plupart de ses principaux monuments : l'hôtel de ville, la cathédrale Saint-Etienne, le château de La Bastide... J'espère que tu auras le temps de visiter notre belle cité au cours de ton séjour. Je t'accompagnerai si l'occasion se présente.

Damien se sentit rassuré. Il ne s'attendait pas à un accueil aussi cordial. Dans la voiture, il ouvrit grands les yeux, impatient de faire connaissance avec cette capitale de la porcelaine que lui vantait son guide.

— Limoges n'est pas seulement renommée pour l'art de la table, poursuivit celui-ci. Elle fut d'abord la cité des bouchers. D'ailleurs, il y a tout un quartier médiéval qui porte le nom de quartier de la Boucherie.

L'homme ne tarissait pas d'éloges sur sa bonne ville. Chemin faisant, il citait tous les lieux mémorables, attraction du Limousin depuis le Moyen Age. Bientôt il longea les façades de la manufacture de porcelaine Haviland, avenue Garibaldi.

— Tu vois, petit, remarqua-t-il, c'est d'ici qu'en 1872 Charles Haviland a créé l'Atelier d'Auteuil et que, depuis 1880, sa manufacture conçoit des services de table spécialement pour les présidents américains.

— La porcelaine de Limoges est utilisée à la Maison-Blanche ! s'extasia Damien qui n'en croyait pas ses oreilles.

— Parfaitement. Je ne raconte pas d'histoires.

— La fabrique où je vais effectuer mon apprentissage est-elle aussi célèbre ?

— Non, pas autant. La fabrique de monsieur Marcillac n'a pas l'importance des grosses maisons limougeaudes. Mais sa production n'a pas à rougir devant celle de ces dernières. Tu t'en apercevras vite par toi-même.

Damien reprenait goût à la vie. Il n'oubliait pas ce qu'il venait de vivre, la dure séparation avec Marion, leur folle équipée dans l'espoir d'échapper à une réalité qu'il refusait d'accepter. Mais, à présent qu'il se trouvait devant ce qu'il avait ardemment souhaité, qui plus est à Limoges, le haut lieu de la porcelaine française, il reconnaissait qu'il ne devait pas gaspiller la chance que lui offrait une telle opportunité. Par cet éloignement, son père n'avait voulu que son bien, songeait-il en regardant défiler sous ses yeux les murs gris et les cheminées des usines de la ville.

Quand ils furent arrivés à bon port, l'homme qui ne s'était pas encore présenté lui dit :

— Je m'appelle René. Je suis le chauffeur de monsieur Marcillac. Tu ne me rencontreras pas souvent, car je ne travaille pas à la fabrication. Mais si tu as besoin d'aide, un jour, pour te rendre en ville, je suis à ta disposition.

Damien remercia son bienfaiteur. Celui-ci l'introduisit dans les bureaux de la manufacture et le laissa patienter dans une sorte de salle d'exposition.

Le jeune Ferrière se sentit tout à coup très seul. Au premier abord, l'endroit ne lui parut pas très agréable. Malgré les vitrines remplies d'objets en porcelaine, production de la maison Marcillac, la pièce manquait de chaleur. Le parquet ciré craquait sous le moindre pas et exhalait l'encaustique. Les murs exhibaient une galerie de portraits d'hommes en habit d'époque, les uns arborant perruque et bas de soie, les autres, les moins anciens, queue-de-pie et chapeau haut de forme. « Les ancêtres du patron », pensa aussitôt Damien. Deux immenses tableaux étaient accrochés sur le mur principal, représentant des scènes de chasse à courre. Sur l'un d'eux, un grand cerf semblait narguer la meute de chiens qui l'avait débusqué. Damien songea au cerf de son enfance, celui qu'il avait rencontré dans les bois de Val Fleuri et dont son père avait mis l'existence en doute. La seconde toile étalait les trophées d'une battue aux chevreuils et la curée laissée aux chiens sous les yeux des chasseurs. Des meubles de style occupaient tous les angles et le milieu de la salle, une armoire Louis XIV, un buffet Louis-Philippe, une commode Louis XIII, des guéridons, une longue table de réception et des chaises tapissées de tissu rouge et or. Les portes-fenêtres, habillées de lourds rideaux de velours, s'ouvraient sur un jardin d'agrément au centre duquel se dressait une antique fontaine.

Damien examina attentivement la pièce, curieux et inquiet à la fois. Il pensait être accueilli par un homme austère et autoritaire, à l'image de ceux de la galerie de portraits. Il patientait depuis plus d'une demi-heure quand, enfin, il entendit quelqu'un s'approcher. Une voix féminine, très douce, qui donnait des ordres, sans doute à un domestique. La porte s'ouvrit. Damien se retourna, surpris alors qu'il observait le portrait qui lui semblait le plus contemporain.

— C'est le père de monsieur Marcillac, lui expliqua la jeune femme qui s'avançait vers lui, un sourire lumineux aux lèvres. Vous êtes Damien Ferrière, je suppose ?

— Euh... oui, balbutia Damien.

— Monsieur Marcillac vous prie de l'excuser de ne pas vous recevoir en personne, mais un imprévu l'a retenu en ville. Il rentrera dans la soirée. Vous ferez sa connaissance dès son arrivée.

Damien fut soulagé.

La femme était d'une grande beauté. Elle avait une vingtaine d'années, des yeux en amande d'un bleu pervenche, une chevelure de jais retombant sur les épaules. Elle portait à la garçonne pantalon et bottes de cheval.

Elle le mit aussitôt à l'aise.

— Suivez-moi, je vais vous conduire à votre chambre. On vous a réservé la dernière encore disponible et qui n'est pas mansardée. Toutes les autres sont occupées par les domestiques et par les apprentis.

Damien obtempéra sans oser poser de questions.

— Je m'appelle Delphine, poursuivit-elle. On aura souvent l'occasion de se croiser dans les ateliers. Je conçois les décors des pièces que crée monsieur Marcillac et que ses ouvriers fabriquent sous son autorité. Je vous accompagnerai pour visiter les différents ateliers dès demain. Vous devez connaître le lieu où vous apprendrez votre futur métier, n'est-ce pas ?

— Avec plaisir, répondit Damien.

— Vous êtes peu loquace pour un garçon de votre âge !

— C'est que...

— Vous êtes un grand timide ! Mais vous vous habituerez vite à l'ambiance de la maison. Ici, malgré les apparences, nous travaillons tous à égalité.

La jeune femme laissa Damien s'installer et lui donna rendez-vous à vingt heures.

— Quelqu'un viendra vous chercher quand monsieur Marcillac sera rentré. Ce soir, vous êtes son invité. Vous êtes le fils de son ami. Il se doit de vous faire l'honneur de sa table. Par la suite, vous prendrez vos repas avec vos compagnons pensionnaires de l'entreprise, des apprentis comme vous. Vous nouerez rapidement des relations, j'en suis certaine.

Damien se demandait qui était cette aimable personne. « Une ouvrière sortie du rang par Jocelyn Marcillac, supposa-t-il, ou la fille d'une relation, comme moi-même ? A moins qu'elle ne soit sa propre fille ! »

Le soir venu, on frappa à sa porte. Un domestique le pria de bien vouloir l'accompagner. Il obtempéra sur-le-champ.

Dans la salle à manger, Jocelyn Marcillac lisait son journal, assis devant la cheminée où quelques bûches finissaient de se consumer. La pièce était fraîche malgré la saison, et supportait la douce chaleur de l'âtre. Quand il l'entendit entrer, il se leva et s'approcha de lui. C'était un homme d'une quarantaine d'années, un peu plus âgé que le père de Damien, de belle prestance, à l'allure sportive. D'un abord agréable, il s'adressa à Damien sans manières.

— Ainsi donc, voici le fils de Philippe ! se réjouit-il en tendant la main à son invité. Il y a longtemps que je n'ai pas vu ton père, mais je n'oublie jamais mes vieux amis. Aussi, lorsqu'il m'a demandé de m'occuper de ton apprentissage, je n'ai pas hésité une seconde.

— Je suis l'aîné de ses deux enfants, crut bon de préciser Damien. Mon frère Florian est plus jeune que moi, de deux ans.

— Et je suppose qu'il suivra le même chemin que toi ?

— Non, je ne pense pas. Florian aimerait devenir médecin. La céramique ne l'attire pas.

— Cela arrive très souvent. Les enfants ne choisissent pas forcément la voie tracée par leurs parents. Moi-même, j'ai deux filles. Eh bien, la première, Virginie, ne s'intéresse pas à la porcelaine. En revanche, Lucie, la cadette, assurera sans doute ma succession. Pour l'instant, heureusement que je suis bien secondé !

A ces mots, la porte de la salle à manger s'ouvrit.

— Tiens, quand on parle du loup ! poursuivit Jocelyn. Vous avez déjà fait connaissance, je crois. Voici ma femme, Delphine.

Damien ne put dissimuler sa surprise.

— Votre femme ! laissa-t-il échapper avec étonnement.

Jocelyn Marcillac ne releva pas. Son épouse passait fréquemment pour sa fille à cause de leur différence d'âge.

— Delphine est très attentionnée envers mes enfants, précisa-t-il. Au décès de leur mère, ce fut terrible pour elles.

— Jocelyn ! le coupa la jeune femme. Ce n'est pas le moment ! Vous allez assombrir l'ambiance.

Jocelyn Marcillac avait perdu sa première femme cinq ans plus tôt. A l'époque, ses filles avaient huit et six ans. Etant donné son travail et ses nombreuses absences, il ne parvenait pas à s'occuper d'elles à temps complet. Les enfants, trop souvent sous la surveillance de leur gouvernante, souffraient de sa défection.

Deux ans plus tard, il rencontra l'héritière d'un armateur de Rochefort au cours d'un dîner d'affaires. Delphine avait dix-huit ans. Elle était radieuse comme le jour, et son cœur était à prendre. La différence d'âge ne découragea pas le porcelainier. Au contraire, en sa présence, il sentit vibrer en lui son âme de vingt ans. Il lui fit une cour assidue. Son charme, son charisme, son allure de jeune premier finirent de séduire la belle demoiselle. Les parents de celle-ci, trop heureux de marier leur fille à un riche industriel de Limoges, lui accordèrent sa main sans sourciller. Les noces furent célébrées dans l'intimité, à l'église Saint-Louis-de-Rochefort. Le lendemain, Jocelyn emmenait sa jeune épouse dans sa manufacture de porcelaine et commençait son initiation à la décoration de ses pièces les plus précieuses. Delphine, en effet, avait entrepris des études aux Beaux-Arts de Bordeaux et souhaitait devenir artiste peintre. Depuis, elle secondait son mari en dirigeant son atelier de finition.

Damien remarqua très vite qu'entre les deux époux régnait une certaine froideur. Ils se vouvoyaient, comme dans les familles aristocratiques, et ne se souriaient jamais quand ils s'adressaient la parole. Il mit cette distance sur le compte de leur différence d'âge. « Il est vrai, songeait-il en les écoutant parler, qu'elle pourrait être sa fille ! »

Jocelyn Marcillac expliqua ce qu'il attendait de son nouvel apprenti.

— Ton père me demande de t'initier au métier dans tous ses aspects, comme il te l'aurait appris lui-même dans sa propre entreprise. Tu occuperas donc tous les postes, les uns après les autres. Je ne concéderai aucun favoritisme sous prétexte que tu es le fils d'un ami. Une fois sorti de chez moi, tu seras capable de travailler partout, dans la porcelaine comme dans la faïence. Les secrets des deux sœurs de la céramique ne sont pas très différents.

— Mon père souhaite que je lui succède un jour, l'interrompit Damien. J'aime surtout dessiner les pièces de collection. J'ai apporté mon carnet de croquis. Je vous le montrerai si vous le désirez.

— Ce ne sera pas utile, le coupa sèchement Jocelyn, tout à coup d'humeur chagrine. Ici, tu exécuteras ce qu'on t'ordonnera de réaliser. Delphine te donnera les consignes au fur et à mesure que tu avanceras dans ton apprentissage et me fera chaque mois le compte rendu de tes progrès. Je le transmettrai à ton père pour le tenir informé. Quand tu retourneras chez toi, une fois par an, à Noël, il saura où tu en es.

— Une fois par an ! s'étonna Damien. Vous devez vous tromper, monsieur Marcillac. Je rentrerai à Uzès chaque trimestre, aux vacances ou lors des fêtes religieuses comme Pâques et la Toussaint.

— Je ne crois pas. Il est convenu avec ton père que tu ne rejoindras tes foyers qu'à Noël. Je suis désolé de te décevoir.

Les propos de Jocelyn tombaient comme un couperet.

— Mais…

— Il n'y a pas de mais, jeune homme. C'est ainsi.

Damien comprit qu'il était inutile de discuter. Dépité, il regagna sa chambre aussitôt le repas terminé.

Parvenu en haut de l'escalier, il perçut dans son dos un léger bruissement.

Delphine l'avait suivi discrètement.

— Ne prêtez pas attention à mon mari. Il est facilement irritable. Il n'aime pas être contredit.

Elle posa sa main sur la sienne qui était restée accrochée à la rampe.

Elle s'approcha de son visage et l'embrassa du bout des lèvres, sur la joue.

— A demain, lui susurra-t-elle. Dormez bien.

14

Prison de porcelaine

1936-1937

A Noël, comme son père le lui avait promis, Damien rentra dans sa famille à Uzès, après quatre mois d'éloignement.

Il avait encore peu appris dans la manufacture de Marcillac, l'apprentissage devant durer au moins quatre années, voire plus. Jocelyn l'avait d'abord affecté à l'atelier de moulage où l'on travaillait le plâtre.

— Pour moi, c'est le lieu le plus important de la chaîne de production, lui avait-il expliqué. Tout le reste en dépend. C'est là que s'exprime vraiment le caractère créatif. Un atelier à l'écart des autres pour éviter que le plâtre se mêle à la pâte de porcelaine. Certes, tu en ressortiras couvert de poussière blanche, mais sache que sans les modeleurs, qui imaginent la forme des moules échantillons, rien ne serait possible. C'est donc un stade essentiel. A partir de ces échantillons, les établisseurs confectionnent les matrices qui permettent de dupliquer les moules. Ceux-ci ne servant que trente à cinquante fois, il faut les renouveler fréquemment. C'est la tâche des couleurs qui les fabriquent en série. Tous ceux qui travaillent le plâtre possèdent un savoir-faire spécifique. Ce sont tous des ouvriers spécialisés…

Damien n'était pas novice en la matière. Dans la faïencerie de son père, l'usage des moules en plâtre était incontournable pour les grosses pièces. Mais Philippe se les procurait ailleurs, selon des ébauches qu'il dessinait lui-même. Personne ne manipulait le plâtre. Aussi, les premiers jours, à force de soulever des sacs plus lourds que lui, il s'affalait le soir sur son lit, le dos rompu et couvert de blanc de la tête aux pieds.

— Alors, fils, s'enquit Philippe sans attendre que celui-ci reprenne ses repères, ton stage te plaît-il ? Mon ami Jocelyn m'a envoyé un premier compte rendu de tes progrès. Il est assez satisfait de toi. Tu apprends vite. Tu es attentif aux conseils qu'on te donne. Tu te montres curieux. C'est tout à ton honneur !

Damien ne témoignait pas d'un grand enthousiasme. Ses premiers pas dans le monde du travail ne l'avaient pas enchanté. En réalité, l'ouvrier qui s'était chargé de lui ne lui avait confié que les corvées les plus contraignantes, la manutention, le nettoyage. Il lui avait inculqué les rudiments du moulage sans jamais lui permettre de réaliser lui-même ses premiers modèles, prétextant qu'il devait d'abord regarder. Mais Damien avait retenu ses explications.

— Tout se passe bien, dit-il du bout des lèvres. Pour l'instant, je ne touche qu'au plâtre, mais c'est le matériau principal pour la création, ce à quoi j'aspire. J'ai compris comment on le taille, on le grave, on le sculpte. On le tourne même à l'aide de calibres et de tournasins. C'est très intéressant.

— A la bonne heure ! se réjouit Philippe. Je vois que tu es un bon élève. Si tu continues dans cet état d'esprit, tu progresseras vite.

Damien ne lui fit pas part de sa déception. Employé comme manœuvre, il avait hâte d'être mieux considéré. Jocelyn Marcillac l'avait prévenu : pas de favoritisme. Il s'armait donc de patience dans l'espoir de passer rapidement dans un autre atelier où il accéderait à la réalisation des pièces de porcelaine, puis à la conception des nouveautés en compagnie de Delphine.

Celle-ci avait tenu sa promesse, elle lui avait servi de guide le premier jour, puis l'avait abandonné aux mains de Germain Lissac, le responsable de l'atelier de moulage.

— On se reverra plus tard, lui avait-elle affirmé.

Mais la jeune femme n'était plus réapparue. Damien avait même effacé de sa mémoire les traits de son visage.

* * *

Deux jours après son retour dans ses foyers, Damien entendit son père ordonner à son chauffeur de préparer la voiture pour se rendre à Anduze. Son cœur se serra. Il pourrait bientôt rejoindre Marion. Florian, qui était rentré de sa pension la veille, lui affirma avoir transmis sa lettre après son départ. Personne n'en avait eu connaissance.

— Je l'ai revue à la Toussaint, lui dit-il. Elle était très déçue de ne pas te savoir en notre compagnie. Mais je lui ai expliqué que papa avait décidé que tu ne reviendrais qu'à Noël. Aussi, crois-moi, elle brûle d'impatience de te retrouver.

Damien espérait ce moment depuis le début de son exil. Certes, il avait eu l'esprit très occupé et, la fatigue aidant, il ne lui avait pas écrit pour la rassurer. Au reste, contraint de ne pas lui adresser de courrier en son nom propre, il n'avait pas osé lui envoyer des nouvelles.

Dès qu'ils furent arrivés à Val Fleuri, Damien n'eut de cesse de se précipiter chez Marion. Selon son habitude, il s'éclipsa sans prévenir. Marion l'attendait au Mas neuf. Elle avait deviné qu'il viendrait sans tarder.

— Comme j'ai souhaité cet instant ! lui confia-t-elle sans lui permettre de s'excuser pour ses longs silences. Je voudrais tant que tu ne repartes plus !

Damien se sentait coupable de l'avoir maintenue dans l'ignorance. Il la couvrit de baisers, mais quelque chose en lui le retenait. Il eut soudain l'impression d'avoir commis une faute. Une sorte de remords de ne pas aimer Marion autant qu'elle l'aimait.

— Je ne te mérite pas, lui glissa-t-il à l'oreille. Tu pourrais me reprocher de ne pas t'avoir écrit, de t'avoir laissée dans l'inquiétude.

— Je savais que tu reviendrais. Mon espoir était plus fort que le doute. Je t'aime, Damien. Jamais je ne te blâmerai pour quoi que ce soit. J'ai confiance en toi.

Ce soir-là, dans la capitelle où ils se réfugièrent, ils oublièrent le temps qui les avait séparés, les difficultés qui ne manqueraient pas de se dresser devant eux, leurs parents qui souhaitaient un avenir différent pour chacun d'eux. Damien alluma un bon feu en dessous de l'orifice servant de cheminée et ramassa la paille éparpillée au sol.

— Viens, lui dit-il en lui tendant la main.

Alors, ils s'aimèrent comme ils ne s'étaient jamais aimés, s'offrant l'un à l'autre sans réserve, dans la maladresse d'une première fois, puis avec la fougue de leur jeunesse. Marion s'abandonna sans appréhension, contint un petit cri quand elle sentit en elle s'échapper ce qui la retenait encore à l'enfance, puis s'envola dans l'ivresse que lui procuraient les caresses prolongées de Damien. Ce dernier, malgré son inexpérience, trouva le chemin du partage et du don de soi. Il emporta Marion vers un horizon où le soleil ne se couche jamais, où l'amour est roi.

Quand ils reprirent leurs esprits, la nuit tombait. Le feu avait rempli l'abri d'une douce chaleur.

— On est si bien, ici ! murmura Marion. Je n'ai pas envie de te quitter.

Elle demeurait allongée sur la paille, nue, sans honte, le corps alangui, dorée sous la lumière des flammes. Ses cheveux, déployés sur ses épaules, cachaient à peine sa poitrine qu'elle avait menue. Ses jambes élancées, à demi fléchies, lui donnaient une allure de déesse sculptée dans le marbre. Elle tendit la main à Damien pour le retenir tandis qu'il s'écartait pour se rhabiller, plus prude qu'elle.

— Il faudrait songer à rentrer, lui proposa-t-il. Nos parents vont s'interroger. Nous nous retrouverons demain. Promis.

Marion l'écouta. Elle se revêtit à regret, mit de l'ordre dans sa tenue, se pendit une dernière fois à son cou.

— Je t'aime, mon chéri. Je suis à toi, à présent. Et je le serai toujours.

Ils se quittèrent devant le portail du Mas neuf.

Marion dut affronter les questions de sa mère qui s'était inquiétée de son absence prolongée.

— Tu n'as pas commis une bêtise, au moins ? se douta-t-elle.

La jeune fille répondit par la négative sans avoir l'impression de mentir. Elle était si heureuse que rien ni personne ne ternirait jamais ce qu'elle avait vécu.

Quant à Damien, son père l'attendait de pied ferme au manoir.

— D'où sors-tu à cette heure tardive ? J'espère que tu n'es pas allé retrouver la petite Chassagne !

Surpris par le ton sur lequel son père le sermonnait, Damien n'osa alléguer le contraire.

— Si, avoua-t-il. J'ai rendu visite à Marion. Il y avait trop longtemps que nous étions séparés.

— Je croyais avoir été clair, mon garçon. Tu n'écoutes donc jamais ce qu'on te dit. Cette Marion n'est pas pour toi. Je t'interdis de la fréquenter. D'ailleurs, ses parents ne tiennent pas à ce que leur fille s'amourache de toi. Ils craignent à juste titre qu'un jour tu te réveilles et que tu la laisses tomber. Ce qui ne manquera pas d'arriver.

— Mais papa…

— Inutile de discuter. Si je m'étais douté une seule seconde que tu serais retourné au Mas neuf dans cette intention, nous ne serions pas venus à Val Fleuri pour fêter Noël et le nouvel an.

Irène avait aperçu Damien disparaître en direction du Mas neuf, mais elle ne l'avait pas retenu, pensant qu'il ne se passerait plus rien de sérieux entre les deux adolescents. Avant toute chose, elle voulait éviter de le heurter de front. Le sachant très sensible, elle redoutait de sa part un nouvel acte de rébellion susceptible, cette fois, de prendre des dimensions plus graves. Aussi n'intervint-elle pas lorsqu'elle entendit son mari réprimander son fils.

Le soir, au lit, elle se permit toutefois de lui reprocher son excès d'autorité :

— Je trouve que tu vas trop loin avec Damien. Laissons-lui un peu plus de liberté. Ce n'est pas parce qu'il a revu Marion qu'il lie son avenir à cette jeune fille. Je suis persuadée qu'à Limoges il y a des tas de filles qui lui tournent autour. Il finira par se lasser de cet amour d'enfance. Quand il aura rencontré quelqu'un de son milieu qui aura tous les charmes de Marion, il l'oubliera d'autant plus vite qu'elle lui paraîtra alors sans intérêt.

Philippe s'obstina.

— Damien m'a désobéi, une fois de plus. Je ne lui fais plus confiance. J'ai donc pris la décision de demander à Jocelyn Marcillac de le garder à Limoges tant que son apprentissage ne sera pas terminé.

— Mais il en a encore pour plus de trois ans ! Tu veux me priver de mon fils pendant tout ce temps ? Ce n'est pas possible, Philippe !

— Nous irons le voir à Limoges, si tu ne peux pas te passer de ton fils. Quand il reviendra, il aura effacé cette Marion de son esprit. Ou peut-être que c'est elle qui l'aura remplacé. L'essentiel est qu'ils soient séparés pendant longtemps. Dans trois ans, il partira accomplir son service militaire, ce qui le maintiendra éloigné d'Anduze deux années de plus. D'ici là, nous ne parlerons plus de cette petite Chassagne !

Irène ne parvint pas à infléchir son mari. Philippe resta sur sa position.

Le lendemain matin, il ordonna de préparer les bagages de toute la famille.

— Nous rentrons, déclara-t-il sans plus d'explications. Cette année, l'atmosphère d'Anduze ne nous convient pas. Nous fêterons Noël à Uzès.

Florian qui, jusqu'alors, n'avait émis aucun commentaire osa intervenir en faveur de son frère.

— Ta décision est injuste, papa. Il ne faut pas interdire à Damien de voir Marion. Entre eux, c'est pour la vie. Tu n'as pas le droit de les empêcher de s'aimer. Tu détruis leur bonheur.

Le jeune Ferrière relevait souvent la tête mais ne s'était encore jamais opposé farouchement à son père. Philippe en fut d'autant plus surpris qu'il ne s'était pas aperçu de la complicité entre ses fils.

— Depuis quand te permets-tu de discuter mes ordres ? Ton frère, tout comme toi, est toujours sous mon autorité. Si je juge qu'une chose est mauvaise pour lui, j'ai le devoir de l'arrêter avant qu'il ne commette une bêtise. Il en va de même pour toi, tiens-le-toi pour dit.

La décision de Philippe était irrévocable.

Le chauffeur apprêta sa voiture sans tarder. Avant midi, ils furent tous de retour à Uzès où régnait une grande effervescence en vue des préparatifs de Noël.

* * *

1937

L'année commençait mal pour Damien. Il n'avait pas revu Marion. Lui envoyer une lettre par la poste était impossible, les parents de Marion l'auraient immédiatement interceptée. Philippe leur avait certainement demandé de surveiller leur fille, pensait-il, à juste titre.

Effectivement, le soir de son retour à Uzès, Philippe avait téléphoné à Robert Chassagne :

— Si vous voulez que nous gardions de bonnes relations, lui avait-il déclaré sur un ton peu affable, je vous somme de prendre en compte mes conseils. Tenez votre fille à l'écart de mon fils. Il pourrait lui écrire. Elle pourrait être tentée de lui répondre. Ils ne doivent plus se fréquenter. Je compte sur vous.

Aussitôt, Robert Chassagne questionna sa fille, exigeant des explications. Marion, en larmes, reconnut avoir retrouvé Damien mais n'osa avouer s'être donnée à lui. Non qu'elle éprouvât de la honte, au contraire, mais parce qu'elle ne souhaitait pas divulguer au grand jour – même à ses parents – ce qu'elle estimait être son jardin secret.

Dès lors, Marion sombra dans un puits de tristesse d'où elle n'émergeait que lorsque Florian la rencontrait en cachette deux fois par mois. Les Ferrière en effet n'abandonnèrent pas leur habitude de se rendre à Anduze. Philippe ne pouvait négliger sa fabrique de vases qui allait en se développant, sous prétexte que son fils lui avait occasionné des soucis du fait de ses fréquentations.

Mais Florian se sentait impuissant à rassurer Marion. Il n'avait aucune bonne nouvelle à lui apporter. Son propre courrier était surveillé par la direction de son établissement scolaire.

— Nous ne nous reverrons plus jamais, se lamentait Marion. Damien est comme prisonnier dans sa manufacture de porcelaine. Quand il en ressortira, il aura vingt ans. Il m'aura oubliée.

— Si tu penses à lui, il ne t'oubliera pas, tenta de la consoler Florian. Sois patiente et courageuse.

Un jour d'avril, alors que les Ferrière fêtaient le troisième anniversaire de la création de leur poterie anduzienne, Florian rendit visite aux Chassagne. Le voyant prendre la direction du Mas neuf, Philippe comprit aussitôt que son fils cadet lui désobéissait.

— Tu vois Marion dans mon dos ! lui reprocha-t-il à son retour. C'est ton frère qui te le demande ?

— Pas du tout, papa ! Ce n'est pas ce que tu crois.

— Alors pourquoi reviens-tu du Mas neuf ? Et ce n'est pas la première fois. Ne le nie pas, Robert Chassagne m'a averti. Il a sa fille à l'œil. Il sait qu'il joue sa place de régisseur. Réponds, qu'as-tu à me dire ?

Florian était un garçon obstiné. Il l'avait souvent prouvé et ne manquait jamais de relever la tête quand il s'estimait dans son bon droit. Contrairement à Damien, il ne lâchait jamais prise et préférait aller jusqu'à l'affrontement plutôt que de céder. Ce trait de caractère le rapprochait de son père, mais, en l'occurrence, lorsque tous deux s'opposaient, il provoquait de fréquentes algarades qui lui occasionnaient de lourdes sanctions.

— Pour ta peine, je demanderai au directeur de ta pension de te consigner tous les week-ends jusqu'à la fin de l'année scolaire. Tu ne reviendras à la maison que pour les vacances de Pâques.

Acculé, Florian n'osa discuter les ordres paternels. Le jeune garçon connaissait les limites à ne pas franchir. Il se renfrogna et s'éclipsa dans sa chambre sans un mot.

Damien reprit le cours de son apprentissage sans conviction. Il ne cessait de s'inquiéter pour Marion. N'ayant aucune nouvelle de la jeune fille depuis que Florian avait à son tour subi les foudres paternelles, il se sentait totalement isolé au sein de sa prison de porcelaine ; l'image lui était venue alors qu'il dessinait dans son carnet de croquis une corbeille à fruits sur laquelle il avait figuré un cerf identique à celui qu'il avait représenté jadis, mais, cette fois, derrière les barreaux d'une cage.

Jocelyn Marcillac l'avait affecté à la fabrication de la pâte, dans un moulin où l'on traitait la matière première. Celle-ci en effet n'était pas une terre existant à l'état naturel. Il fallait la constituer à partir de trois roches principales.

Son nouveau maître en ce domaine, un certain Jules Simonin, lui apprit à doser les différents composants :

— Une moitié de kaolin, quarante pour cent de pegmatite orthose et dix pour cent de quartz, et le tour est joué, lui expliqua-t-il le premier jour. Retiens bien la leçon, je ne la répéterai pas. Si tu te trompes dans les proportions, la porcelaine sera bonne pour la poubelle.

— Quelle est la fonction de ces trois matériaux ? demanda Damien qui renouait vite avec sa curiosité naturelle quand son esprit était occupé.

— Le kaolin est une argile primaire très réfractaire et très fine ; c'est lui qui procure cette couleur blanche à la porcelaine. Sans lui, celle-ci n'existerait pas. Les gisements de kaolin sont une vraie richesse. Il y en a dans tout le Limousin, en Auvergne, en Bretagne…

— Chez moi aussi, dans le Gard, à Salinelles et dans la région de Sommières. Et mon père exploite une carrière de terre glaise qui renferme un petit pourcentage de kaolin.

— Alors je ne t'apprends rien.

— Si, j'aime beaucoup me renseigner. Poursuivez donc. Quel est le pouvoir des deux autres roches ?

— La pegmatite abaisse le point de vitrification à la cuisson. Elle contient beaucoup de feldspath. Quant au quartz, il est très réfractaire et donne l'aspect vitreux quand le four atteint de très hautes températures.

Damien appréhendait un monde nouveau, au cœur de la matière. Il avait hâte de percer les secrets de cette mystérieuse alchimie qui permettait de transformer l'argile blanche en une substance noble, presque transparente, si fine et pourtant solide. Il reconnaissait volontiers que la faïence fabriquée par son père n'avait pas la pureté, la légèreté et la délicatesse de cette divine porcelaine, véritable joyau des princes.

Il apprit encore l'usage des différentes formes de pâtes : la pâte en poudre atomisée, la pâte plastique plus onctueuse, la pâte liquide servant de barbotine.

— La finesse et la translucidité sont les qualités majeures de la porcelaine, poursuivit Jules Simonin, ravi d'avoir un stagiaire aussi intéressé. Pour cela, la préparation de la pâte est primordiale. Tout dépend donc du travail effectué dans cet atelier. Tu comprends à présent pourquoi il est important que tu y passes du temps !

Damien découvrait les arcanes du métier, plus avide de connaissances de jour en jour. Il entretenait de bonnes relations avec ses compagnons apprentis et finissait par gommer ses peines.

Chaque semaine, sa mère lui écrivait une longue lettre et lui donnait des nouvelles des siens, de la vie à Uzès autour du duché. En juin, elle lui annonça que son frère Florian avait brillamment réussi la première partie du baccalauréat avec deux ans d'avance, ce qui, d'après ses propres termes élogieux, faisait de lui le petit surdoué de la famille. Elle évitait de lui parler d'Anduze et ne lui apprenait jamais rien de nouveau à propos de la fabrique de vases de Philippe. Elle savait qu'elle réveillerait en lui de douloureux souvenirs.

Philippe se contentait d'ajouter quelques mots aux lettres de sa femme. Il décrivait la situation économique de la région, commentait l'actualité du moment, évoquait l'avenir de sa faïencerie. Il se montrait volontairement peu prolixe afin de marquer, même de loin, son autorité. Il craignait en effet que son fils n'ait pas totalement effacé ce qui les avait opposés six mois plus tôt. Il lui promit de venir le voir en famille avant la fin de l'été. « Ça sera comme des vacances », lui annonça-t-il, dans une lettre datée du 21 juin, le jour même de la démission du cabinet de Léon Blum. Il nota à ce propos, pensant que Damien était intéressé par la vie politique du pays : « Je crois que l'aventure du Front populaire est terminée. J'ignore s'il faut s'en réjouir ou si nous le regretterons sous peu. Mais le fait est que, depuis un an, notre pays a changé de visage. T'en es-tu rendu compte également dans ta manufacture de porcelaine ? Les ouvriers ne sont plus les mêmes. Ils affrontent leurs patrons comme jamais ils ne l'osaient auparavant... »

En réalité, Damien suivait peu les événements qui ponctuaient la vie des Français.

Depuis quelque temps, son esprit était troublé. Chaque fois qu'il rentrait, le soir, de son travail, il rencontrait Delphine Marcillac à l'entrée du bâtiment où il logeait avec ses camarades d'apprentissage. La jeune femme lui tenait de longues conversations et semblait se plaire en sa présence.

15

Un trop long exil

1938

Delphine Marcillac était une jeune femme très occupée. Elle secondait Jocelyn dans son travail et dirigeait plus spécialement son atelier de décoration. L'âme artistique, elle mettait ses talents de peintre au service des créations de son mari qui se dressaient sur les tables luxueuses de certains hauts dignitaires du pays. Certes, la porcelaine Marcillac ne concurrençait pas les noms les plus prestigieux, source de la notoriété de la capitale limousine – Royal Limoges, Haviland, Bernardaud, Raynaud… –, mais elle était appréciée à sa juste valeur pour son originalité, notamment pour ses motifs en relief rehaussés de métaux précieux, or et platine.

Agée de vingt-deux ans, elle s'était mariée très jeune et semblait maintenant le regretter, tant son attitude envers son mari montrait une sorte de détachement et de froideur qu'elle dissimulait difficilement. Damien s'en était vite aperçu et avait compris qu'entre les deux époux régnait une union de façade qu'il mit sur le compte de leur grande différence d'âge. Pourtant Jocelyn Marcillac n'adressait jamais de reproches en public à sa femme. Il se comportait en mari attentionné, prévenant. S'il s'exprimait toujours sur un ton déterminé qui n'autorisait pas la controverse, il sollicitait parfois son avis lorsqu'il avançait ses arguments. Une façon d'obtenir son approbation, songeait Damien, qui voyait clair dans ce jeu auquel il lui arrivait d'assister au cours des rares déjeuners auxquels Jocelyn l'invitait par amitié pour son père.

A ces occasions, il se trouvait privilégié par rapport à ses camarades qui, eux, n'avaient jamais droit de s'asseoir à la table de leur patron. Toutefois, il appréhendait ces marques d'estime qui faisaient de lui un apprenti particulier. Aussi évitait-il d'en parler autour de lui et ne relevait-il pas les propos de certains, bien informés, qui ne se gênaient pas pour lui reprocher ses relations ambiguës.

Quand Delphine l'attendait à la sortie de son atelier, alléguant le travail, il craignait toujours qu'on le découvre en sa compagnie. Elle l'invitait souvent à la suivre dans son bureau personnel où elle passait la plupart de son temps à imaginer les décors des pièces de porcelaine créées par son mari. Elle savait que Damien était, comme elle, un artiste-né et qu'il serait un jour l'initiateur des collections de la faïencerie Ferrière.

— Nous nous ressemblons, lui avoua-t-elle un jour. Nous sommes avant tout des créatifs. Les tâches que mon mari vous impose ne sont pas dignes de votre talent. Vous valez mieux que cela.

— C'est la volonté de mon père, pas du vôtre... euh, excusez-moi... de votre mari, rectifia aussitôt Damien.

— Ne vous excusez pas. Vous n'êtes pas le premier à commettre ce lapsus. Cela ne me dérange pas, même si je commence à me poser certaines questions.

Damien comprit ce soir-là que la jeune femme était en souffrance. Mais il ne devina pas ce qu'elle ressentait pour lui.

Petit à petit, en effet, Delphine cherchait de multiples prétextes pour attirer l'apprenti de son mari dans son bureau d'études. Elle l'entretenait de la bonne société limougeaude, lui parlait de peinture et des artistes qu'elle appréciait particulièrement. Elle lui révéla que ses préférences allaient aux impressionnistes et que l'art moderne ne lui convenait pas, en particulier le cubisme.

— Je ne prise guère Braque et Picasso. Ils sont beaucoup trop abstraits à mes yeux. Seul Frank Burty Haviland ne me déplaît pas.

— Haviland ! s'étonna Damien. Comme la porcelaine ?

— Oui. C'est le fils de l'industriel Charles Edward Haviland dont le père David a développé la manufacture Haviland au siècle dernier. Mais ce n'est pas pour cela que je l'affectionne. Il a toujours refusé d'être porcelainier dans la tradition familiale. Ses toiles me touchent. Après avoir tenté l'aventure cubiste pendant trois ans avec Braque et Picasso à Céret, il a peint des thèmes plus classiques évoquant les paysages de son environnement. C'est cette période de son œuvre que je préfère.

En sa présence, Damien oubliait les raisons pour lesquelles il subissait son exil loin des siens et de Marion.

Delphine le transportait dans un monde imaginaire. Avec elle, il avait l'impression d'être estimé à sa juste valeur, considéré non comme « le fils de... », mais comme Damien Ferrière à part entière.

Delphine le charmait de sa voix douce et suave. Elle ne critiquait jamais personne et l'embarquait dans un monde où la beauté n'avait d'égal que le talent. Elle lui dévoilait les toiles qu'elle réalisait à temps perdu, quand le travail qu'elle effectuait dans l'atelier de décoration de son mari lui permettait de s'évader. Elle affectionnait particulièrement les marines, où les bleus de l'océan se fondaient dans l'azur du ciel, où les éléments déchaînés rendaient les hommes impuissants sur leurs frêles esquifs, où les îles exotiques passaient pour des havres de paix loin des tourbillons de la vie. Delphine regrettait sa ville de Rochefort où ses aïeux avaient été jadis de grands armateurs.

— En venant à Limoges, reconnut-elle, un soir de confidences, je croyais échapper à l'autorité de mon père, un homme sévère qui refusait qu'une fille veuille s'émanciper. Quand j'ai décidé de devenir artiste peintre, il a immédiatement menacé de me couper les vivres. Aussi, lorsque j'ai rencontré Jocelyn, j'ai tout de suite accepté de le suivre. Avec lui, je pensais concrétiser mon rêve. Il me parlait si bien de l'art décoratif dans le domaine de la porcelaine que j'ai espéré atteindre avec lui ce que mon propre père m'interdisait.

— Et cela n'a pas été le cas ?

— J'ai vite réalisé que Jocelyn ne m'avait pas épousée pour cette raison. Il avait deux enfants à éduquer...

Entre les jeunes gens se nouait une relation d'amitié particulière, pleine d'allusions, de non-dits, d'aveux à peine déguisés. Si Delphine n'hésitait pas à entretenir Damien de son mari et de ses déconvenues, sans jamais admettre ne plus l'aimer, le jeune Ferrière n'osait dévoiler son amour profond pour Marion.

Ce soir-là, ils avaient besoin de s'épancher, d'être consolés, d'oublier qui ils étaient et ce qu'ils allaient devenir s'ils ne provoquaient pas le destin.

— Je suis bien avec vous, lui confia-t-elle en lui prenant la main, alors que Damien s'attardait à remonter dans sa chambre après une rude journée de travail.

Il ne retira pas sa main.

Elle se hissa sur la pointe des pieds. Approcha son visage du sien. Ferma les yeux.

Il posa un baiser sur ses lèvres. Se reprit aussitôt.

— Nous ne devons pas. Ce n'est pas possible !

Elle le regarda tendrement.

— C'est à cause de notre différence d'âge ? Vous me trouvez trop vieille ?

— Non ! Ce n'est pas ce que je voulais dire. Mais vous êtes... la femme de monsieur Marcillac. Je n'ai pas le droit.

Delphine s'écarta, lui tourna le dos.

— Je vous estimais au-dessus de ce genre de scrupule, lui reprocha-t-elle sans acrimonie.

— Ne vous méprenez pas, Delphine. En d'autres circonstances, je vous aurais...

Elle ne lui laissa pas le temps de s'exprimer. Elle se rapprocha de lui, l'embrassa sans fausse pudeur, le tutoya :

— Tu m'as plu dès le premier instant où nous nous sommes rencontrés, lui confessa-t-elle. Tu as réveillé en moi ce qui était endormi et qui n'attendait qu'à s'épanouir au grand jour. Je ne désire pas perdre ma jeunesse à regretter ce que mon vieux mari ne m'offrira jamais. Je me suis trompée en l'épousant. Mais rien n'est jamais irrémédiable. Il suffit de prendre son destin en main. Personne ne peut nous aliéner pour la vie. Celle-ci est trop précieuse pour la gaspiller.

Embarrassé, Damien ne répondait pas. Delphine l'attirait. Elle était si belle, si douce. Elle semblait si fragile et pourtant elle était l'image même de la femme libérée, prête à s'assumer en se moquant du regard des autres. Elle l'incitait à mordre à pleines dents dans un fruit défendu, et en même temps à faire table rase des préjugés et des carcans sociaux et familiaux. Elle n'avait que cinq ans de plus que lui, ce n'était pas cet écart d'âge qui le retenait. Non. Mais il avait déjà dans la gorge le goût amer de la trahison, de la promesse oubliée.

Il pensa subitement à Marion. Se ressaisit.

— Je ne suis pas libre, déclara-t-il sèchement comme pour puiser en lui la force de résister à la tentation. J'aime une jeune fille depuis très longtemps. Elle habite Anduze. Nous nous sommes juré de nous marier dès que nous serons majeurs et libres d'agir sans le consentement de nos parents.

Delphine sourit. Elle n'avait aucune mauvaise intention.

— Je ne te demande pas de tout quitter pour moi, seulement d'accepter le moment présent comme un cadeau du ciel. Tu es fidèle, Damien. C'est une qualité qui t'honore. Je l'ai été jusqu'à présent. Mais je ne peux plus continuer à vivre les yeux fermés, prisonnière d'une parole donnée dans l'inconscience d'une jeunesse qu'on m'a volée... Je suis tombée amoureuse de toi. Je sais, c'est idiot, à mon âge, de m'attacher à un garçon qui n'a même pas dix-huit ans. Moi, une femme mariée et établie. Mais on ne commande pas ses sentiments, n'est-ce pas ?

Perturbé par tant de sincérité, Damien sentait sa résistance faiblir au fur et à mesure que Delphine s'exprimait. Il la voyait tellement vulnérable maintenant qu'elle lui avait ouvert son âme. Elle s'était départie de tout ce qui la murait encore derrière les apparences d'une vie trompeuse, pleine d'hypocrisies et de faux-semblants. Elle était devant lui sans fards, sans artifices, dans ce qu'elle avait de plus simple à offrir à un homme dont son cœur s'était épris.

— Nous ne serions pas les premiers anticonformistes, ajouta-t-elle. Les méchantes langues affirmeront que je cherche à dévoyer un garçon plus jeune que moi. Mais on n'a pas colporté de tels ragots à propos de Jocelyn quand il m'a courtisée ! Notre différence d'âge semblait normale et pourtant plus de vingt-cinq ans nous séparent.

Damien éprouvait des sentiments contradictoires. Il voyait en Delphine une femme accomplie qui l'attirait beaucoup. D'une grande délicatesse, elle représentait à ses yeux tout ce qu'un être humain aspire à connaître dans une relation amoureuse. Avec elle, il apprendrait les arcanes de la passion. Elle l'initierait. Mais il craignait en même temps qu'une telle aventure n'ait d'autre issue que la déception et le malheur.

— Vous... tu es si belle, osa-t-il enfin lui avouer en glissant les doigts dans ses longues boucles brunes.

Il la serra dans ses bras. S'abandonna.

Elle se blottit contre sa poitrine. Ecouta son cœur battre à l'unisson avec le sien.

— Montons chez toi, lui proposa-t-elle. Ta chambre est à l'écart. Personne ne nous apercevra ensemble.

* * *

Après six mois passés à la fabrication de la pâte, Damien fut affecté à l'atelier de façonnage. C'était le lieu le plus intéressant à ses yeux, l'endroit où les objets prenaient forme, juste avant la cuisson. Son maître d'apprentissage portait un nom célèbre dont il abusait chaque fois qu'il en avait l'occasion.

— Mon nom est Dumas, déclara-t-il le premier jour à ses nouveaux élèves. Et mes parents m'ont appelé Alexandre, ce n'est pas une plaisanterie. C'est ainsi. Si vous avez le malheur de m'appeler d'Artagnan, vous aurez affaire à moi. Vous ne ferez pas de vieux os dans la porcelainerie Marcillac.

Le surnom d'Alexandre Dumas effectivement courait dans tout l'atelier. Chaque fois que l'homme tournait le dos, ce n'était que moqueries entre les apprentis.

Damien se tint sur ses gardes afin de ne pas se singulariser. Alexandre leur inculqua d'abord les prémices du façonnage :

— Regardez comment je procède, leur dit-il sur un ton de maître d'école. Vous appliquez de la pâte plastique par estampage sur les demi-coques en plâtre, puis vous collez les empreintes avec de la barbotine. Vous voyez, ce n'est pas sorcier. C'est le b.a.-ba.

Par la suite, il leur apprit la technique du coulage dans des moules démontables, puis le calibrage des formes en bosses et en creux à l'aide des vieilles machines Faure, puis sur les Roller qui permettaient la production des pièces en série.

Damien ne trouvait pas ce travail très intéressant, car trop mécanisé, mais il se gardait bien d'émettre un avis.

Après quelques semaines, il se sentit capable de confectionner une soupière puis une corbeille tressée sans aucune imperfection. Avec minutie, il assemblait les éléments rapportés par coulage sur les objets en pâte crue légèrement humide : anses, boutons, poignées... Il procédait ensuite à l'ébavurage des coutures à l'aide de fines lames et d'une éponge humectée, puis au ponçage final avec des abrasifs. Ce qu'il créait était prêt pour la cuisson. Mais il dut patienter encore plusieurs mois avant d'accéder à ce stade de la fabrication, le four nécessitant un long apprentissage théorique.

Le soir, après dix heures passées le dos courbé sur l'ouvrage, il avait les mains tout engourdies. Ses doigts étaient rêches, creusés par l'acidité de l'argile qu'il pétrissait des heures entières. Il acceptait sans rechigner ces tâches manuelles semblables à celles des ouvriers de son père dans sa faïencerie d'Uzès. Faïence ou porcelaine, le labeur était identique. Il espérait qu'elles seraient de courte durée, car ce n'était pas ce qui le faisait rêver. En outre, manipuler la matière première pendant quatre ans pour réaliser des objets conçus par d'autres lui semblait peu enrichissant.

Il trépignait donc d'impatience de mettre à l'épreuve son esprit créatif, ne serait-ce qu'en travaillant auprès de Delphine à la décoration. Mais Jocelyn Marcillac ne lui proposait toujours pas d'autre horizon que celui de la fabrication.

Les mois s'écoulaient lentement. Damien reçut la visite de sa famille à la fin septembre, alors que les arbres s'empourpraient déjà et que la brume automnale enrobait les toits de la cité limougeaude et des villages voisins.

Philippe et Irène furent accueillis par Jocelyn Marcillac avec beaucoup de civilité. A table, Delphine se retrouva placée à la gauche de Damien. La conversation tourna vite autour du stage de ce dernier. Jocelyn n'eut que des paroles élogieuses pour son protégé, ce qui conforta Philippe dans son choix.

— Finalement, il valait mieux pour Damien ne pas entreprendre son apprentissage dans ma propre fabrique, reconnut-il au cours du déjeuner. Nous nous serions heurtés immanquablement. Ici, à Limoges, il n'a pas le temps de penser à autre chose qu'à son travail. Personne ne vient le perturber.

L'allusion de Philippe parut évidente à Damien. Il sous-entendait qu'il lui avait évité de s'égarer avec Marion. Il en éprouva de la colère qu'il dissimula difficilement.

Delphine, de son côté, ressentit cette remarque comme une mise en garde involontaire. Certes, Philippe n'était pas au courant de sa liaison avec son fils, et Jocelyn ne la soupçonnait pas non plus. Mais elle comprit que son jeune amant devait son exil à une mesure de rétorsion de la part de son père. Celui-ci l'avait placé en apprentissage chez son mari pour mieux l'éloigner de cette jeune fille dont il lui avait parlé. Damien ne lui avait pas révélé toute la vérité.

Délicatement elle lui toucha le pied avec le sien sous la table. Damien devina qu'elle avait saisi l'allusion. Il l'observa discrètement. Elle lui jeta un regard de connivence.

— Aimes-tu ce que tu apprends ? demandait Philippe à son fils. On ne t'entend pas ! Donne-nous ton avis.

Surpris au moment où son esprit s'était laissé égarer par les appels du pied de Delphine, Damien balbutia :

— Euh... oui, j'apprécie beaucoup. Mais je dois avouer que j'ai hâte d'aborder le stade final de la fabrication. Celui qui me permettra enfin de montrer ce que j'ai en moi. La décoration et surtout la conception des nouveautés. Delphine m'a fait visiter son atelier, c'est là que je souhaiterais travailler le plus longtemps.

Sa réponse terminée, un lourd silence s'appesantit sur la tablée.

Philippe réagit aussitôt.

— Tu appelles madame Marcillac par son prénom ! s'insurgea-t-il. Tu outrepasses les limites de la bienséance, mon garçon.

Damien avait parlé sans réfléchir. Ne sachant comment se justifier, il tenta de se reprendre, rouge de confusion :

— Non... bien sûr que non. Je voulais dire, madame Marcillac.

— C'est moi qui l'ai autorisé à m'appeler par mon prénom, intervint Delphine pour lui sauver la mise. Nous avons beaucoup de choses en commun, votre fils et moi, ajouta-t-elle sous les yeux étonnés de son mari. Notre goût pour tout ce qui est artistique dans ce que vous fabriquez, vous et Jocelyn. Damien est comme moi, un esthète.

Irène n'était pas intervenue, mais elle observait son fils sans que ce dernier s'en rende compte. Elle comprit qu'entre Damien et Delphine Marcillac, il y avait plus qu'une simple relation de travail. Leur façon de se regarder ne lui donna aucun doute. Elle tenta de faire diversion :

— Je ne vois pas ce qu'il y a de mal. Vous êtes à peu près du même âge, n'est-ce pas ? Aujourd'hui, les jeunes gens ne s'encombrent pas des principes rigides de leurs parents. Il faut être moderne, Philippe. Ce n'est pas votre avis, monsieur Marcillac ?

Jocelyn paraissait aussi surpris que son ami Philippe. Il dévisageait sa femme comme s'il la découvrait pour la première fois. Mais ne souhaitant pas ajouter à l'embarras qui s'était installé, il convia ses invités à rejoindre le salon pour boire le café.

Le repas se termina sans autre confusion. Damien évita de croiser le regard de Delphine. Celle-ci tint conversation avec Irène, tandis que les deux céramistes refaisaient le monde, commentant l'actualité des derniers mois, pleine d'événements hasardeux. Tous deux redoutaient l'éclatement d'un nouveau conflit, Hitler se montrant de plus en plus menaçant.

Peu de temps après, Philippe et Irène prirent congé. Ils recommandèrent à leur fils de se comporter correctement chez son hôte et d'abandonner toute familiarité. Damien promit et les observa s'éloigner, le cœur serré.

L'année touchait déjà à sa fin. Les craintes de Philippe et de Jocelyn s'étaient concrétisées. En octobre, les troupes allemandes avaient envahi les Sudètes en Tchécoslovaquie. Quelques semaines plus tard, dans leur propre pays, les nazis avaient déclenché un pogrom contre les Juifs, révélant à la face du monde leur vraie nature. Même l'Italie de Mussolini commençait à inquiéter le reste de l'Europe par l'adoption d'une loi pour la défense de la race italienne, violemment condamnée par le Vatican.

Loin des siens et de tous ces soubresauts de l'Histoire, Damien souffrait de solitude qu'il trompait dans les bras de Delphine. La jeune femme finit par le convaincre de vivre le temps présent sans essayer de résister, de se dissimuler derrière des scrupules sclérosants. Elle lui offrait la vie sans remords, sans honte, sans résignation. Il aimait toujours Marion, mais cette parenthèse interminable imposée par son père le libérait momentanément de sa parole. Il saurait quitter Delphine sans regret, sans avoir à implorer son pardon. Ne l'avait-elle pas elle-même rassuré ?

— Je te laisserai partir sans tenter de te retenir, lui avait-elle juré tandis qu'il se consolait dans ses bras d'une trop longue absence.

16

Déchirement

1939

Dans le froid de l'hiver, le cœur de Damien s'égarait. Plus d'un an et demi s'était écoulé depuis qu'il avait quitté Marion. Il ne lui avait pas écrit, ne sachant plus vraiment s'il devait désobéir à son père au risque de tout gâcher, de provoquer de sa part de plus terribles sanctions, ou s'il était préférable de patienter en laissant croire qu'il avait recouvré la raison.

Delphine ne l'aidait pas vraiment. Avec elle, il perdait le sens de la probité et négligeait ses responsabilités. Il n'éprouvait plus l'envie d'affronter les foudres paternelles. Il vivait au jour le jour, comme elle le lui enseignait avec une loyauté qui n'avait d'égal que l'amour qu'elle lui donnait. Elle ne lui demandait rien de plus que d'être heureux dans l'instant, de ne pas se poser de questions embarrassantes, de s'en remettre au temps. Avec elle, il apprenait ce que signifiait aimer sans rien exiger en échange, sans dépendre de l'autre. Cela paraissait si simple.

— Ne te tracasse donc pas, lui répétait-elle chaque fois qu'il s'interrogeait sur son comportement. Tu la retrouveras, ta petite fiancée. Si elle t'aime comme tu l'aimes, elle te sera restée fidèle et te sautera au cou à la seconde même où vous serez réunis.

Mais Damien commençait à douter de ses propres sentiments. Loin de Marion, son amour ne faiblissait-il pas ? Etait-il encore si sûr de lui ?

Plus les mois passaient, plus l'incertitude gagnait son esprit, plus il se réfugiait dans les bras de Delphine comme pour mieux s'étourdir et se cacher une réalité qui le tourmentait.

Jocelyn Marcillac ne se méfiait pas. Très accaparé par son travail, il accordait toute sa confiance à son épouse qui, par ailleurs, s'occupait toujours parfaitement de ses deux filles, comme si elles étaient siennes. Delphine, ne tenant pas à mêler les enfants à ses affaires sentimentales, se gardait bien de délaisser le devoir de belle-mère qu'elle avait accepté en épousant Jocelyn. Elle menait en parallèle ses deux vies sans jamais se trahir. Et, si elle ne considérait pas sa relation avec Damien comme une agréable aventure sans lendemain, elle tâchait de ne jamais mettre en péril l'édifice familial qu'elle avait bâti avec son mari.

— Pourquoi tu ne divorces pas pendant qu'il est encore temps ? lui suggéra un jour Damien. Plus tu attends, plus ce sera difficile pour toi et douloureux pour Virginie et Lucie. Tu es jeune. Tu n'auras aucun mal à refaire ta vie.

— Tu raisonnes comme un adulte !
— C'est l'évidence même !
— J'y ai déjà songé. Mais le moment n'est pas opportun. Rien ne sert de précipiter les choses. Mes belles-filles ne comprendraient pas. Je suis comme une grande sœur pour elles. Quand elles se détacheront de moi pour leur petit amoureux, alors, je ne dis pas.
— Elles n'en ont pas l'âge !
— Virginie va sur ses quinze ans et Lucie en a treize. Ça ne tardera pas.

Damien se comportait avec Delphine comme un ami, un confident, tandis qu'elle l'aimait comme un amant un peu fou qui lui faisait perdre la tête. Avec elle en effet, il se laissait emporter dans les tourbillons de l'amour et négligeait tous les préceptes qu'on lui avait inculqués. Il se sentait libéré et montrait toujours plus de témérité dans leurs ébats qui duraient parfois au-delà du raisonnable.

Delphine l'entraînait de plus en plus souvent dans ses promenades à cheval à travers les vastes étendues herbeuses du Limousin. Ensemble ils galopaient des heures entières, rentraient au paddock éreintés mais heureux d'avoir atteint l'inaccessible limite de leurs forces. Ils se prouvaient combien ils étaient capables de se surpasser. Ils appréciaient chaque instant d'une vie courte mais intense que le destin leur offrait, comme s'ils savaient la fin de leur rêve proche. Delphine n'exigeait jamais rien d'impossible de Damien. Seulement qu'il colore la morne existence qu'était devenue la sienne. Qu'il illumine son ciel des feux de son impétueuse jeunesse. Damien, lui, se perdait dans la déraison, s'étourdissait pour mieux chasser l'âme obscure qui l'habitait.

* * *

Au printemps, Jocelyn Marcillac le convoqua dans son bureau. L'air affable, il lui annonça qu'il avait décidé de l'affecter à l'atelier de finition. Damien ne dit mot, mais s'étonna sans le montrer qu'il l'autorise à sauter les étapes.

— J'avais prévu de te maintenir quelques semaines au four avec les cuiseurs. Mais j'ai estimé que cela ne te serait pas très utile. C'est un travail éprouvant qui ne t'apportera rien si tu te destines à la création. Tu intégreras donc l'équipe des décorateurs. En réalité, il s'agit surtout de décoratrices. Des femmes aux mains habiles et à l'esprit artistique. Cela sera davantage dans tes cordes. Delphine te dirigera et t'expliquera ce que j'attends de toi. A la fin de l'année, ton apprentissage approchera de son terme. Nous dresserons alors le bilan avec tes maîtres de stage. Après trois ans et demi dans ma manufacture, tu seras suffisamment formé pour seconder ton père. Tu auras vingt ans au début de l'année prochaine, n'est-ce pas ? S'il faut prolonger ton séjour à Limoges de quelques mois, je t'obtiendrai une dérogation pour repousser ton départ à l'armée.

Damien jubilait. Il se voyait déjà reprendre à Uzès une existence normale auprès des siens. L'idée de retrouver Marion ne lui vint pas immédiatement à l'esprit. Lorsque Jocelyn prononça le nom de son épouse, son cœur se serra.

Il se reprit. Au lieu de se réjouir de ce que venait de lui annoncer son patron, il s'étonna :

— Je ne verrai donc pas comment réagit la porcelaine à la cuisson ! Il s'agit d'un stade très important dans la fabrication. De plus, je manquerai aussi l'émaillage.

— Tu n'ignoreras pas ces différentes étapes. Delphine se chargera de te les montrer. Elle restera en ta compagnie pendant quelques jours – cela suffira –, le temps que tu découvres la cuisson de dégourdi et la cuisson au grand feu.

Deux jours plus tard, Delphine emmena Damien dans la salle des fours. Il y régnait une atmosphère étouffante, car le cuiseur venait de sortir une série d'assiettes et de plats d'un service destiné au roi du Maroc. Delphine demanda à l'ouvrier d'expliquer à Damien les types de cuisson.

L'homme, un Italien à l'accent chantant, s'exécuta après avoir vérifié la température de son four.

— Nous avons le temps, releva-t-il. La chaleur n'est pas retombée assez pour la seconde fournée.

Sur la table, devant eux, les pièces de porcelaine resplendissaient de beauté dans leur décor incrusté d'or et de platine.

— Il n'y a pas de casse ni de mauvais éléments, se réjouit le cuiseur.

— Cela vous arrive aussi ? interrogea Damien, toujours avide de nouvelles connaissances. Chez mon père, dans sa faïencerie, la perte au sortir du four est assez fréquente.

— C'est malheureusement le cas quand il y a un défaut au niveau de la fabrication ou des impuretés dans la pâte passées inaperçues.

— Parlez-lui des différentes cuissons dont vous avez la charge, Raphaël, proposa Delphine qui préférait laisser la parole au spécialiste plutôt que d'intervenir elle-même.

— Viens avec moi, mon garçon. Je vais te montrer.

Damien suivit l'ouvrier dans l'atelier mitoyen où se trouvait un autre four.

— Ici, reprit-il, on procède à la cuisson de dégourdi, c'est une précuisson à une température qui varie entre huit cents et mille degrés. L'eau s'évacue définitivement de la pâte et cela facilite l'émaillage. La pâte prend alors une coloration rosée.

— L'émaillage, je connais, le coupa Damien. La fabrique de mon père produit beaucoup de faïence stannifère. Par trempage, on recouvre les pièces d'un émail blanc à base de sels d'étain.

— Exact. En Toscane, mon pays natal, j'ai travaillé dans une faïencerie avant de venir à Limoges. Les techniques se ressemblent beaucoup. Mais l'émail stannifère est opaque tandis que, pour la porcelaine, on applique un émail transparent et vitreux composé de quartz, de feldspath et de kaolin. C'est ce qui donne la translucidité si caractéristique de la porcelaine.

Malgré ses connaissances en matière de céramique, Damien se montrait très curieux. La porcelaine, certes, présentait des similitudes avec la faïence, mais elle lui semblait tellement plus noble, tellement plus magique. Il ne parvenait pas à concevoir comment des objets aussi délicats, aussi fins, pouvaient être réalisés avec de l'argile qui, somme toute, ne se différenciait de la terre glaise utilisée par son père que par sa composition chimique et minérale.

— Une fois émaillées, ajouta Raphaël, les pièces sont cuites à plus de mille quatre cents degrés.

— C'est le grand feu. En faïencerie, le grand feu ne monte pas au-delà de huit cent cinquante degrés.

— Je vois que tu en connais des choses ! Monsieur Marcillac a eu raison de ne pas t'imposer cet atelier. Tu retiendras toutefois que la mise en température n'est pas aussi évidente que cela paraît. Pour un rien, une fournée peut être détruite. C'est pourquoi le cuiseur doit parfaitement maîtriser son métier. C'est surtout une question de ressenti et de pratique, plus que de théorie. Je ne t'apprends rien.

— Mon père pense la même chose... Mais poursuivez donc jusqu'au bout.

Derrière Damien et Raphaël, Delphine commençait à s'impatienter. Elle souffrait atrocement de la chaleur.

— Je vous quitte, déclara-t-elle. J'étouffe ici. Rejoins-moi dans l'atelier de décoration, Damien, dès que tu auras terminé ta visite.

Raphaël se sentit soulagé. Avoir la femme de son patron derrière lui l'importunait. Méconnaissant la relation qu'entretenait Damien avec Delphine, il avoua sans se méfier :

— Ouf. Nous serons plus tranquilles sans elle ! Les femmes n'ont pas leur place dans cet atelier. Elle a beau être celle du patron, je préfère la savoir loin de moi que derrière mon dos.

— Elle est gentille, releva Damien.

— Gentille ! Plutôt mignonne, non ? Toi aussi, tu la trouves à ton goût ?

Damien n'osa répondre. Raphaël, le voyant gêné, se moqua sournoisement :

— Il n'y a pas de mal. Personne dans cette fabrique n'ignore que la femme du patron aguiche tous les jeunes hommes qu'elle a l'occasion de rencontrer. Tu ne serais pas le premier qu'elle essaierait de dévergonder !

Damien faillit s'étrangler, devint rouge de honte.

— Ce sont des bêtises, Raphaël ! Vous ne devriez pas parler ainsi de madame Marcillac.

— Renseigne-toi, petit. Moi, je disais cela pour te prévenir.

Damien se sentit mal. Il en avait trop entendu. Son esprit plongeait dans la plus grande confusion. Soudain, il eut la nausée, hoqueta.

— Excusez-moi... c'est la chaleur.

Il sortit précipitamment de l'atelier et se soulagea dehors.

De retour auprès de Raphaël, il lui demanda cependant de continuer.

— Tu es sûr ? s'inquiéta ce dernier. Remettons à plus tard, si tu préfères. Rejoins madame Marcillac. Elle t'attend.

Damien s'obstina. Alors Raphaël reprit ses explications, non sans trouver très étrange la réaction de son jeune élève.

— Donc, une fois hors du four, les pièces sont contrôlées. Les plus mauvaises sont détruites, les autres sont classées en fonction de leur qualité. Reste la finition. C'est le domaine de madame Marcillac et de son équipe de peintres. Tu verras cela avec elle : les fonds de couleur, les motifs et les figures réalisés au pinceau, les gravures dans l'émail à l'acide rehaussées de filets d'or ou de platine. C'est un vrai travail d'artiste. Tout est fait à la main. Enfin les pièces décorées sont repassées dans un four à bois pour une cuisson à petit feu. Elles sont alors prêtes à être envoyées sur le marché.

Damien avait enregistré toutes les explications de Raphaël. Mais ce ne fut pas ce qu'il retint le plus ce soir-là. Après l'avoir quitté, il invoqua son malaise pour ne pas se rendre dans l'atelier de décoration où Delphine l'attendait.

Dans la nuit, se tournant et se retournant sur son lit sans trouver le sommeil, il songea à ce que le cuiseur lui avait révélé : Delphine séduisait les jeunes ouvriers de son mari !

Il était donc tombé dans son piège de femme fatale !

Cette pensée lui paraissait incongrue mais le tourmentait.

* * *

Le lendemain, il fut bien obligé de s'en remettre aux mains de Delphine. Celle-ci l'attendait pour commencer son initiation au décor.

— Alors, s'inquiéta-t-elle aussitôt, tu te sens comment, ce matin ?

Damien ne souriait pas.

— Holà ! remarqua la jeune femme. Tu as ta tête des mauvais jours. As-tu mal dormi ? Ou es-tu encore patraque ?

Ils étaient seuls dans l'atelier. Les autres décoratrices n'étaient pas arrivées.

— Je vais mieux, merci de te préoccuper de moi.

Delphine se rendit compte immédiatement que Damien était perturbé.

— Qu'est-ce qui te chagrine ? insista-t-elle.

Damien hésitait, malheureux.

— Je ne suis pas le premier à qui tu t'es intéressée ! lui reprocha-t-il en lui lançant un regard noir. Tu aimes donc la compagnie des hommes jeunes !

— Qu'est-ce que cela signifie ? Qui t'a raconté cela ?

— Peu importe. Je l'ai appris.

— Mais... c'est que tu me fais une crise de jalousie !

— Je ne suis pas jaloux. Déçu seulement.

Delphine semblait triste à son tour. Elle s'approcha de Damien, le saisit par le bras.

Il se recula. L'évita.

— Nos relations doivent redevenir purement professionnelles, lui jeta-t-il au visage. Elles n'auraient jamais dû prendre une autre tournure. J'ai manqué à mon devoir envers ton mari... et envers mon père. Je le regrette.

Delphine était décontenancée.

— Que se passe-t-il, Damien ? Qu'a-t-on colporté sur mon compte, et qui ?

— Raphaël m'a averti. Je sais qui tu es vraiment. Une enjôleuse de première. Et je suis tombé dans ton piège... Mais c'est terminé à présent. J'ai recouvré mes esprits. Je ne veux plus trahir Marion plus longtemps.

— Il fallait y penser avant... Mais ce Raphaël t'a menti. Laisse-moi t'expliquer... si tu veux bien m'écouter.

— Ça ne m'intéresse pas. Mettons-nous plutôt au travail. Tes ouvrières ne vont pas tarder.

Delphine ne parvint pas à convaincre Damien d'entendre ses justifications. Lorsque les décoratrices prirent leurs postes, elle le leur présenta et leur demanda de bien l'accueillir. Toutes étaient des spécialistes confirmées et maniaient le pinceau comme de vraies artistes. Parfois elles appliquaient les motifs à l'aide de poncifs, mais toujours avec autant de dextérité et de précision.

Avec elles, Damien se trouvait dans son élément. Se plongeant aveuglément dans le travail afin de garder la tête froide, il en oublia peu à peu son désenchantement. Malgré la présence de Delphine, il se sentait le cœur plus léger depuis qu'il avait décidé de mettre un terme à leur liaison. Devant les ouvrières, il évitait de l'appeler par son prénom et, le soir, après la fermeture de l'atelier, il filait dans sa chambre ou rejoignait ses camarades pour ne pas la rencontrer à l'extérieur. La jeune femme ne s'efforçait pas de le retrouver. Elle aussi, de son côté, semblait avoir tiré un trait sur leur aventure.

Après quelques semaines de relations distantes, elle revint cependant à la charge. Damien terminait seul un décor en relief sur le couvercle d'une soupière. Il avait pris du retard et ne désirait pas reporter au lendemain son travail commencé quelques heures plus tôt. Delphine tournait autour de lui, sans oser l'aborder. Elle feignait de s'intéresser à ce qu'il réalisait, lui montrait que faire quand il hésitait.

Elle lui saisit l'outil des mains tandis qu'il s'apprêtait à graver une fleur de lis directement dans l'émail.

— Si tu veux que l'acide fluorhydrique attaque bien la glaçure, il faut pratiquer une entaille plus profonde, lui conseilla-t-elle. Et tu n'as pas assez protégé les parties en réserve avec le bitume de Judée.

Avec attention, Damien regarda Delphine achever sa tâche.

Quand elle eut corrigé son erreur, elle repoussa la pièce de porcelaine sur la table et, le regardant droit dans les yeux, lui déclara :

— J'aimerais avoir avec toi une franche explication. Tu ne peux pas m'ignorer comme tu le fais depuis des semaines. Entre nous a toujours régné la plus grande sincérité. Nous ne nous sommes jamais menti au sujet de nos sentiments réciproques ni sur ce qu'on attendait l'un de l'autre.

— J'ai été clair ! Tu m'as pris pour un... pour un gigolo. Et je n'ai pas du tout apprécié.

— C'est faux, Damien ! Ne crois pas ce que t'a raconté Raphaël. Cet Italien est jaloux de toi. Il a essayé de me séduire. C'est un don Juan né, un coureur de jupons. Mais, avec moi, il n'a pas obtenu le succès qu'il escomptait. Je l'ai remis à sa place. C'est sans doute la raison pour laquelle il t'a trompé à mon sujet. Pour mieux me salir à tes yeux et se venger de moi. Je n'ai jamais tenté de dévoyer les ouvriers de Jocelyn, je te le jure. Tu es le premier avec qui je me suis laissé emporter. Et je n'ai aucun regret.

Delphine ne retenait pas ses larmes. Elle parlait avec tant de sincérité que Damien s'en émut et finit par la croire.

— Pardonne-moi, s'excusa-t-il. Mais mon esprit était si troublé après les révélations calomnieuses de Raphaël que je ne savais plus que penser.

Il la serra contre lui, la consola, l'embrassa tendrement dans le cou.

— Tu m'as tout appris, lui susurra-t-il dans le creux de l'oreille. Je ne l'oublierai jamais. Je t'ai aimée comme un fou et je ne renierai jamais ce qui nous est arrivé.

— Tu m'as aimée ! releva Delphine, éplorée. Tu ne m'aimes donc plus ?

Il essuya les larmes qui perlaient sur ses joues.

— Ne sois pas triste. Toi-même, tu m'as avoué un jour que nous ne devions pas aliéner notre avenir à nos sentiments. Qu'il fallait vivre le moment présent comme une manne céleste sans penser au lendemain. Gardons intacts nos souvenirs et ne nous déchirons pas. De toute façon, mon apprentissage se termine à la fin de l'année. Dans six mois, je repartirai chez moi, à Uzès.

— Et tu y retrouveras ta fiancée, n'est-ce pas ?

— Si elle veut encore de moi. D'ici là, j'apprécierais que nous restions amis. Qu'il n'y ait pas d'équivoque entre nous. Je ne voudrais pas que, par la médisance des autres, ce qui nous unit soit sali ou que les ragots remontent aux oreilles de ton mari. Cela rendrait tout le monde malheureux.

Delphine sanglotait toujours. Déçue au plus profond de son être, elle ne parvenait pas à surmonter son chagrin. Elle s'était trop attachée à Damien pour le voir se détacher d'elle si brutalement.

— Je comprends, dit-elle en reniflant. Je ne t'en veux pas. Tu as raison, il vaut mieux tout arrêter. Nous demeurerons amis. De mon côté, je vais me préparer à quitter Jocelyn en douceur. Surtout en raison de ses filles. Je ne souhaite pas leur faire du mal. Je vais me reprendre, n'aie crainte. J'y arriverai. Quand je serai prête, je repartirai à Rochefort et j'entamerai une nouvelle vie. J'ouvrirai un atelier d'art sur le port.

— Je serai le premier à venir à ta première exposition. Tu m'avertiras, n'est-ce pas ?

Ils se consolèrent comme deux êtres en mal d'amour et mirent fin, ainsi, à leur belle aventure.

Damien rentra dans son bâtiment tardivement. Dans la salle commune, ses camarades commentaient bruyamment l'actualité, journaux à l'appui.

— En voilà un qui ne se soucie de rien ! releva Simon, un jeune Bordelais qui devait achever son apprentissage en même temps que lui.

— Que se passe-t-il ? s'enquit aussitôt Damien, croyant que sa relation avec Delphine avait été révélée aux yeux de tous.

— Mais tu ne lis donc pas la presse !

— J'ai décidé de vivre au jour le jour. Alors, ce qui se déroule autour de moi, je préfère l'ignorer.

— Tu as tort. Tiens, écoute, l'Europe est en danger : « Après l'annexion des Sudètes et l'invasion du reste de la Tchécoslovaquie en mars dernier, Hitler a annexé Memel et sa région en Lituanie, le 22 mars. Ce nouvel acte d'agression fait craindre une éventuelle annexion de la Pologne par les troupes nazies. Le Premier ministre britannique, Neville Chamberlain, a déclaré solennellement : "En cas d'agression menaçant l'indépendance polonaise, le gouvernement de Sa Majesté se considérerait comme tenu de soutenir immédiatement la Pologne par tous les moyens. Le gouvernement français m'a autorisé à affirmer clairement que son attitude est la même que la nôtre." »

— De quand datent tes informations ?

— D'une semaine. C'est le journal du 8 avril. Depuis huit jours, les événements se sont encore précipités. Franco est entré dans Madrid et a déclaré la fin de la guerre civile, les Italiens ont envahi l'Albanie, et j'en passe ! Pour moi, on court à la guerre.

— Tu me sembles très pessimiste.

— Je constate, c'est tout. En juillet, j'aurai vingt ans, alors, je m'inquiète. Si la guerre éclate, je serai parmi les premiers mobilisés. Tu n'y couperas pas non plus. Tu ne pourras plus mettre en avant tes relations particulières, si tu vois ce que je veux dire. Devant la nation, pas de favoritisme.

— Qu'est-ce que tu sous-entends ?

— Oh, rien ! Mais quand on mange à la table du patron, on espère sans doute échapper à ses obligations. Le piston fonctionne bien pour toi, non ?

Damien s'abstint de polémiquer. Il ne tenait pas à attiser les ressentiments de certains de ses camarades qui lui reprochaient ses liens privilégiés avec Jocelyn Marcillac.

Ce soir-là, il s'efforça de ne plus penser à Delphine et de remettre de l'ordre dans son cœur chaviré. L'image de Marion lui revenait plus claire, comme si la jeune fille d'Anduze cherchait à lui lancer un appel désespéré.

17

Le retour

L'année s'achevait dans les soubresauts de l'Histoire. Les camarades de Damien avaient eu raison de s'inquiéter. La guerre avait éclaté le 3 septembre, plongeant l'Europe dans l'effroi. Les troupes françaises occupaient la Sarre tandis qu'Hitler passait la Pologne en coupe réglée.

La consternation régnait partout, car on assistait à un effondrement progressif de tous les espoirs de paix que Chamberlain pour le Royaume-Uni et Daladier pour la France avaient insufflés par leurs tractations avec le Führer. On s'attendait au pire, mais on ignorait quand la foudre tomberait. Les Français avaient été mobilisés dans l'urgence. La plupart patientaient sur les frontières de l'Est et du Nord, croyant encore à l'impossible. Hitler n'attaquerait pas la France, se disaient-ils, il est bien trop acharné à soumettre les Polonais. Ceux-ci résistaient et, jusqu'à présent, étaient les grandes victimes de l'agression nazie. L'alliance avec les Anglais rassurait, mais la trahison des Soviétiques inquiétait.

Staline n'avait-il pas dépecé la Pologne orientale avec l'accord tacite d'Hitler ? En novembre, il avait même envahi la Finlande. Rien ne se déroulait comme prévu.

A Limoges, Damien finissait son apprentissage. Pour Noël, il serait de retour dans ses pénates. Il n'ignorait pas que, si la guerre persistait, il serait à son tour mobilisé. Il fêterait ses vingt ans en janvier, ce qui ne le mettait pas à l'abri du danger encouru par les militaires déjà sous les drapeaux.

Delphine s'alarmait pour lui. Non seulement elle refusait l'idée de le quitter, mais elle craignait pour sa vie.

— Jocelyn t'a conseillé de demander un sursis d'incorporation en cas de besoin, pour terminer tes quatre années pleines d'apprentissage. Il te manque six mois. Accepte sa proposition, je t'en conjure.

Entre eux, l'amour avait laissé place à une profonde amitié, un attachement que l'adversité rendait chaque jour plus fort. Mais elle l'aimait encore et ne parvenait pas à oublier ce qu'il lui avait apporté au quotidien dans sa morne existence. Aussi s'efforçait-elle de retarder l'échéance de son départ le plus possible. Non qu'elle éprouvât de la jalousie – elle savait que Damien rejoindrait Marion –, mais parce qu'elle tenait trop à lui.

— Je ne veux pas demeurer à Limoges plus longtemps, lui répondit-il sans l'ombre d'une hésitation. J'ai effectué mon temps. Ton mari estime que j'ai acquis assez d'expérience pour intégrer l'entreprise de mon père. Ce dernier est d'accord pour que je revienne à Uzès. Je vais le seconder. Ma place est auprès de lui.

Delphine n'insista pas. Ils étaient convenus entre eux de ne pas se déchirer quand arriverait le moment de la séparation.

— Sois forte, ajouta Damien. Je ne t'oublierai jamais. Tu seras toujours dans un coin de mon cœur.

— Tu viendras me voir quand je me serai établie à Rochefort ?

— Je tiendrai ma promesse. Tu deviendras une brillante artiste, j'en suis sûr. Et tu finiras par trouver le bonheur.

A l'approche de Noël, Damien fit ses adieux à Jocelyn Marcillac et à tous ceux et celles auprès desquels il avait acquis son métier de céramiste. Tous les apprentis étaient partis rejoindre leurs régiments d'affectation. Il demeurait le dernier encore présent. Jocelyn rassembla l'ensemble de son personnel afin de l'encourager dans sa vie future. Il évita d'évoquer sa probable mobilisation et lui laissa comprendre qu'en d'autres occasions il aurait apprécié le conserver à ses côtés.

— Tu aurais pu avoir ta place chez moi, lui avoua-t-il en lui donnant l'accolade. Je ne crois pas que ton père, mon ami, aurait vu une objection à ce que je t'embauche définitivement, dans le cas, bien sûr, où il aurait accepté de se passer de toi. Mais je ne souhaite pas que tu entres en conflit avec lui. Au contraire, il a besoin de toi, je ne le sais que trop. Tu représentes à ses yeux son seul espoir de succession. Alors, montre-toi digne de lui et prouve-lui que tu es parvenu à ce qu'il attendait de toi. Il en sera fier... Et, surtout, demeure intègre !

Quand Damien se retrouva devant Delphine, il hésita à l'embrasser. Elle retenait ses larmes et s'abstint de le prendre dans ses bras, ne voulant pas trahir son émotion.

— Merci beaucoup pour ces moments merveilleux que nous avons vécus ensemble, lui dit-il, plein de sous-entendus. Ils furent pour moi d'une grande richesse. Vous m'avez dévoilé tous les secrets artistiques de la décoration. J'ai beaucoup appris en votre compagnie. Je vous en serai éternellement reconnaissant.

Le personnel de l'entreprise n'était pas au courant de la relation particulière qui avait uni l'un des leurs à l'épouse du patron. D'aucuns trouvèrent que leurs propos paraissaient ambigus. Certains se regardèrent du coin de l'œil, d'un air de connivence. Raphaël, le premier, osa interrompre leur échange.

— Il ne faudrait pas trop vous attendrir, sinon le pauvre finira par s'effondrer devant vous !

Les ouvriers éclatèrent de rire. Raphaël était connu pour ses plaisanteries et ne se privait jamais de détendre l'atmosphère, lorsque tous se rencontraient autour d'un verre à l'occasion, par exemple, d'un départ à la retraite ou d'une fête annuelle.

Comme d'habitude, Jocelyn Marcillac ne sembla s'apercevoir de rien. Il invita son personnel à boire à la santé de son protégé :

— Nous regretterons Damien. C'est un jeune homme talentueux, bien élevé, plein de civilité. Je m'en suis rendu compte immédiatement dès l'instant où je l'ai pris en charge à la requête de son père. Mais je dois aussi remercier ma tendre épouse qui s'est beaucoup occupée de lui et lui a donné l'amour du métier. Avec elle, il a été à bonne école.

En prononçant ces paroles, Jocelyn regardait Delphine droit dans les yeux. Gênée, celle-ci détourna le regard, rougit.

Un froid glacial s'appesantit sur la salle qui devint bizarrement silencieuse.

Damien ne dit mot, paralysé à son tour par les allusions de Jocelyn.

Aurait-il tout deviné ? s'inquiéta-t-il.

— J'ai une autre nouvelle à vous annoncer, ajouta Jocelyn. Ma femme vous quitte.

— Oh ! émit l'assistance qui ne s'attendait pas à une telle information.

— Elle n'a pas eu la force de vous l'apprendre elle-même, car cela la peine énormément de ne plus travailler en votre compagnie. Mais elle a décidé, avec mon assentiment, de s'assumer dans le domaine qui lui est si cher, la peinture. Elle rêve depuis toujours de devenir artiste peintre. Aussi lui ai-je conseillé de mettre son talent au service de l'art. Ce sera pour elle un nouveau départ.

Extrêmement surprise, Delphine se demandait comment interpréter les paroles de son mari. Sans réaction, elle regarda Damien en écarquillant les yeux de stupeur. Ce dernier se sentait de plus en plus mal à l'aise.

Jocelyn s'approcha de Damien, souriant, et lui chuchota à l'oreille :

— Il vaut mieux que les choses s'achèvent ainsi, n'est-ce pas ? Il faut faire le ménage chez soi de temps en temps. Alors, ne te retourne pas en t'éloignant. Les regrets sont préférables aux remords.

A ces propos sibyllins, Damien comprit que Jocelyn savait.

Depuis quand ? Par qui ? Qu'avait-il découvert vraiment ?

Toutes ces questions lui taraudaient encore l'esprit quand, plusieurs heures plus tard, son train entra en gare de Nîmes.

* * *

Le retour de Damien à Uzès le combla de bonheur. Son frère, sa mère, son père l'accueillirent comme l'enfant prodigue, comme si chacun avait gommé les raisons profondes de son exil. Damien, quant à lui, était partagé entre les souvenirs qu'il laissait à Limoges et ceux qu'il conservait dans son cœur depuis quatre longues années. Il s'inquiétait à propos de Marion. L'avait-elle attendu alors qu'il ne lui avait jamais écrit et qu'il s'était fourvoyé auprès de Delphine ?

Il n'éprouvait pas de remords, seulement un grand vide, comme s'il avait perdu ses repères, comme s'il était devenu un étranger dans sa propre demeure. Quand il se regardait dans le miroir, s'examinant sous toutes les coutures, il se prenait au jeu des grimaces et, loin de rire en se moquant de lui-même, s'étonnait de constater combien il avait de peine à se reconnaître. Ai-je tant changé ? se tourmentait-il. Il craignait que Marion le repousse ou qu'elle ait rencontré quelqu'un d'autre. Comment réagira-t-elle lorsque nous nous retrouverons après si longtemps ?

Le lendemain de son arrivée, Philippe annonça à toute la famille son intention de renouer avec les bonnes habitudes d'antan :

— Nous allons fêter Noël et nouvel an à Val Fleuri, et y honorer le retour de Damien. Demain, nous partons donc pour Anduze. Puis, en janvier, il travaillera à mes côtés au sein de l'entreprise.

— Tu oublies qu'il sera bientôt appelé à l'armée ! lui objecta Irène. Avec cette drôle de guerre qui nous maintient dans l'inquiétude, tu ne peux pas compter sur Damien pour te seconder. J'ai l'impression que tu nies la triste réalité que nous vivons.

— Je ne nie rien. Mais j'ai usé de mes relations pour que notre fils bénéficie d'un report d'incorporation. De sorte qu'il échappe au pire dans l'immédiat. Et quand la guerre sera terminée – car elle ne durera pas, quelle qu'en soit l'issue –, nos soldats seront démobilisés. Tu vois, j'ai pensé à tout.

Damien n'avait pas été consulté. Mais il ne s'opposerait pas à un sursis, si les démarches de son père aboutissaient. Il avait besoin de temps pour remettre de l'ordre dans son esprit. Après… après seulement, il aviserait, car il ne tenait pas non plus à passer pour un lâche. Si le pays était agressé, comme certains le prédisaient tous les jours, alors il intégrerait son unité de rattachement et accomplirait son devoir sans hésiter.

— Tant qu'on ne se bat pas, répondit-il à Philippe, afin d'affirmer sa position à ce sujet, j'accepte l'idée d'un sursis. Mais dans ce cas seulement. En revanche, si nous étions envahis par les Allemands, je partirais. Je ne veux pas profiter de mesures de favoritisme.

— Cela t'honore, mon garçon. Mais, crois-moi, Hitler n'attaquera pas notre territoire. Il se heurterait à notre armée qui est la meilleure de toute l'Europe. Je suis persuadé qu'il s'entendra avec notre gouvernement et qu'il s'abstiendra de traverser le Rhin. Tous ces mouvements de troupes à nos frontières ne sont que manœuvres d'intimidation. Les Allemands sont trop occupés à l'est pour ouvrir sur leur flanc ouest un second front. Ils affaibliraient leurs positions et risqueraient de perdre leurs acquis.

Damien n'était pas aussi sûr que son père des intentions d'Adolf Hitler. Mais son esprit était tout entier préoccupé par ses retrouvailles avec Marion.

Dès son retour à Anduze, il s'enquit auprès de son frère des nouvelles de celle-ci. Florian ne l'avait plus contactée depuis très longtemps, étant lui-même convaincu que leur relation finirait par cesser dès lors que Damien n'avait plus la possibilité de rentrer dans sa famille.

— La dernière fois que je l'ai vue, elle m'a semblé tellement résignée que j'ai préféré ne pas remuer le couteau dans la plaie. Elle savait que tu ne pouvais pas lui écrire sans courir le risque de vous trahir. Je n'ai pas osé insister pour qu'elle me donne une lettre à te transmettre. Depuis, je pensais que tout était terminé entre vous.

— C'est sans doute le cas.

Dans l'embrasure de la porte, Irène écoutait la conversation de ses fils sans bouger. Elle ignorait que Damien tenait encore à Marion. Lors de son départ, il n'avait que seize ans. Il en avait vingt maintenant. Elle croyait sincèrement que cet amour d'adolescent s'était étiolé avec le temps, qu'il n'était plus dans le cœur de son aîné qu'un lointain souvenir. Quatre ans, à son âge, songeait-elle, c'est tellement long que la vie semble bien différente lorsqu'on revient sur le passé !

Mais au fond d'elle-même, elle avait toujours éprouvé des regrets d'avoir infligé à son fils la sévère sanction de l'exil. Elle se rappelait sa propre jeunesse avec Philippe, alors qu'elle était tombée amoureuse de lui à dix-sept ans. Ses parents n'avaient pas exigé qu'ils se séparent et les avaient obligés à réparer leur erreur sans tarder. Depuis, elle avait vécu heureuse.

Elle recula d'un pas pour s'éclipser discrètement. Une lame de parquet craqua sous son pied. Damien regarda dans sa direction, la découvrit.

— Tu étais là, maman ? Tu écoutes aux portes !

— Ne te méprends pas, mon chéri. Je n'ai aucune mauvaise intention. Je vous ai entendus discuter à propos de la petite Chassagne et je n'ai pas voulu vous interrompre.

— Maintenant c'est fait !

— Tu ne l'as pas oubliée, n'est-ce pas ?

Damien garda le silence, gêné.

— Je ne me suis pas opposée à ton père quand il a décidé de t'éloigner. Comme lui, j'ai pensé à l'époque qu'il valait mieux mettre un terme à votre relation le plus vite possible. Pour votre bien, à tous les deux.

Florian se retira et laissa Damien en présence de sa mère.

— J'ai essayé de l'oublier, reconnut Damien. Je n'y suis pas arrivé. Je l'aime encore, c'est plus fort que moi. Malgré ce que j'ai commis, malgré ce que j'ai ressenti pour quelqu'un d'autre à Limoges, Marion demeure en moi comme si nous ne nous étions jamais quittés.

— Qu'as-tu fait à Limoges, qui semble te donner tant de remords ?

Damien hésitait.

— C'est... c'est difficile à avouer.

— Tu as connu une autre jeune fille ? Il n'y a aucun mal à cela. Au contraire. Et si, maintenant, tu éprouves toujours les mêmes sentiments pour Marion, c'est que ton amour pour elle est le plus fort. Et que nous nous sommes trompés, ton père et moi !

Damien se rapprocha de sa mère, lui proposa de s'asseoir sur le canapé à ses côtés. Lui narra tout ce qu'il avait vécu à Limoges, avec Delphine.

Irène fut sidérée d'entendre qu'il avait trahi l'ami de son mari de cette manière. Mais elle se garda de lui reprocher son attitude, estimant que tous les torts venaient de l'épouse de Jocelyn qui, crut-elle alors, avait dévergondé son fils.

— Tu as été à l'école de la vie, se contenta-t-elle de commenter. Ce ne sont pas, à mes yeux, de très bonnes manières, mais il faut être de son temps, n'est-ce pas ? Je suis bien aise que votre histoire se soit terminée sans incident. Comment aurait réagi ton père si Jocelyn Marcillac lui avait révélé que sa femme le trompait avec toi ? Il serait entré dans une terrible colère et t'aurait sans doute renié. Tu connais ses principes !

— Tu ne lui diras rien ?

— Je serai une tombe. Pour le bien de tout le monde.

— Et Marion ? As-tu de ses nouvelles par ses parents ?

— Je ne l'ai pas rencontrée depuis très longtemps. J'ignore si elle pense encore à toi. Elle aussi a grandi. Elle doit avoir dix-neuf ans à présent. Ce n'est plus une enfant... Si tu souhaites la revoir, un conseil : sois discret. Que ton père ne soit pas au courant. Ne remets pas en cause les bonnes intentions qu'il a à ton égard. Agis avec diplomatie et sans précipitation.

Damien s'étonna que sa mère lui donne si facilement sa bénédiction. Il l'embrassa chaleureusement.

— Merci, maman, lui glissa-t-il dans le creux de l'oreille.

* * *

Damien décida de laisser passer Noël afin de ne pas risquer de ternir la joie que son père témoignait depuis son retour. A l'occasion du réveillon, Philippe convia à sa table un cousin germain avec qui il avait des relations étroites et dont la famille possédait une propriété à Anduze, à la limite de Tornac. Sébastien Rochefort était un grand reporter et un écrivain célèbre depuis qu'il avait failli obtenir le prix Goncourt en 1924. Leurs mères, Marie-Thérèse et Elisabeth, nées Langlade, appartenaient à une nombreuse fratrie. Sébastien était accompagné de sa femme Pauline et de leur fille Rose.

— J'espère que ton fils va bien, s'inquiéta Philippe. Je t'avais demandé de venir avec toute ta famille !

— Ruben est en déplacement pour son travail. Tu n'ignores pas qu'il est également journaliste, comme moi. Avec tous ces événements, il court sur tous les fronts, c'est le cas de le dire !

En invitant son cousin, Philippe était animé d'une arrière-pensée dont il n'avait parlé à personne, pas même à sa femme. Il avait prémédité de mettre en présence la fille de Sébastien, Rose, et son fils Damien. Il était persuadé que l'aventure de ce dernier avec Marion Chassagne était tombée définitivement dans l'oubli, et il avait hâte de conclure pour lui une bonne alliance afin d'assurer sa postérité. Certes, Damien et Rose étaient cousins en second, mais, à ce niveau de parenté, il estimait que rien ne s'y opposait. Les deux petits-cousins se connaissaient sans s'être beaucoup fréquentés. Rose vivait à Paris avec ses parents et poursuivait des études en Angleterre. Elle venait rarement au Clos du Tournel, la propriété anduzienne des Rochefort.

Les deux hommes discoururent toute la soirée en présence de leurs épouses qui s'appréciaient beaucoup, commentant l'actualité, refaisant le monde dans l'éventualité où l'Allemagne attaquerait la France.

— Je crains fort, reconnut Sébastien, qu'Hitler ne fasse une bouchée de nos troupes. Ses blindés sont terrifiants en Pologne.

— Ils ne pourront pas franchir la ligne Maginot, objecta Philippe qui avait confiance en l'armée française, tout imprégné des idées véhiculées par les vieux généraux de la Grande Guerre. Notre défense est impénétrable.

— Hitler pratique la guerre éclair, la *Blitzkrieg*. Ses unités se déplacent très vite, appuyées par des chars d'assaut modernes et une aviation redoutable.

Sébastien Rochefort était mieux informé que son cousin sur les tactiques militaires des deux camps. Il se montrait assez pessimiste sur les chances de la France en cas d'attaque-surprise.

— Si seulement on avait écouté le colonel de Gaulle ! Il y a longtemps qu'il prône l'usage de divisions blindées dans la guerre de mouvement. Mais personne ne l'a suivi. Pas même le maréchal Pétain à qui, pourtant, il a dédié son ouvrage *Le Fil de l'épée*.

— Les deux hommes ne sont plus en bons termes...

Tout en discutant, Philippe regardait les trois jeunes gens du coin de l'œil. Les petits-cousins – Florian ne lâchait pas son frère d'une semelle – s'étaient retirés près de la cheminée et bavardaient de sujets qui n'intéressaient pas leurs parents.

— Comment sont les Anglaises ? demandait Florian, le plus agité des trois.

— As-tu fait d'agréables rencontres à Limoges ? interrogeait Rose.

— Pourquoi t'es-tu exilée en Angleterre ? s'étonnait Damien qui ne semblait nullement attiré par sa petite-cousine, contrairement à Florian qui la dévorait des yeux.

Rose avait la beauté des Eurasiennes. Née d'une liaison de son père avec une paysanne vietminh en Indochine, à une époque où celui-ci s'opposait à sa famille[1], elle parlait avec une douceur dans la voix et un sourire accroché au visage qui séduisaient le cadet des Ferrière. Philippe ne s'apercevait pas que Rose était en train de conquérir le cœur de Florian, alors qu'il escomptait infléchir celui de son aîné.

Damien était si anxieux de revoir Marion qu'il demeurait imperméable à l'attrait qu'exerçait sa petite-cousine.

Entre Noël et la nouvelle année, il se rendit au Mas neuf sans prévenir. Il ignorait si Marion se trouvait chez ses parents. Il n'avait aucune nouvelle d'elle. Il avait

---

1. Voir, du même auteur, chez le même éditeur, *Les Rochefort*.

prié son frère d'avertir son père et sa mère qu'il était parti rejoindre Rose au Clos du Tournel afin de donner le change. Philippe, en effet, ne lui avait pas caché, après le soir du réveillon, qu'il serait très heureux s'il s'intéressait à la fille de Sébastien.

— Cette petite Rose est une fille comme il te faudrait, lui avait-il confié sans détour. Elle est très jolie et d'une intelligence vive. De plus, elle est discrète et pas effrontée. Bref une jeune fille bien élevée. Certes, elle est ta cousine, mais, de nos jours, ce type de principe n'a plus cours !

Damien n'avait pas répondu, laissant son père supposer qu'il n'était pas insensible au charme exotique de sa parente.

Quand il arriva en vue du Mas neuf, son cœur se mit à battre très fort dans sa poitrine.

Quelle serait la réaction de Robert et d'Amélie Chassagne en le voyant réapparaître après tant d'années ? Quel serait l'accueil de Marion ?

Dans son inquiétude, il songea à Delphine, puis à Rose.

Il comprit alors quelle était la voie de son destin.

18

Retrouvailles

1939-1940

Damien reçut un accueil glacial de la part des Chassagne. Il crut aussitôt que leur fille ne tenait plus à le revoir, ayant trop souffert de son long silence. Ils ne lui donnèrent aucune explication et se contentèrent de lui apprendre que Marion semblait avoir tourné la page.

— Puis-je la rencontrer ? insista Damien. Je ne voudrais pas repartir à Uzès sans lui avoir parlé !

Robert laissa sa femme s'exprimer. Il se retenait de faire des reproches au fils de son maître, de crainte de soulever une polémique susceptible de lui coûter sa place. Amélie n'éprouvait pas autant de scrupules et affirma sans ambages :

— Marion vous a attendu pendant longtemps. Elle espérait que vous lui écririez.

— Vous auriez confisqué mes lettres, se justifia Damien. Vous étiez hostiles à notre relation.

— Au début, nous pensions effectivement que Marion se fourvoyait en votre compagnie. Vous êtes le fils de notre patron, vous en avez conscience !

— Pour moi, cela n'a jamais eu une quelconque importance.

— Pour moi, si ! le coupa Robert. Je n'ignorais pas que vos parents n'approuvaient pas votre liaison avec notre fille. Je ne pouvais contrarier les volontés de votre père. Monsieur Ferrière me l'a bien signifié en personne. Je risquais ma place de régisseur de Val Fleuri si je n'interdisais pas à Marion de vous fréquenter.

— C'est donc ce que vous avez fait ?

— Je n'en ai pas eu besoin. Marion a compris toute seule que vous l'aviez oubliée.

— Faux ! Et je suis venu pour lui affirmer le contraire. Je désire la voir !

Les Chassagne paraissaient de plus en plus ennuyés. Ils n'avaient toujours pas révélé où se trouvait leur fille.

— Où est-elle ? insista Damien qui commençait à perdre son sang-froid. Vous me cachez la vérité.

Le ton était monté. Damien se retenait tant bien que mal. Son émotion était à son comble. Auraient-ils envoyé Marion loin d'eux, songea-t-il soudain, dans une pension ou dans un couvent pour mieux la maintenir à l'écart, pour qu'elle ne soit plus jamais tentée de renouer avec moi ?

Robert darda sur sa femme un regard sombre comme pour lui ordonner de se taire.

— Mettez-vous à notre place, jeune homme. Si vous n'étiez pas le fils Ferrière, nous n'aurions pas cette attitude. Nous envisagerions les choses différemment. Si nous fermons les yeux, monsieur votre père, quand il le saura – et il le saura tôt ou tard –, nous chassera. Nous perdrons notre situation. Nous ne pouvons pas nous le permettre.

Damien allait se résigner. Il ne désirait pas nuire aux intérêts des Chassagne. « Je reverrai Marion à leur insu », pensa-t-il.

Il était sur le point de prendre congé quand la porte extérieure s'ouvrit brutalement. Marion parut dans l'embrasure, tout essoufflée :

— Damien ! s'écria-t-elle en s'arrêtant net sur le seuil. Tu es rentré ?

Robert et Amélie se regardèrent, sans réaction.

— Je te croyais loin d'ici ! s'exclama Damien en se jetant dans ses bras.

— On ne vous a pas dit que nous avions écarté Marion, dit Robert. Notre fille vit sous notre toit. Mais elle n'espérait plus vous revoir et cela valait mieux. Maintenant que vous êtes revenu, les problèmes vont recommencer.

Les deux jeunes gens se moquaient de ces remarques. Ils ne voyaient qu'eux, n'entendaient que leurs paroles de retrouvailles.

— Tu n'as pas changé ! releva Damien. Tu es toujours aussi jolie.

— Toi non plus, tu n'as pas changé. Mais tu as l'air plus sérieux qu'avant. Ta coiffure peut-être et ces ridules autour des lèvres.

Amélie avait les larmes aux yeux. Le bonheur de sa fille la touchait au plus profond de son être. Si elle s'était également méfiée de Damien, elle n'avait jamais souhaité qu'ils soient malheureux tous les deux à cause de l'intransigeance de leurs parents.

— Je crois qu'il vaut mieux les laisser seuls, enjoignit-elle à son mari.

Robert obtempéra, non sans rechigner, et la suivit dehors où le travail les attendait. Sur le pas de la porte, il donna un dernier conseil à Damien :

— Ne dites pas à votre père que je vous ai autorisé à voir ma fille. Je compte sur vous.

Damien avait décidé de ne plus rien dissimuler à ses parents. Si Marion tenait encore à lui, il les avertirait qu'il l'épouserait dès son service militaire terminé. Il y avait longuement réfléchi. Qu'il obtienne ou non leur consentement, il n'en démordrait pas.

Une fois seul avec Marion, il l'invita à se réfugier dans la capitelle de leur enfance, là où ils se cachaient à l'insu de tous, où ils s'étaient offerts l'un à l'autre pour la première fois. Il voulut l'embrasser. Elle s'esquiva.

— Pas ici.

Il n'insista pas, mais quelque chose en lui se brisa. Il comprit à cet instant précis que Marion n'était plus la même. En une fraction de seconde, il sentit que tout s'écroulait. Que plus rien n'était comme avant. Marion avait une terrible révélation à lui confesser, craignit-il aussitôt. Elle ne l'aimait plus ! Elle avait rencontré quelqu'un d'autre ! Elle ne voulait plus souffrir en s'opposant à ses parents !

Toutes ces suppositions le minaient.

Quand ils parvinrent à l'abri de berger, au milieu des vignes de Val Fleuri, il n'eut pas le courage de lui demander ce qui la chagrinait. Marion ne souriait plus. Elle évitait de croiser son regard. Il tenta une fois encore de l'embrasser. Elle s'y résigna du bout des lèvres, sans réagir. Puis elle le repoussa gentiment.

Damien s'assombrit. Lui tourna le dos.

— C'est bon, j'ai compris. C'est pour m'apprendre que tout est terminé entre nous que tu as accepté de me suivre jusqu'ici ? Tu ne veux plus de moi !

Marion fondit en larmes, s'affala sur la paille sèche qui traînait au sol, le visage enfoui dans ses mains.

Damien s'assit à côté d'elle, tenta de la consoler, de détourner ses pensées en lui rappelant le passé.

— Tu te souviens de la grotte de Terre rouge ? As-tu gardé le secret comme je te l'avais demandé ?

— Comment aurais-je oublié ? Bien sûr que j'ai gardé le secret ! Je te l'avais promis. Il n'y a que toi et moi qui connaissons son existence. C'est ce que tu désirais, non ?

— J'en ai parlé chez moi. J'étais trop heureux à ce moment-là pour cacher cette formidable découverte. Mon père est allé l'explorer. Il a affirmé devant mon frère et ma mère que la grotte ne renfermait rien d'intéressant. Puis il m'a ordonné de ne rien révéler. Je lui ai obéi.

Marion semblait déçue.

— Tu me fais la tête ? remarqua Damien.

— Tu as exigé de moi une parole que toi-même tu n'as pas respectée. Tu te soumettras donc toujours devant ton père.

— Tu te trompes, Marion. Et je vais te le prouver en lui annonçant que je t'ai revue et que je désire t'épouser.

— Ce ne sera plus la peine.

Damien devinait que son amie lui cachait une vérité qu'elle parvenait mal à dissimuler.

— Explique-moi, je t'en conjure. Je suis prêt à tout entendre. Mais parle !

Alors Marion sécha ses yeux avec le bas de sa robe, se tint à distance du jeune homme comme pour échapper à son contact.

— Je t'aime, Damien. Et je n'ai jamais cessé de t'aimer. Je ne t'ai pas oublié pendant ces quatre années. Je n'en dirais pas autant de toi !

— Moi non plus, je ne t'ai pas oubliée. Comment oses-tu insinuer une chose pareille ? Ce n'est pas parce que je ne t'ai pas écrit que je ne pensais plus à toi. Tu savais que mon père m'avait consigné à Limoges et qu'il m'était impossible de t'écrire sans éveiller ses soupçons. Florian te l'a expliqué.

Marion semblait très troublée. Elle hésitait. Damien s'en rendit compte.

— Tu me caches quelque chose. Raconte-moi. Que s'est-il passé ? Mon père t'aurait-il menacée, aurait-il fait pression sur ta famille ? Tes parents m'ont parlé avant que tu n'arrives. Je sais tout. Mais je suis déterminé. Je convaincrai mon père qu'il ne doit pas s'en prendre aux tiens parce que je souhaite t'épouser.

— Il ne s'agit pas de tes parents ni des miens. Mais de moi.

— Alors, tu m'as menti ? Tu ne m'aimes plus ? C'est donc ça !

Marion se remit à pleurer.

Il essaya de la consoler. En vain.

Il laissa s'écouler de longues minutes. Chercha une explication au tréfonds de son désarroi.

Petit à petit, Marion reprit ses esprits. S'arma de courage. Déglutit plusieurs fois. Avoua enfin :

— Je ne peux plus être à toi... Je me suis donnée à un autre... Un garçon que j'ai rencontré lors d'un bal à Anduze. C'était il y a un peu plus d'un mois...

Elle se tut.

Un silence ténébreux tomba sur la capitelle. Dehors, l'air crépitait dans un ciel ouaté. Toute vie semblait arrêtée. Comme si le temps lui-même avait suspendu son vol.

— Il va neiger, remarqua Damien pour faire diversion. D'ailleurs des flocons commencent à tomber et saupoudrent les vignes.

Marion regarda le paysage à travers l'ouverture, renifla, tel un enfant qui sort d'un gros chagrin.

— Tu m'en veux ?

A son tour, Damien hésitait.

— T'en vouloir ? Comment le pourrais-je ?

— Tu m'aimes alors que je t'ai trompé !

— Oui. Ça ne change rien à mes sentiments pour toi. Mais si toi tu aimes ce garçon, dis-le-moi, je m'effacerai. Avant que tu me répondes, je dois également t'avouer quelque chose... Je ne t'ai pas été fidèle pendant ces quatre ans. Moi aussi, j'ai eu une aventure.

Et Damien de raconter sans trop entrer dans les détails ce qu'il avait vécu à Limoges avec Delphine Marcillac.

Quand il eut terminé, Marion était complètement désemparée. Elle ne savait plus que décider. Poursuivre ses confidences ? Se taire et en rester à ce stade de révélations ? Revenir sur ce qu'elle avait confessé ?

— Ce garçon n'est rien pour moi, précisa-t-elle. Il n'a été que de passage. C'est la vérité. Je me suis abandonnée dans ses bras parce que j'avais besoin d'être réconfortée dans ma solitude. J'en avais assez d'être dans l'ignorance de ce que tu devenais.

— Je ne te jette pas la pierre. Je te pardonne et te supplie de me pardonner. Si tu m'aimes comme je t'aime, tout est encore possible.

Alors Marion se redressa, se dirigea vers l'entrée de la capitelle.

Dehors, il neigeait à gros flocons. Le jour tombait. Le crépuscule rendait l'atmosphère irréelle.

Elle fit volte-face. Ajouta :

— Plus rien n'est possible, hélas ! Je suis enceinte.

Damien fut abasourdi par la terrifiante révélation de Marion. Sur le moment, il ne sut que lui répondre ni que décider. Puis, se reprenant, il la serra très fort contre lui, demeura longtemps à écouter les battements de son cœur.

— Tes parents sont-ils au courant ?
— Non. Je n'ai pas pu leur dire.
— Es-tu sûre de ce que tu affirmes ?
— Oui. Certains signes ne trompent pas.

Damien observait le paysage. Marion se doutait que son aveu valait condamnation définitive. Jamais plus il ne la regarderait autrement qu'avec des yeux réprobateurs. Cet enfant d'un autre, qu'elle portait sans l'avoir désiré, était le point de non-retour.

Les flocons avaient redoublé de vigueur. La nuit était tombée. La neige commençait à s'accumuler, masquant les mottes de terre au pied des ceps de vigne. Ceux-ci s'étaient parés d'une douce étoffe d'hermine et ressemblaient à de petits sapins de Noël.

Marion remit de l'ordre dans sa tenue froissée. Ôta la paille accrochée à ses vêtements.

— Ma famille va s'interroger. Je dois rentrer.

Damien se retourna, la considéra avec tendresse.

— Que comptes-tu faire ?

— Je n'ai pas le choix. Tôt ou tard, mes parents s'apercevront de mon état. Autant les avertir sans tarder. La réaction de mon père risque d'être terrible. Au point où j'en suis, je suis prête à tout accepter. J'ai gâché ma vie.

Alors Damien prit Marion dans ses bras et la consola.

— J'obtiendrai peut-être un sursis. Ne t'inquiète pas, je m'occuperai de toi. Je ne t'abandonnerai pas. Promis.

Ils s'embrassèrent avec la même timidité que la première fois, oublièrent qu'autour d'eux la folie des hommes plongeait le monde dans le chaos.

* * *

1940

Une semaine plus tard, de retour à Uzès, Damien découvrit son ordre de mobilisation dans la boîte aux lettres. Malgré l'intervention paternelle, son sursis avait été rejeté. Il était convoqué à Metz pour y rejoindre son régiment d'affectation avant le 10 janvier.

Philippe ne décolérait pas, s'estimant trahi.

— A quoi servent les relations au ministère ? vitupérait-il. Le député m'avait promis de contacter en personne le ministre de la Guerre. J'aurais dû me méfier de ce Daladier. Je ne suis pas de son bord politique. Il n'a pas daigné m'accorder une faveur, même provisoire ! Si le député avait pu toucher Pétain, le vice-président du Conseil, ma requête aurait certainement abouti. En tant qu'ancien combattant de la Grande Guerre, j'aurais obtenu son écoute.

Damien n'était pas étonné mais se montrait soucieux. Il croyait avoir le temps de retourner à Anduze afin de tranquilliser Marion et de lui demander d'avoir la patience de l'attendre. Mais les événements se précipitaient. Il devait partir sur-le-champ. Puis il rejoindrait le front après quelques semaines de préparation militaire dans une caserne d'infanterie quelque part en Lorraine.

— Je fêterai donc mes vingt ans sous les drapeaux, déplora-t-il devant sa mère, déjà morte d'inquiétude.

Il la rassura comme il put, affirmant que les soldats français ne se battaient pas et que le gouvernement cherchait une solution afin d'éviter l'affrontement.

— Nos troupes sont sur le qui-vive, lui répétait-il. Mais pour l'instant le front est calme.

Irène feignait de le croire afin de ne pas affaiblir son moral. Elle se doutait qu'il avait renoué avec Marion. Lors de son retour du Mas neuf, elle ne l'avait pas questionné, mais avait deviné à son air serein qu'il éprouvait une sorte de soulagement. Elle ignorait les terribles aveux de Marion et les intentions de son fils. Elle pensait seulement qu'ils s'étaient retrouvés et avaient repris leur relation à l'insu de leurs parents. Elle souhaitait qu'il lui parle, désireuse de lui donner son consentement en dépit de ce que son mari déciderait. Philippe finirait bien par accepter l'irrémédiable.

Mais Damien n'était pas encore prêt à affronter les siens. Dans l'urgence, il eut recours une fois de plus aux bons offices de son frère. Florian, dans la connivence depuis longtemps, lui servirait de messager. Il lui expliqua à demi-mot la situation, sans lui révéler l'état de Marion, et lui confia une lettre dans laquelle il suppliait celle-ci d'être courageuse. Il lui réaffirmait son amour, mais n'évoqua pas l'enfant qu'elle portait.

Quand Marion ouvrit l'enveloppe remise en mains propres par Florian, Damien était déjà loin, sous un ciel gris et bas qui plombait la ligne Maginot. Il avait endossé l'uniforme kaki de l'armée française et s'initiait au maniement du fusil de guerre. Autour de lui, ses camarades ne cessaient de proclamer qu'ils seraient tous en première ligne si les Panzers allemands franchissaient le Rhin.

— On sera faits comme des rats, déploraient les plus pessimistes. Si les Boches attaquent la Belgique par le nord et la France par l'est, vu la rapidité avec laquelle ils se déplacent, on n'aura pas le temps de se retourner, ils nous prendront entre le fer et l'enclume. Ce sera terminé en trois semaines.

— On tiendra bon comme en 14, objectaient les plus anciens. On les repoussera.

Damien était conscient du danger. Dans les lettres qu'il envoyait à ses parents – et à Florian pour Marion –, il s'efforçait de se montrer rassurant. Mais, au fond de lui, il sentait que rien ne se déroulait comme prévu.

Au reste, les troupes allemandes poursuivaient leur offensive. Après la capitulation de la Finlande devant les Soviétiques, Hitler agressait la Norvège et le Danemark, déclenchant l'intervention des Alliés en mer du Nord. Parallèlement il s'attachait l'allégeance tacite de Mussolini en cas de conflit généralisé.

Pour l'instant, rien de nouveau, écrivit Damien aux siens, au début du mois de mai. *On s'attend à passer à l'offensive si, par malheur, la Belgique venait à être envahie... Je sais maintenant manier un fusil. Mais j'avoue préférer manipuler l'argile et créer une œuvre d'art de mes mains plutôt que d'abattre un homme, fût-il un soldat ennemi. Je n'ose émettre de telles idées devant mes camarades, de crainte d'être considéré comme un pacifiste réfractaire à son devoir. Si je dois me battre, ce sera sans états d'âme, mais avec la conviction que je n'accomplis pas le dessein de Dieu...*

Le lendemain, 10 mai, la Belgique et les Pays-Bas étaient simultanément attaqués. Son régiment était appelé en catastrophe dans la Somme pour parer à toute éventualité. Le 13, les Panzers de Guderian rompaient le front sur la Meuse entre Dinan et Sedan. Plus de mille blindés s'élançaient vers Amiens et la Manche.

Pris sous un déluge de feu, Damien cessa d'envoyer toute nouvelle à Uzès, précipitant les siens et Marion dans l'angoisse.

19

La lettre

1940

La guerre faisait rage. Avec son régiment, Damien avait été transféré sur la ligne de front, face aux terrifiants Panzers allemands et sous la mitraille des Stuka et des Messerschmitt de la Luftwaffe. L'armée française tentait en vain de résister dans la Somme et dans l'Aisne. Mais les unités de la Wehrmacht avaient manœuvré de sorte que les Alliés étaient pris en tenaille. Déjà les Britanniques organisaient l'opération Dynamo de rembarquement de leurs forces terrestres. Les blindés ennemis s'étaient emparés de Calais et de Boulogne. La bataille de Dunkerque s'engageait, ultime poche de repli pour les soldats de Sa Majesté.

A la fin mai, l'étau se resserra autour de Dunkerque. La ville était en feu. Les troupes alliées s'étaient réfugiées sur les plages, y construisant des hôpitaux de fortune. Elles s'embarquaient dans la panique sur les navires de la Royal Navy et sous la protection de l'armée française, abandonnant leur matériel lourd de combat.

Damien avait intégré un contingent d'évacuation. Il se demandait si son tour viendrait bientôt. Autour de lui, ses camarades tombaient les uns après les autres, foudroyés par la rafale d'un avion-mitrailleur ou broyés par l'explosion d'un obus. Jamais il n'avait imaginé vivre un jour une telle horreur. Dans le feu de l'action, il n'avait guère le temps de se poser des questions ni de penser aux siens. Sans réfléchir, il exécutait les ordres de repli afin de transférer le plus d'effectifs possible vers les côtes anglaises.

En neuf jours, plus de trois cent quarante mille soldats furent évacués de Dunkerque. Ce que les Britanniques ne manquèrent pas de fêter en assistant au débarquement à Douvres de la garde royale au pas de la parade.

Le 4 juin, Damien crut son tour enfin arrivé. Son unité stationnait sur la plage de Zuydcoote et s'apprêtait à embarquer sur un navire britannique. Mais, au dernier moment, un contre-ordre lui fut transmis afin de laisser passer un contingent d'infanterie de marine. Les troupes allemandes s'approchaient dangereusement.

— Si nous ne partons pas dans la journée, lui avoua l'adjudant de sa compagnie, c'est cuit. Nous n'y parviendrons plus, ce sera trop tard.

Il rejoignit la zone d'embarquement. Sous ses yeux éberlués, les soldats britanniques se précipitaient, se bousculaient pour prendre le large. Non loin, les carcasses des bâtiments torpillés gisaient tels des géants éventrés. Sur la plage, des canons, des automitrailleuses, des camions à moitié calcinés jonchaient le sable. Les cadavres des victimes demeuraient sur place, parmi les débris de toutes sortes.

Damien espérait encore monter dans le navire où il convoyait un ultime contingent de soldats écossais. Ceux-ci se pressaient et n'avaient nullement l'intention de laisser leur place.

— Nous embarquerons cet après-midi, leur annonça l'adjudant Lecœur. Il faut tenir jusque-là, les gars.

Il ordonna à ses hommes de se reposer une petite heure, afin de récupérer leurs forces. Quand, soudain, un grondement sourd attira leur attention. Au-dessus d'eux passa une escadrille de bombardiers allemands. Les obus éclatèrent aussitôt. Chacun chercha à se mettre à l'abri, derrière la carcasse d'un véhicule, contre les restes d'un baraquement, dans le creux d'une dune. Les explosions ne cessaient pas. Le sable était projeté dans les airs en geysers et retombait sur les malheureux comme une pluie de cendres.

Damien se précipita à l'arrière d'un camion de l'armée britannique dont les roues étaient enfouies dans le sol jusqu'aux essieux. Dans sa hâte, il abandonna son fusil.

C'était un vrai déluge de feu. Une vision d'apocalypse. Il rentra le menton dans sa poitrine et rabattit son casque sur ses yeux pour mieux se protéger. Le bruit l'assourdissait. Les éclairs de lumière l'aveuglaient. Alors, il essaya de se concentrer, d'arrêter le temps. De ne plus entendre le fracas autour de lui. De s'extraire de la réalité.

Il songea à sa famille. A Marion. Il la revit dans ses bras, dans un halo de clarté. Il l'embrassait à en perdre la raison. Ils faisaient l'amour dans la capitelle de leur enfance, nus sur un lit de paille, caressés par les rayons du soleil qui s'immisçaient par la porte étroite de l'abri. Ils s'enivraient de leurs baisers. Ne pouvaient se détacher l'un de l'autre.

Puis, tout à coup, une terrible explosion.

Le rêve s'évanouit.

Damien ne sentit plus son corps. Seule subsistait dans son esprit une dernière image, figée comme dans une toile de maître. Marion lui souriait. Lui tendait la main. S'éloignait.

Il n'éprouvait aucune douleur.

Puis, Marion disparut.

Les ténèbres l'envahirent.

* * *

Quand il reprit conscience, Damien crut un moment se trouver au paradis ou en quelque lieu céleste comme on le lui avait décrit dans sa tendre enfance au cours de ses leçons de catéchisme. Tout, autour de lui, était flou et ouaté. Les sons lui parvenaient de très loin, à peine audibles. Le blanc régnait, resplendissant de lumière. Il distinguait des ombres auréolées d'un halo étrange qu'il prit pour des anges glissant furtivement sans s'arrêter. Il n'arrivait pas à se mouvoir. Son corps lui parut hors gravité, sans connexion avec son cerveau. Il voulut commander ses jambes, ses bras, voulut ressentir quelque chose. En vain.

Son esprit allait à nouveau basculer dans le néant quand il perçut plus près de lui une voix l'appeler, vit un visage se pencher au-dessus du sien, surmonté d'une coiffe immaculée.

— *Schlaf nicht noch mal ein ! Komm, wach auf*[1] *!*

Il fournit d'énormes efforts pour garder les yeux ouverts. Il entendit du bruit dans sa tête. Quelqu'un lui tapotait les joues.

— Où suis-je ? finit-il par bredouiller. Je suis mort ?

— Pas encore ! répondit la voix. Mais vous ne valez pas mieux.

Damien réalisa à ce moment-là qu'il reposait sur un lit d'hôpital. Peu à peu, sa vision s'éclaircit. Les choses reprirent forme autour de lui. Il tourna la tête vers sa gauche, puis vers sa droite. Des malheureux allongés sur des brancards étaient branchés à des appareils hétéroclites reliés par des tuyaux. Il découvrit des femmes vêtues de blanc. Puis deux hommes en blouse blanche, stéthoscope aux oreilles.

Il reprit lentement ses esprits. Quand il fut tout à fait conscient, il appela.

— S'il vous plaît ! S'il vous plaît !

Une infirmière s'approcha de lui.

— Enfin ! lui dit-elle avec un fort accent germanique. Il n'est pas trop tôt. On doit vous évacuer. Si vous ne vous étiez pas réveillé à temps, on ne vous aurait pas gardé. Et je n'aurais pas donné cher de votre peau. On ne peut pas s'occuper des moribonds. Seuls les blessés récupérables sont envoyés à l'arrière du front.

— Que s'est-il passé ?

— Vous avez été fait prisonnier par nos troupes. Vous êtes gravement blessé. Vous avez de la chance de ne pas avoir été abattu sur place. Vous servirez sans

---

1. « Ne vous rendormez pas ! Allez, réveillez-vous ! »

doute de monnaie d'échange, comme bon nombre de prisonniers.

Damien comprit que, pour lui, la guerre était terminée. Du moins, le combat armé.

L'infirmière s'éloigna pour se rendre au chevet d'un soldat allemand qui la réclamait.

— S'il vous plaît, la rappela-t-il.

— Je n'ai pas le temps de vous parler. Vous êtes nombreux dans votre cas. Et nos vaillants soldats ont également besoin de moi.

— Que va-t-il m'arriver maintenant ?

— Dès que vous serez sur pied, vous serez transféré en Allemagne. Ici, ce n'est qu'un hôpital de campagne. On ne vous gardera pas longtemps.

Damien perdit tout espoir de revoir bientôt les siens. Etre déporté en Allemagne signifiait être coupé de tout lien avec la France, être soumis à l'arbitraire des tractations militaires. De plus, dans son état, serait-il capable de survivre, de récupérer suffisamment de forces pour supporter le sort qu'on lui réservait ? Enfermé dans un camp ! Jamais il n'avait envisagé une telle éventualité.

Au bout de quelques jours, à peine remis de ses blessures – il avait le thorax bandé et une attelle à la jambe gauche, ainsi qu'un énorme pansement autour de la tête –, il fut envoyé avec de nombreux autres prisonniers vers Tourcoing, près de la frontière belge. Le bruit courait déjà parmi eux que les Allemands étaient entrés dans Paris et avaient défilé sur les Champs-Elysées. Le gouvernement français s'était réfugié à Bordeaux. Le pays était coupé en deux par la ligne de démarcation. Tourcoing se trouvait dans la zone rouge, placée directement sous l'administration militaire allemande de Bruxelles.

De là, il fut effectivement expédié en Allemagne, dans un camp de prisonniers, près de Dortmund en Rhénanie. Son stalag se situait en rase campagne, au beau milieu de champs. Entouré de barbelés, de hautes palissades et flanqué de miradors, il regroupait des soldats de plusieurs nationalités. Dans son baraquement, après plusieurs semaines de convalescence, il reprit goût à l'existence et ne pensa plus qu'à s'évader.

Revoir Marion devint son obsession.

Malheureusement son état empira rapidement. Affaibli par ses blessures, son corps ne résistait pas aux difficiles conditions de vie dans le camp, où certaines maladies sévissaient plus gravement qu'ailleurs. Il eut beau lutter avec ténacité et avec cette rage de vivre qui l'animait chaque jour à son réveil, un matin il ne se leva pas de son bat-flanc.

Alors il demanda à l'un de ses camarades d'infortune de lui apporter une feuille de papier et un crayon.

— Je veux écrire à mes parents, lui expliqua-t-il. Je ne m'en sortirai pas. Accepterais-tu de leur transmettre ma lettre ?

Quentin le lui promit et, dans le cas où il réussirait à s'échapper, il se proposa d'aller les voir en personne.

— Tu iras aussi consoler Marion à Anduze. Et tu lui diras que je l'aime et que je ne l'ai jamais oubliée.

* * *

Trois semaines plus tard, la lettre de Damien parvint à Uzès. Ses parents étaient morts d'inquiétude.

Ils n'avaient plus de nouvelles depuis longtemps et ignoraient qu'il était prisonnier. Philippe avait usé de ses relations mais n'avait obtenu aucune réponse précise quant au sort de son fils.

— Si l'on n'a pas retrouvé son corps, l'avait rassuré un de ses amis bien introduit dans le gouvernement installé en zone libre, l'espoir qu'il soit vivant demeure. En revanche, s'il est prisonnier des Allemands, je doute que vous soyez prévenus.

Aussi, lorsque les Ferrière reçurent un pli provenant d'Allemagne, ils devinèrent immédiatement que leur fils était vivant.

Philippe ne retint pas son émotion et exulta.

— Une lettre de Damien ! s'écria-t-il en la brandissant comme un trophée. Damien nous a écrit !

Tous l'entourèrent, Irène, Florian et les domestiques.

Philippe décacheta l'enveloppe, déplia l'unique feuille de papier qu'elle contenait, lut, d'abord pour lui.

Il blêmit.

— Ça ne va pas ? s'inquiéta Irène. Il est malade... ou gravement blessé ?

Philippe demanda à son personnel de reprendre le travail et de les laisser seuls en famille.

— C'est grave ? s'enquit Florian à son tour.

Philippe avait un air si contrarié que sa femme crut qu'il était sur le point de défaillir.

— Philippe, explique-nous ! Nous avons le droit de savoir.

— Tiens, lis toi-même.

Il tendit la lettre à Irène et s'effondra dans un fauteuil.

Irène commença sa lecture à haute voix afin que Florian entende ce que son frère avait écrit.

Mes chers parents, je voudrais immédiatement vous rassurer. Mon état, sans être brillant, me porte à croire que je n'ai pas à m'inquiéter. Je suis de constitution robuste et m'en sortirai. Je suis prisonnier en Allemagne dans un camp situé près de Dortmund. J'ai vécu l'enfer sur les plages de la mer du Nord, mais je m'en suis sorti après avoir été grièvement blessé...

Irène poursuivait sa lecture sans sourciller. Damien détaillait les combats auxquels il avait participé et ses nouvelles conditions de vie, ce qui inquiéta sa mère. Malgré ses paroles rassurantes, en effet, celle-ci devina à travers les lignes qu'il leur mentait.

Elle acheva sa lecture, saisissant au premier mot la raison du désarroi de son mari :

Malgré tout, ajoutait Damien, *un malheur est toujours possible. Je suis conscient qu'un prisonnier de guerre n'est pas assuré d'avoir la vie sauve. Aussi ai-je une confession à vous faire et une demande expresse à vous transmettre. Marion attend un enfant de moi. Nous nous sommes revus à la fin décembre, à mon retour de Limoges. Elle m'a envoyé de ses nouvelles alors que j'étais encore dans le Nord avec mon unité, et m'a appris l'heureux événement. Notre enfant – votre petit-fils ou petite-fille – verra le jour au mois de septembre prochain. Je vous supplie de prendre bien soin de Marion et de son bébé, le temps de mon absence. Qu'il ne leur arrive rien. Nous souhaitions nous marier le plus vite possible, mais le destin en a décidé autrement. Notre enfant naîtra avant le mariage de ses parents. Il ne sera pas le premier. Je ne doute pas de la compréhension de maman. Quant à toi, papa, je te demande de considérer Marion comme ta future belle-fille et la mère de tes futurs petits-enfants. C'est ce qu'elle sera dès que je reviendrai parmi vous...*

Irène fut aussi abasourdie que son mari, mais n'éprouva pas les mêmes sentiments. Elle s'émut profondément à l'idée de devenir grand-mère et ne considéra que le côté positif.

— C'est merveilleux ! s'exclama-t-elle. Damien va être papa !

Philippe demeurait refermé sur lui-même et gardait le silence.

Florian n'osait intervenir mais, au fond de lui, songeait que, décidément, son frère n'effectuait jamais les choses à moitié et que, même loin des siens, prisonnier des Allemands, il mettait encore son père devant le fait accompli.

— Eh bien ! jugea-t-il bon de plaisanter, je serai donc bientôt tonton ! Je monte en grade !

— Il n'est pas question que cette fille entre dans notre famille ! s'énerva Philippe, sortant de son mutisme. Elle ne sera jamais notre belle-fille. Ce n'est qu'une intrigante qui croit être parvenue à ses fins. Mais je n'ai pas dit mon dernier mot.

Il se leva de son fauteuil et partit s'enfermer dans son bureau.

Philippe s'entêtait. Il se sentait trahi par son propre fils. Mais, sans le montrer, il s'inquiétait pour la vie de Damien. Il refusait d'admettre que ses propres volontés soient remises en cause et s'en voulait de lui avoir accordé trop rapidement sa confiance.

— J'aurais dû me douter qu'il retournerait voir cette fille ! ne cessait-il de se reprocher. Il l'avait trop dans la peau.

Il songea aux Chassagne.

— De toute façon, déclara-t-il, je serai intransigeant. Pas question pour eux d'espérer marier leur fille à notre fils une fois celui-ci rentré. S'ils s'imaginent obtenir réparation, ils se trompent.

Irène n'osait le contredire. Mais ce qu'ils avaient eux-mêmes commis à leur époque la poussait à lui rappeler certains souvenirs. Elle s'en abstint afin de se conformer, comme toujours, aux décisions de son mari.

* * *

Deux mois s'écoulèrent. L'armistice signé par Pétain avait officialisé la défaite. Les pleins pouvoirs avaient été attribués au vieux maréchal dans l'espoir qu'il saurait atténuer la pression exercée par les vainqueurs. Les troupes allemandes s'étaient durablement installées. Les Français s'habituaient peu à peu aux nouvelles conditions d'existence de leur pays soumis aux diktats de l'occupant. Blum, Daladier, Gamelin, tenus pour responsables de la situation par le gouvernement de Vichy, avaient été arrêtés et emprisonnés. Les tribunaux les poursuivraient bientôt pour avoir trahi les devoirs de leur charge.

De l'autre côté de la Manche, la bataille d'Angleterre commençait. Londres et les ports britanniques subissaient les assauts des bombardiers de la Luftwaffe.

Le général de Gaulle multipliait ses appels à la résistance.

— Ah, si Damien était là ! proférait Philippe, je suis persuadé qu'il aurait rejoint la France libre.

Après avoir accordé sa confiance au Maréchal, Philippe avait rapidement réalisé que ce dernier, sous couvert de protéger la France, était entré dans le jeu de l'ennemi.

— Les députés ont commis l'énorme erreur de lui donner les pleins pouvoirs. C'est lui qui a abandonné les Français en s'abaissant devant Hitler.

A bientôt dix-huit ans, Florian, qui venait d'obtenir brillamment son baccalauréat, laissait parfois entendre que, s'il le fallait, il ne resterait pas inactif. Mais son père le mettait en garde et cherchait à l'en dissuader :

— Pense plutôt à tes études, cela vaudra mieux. Tu n'as pas l'âge de risquer ta vie dans un combat pour lequel tu n'es pas préparé. Il suffit que ton frère ait payé notre dû à la nation.

A l'automne, Florian, selon ses vœux, s'inscrirait à la faculté de médecine de Montpellier. Philippe, las d'espérer qu'il accepte la carrière de céramiste, avait fini par se résigner. Irène, quant à elle, était ravie que son cadet envisage un avenir aussi prestigieux que celui de médecin.

— Damien sera ton successeur, tu devrais en être heureux.

— S'il revient en entier ! déplorait Philippe dans ses moments de pessimisme.

Les nouvelles d'Allemagne avaient cessé après la première lettre de Damien. Depuis, Philippe avait remué ciel et terre pour obtenir des informations concernant les prisonniers de guerre et particulièrement son fils. Mais le gouvernement n'avait encore rien entrepris pour tenter d'amadouer Hitler. Des tractations étaient en cours pour la libération des prisonniers moyennant compensations.

Peu avant septembre, Philippe reçut un appel de la préfecture l'invitant à passer dans ses bureaux. Sur le coup, il crut qu'on allait lui annoncer le retour de Damien. Il se précipita à Nîmes et fut accueilli par le préfet en personne qu'il connaissait, car il était l'un de ses clients.

— Monsieur Ferrière, lui déclara celui-ci sans préambule, j'ai une mauvaise nouvelle. J'ai préféré vous la communiquer de vive voix plutôt que de vous envoyer un pli officiel.

Philippe blêmit, s'appuya au rebord du bureau, s'assit sans y avoir été convié.

— Mon fils ?

— J'ai le regret de vous apprendre que votre fils Damien est mort au stalag VI-D près de Dortmund des suites d'une maladie infectieuse qu'il y a contractée.

Devant la brutalité de l'annonce, Philippe manqua se sentir mal. Les larmes remplirent ses yeux. Mais il les retint. Se montra digne.

— Les autorités allemandes nous ont transmis elles-mêmes l'information, ainsi que sa plaque militaire, qu'il portait sur lui quand il a été fait prisonnier. Il n'y a aucun doute. Il s'agit bien de votre fils. Son corps a été inhumé sur place.

Philippe eut l'impression de se liquéfier. Tout s'écroulait autour de lui. Certes, il avait mesuré la gravité de la situation dans laquelle Damien se trouvait en tant que prisonnier de guerre. Mais il n'avait jamais imaginé qu'il puisse mourir de cette façon, de maladie infectieuse ! Si seulement on lui avait annoncé qu'il était mort au combat ou abattu lors d'une tentative d'évasion, il aurait mieux compris ! Mais disparaître ainsi, après avoir traversé tant de dangers, après être sorti de l'enfer et avoir survécu à ses blessures ! Non, il ne le concevait pas.

Anéanti, il repartit pour Uzès sans s'attarder.

De retour chez lui, Irène l'attendait, seule, morte d'angoisse.

Elle lut sur son visage qu'un drame était arrivé.

* * *

La consternation régnait sous le toit des Ferrière. Dans leur manoir de Val Fleuri, les signes du deuil avaient été installés, comme c'était l'usage dans les familles pieuses. Irène y tenait, même si son assiduité à l'église n'était pas exemplaire. Philippe, lui, de souche protestante, se montrait plus détaché de ces pratiques qu'il jugeait d'un autre âge.

En l'absence de la dépouille de son fils, Irène pria le prêtre de la paroisse d'Anduze d'organiser une messe en sa mémoire. D'un commun accord avec Philippe, elle avait insisté pour que la cérémonie religieuse se déroule dans la commune de ses ancêtres.

Tous leurs amis les soutinrent dans leur chagrin. L'église était pleine jusqu'au parvis. Au fond de la nef centrale, Marion, effondrée, se tenait à trois rangs derrière ses parents, au bord de l'allée. Son ventre s'était bien arrondi. Elle ne pouvait dissimuler son état.

A la sortie de la messe, lorsque Philippe l'aperçut, il passa devant elle sans la regarder, l'air méprisant. A sa suite, Irène, en pleurs, s'arrêta à son niveau, la prit dans ses bras et lui glissa à l'oreille une parole de réconfort.

Seconde partie

TRISTAN ET JULINE

20

Le mensonge

1940

L'occupation de la moitié nord du pays répandait partout la morosité. Les soldats du Reich s'étaient installés pour longtemps. La nation était exsangue et la plupart des Français s'en remettaient au vieux Maréchal pour adoucir les sanctions des vainqueurs. Dans la zone libre cependant, l'Etat de Vichy dévoilait sa vraie nature. Petit à petit, l'esprit de rébellion se réveillait dans la conscience de ceux qui, dès le début du renoncement, n'avaient pas admis la défaite.

L'ère du mensonge commençait.

Sous le toit des Ferrière, la disparition de Damien avait plongé la famille dans le drame. Philippe désespérait de voir sa succession assurée. Il tenta de convaincre à nouveau Florian de réviser sa position, mais ce dernier s'obstinait.

— La mort de mon frère ne change en rien mon souhait de devenir médecin, lui opposa-t-il. Je n'ai jamais aimé le métier de céramiste. Je serais donc un mauvais chef d'entreprise.

— Je ne te propose pas de suivre un apprentissage comme Damien, persista Philippe. Tu pourrais seulement t'occuper de la gestion. Ce serait dans tes cordes, pour toi qui excelles en mathématiques. Et l'entreprise Ferrière serait sauvée. Qu'en sera-t-il après moi, si aucun des miens ne me remplace ? Elle passera dans les mains d'un étranger, car vous serez obligés de la vendre.

— Il est inutile d'insister, papa. Je ne changerai pas d'avis. Il s'agit de ma vie.

Philippe ne parvint pas à influencer son fils.

La mort dans l'âme, il reprit le travail mais perdit le goût de la création. Il s'enfermait des heures entières dans son bureau, dans l'incapacité d'esquisser le moindre croquis, d'imaginer une nouvelle forme, de concevoir l'avenir.

Quand il retournait à Anduze, il n'allait même plus visiter son atelier de poterie qui, à cause de la guerre, tournait au ralenti. Jean Lanoir, son homme de confiance, gérait seul la fabrication des vases horticoles et veillait à ce que les commandes soient honorées. Connaissant les soucis de son patron, il ne le dérangeait que lorsque la nécessité l'y contraignait.

— Faites au mieux, se contentait de lui répondre Philippe, complètement désabusé. Vous avez carte blanche.

Irène, sans le montrer à son mari, avait pris les choses en main afin que rien ne soit négligé. Si son chagrin était aussi profond que le sien, elle s'efforçait de ne pas s'abandonner au désespoir dévastateur.

— Il faut te secouer, lui répétait-elle sans cesse, afin de l'exhorter à réagir. Nous trouverons bien une solution.

Lorsque Marion était apparue en public, à l'église, pour la messe en mémoire de Damien, personne n'avait douté de son état. La jeune Chassagne avait surmonté son appréhension pour assister à la cérémonie. Depuis que son ventre s'était arrondi, elle avait évité de sortir de chez elle, ne tenant pas à placer ses parents dans l'embarras.

Ceux-ci, devant le fait accompli, avaient d'abord condamné leur fille et essayé de lui soutirer le nom de celui qui l'avait mise dans cette situation. Ils avaient songé immédiatement que seul Damien pouvait en être responsable, mais Marion leur avait affirmé avec force et obstination qu'ils se trompaient.

— J'ai rencontré un garçon un soir de bal, leur avait-elle avoué. C'était bien avant que Damien revienne me voir. Il m'a plu et nous avons commis la bêtise une seule fois. Je ne savais pas trop ce que nous faisions. Nous avions un peu bu...

Eplorée, Marion avait fini par toucher ses parents. Mais elle avait toujours refusé de révéler l'identité du coupable.

Aussi Robert ne comprenait-il pas l'attitude de Philippe à son égard. Depuis qu'il avait lu la lettre de Damien, celui-ci lui battait froid quand ils se croisaient sur les terres de Val Fleuri. Philippe s'adressait directement à ses ouvriers agricoles pour dispenser ses ordres, ignorait totalement son régisseur.

— Je vais le renvoyer, annonça-t-il un soir de début septembre. Je ne veux plus de cette famille sur notre domaine. Leur fille est sur le point d'accoucher d'un bâtard dont Damien est le père ! Te rends-tu compte, Irène, de la honte que j'éprouve ?

— Et toi, Philippe, as-tu conscience de ce que tu racontes ? Tes paroles te déshonorent. Si ton fils t'écoute de là-haut, que doit-il penser de son père ?

Philippe ne décolérait pas. Non qu'il en voulût à Damien mais parce que son absence anéantissait toute solution. Damien vivant, il aurait peut-être accepté de tourner la page, de précipiter son mariage afin de réparer la faute. Il n'était pas amnésique. Il n'avait pas oublié ce qu'il avait commis lui-même au même âge avec Irène et comment les parents de celle-ci avaient réagi. Irène ne se gênait pas pour le lui rappeler.

— La situation est différente, s'énervait-il. J'étais présent quand tu étais enceinte.

— Quoi qu'il en soit, Val Fleuri m'appartient, je te le rappelle. Il me vient de ma famille. Les Chassagne font partie de *mon* domaine. Il me revient, à moi seule, de décider qui peut travailler ou non sur mes terres.

C'était la première fois qu'Irène osait tenir de tels propos à son mari et lui signifier l'origine de sa dot. Philippe, surpris, ne dit mot. Il n'avait pas l'habitude d'être contredit aussi violemment. Réalisant la justesse des arguments de sa femme, il perdit soudain de sa superbe.

— C'est bon, concéda-t-il. Puisque tu le considères ainsi, ils resteront. Mais qu'ils ne me quémandent pas réparation d'une façon ou d'une autre. Leur fille n'obtiendra jamais rien de moi... de nous ! Cela, je l'exige.

Irène, ayant obtenu satisfaction, cessa de contester son mari. Elle exécrait les disputes et éprouvait un profond malaise quand ils s'opposaient.

— Que l'avenir trace la route de cet enfant ! se contenta-t-elle de répliquer. Il ne nous appartient pas de décider pour lui.

Dans la plus grande discrétion, Marion accoucha d'un petit garçon. Sa mère, émue, ne retint pas ses larmes quand la sage-femme vint l'avertir que tout s'était passé sans problème et que le nouveau-né se portait à merveille.

— Trois kilos deux, lui annonça-t-elle en l'invitant à entrer dans la chambre. C'est un joli poupon. Et comment s'appellera ce chérubin ?

Amélie regarda sa fille qui tenait son bébé dans ses bras.

Marion hésita une fraction de seconde.

Elle se souvenait de la légende de Tristan et d'Yseult que Damien lui avait racontée alors qu'ils n'étaient encore que deux adolescents. De cet amour plus fort que le roc le plus solide de la Création. Il lui avait déclaré en guise de conclusion personnelle : « J'ignore si la vie est plus grande que la mort, mais l'amour est plus grand que les deux. » Elle avait compris combien il l'aimait et ce qu'il serait capable de réaliser pour elle. Comment avait-elle pu l'oublier, ne serait-ce que lors d'un moment d'égarement, dans les bras d'un autre ? Et maintenant c'était cet autre qui serait à jamais incarné dans ce petit être à qui elle venait de donner la vie ! Non ! Cela était impossible.

Damien devait vivre à travers son enfant. Elle lui devait cette reconnaissance éternelle.

— Tristan, répondit-elle, presque sans réfléchir. Mon fils s'appellera Tristan.

* * *

Quelques jours après la naissance de Tristan, Florian, ayant appris la nouvelle, se précipita au Mas neuf sans prévenir ses parents et demanda à voir Marion. Les Chassagne, intrigués par la visite du jeune Ferrière, s'enquirent de ce qu'il avait à annoncer à leur fille.

— Rien que vous ne sachiez déjà, leur répondit-il, laconique.

Florian avait dérobé la lettre de son frère dans laquelle celui-ci reconnaissait l'enfant de Marion.

— J'ai en ma possession la dernière lettre que Damien nous a envoyée. Je souhaitais seulement la montrer à Marion. J'ai pensé que cela la consolerait.

— Je ne crois pas, répliqua Robert. Mais je ne vous empêche pas de parler à ma fille. Elle se repose dans sa chambre avec son petit.

Florian retrouva Marion avec joie et lui remit la lettre sans tarder.

— J'ai jugé que tu avais le droit de lire cette lettre, afin que tu connaisses les ultimes volontés de Damien. Même si, pour le moment, mon père n'est pas prêt à entendre sa requête.

Marion ne saisit pas les allusions de Florian.

— Que lui demande-t-il ?
— Lis ce qu'il a écrit, tu comprendras.
Marion ouvrit l'enveloppe. Lut.
Au fur et à mesure qu'elle découvrait le contenu de la lettre, elle s'émerveillait. Son cœur battait de plus en plus fort. Son bonheur se trahissait dans ses yeux comme à livre ouvert.
Visiblement émue, elle se reprit.
— Je... je ne sais pas quoi dire, balbutia-t-elle.
— Pourquoi ne t'es-tu pas adressée à ma mère ? Elle ne t'aurait pas chassée. Elle est moins fermée que mon père. Tu portais l'enfant de son fils ! Elle ne t'aurait pas rejetée.
Marion hésitait.
A Val Fleuri, tout le monde croyait donc que Damien était le père de son enfant !
Elle n'avait jamais imaginé une telle situation.
Elle se rembrunit.
Devait-elle avouer à Florian que son enfant n'était pas celui de son frère ? Pourquoi ce dernier avait-il menti en reconnaissant sa paternité ?
Devant son embarras, Florian préféra s'éloigner.
— Non, attends. Laisse-moi réfléchir, le retint-elle.
Sans deviner le motif de son trouble, Florian ajouta :
— Je sais, cela ne ramènera pas Damien. Mais je pensais que tu serais heureuse de lire ce qu'il avait écrit peu avant de mourir.
Marion fondit en larmes. Florian hésita à s'approcher d'elle pour la consoler.
— Moi, ça me convient très bien que ton enfant soit celui de Damien. Il est donc mon neveu ! Je suis

très fier. Et toi, en quelque sorte, tu es ma petite belle-sœur.

Il la prit dans ses bras.

— Si je n'étais pas tombé amoureux de quelqu'un d'autre, j'aurais aimé devenir ton fiancé, osa-t-il plaisanter. Je suis sûr que Damien, de là-haut, aurait été comblé de joie.

Marion renifla. Se sécha les yeux.

— Tu es amoureux ? s'étonna-t-elle en accrochant un sourire à son visage.

— Oui, depuis Noël dernier. De ma petite-cousine. Elle s'appelle Rose. Et elle est jolie à rendre dingues tous les garçons !

— Elle le sait ?

— Ne le répète pas. Mais nous nous sommes revus avant qu'elle reparte à Paris avec ses parents, puis chaque fois qu'elle est redescendue dans sa maison familiale à Tornac, au cours des vacances scolaires.

— Elle vit à Paris ?

— Oui. Elle poursuivait ses études en Angleterre. Mais, avec la guerre, elle n'y est plus retournée.

Marion reprenait ses esprits. La présence de Florian et ses histoires de cœur, sans l'intéresser vraiment, la réconfortaient.

— Comment tes parents ont-ils réagi à la lecture de cette lettre ?

— Mon père est dans tous ses états. Il refuse d'entendre raison. Il n'est pas prêt à accueillir ton enfant comme son petit-fils. Il lui faudra du temps. Quant à ma mère, elle ne condamne pas Damien et elle a éprouvé une grande émotion à l'idée d'être grand-mère... Et les tiens, connaissent-ils le père de Tristan ? Leur as-tu avoué la vérité ?

— La vérité… euh… oui, mentit Marion. Je ne leur ai pas caché que Damien était le père de mon enfant.

Prise au piège du mensonge de Damien, Marion se sentait impuissante à s'extraire de l'imbroglio dans lequel elle se trouvait.

Lorsque Florian la quitta en lui promettant de revenir quand elle le souhaiterait, elle se résolut à révéler à ses parents une autre vérité que celle qu'elle leur avait confiée.

— J'ai un aveu à vous faire, leur confessa-t-elle afin de respecter la dernière volonté de Damien.

— Que vas-tu encore nous apprendre ? s'inquiéta aussitôt Robert.

— … Qui est le père de Tristan.

— Enfin ! Ce n'est pas trop tôt. Si c'est un ouvrier que j'emploie sur le domaine, qu'il boucle sa valise sur-le-champ. Je le mets à la porte sans discussion. Il t'a déshonorée et n'a pas eu le courage d'assumer son acte. Il n'a plus sa place parmi nous.

— Il ne s'agit pas d'un de tes garçons de ferme.

Marion tergiversait, car elle répugnait à mystifier son monde.

« Je n'ai pas le droit de contredire Damien, s'efforçait-elle de se persuader. Il a trompé ses parents par amour pour moi. Lui vivant, il aurait reconnu mon enfant comme le sien, comme il l'a écrit dans sa lettre en désespoir de cause. Je dois respecter sa volonté. »

— De qui alors ? insista Robert.

— C'est Damien, le père.

— Je m'en doutais depuis longtemps. J'étais certain que tu ne nous disais pas la vérité. Pourquoi nous as-tu induits en erreur ?

— Laisse-la donc, l'interrompit Amélie. Tu l'embarrasses avec tes questions. L'essentiel n'est pas là. Maintenant ce petit a un père.

— Parce que tu crois que les Ferrière accepteront Marion comme la mère de leur petit-fils ! Tu te trompes, Amélie. Je comprends mieux à présent pourquoi Philippe Ferrière m'évite ! Il s'efforce d'effacer de son esprit toute cette histoire.

— Il ne nous appartient pas de lui rappeler la responsabilité de son fils dans cette tragédie. Si les Ferrière ignorent l'existence de ce petit, c'est leur problème. C'est navrant, mais c'est ainsi. Tristan n'a pas besoin d'eux. Nous serons ses seuls grands-parents. Il n'en sera pas plus malheureux.

— Il n'aura pas de père !

— Il a un père ! Marion lui expliquera plus tard que son papa est parti au ciel quand il était à la guerre. Pour lui, son père passera pour un héros. Il n'en sera que plus fier.

Marion écoutait ses parents sans intervenir. Elle n'était plus capable de mentir davantage. Tout se précipitait dans son esprit.

« Damien, pourquoi m'as-tu abandonnée ? » songeait-elle dans le bruit de la conversation.

— Qu'en penses-tu, Marion ? s'enquit sa mère. Il ne faut cacher à personne qui est le père de ton enfant. Après tout, tu ne seras pas la première à avoir fêté Pâques avant la mi-carême, surtout en temps de guerre. Personne ne te jugera.

— Au fond, tu as raison, Amélie, admit Robert. Il faut redresser la tête. Et le premier qui viendra à te manquer de respect, ma fille, il aura affaire à moi.

Marion avait envie de sortir, de ne plus entendre discuter d'elle. De se réfugier dans la capitelle au milieu des vignes afin d'être plus près de Damien.

— Mais cessez donc de décider pour moi ! s'écria-t-elle enfin. J'en ai assez de toutes ces histoires. Je désire élever mon enfant en paix. Je me fiche pas mal qu'il ait ou non la reconnaissance de ses grands-parents paternels. Il ne doit pas être l'objet de vos disputes. Il est *mon* fils, le fils de Damien. Il ne réclame rien d'autre !

Les Chassagne furent abasourdis par sa réaction. Jamais Marion ne leur avait parlé sur ce ton. Même Robert réalisa qu'il était allé un peu loin. Il fit amende honorable :

— Pardonne-nous, ma fille. Nous te laissons tranquille. Il est trop tôt effectivement pour évoquer tout cela.

Le lendemain, Marion annonça à ses parents son intention de quitter le toit familial.

— Je pars m'installer à Anduze. Je louerai une petite maison pour élever sereinement mon fils. Nous y serons plus au calme.

Amélie, attristée, s'étonna :

— De quoi vivras-tu ? Comment subviendras-tu aux besoins de Tristan ?

— J'essaierai de trouver de l'embauche à la poterie Boisset. Avec la guerre, il manque du personnel. Je peux remplacer les hommes à la manutention.

— Et ton bébé ?

— Je le placerai en nourrice.

Amélie tenta de retenir sa fille. En vain. Marion était déterminée à prendre son destin en main, ses responsabilités. A assumer le mensonge de Damien.

* * *

Elle s'installa dans une petite maison délabrée de la rue Cornie, derrière la tour de l'Horloge. Le secteur était inondable et insalubre. Mais le loyer était modeste. Elle avait donné la moitié de ses économies pour payer un mois d'avance, ayant refusé le secours de ses parents.

— Je ne veux pas vous être redevable, leur avait-elle objecté avant de les quitter. Je me débrouillerai sans votre aide.

Amélie l'adjura de venir au Mas neuf chaque semaine afin de lui amener son petit-fils.

— Du bourg, tu n'en as pas pour longtemps. Et cela me fera tellement plaisir de garder ton bébé.

Robert admettait mal la décision de sa fille. Tout se précipitait trop à ses yeux. Il craignait surtout les remarques des autres, quand ils apprendraient que Marion s'était établie seule, en ville, avec son enfant.

— Ils croiront que je t'ai chassée, lui avait-il reproché pour la convaincre de renoncer. Ce qui n'est pas le cas. Ta place est toujours à la maison, avec ou sans mari !

Mais rien ne put retenir Marion.

Trois jours après son installation, elle trouva un emploi de manutentionnaire à la poterie Boisset sur la route de Saint-Jean-du-Gard. Elle se rappelait parfaitement que Damien lui avait parlé de cette famille. Elle avait feint de la connaître pour ne pas avouer son ignorance. Aussi fut-elle émue lorsqu'elle entra dans le bureau du patron pour lui demander de l'embaucher. Elle pensa aussitôt à Damien, à ce qu'il lui avait appris sur l'origine de cette fabrique célèbre depuis des siècles et de ses vases disséminés dans les jardins et dans les parcs des plus beaux châteaux de France. Comme elle aurait préféré se mettre au service de celle de son père, maintenant que les Ferrière avaient créé à Anduze leur propre poterie ! Malgré l'attitude de Philippe Ferrière à son égard, elle éprouvait une profonde tristesse en songeant que jamais cela ne se produirait.

« Si seulement Damien était revenu de la guerre ! se lamentait-elle. Il aurait amadoué son père. Et c'est chez lui que j'aurais travaillé. »

Marion commença sa vie de mère célibataire dans la crainte des lendemains. Pendant ses heures de travail à la poterie, elle confiait Tristan à Maryse, une nourrice qui, comme elle, vivait seule avec son enfant. La jeune femme avait été abandonnée par son mari dès qu'elle avait été enceinte. Depuis, elle ne l'avait plus revu.

Pour Marion, les jours, même les plus gris, s'illuminaient lorsque Tristan lui souriait dans son berceau et lui tendait ses petits bras pour qu'elle le prenne et le cajole. Au fil des mois, il lui semblait que sa ressemblance avec Damien s'affirmait étrangement. Douce illusion qui effaçait sa tristesse. Elle oublia les remarques désobligeantes qu'elle percevait sur son passage, allusion à son état, à sa faute commise. Elle ne prêta plus attention au regard des autres. Seul l'avenir de Tristan lui importait.

Elle retrouva peu à peu sa joie de vivre, occultant de sa mémoire le mensonge de Damien qui, au fond de son cœur, serait à jamais le père de son enfant.

21

Nouvel espoir

1941

L'année s'était terminée dans la morosité. Personne n'imaginait comment le pays se sortirait de l'impasse dans laquelle le gouvernement de Vichy l'avait embarqué. L'occupant devenait de plus en plus intransigeant. Pétain obéissait aveuglément à ses ordres, prenant même parfois des initiatives personnelles que l'état-major allemand n'exigeait pas de mettre en œuvre. De plus en plus de Français étaient déçus par la politique de collaboration qu'il menait sous prétexte de défendre les intérêts de la Nation.

L'état d'esprit de Philippe reflétait ce désenchantement. Il ne se relevait pas du chagrin causé par la disparition de son fils. Irène ne parvenait pas à le secouer et à lui redonner le goût du travail. Florian, quant à lui, parti à Montpellier suivre ses études de médecine, ne lui était d'aucun secours. Il ne rentrait à Uzès qu'une fois par mois et ne cherchait pas à remonter le moral de son père.

Très épris de Rose, il ne pensait qu'à se rendre à Tornac où séjournait la fille de Sébastien Rochefort. Avec la guerre en effet, la jeune fille avait élu domicile chez sa grand-mère Elisabeth, afin de ne pas demeurer en zone occupée, ses parents devant bientôt la rejoindre. Aussi Florian, s'il montrait beaucoup de sérieux dans ses études, avait-il l'esprit tout enflammé, comme son frère avant lui.

Irène se réjouissait du bonheur de son fils. Elle espérait que Philippe réaliserait que seuls comptaient le présent et l'avenir, et qu'il était vain de vivre constamment dans les souvenirs du passé.

Noël et nouvel an arborèrent cette année-là la couleur de la résignation. Les Ferrière vinrent comme de coutume les fêter dans leur propriété anduzienne de Val Fleuri. Mais le cœur n'y était pas.

Ils y invitèrent à nouveau leurs amis Rochefort pour le plus grand plaisir de Florian et de Rose qui n'avaient pas caché à leurs parents leurs sentiments réciproques. Au cours du repas, ils évitèrent d'évoquer la mémoire de Damien afin de ne pas ternir l'ambiance du réveillon. Mais, mis à part les jeunes amoureux qui s'étaient vite envolés vers d'autres horizons, tous songèrent au disparu et au drame de l'année écoulée. Sébastien, qui ne cessait de parcourir le monde en tant que journaliste, affectant particulièrement les zones de guerre et les terrains de bataille, s'abstint de relater ses exploits – il s'était beaucoup investi dans le conflit espagnol et avait couvert les récents événements de la *Retirada*[1].

---

1. Voir, du même auteur, chez le même éditeur, *Le Goût du soleil.*

Il amena la conversation sur la famille, les enfants qu'il avait eus avec les deux femmes de sa vie, Hoa Mi et Pauline. Celle-ci ne lui tenait pas rigueur de l'avoir délaissée quelques années et d'être rentré avec Rose, née sous les tropiques.

— J'ai élevé Rose comme ma propre fille, reconnut-elle en toute humilité. Et nous avons tout fait pour que Ruben et elle se sentent comme frère et sœur.

— Mon seul regret, ajouta Sébastien, est de ne pas avoir eu un troisième enfant. Mais la vie en a décidé autrement.

Il se tut, conscient d'avoir trop parlé. Pauline n'aimait pas aborder ce sujet.

— Pourquoi vous êtes-vous arrêtés à deux ? s'enquit naïvement Irène. C'était un choix délibéré ?

Sébastien se retint. Il laissa la parole à sa femme.

— Je ne pouvais plus en avoir, expliqua-t-elle sans entrer dans les détails. Il est vrai que trois, c'est idéal, non ?

Irène ne répondit pas.

Philippe demeurait pensif. Il ne participait guère à la conversation.

— Tu as raison, se reprit-il. On a tort de ne pas avoir beaucoup d'enfants. Ils sont l'avenir.

— Surtout quand rien ne s'y oppose ! releva Pauline.

De fil en aiguille, le ton devint plus badin. Les hommes se mirent à plaisanter et détendirent l'atmosphère. Les femmes évoquèrent leurs années de jeunesse. Elles n'avaient rien en commun. Irène était issue d'une riche famille de petite aristocratie, Pauline de famille modeste et sans nobles racines. Mais toutes les deux s'appréciaient et se trouvaient des affinités.

— Tu es encore jeune ! remarqua Pauline. A quel âge vous êtes-vous donc mariés, Philippe et toi ?

— Oh ! n'exagérons pas. Je viens de fêter mes trente-huit ans. Philippe m'a demandée en mariage quand j'en avais dix-sept.

Elle baissa la voix.

— J'étais enceinte de Damien... reconnut-elle sans fausse honte.

Et les deux épouses de se dévoiler leurs jardins secrets, tandis que leurs maris s'étaient affalés dans un canapé et savouraient une fine champagne.

De temps en temps, Philippe tendait l'oreille, curieux de ce qu'elles avaient à se confesser.

Vers minuit, Sébastien appela sa fille qui s'était éclipsée en compagnie de Florian dans la bibliothèque.

— Ces deux-là, je crois qu'il faudrait les avoir à l'œil ! plaisanta-t-il. Entre cousins, ils en prennent un peu à leur aise !

— Petits-cousins, jugea bon de rectifier Irène.

— J'ai l'impression qu'entre eux le courant passe bien, nota Pauline. Personnellement, je n'y vois aucun inconvénient. Leur lien de parenté est suffisamment éloigné pour que cela ne pose aucun problème.

— Vous mettez la charrue avant les bœufs, comme on dit vulgairement, intervint Philippe.

— Hum... ton fils se montre très prévenant avec Rose. Et ça ne date pas d'hier !

Depuis que Florian l'avait placé devant le fait accompli et que Damien avait disparu, Philippe renonçait à envisager l'avenir du seul fils qui lui restait. Il se réfugiait inconsciemment dans le déni.

— Pour l'heure, dit-il afin de clore la discussion, qu'il ait d'abord la tête à ses études. Puisqu'il refuse catégoriquement d'assurer ma succession, qu'il ne perde pas son temps. C'est tout ce que j'exige de lui.

— Alors ton ultime recours serait d'avoir un dernier enfant ! suggéra Sébastien, en prenant manteau et chapeau. Tu devrais y songer ! Tes soucis seraient effacés.

Philippe ne répliqua pas.

Quand ils furent dans leur voiture, Pauline reprocha à son mari :

— Tu as été un peu fort de lui conseiller d'avoir un autre enfant ! A son âge, voyons !

— Je rigolais ! Mais... tout compte fait... si Philippe a quarante-cinq ans, Irène, elle, est beaucoup plus jeune.

Sébastien, en plaisantant, ne pensait pas que son idée germerait dans l'esprit de son cousin.

Le soir même, au moment de se coucher, Philippe confia à sa femme :

— Sébastien m'a fourni la solution à tous nos problèmes.

Irène s'étonna. Elle n'avait pas entendu ce que les deux hommes s'étaient dit sur le seuil.

— Je t'écoute.

— Je voudrais que nous ayons un autre enfant.

Irène demeura muette de stupéfaction.

— Tu... tu désires un enfant ! Tu y songes vraiment ?

— Je suis sérieux... Tu n'as que trente-huit ans, ce n'est pas impossible.

— Tu te rends compte que Florian aura bientôt dix-neuf ans ! La différence d'âge sera énorme.

— Dans les familles nombreuses, c'est monnaie courante. Je suis persuadé que nous aurions un troisième fils.
— Pour remplacer Damien ? C'est cela que tu souhaites ?
— Pas pour le remplacer, non. Nous n'effacerons jamais Damien de nos cœurs. Mais pour continuer à vivre. J'ai conscience que je m'enterre en ressassant mes idées noires. Cet enfant serait notre façon de redonner vie à Damien, tu comprends !

Très surprise par une telle proposition, Irène, ce soir-là, n'abonda pas dans le sens de la vision d'avenir de Philippe.
— Laisse-moi réfléchir. Je ne suis pas prête à cette idée.

Philippe n'insista pas.

Une semaine plus tard, l'année nouvelle commençait sous un soleil radieux, Irène, au petit matin, se rapprocha de lui et lui glissa à l'oreille, alors qu'il s'apprêtait à se lever :
— Ne t'en va pas.

Elle enlaça son mari, ôta sa chemise de nuit et s'abandonna dans ses bras.

Un mois et demi après, Irène annonça à Philippe :
— Mon chéri, tes vœux sont exaucés. Je suis enceinte.

Philippe exulta et déclara :
— Dans cette éventualité, j'avais décidé d'aller nous installer définitivement à Anduze. Ce petit vivra dans les Cévennes, au pays de tes ancêtres. Un gérant s'occupera de la faïencerie. Je veux être près de toi quand tu

accoucheras et ne plus penser qu'à notre enfant. Ce sera un fils, j'en suis sûr !

* * *

Marion travaillait à la poterie Boisset depuis plusieurs mois. Elle peinait, car les charges qu'elle soulevait quotidiennement la fatiguaient vite. Elle souhaitait être affectée à la fabrication des petites pièces, celles qui ne nécessitaient pas de manipuler de grosses quantités d'argile. Chaque fois que sa tâche lui en laissait le temps, elle observait les ouvriers, les tourneurs, les émailleurs, les cuiseurs. Elle était persuadée qu'elle pourrait s'installer au tour et confectionner des pots à eau, des saladiers, des corbeilles… Certes, l'essentiel de la production de l'entreprise demeurait les fameux vases horticoles pour lesquels elle ne se sentait pas de taille, mais, avec un peu d'entraînement, elle espérait prouver un jour ses capacités.

Elle appréciait beaucoup la présence d'un tourneur espagnol. Eduardo Perez était un réfugié républicain arrivé en France au début de 1939. Il avait combattu les soldats franquistes et connu les camps de l'exode sur la côte catalane. Potier de formation, il travaillait à Anduze depuis six mois, ses papiers ayant été régularisés après de longues tracasseries de la part de l'administration de Vichy. Elle le regardait souvent opérer et s'extasiait de sa dextérité.

— Si tu veux, lui proposa-t-il un jour qu'il confectionnait un énorme vase destiné à l'orangerie du château de Castries, je t'explique comment on procède pour façonner la matière. Il faut un coup de main particulier, mais, avec le temps, tu y parviendras.

Marion accepta volontiers. Elle honorerait ainsi la mémoire de Damien qui, croyait-elle, l'aurait volontiers initiée au métier avant de l'accompagner dans son domaine favori, la création et la décoration.

Le soir après le travail, avec l'accord de son patron, Eduardo retenait Marion dans l'atelier. Il pétrissait l'argile avec tant de facilité qu'il lui semblait détenir un pouvoir magique au bout des doigts. Devant ses yeux ravis, la terre glissait, s'allongeait, se rétractait, se lovait sous les caresses du potier. Sur le tour, il la faisait danser au rythme qu'il lui imposait, telle une Andalouse sur un air de flamenco. Les formes s'évasaient, s'amincissaient, prenaient du ventre ou de la taille, obéissant à ses mains habiles.

— Pour le tournage, lui expliqua-t-il, j'utilise l'escavette, une éclisse de bois, pour donner le galbe au vase. Ce n'est pas évident d'aboutir à une symétrie parfaite. Il faut beaucoup de doigté, savoir exercer les bonnes pressions à l'intérieur comme à l'extérieur de l'ouvrage pour l'obtenir. Ça s'acquiert avec le temps et beaucoup de patience.

Marion découvrait un monde tout à fait nouveau pour elle.

— Tu réalises un grand vase comme celui-ci d'une seule pièce ?

— Non. Le corps et le pied sont façonnés séparément. Lorsqu'ils ont séché juste le temps nécessaire, je les assemble sur le tour afin d'égaliser les imperfections, polir les contours et enfin poser les pièces rapportées. Les deux parties sont collées à la barbotine. Suis-moi, je vais te montrer.

Il l'entraîna un peu plus loin dans l'atelier, s'assit à un autre tour, l'actionna de son pied droit. Sur le mandrin, un vase renversé attendait son décor. Eduardo saisit un moule en terre cuite et le plaqua sur une motte d'argile située près de lui. L'empreinte d'une guirlande se grava dans la glaise. Avec un mince fil d'acier bien tendu, il la découpa méticuleusement et l'appliqua sur le vase. Il répéta son geste quatre fois. Puis il prit un second moule pour les macarons.

— Que fais-tu ? demanda Marion, intriguée.

— Je pose les guirlandes et les macarons, les écussons si tu préfères. Sur chaque vase, j'en colle trois ou quatre selon sa dimension. L'écusson est la marque de la poterie, son emblème. Il est spécifique à chaque fabrique. Les matrices de la famille Boisset sont très anciennes. Elles représentent leur patrimoine depuis des siècles.

— Le vase est alors prêt pour le four ?

— Pas encore. Il doit d'abord finir de sécher. Cette phase est très importante et nécessite un long apprentissage. Si le vase a trop séché, il s'effrite à la cuisson. S'il est trop humide, il éclate. Il faut avoir l'œil exercé. Seule une grande expérience permet de savoir quand vient le moment d'enfourner. Après trois à quatre semaines en hiver, une ou deux en été, cela dépend du temps. Mais avant de passer au four, il faut émailler. Et cela, c'est une autre science.

Marion paraissait subjuguée par ce qu'elle découvrait. Comme Damien à Limoges dans le monde de la porcelaine, elle était avide de connaître tous les stades de la fabrication de ces fabuleux vases d'Anduze.

— Tu peux me montrer ?

— Oui, mais plus tard. Pour aujourd'hui, je t'en ai appris suffisamment. Si le patron me l'autorise, je te mettrai au tour quand tu auras achevé le travail pour lequel il te paie. Il ne refusera pas. A condition, bien sûr, que tu acceptes de rester après tes heures.

Marion hésita.

— C'est que, le soir, j'ai mon bébé à reprendre chez la nourrice... Mais je pourrais certainement m'arranger. Cela me plairait de travailler comme toi. Crois-tu qu'une femme en est capable ?

— C'est assez physique. Si tu en as la volonté, tu y arriveras, du moins pour les vases de petite dimension.

Quelques jours après, Eduardo l'entraîna dans l'atelier de vernissage. Tous les ouvriers étant partis, il lui proposa de lui dévoiler le secret des couleurs. Devant eux, sur une grande table, une série de vases de différentes tailles attendait l'émaillage. Dans un angle de la pièce, des récipients soigneusement refermés étaient signalés par un écriteau indiquant leur nature. Marion les repéra et s'inquiéta :

— C'est dangereux de travailler ici ?

— On y manipule des produits chimiques toxiques. Mais ils sont nécessaires pour la coloration.

Eduardo invita Marion à le suivre pour lui expliquer l'usage de chacun.

— Dans un premier temps, on recouvre les vases d'une terre blanche liquide, l'engobe, qui neutralise la couleur rouge de l'argile.

Eduardo choisit un vase de moyenne dimension, le posa sur une sorte de réceptacle puis l'enduisit de cette matière laiteuse. Le vase prit un aspect grisâtre.

— Une fois l'engobe absorbé, j'obtiendrai les teintes souhaitées en utilisant ces oxydes.

Il saisit un gobelet, le remplit d'oxyde de manganèse et en projeta sur chaque guirlande.

— Ainsi, poursuivit-il, les guirlandes ressortiront marron. Je vais ensuite badigeonner les écussons d'oxyde de cuivre pour qu'ils deviennent verts.

Quand il eut terminé, Marion s'étonna :

— Ça dégouline sur les parois ! Je croyais que tu peignais les décorations.

— Les vases ne sont pas des pièces de faïence. On ne fabrique pas de la vaisselle ! Pour finir, on applique la couche de vernis. Pour cela, j'enduis le vase de sulfure de plomb, l'alquifoux.

— La quoi ?

— L'alquifoux. C'est un mot d'origine arabe. Ce sont les Maures de mon pays qui ont inventé ces méthodes de glaçage. Mais certains affirment qu'au XIIIe siècle le vernissage au plomb aurait été inventé par un potier allemand de Schelestadt.

Eduardo s'exécuta en se gardant d'éclabousser autour de lui.

— Ce produit est très toxique. Il faut éviter de le respirer trop longtemps. Mais une fois cuit, il donne la belle couleur jaune plus ou moins foncée au vase et rend le vernissage solide.

— Les couleurs se révèlent donc à la cuisson ?

— Oui. Mais on n'est jamais assuré à la sortie du four d'obtenir les couleurs exactes qu'on a imaginées.

Cela dépend de la dilution des oxydes, de la qualité de l'engobe et, bien sûr, de la cuisson. Pour autant, en fin de compte, on a toujours cette belle couleur jaspée si caractéristique de nos vases d'Anduze. Cette teinte miel inimitable… Et, comme pour les toiles d'un peintre, il n'y a jamais deux vases identiques. Chacun est une pièce unique.

— Tu en parles comme si tu étais toi-même fabricant.

— J'aime ce travail. Sinon, je ne l'exercerais pas.

Eduardo convainquit Marion de rester le soir à apprendre avec lui le métier de potier. Elle espérait ainsi poursuivre le chemin tracé par Damien.

« S'il avait vécu, songeait-elle avec tristesse, nous aurions été à la tête de la poterie de Val Fleuri. C'est lui qui m'aurait initiée. »

* * *

Les Ferrière s'étaient installés à demeure à Anduze. Si le manoir de Val Fleuri n'était pas aussi confortable que leur maison bourgeoise d'Uzès, Philippe s'y trouvait plus serein. Ses angoisses avaient disparu. Il avait à nouveau foi en l'avenir. La mort de Damien, certes, était toujours présente dans son cœur et le rendait parfois taciturne, mais depuis qu'Irène était enceinte, son comportement avait changé en profondeur. Il se montrait attentionné, s'inquiétait sans cesse de son état, se gardait de s'absenter trop longtemps lors de ses escapades à cheval dans ses terres. Il revenait vite au château, craignant que sa femme n'accouche avant l'heure.

La grossesse d'Irène ne lui occasionnait aucun problème. La sage-femme, toutefois, l'avait prévenue :

— Etant donné votre âge, madame Ferrière, je vous recommande de vous reposer le plus possible. Ne commettez aucune imprudence. Prenez des forces en vous alimentant correctement. Evitez les efforts trop violents. Et demandez à votre mari de patienter, si vous comprenez ce que je veux dire...

Irène n'avait pas besoin des conseils de la sage-femme. Elle avait eu deux enfants et savait parfaitement ce qui lui convenait ou pas. Elle s'en agaçait mais la laissait parler, attristée à l'idée que cette situation était la conséquence de la disparition de son fils.

Parfois elle songeait à Marion, à celle qui aurait pu devenir sa belle-fille. Celle-ci avait donné le jour à son petit-fils et elle n'en avait pas été avertie. Elle l'avait appris par hasard en bavardant avec l'une de ses employées de maison qui connaissait les Chassagne. Elle n'avait pas osé en discuter avec Philippe pour qui le sujet était définitivement clos. Maintenant qu'à son tour elle attendait un heureux événement, elle croyait que la Providence avait décidé de remplacer l'enfant de Damien par le sien. Et elle en éprouvait un certain réconfort.

L'automne avait chassé l'été dans ses derniers retranchements. Partout l'on ne parlait que de l'offensive allemande sur Moscou. Le Reich triomphait. Mais la résistance s'organisait. La guerre semblait interminable.

Irène sentait son terme arriver. Philippe s'était absenté à Uzès pour régler un différend avec son personnel.

Le médecin de famille, prévenu, tardait. Elle avait déjà perdu les eaux.

Sereinement, elle s'était allongée sur son lit et patientait dans l'obscurité.

Quand le docteur Mayen déboula dans sa chambre, Irène, en femme courageuse, avait accouché seule, avec l'aide d'une domestique affolée par l'événement si soudain. Elle tenait son enfant dans ses bras, le cordon les reliant encore l'une à l'autre, les draps maculés du sang de la vie.

— Je n'ai pas pu attendre plus longtemps, lui dit-elle, alors qu'il s'agitait autour d'elle et du nouveau-né.

Le médecin saisit le bébé, termina ce qui lui restait à accomplir, puis le lui remit sur son sein.

— C'est une très jolie petite fille, releva-t-il. Toutes mes félicitations !

22

Occupation

1942

La déconvenue de Philippe se lisait sur son visage. Il avait tellement espéré un fils qu'il ne parvenait pas à dissimuler sa déception devant Irène. Celle-ci, attristée de l'attitude de son mari, choyait son bébé avec d'autant plus d'amour que l'enfant était de constitution fragile. Il avait besoin de soins attentionnés et d'une surveillance médicale quotidienne.

Lorsque Irène avait demandé à Philippe quel prénom il souhaitait lui donner, il avait répondu, désabusé :

— Oh, peu importe ! J'avais seulement songé à un prénom masculin, persuadé que nous aurions un garçon. Julien m'aurait plu. Choisis le prénom que tu préfères. Cela m'est égal.

Décontenancée, Irène n'avait pas voulu contrarier davantage son mari.

— Alors, ce sera Juline, avait-elle proposé dans l'espoir d'accrocher sur son visage une once de joie.

Juline n'est pas un prénom fréquent. C'est plus original que Julie ou Julienne, non ?

— Si cela te convient, va pour Juline. De toute façon, ça ne changera rien.

Philippe retombait dans la morosité. Il ne s'intéressait pas à son enfant. Irène en souffrait. Il se plongeait dans le travail, jusque tard le soir, afin d'oublier le mauvais sort qui, croyait-il, s'acharnait sur lui.

Avec la guerre, ses affaires montraient des signes de faiblesse. Les commandes tant de services de faïence que de vases avaient diminué de moitié. Pourtant sa poterie d'Anduze avait bien fonctionné jusqu'à présent et lui avait procuré toute satisfaction. Sans concurrencer celle des Boisset, elle s'était honorablement placée sur le marché et commençait à exporter vers l'Italie, la Belgique et les Pays-Bas. Mais, avec la défaite, les frontières du Nord s'étaient refermées. Philippe avait perdu de précieux clients. Quant à l'Italie, depuis que le Duce s'était rangé derrière Hitler et avait envahi, à son tour, la zone limitrophe avec la France, elle n'était plus accessible pour y poursuivre sereinement toute transaction commerciale.

L'espoir de Philippe résidait dans un retournement de situation et une libération rapide des territoires occupés. Ce qu'il avait cru arriver à la fin de l'année en apprenant les premiers revers de l'armée allemande en Russie. Début décembre, en effet, le froid et la neige avaient arrêté l'avancée des troupes du Reich. Confrontés aux assauts de l'Armée rouge, les soldats allemands s'étaient enlisés devant Moscou et commençaient à reculer.

Philippe ne semblait plus se préoccuper que de ce qui se passait sur le front des hostilités. Il s'était réjoui qu'à la suite de l'attaque de Pearl Harbor le même mois les Américains aient enfin décidé d'entrer dans le conflit en déclarant la guerre au Japon.

— Sans eux, reconnaissait-il, on ne gagnera pas cette guerre. Il faudrait qu'ils débarquent en nombre pour nous libérer.

Un matin de février 1942, il demeura sans voix. Il avait reçu une commande de vases de la part du siège de la Kommandantur de Paris, place de l'Opéra. Le pli était officiel ainsi que la lettre accompagnatrice marquée du sceau administratif et de la signature de l'officier chargé de la transaction. Il eut beau lire plusieurs fois le texte rédigé à la machine à écrire dans un français sans fautes, il ne put que se rendre à l'évidence. Les autorités d'Occupation lui transmettaient bien un acte d'achat de dix vases d'Anduze de grande taille, tous de couleur jaspée.

Il se retourna vers son contremaître, pour obtenir son avis.

— Que feriez-vous à ma place ?

Jean Lanoir hésita.

— Avez-vous le choix ?

— Les Allemands n'occupent pas la zone sud. Je suis libre de refuser. Ils ne viendront pas me causer des ennuis jusqu'ici.

— Eux, non. Mais Pétain, oui. Depuis qu'il collabore sans vergogne, ses hommes font le même sale boulot que les Boches.

— Si j'accepte cette commande, que pensera-t-on de moi ?

— Que vous travaillez pour les Allemands. Ce sera la stricte vérité.

— Alors je refuse catégoriquement. Je ne cautionnerai jamais Vichy en livrant mes vases à l'ennemi.

Irène appuya son mari.

— Trouve un prétexte. Explique-leur que tes ateliers tournent au ralenti et qu'il t'est impossible d'honorer une telle commande. Propose-leur une autre poterie, les Boisset par exemple. Eux accepteront peut-être.

— Ça m'étonnerait ! Non, je ne peux pas agir ainsi. Ce ne serait pas honnête.

Philippe déclina la demande, s'attendant à une vive réaction de la préfecture lorsque celle-ci serait informée.

— Depuis que Pétain a épuré l'administration des départements et des communes, déplora-t-il, je ne connais plus personne. Tous sont inféodés aux Allemands. Ah ! la France est bien mal partie. Si seulement de Gaulle était entendu, tous les espoirs seraient permis.

La réplique des Allemands ne tarda pas. Huit jours après avoir envoyé sa réponse, Philippe reçut la visite d'un commissaire de police, venu spécialement de Nîmes en compagnie de deux inspecteurs. Ils lui signifièrent gentiment qu'il n'avait pas intérêt à maintenir sa décision.

— Tout refus de votre part serait interprété comme un acte de désobéissance au Maréchal, lui expliqua le commissaire. En tant que patron d'une entreprise française, vous devez montrer l'exemple de votre fidélité aux valeurs de notre nation. Vous ne seriez pas gaulliste, par hasard ?

— Gaulliste, moi ! Je ne fais pas de politique, monsieur le commissaire. Et mes opinions n'appartiennent qu'à moi. Quand je vous affirme que mon entreprise ne peut pas assurer cette commande, c'est la vérité. Je suis désolé.

— C'est vous qui voyez. Mais ne venez pas vous plaindre que vous n'avez pas été prévenu. Si nos amis allemands occupaient tout le territoire, vous n'agiriez pas ainsi !

Philippe ne fléchit pas. Au contraire, cette mise en garde accrut sa détermination.

— Jamais un Ferrière ne collaborera ! s'exclama-t-il une fois les policiers repartis. Ce serait déshonorer la famille !

Quand, rentré de Montpellier, Florian eut connaissance des faits, il approuva immédiatement la décision paternelle.

— Tu as eu raison, papa, de leur avoir fermé la porte au nez sans leur donner satisfaction, lui dit-il. Je suis fier de toi.

Irène soutenait également son mari. Mais, au fond d'elle-même, elle craignait des représailles.

Un mois s'écoula. L'incident semblait clos. Mars annonçait l'arrivée du printemps. Déjà la nature vibrionnait. Le ciel, rincé de son humidité par le vent du nord, éclaboussait les collines de lumière. Les premiers bourgeons éclataient à la pointe des branches. Les ramures se remplissaient de pépiements d'oiseaux. Dans les vignes de Val Fleuri, les hommes se hâtaient de tailler les derniers ceps avant les premières douceurs du temps.

Robert Chassagne dirigeait son équipe dans le vignoble, attentif aux premiers signes de maladie. Il avait soufré une première fois et sulfaté contre l'oïdium les souches les plus précoces. Il espérait des vendanges fructueuses au prochain automne afin de compenser la mauvaise récolte des années précédentes. A cause de l'occupation allemande, en effet, la production et la commercialisation des vins étaient fortement perturbées. De plus, depuis deux ans, les vendanges étaient médiocres, en quantité comme en qualité. Elles n'avaient pas assuré au domaine de Val Fleuri de bons revenus. Philippe l'avait reproché à son régisseur mais avait été contraint d'accepter la triste réalité.

Depuis la naissance de Tristan, il lui battait froid, se contentant d'entretenir avec lui des relations purement professionnelles. Il ne s'inquiétait jamais de Marion ni de son enfant. Au demeurant, Robert ne tenait pas, de son côté, à ranimer une histoire qu'il considérait, lui aussi, comme terminée. Avec la disparition de Damien, il s'était rendu à la raison, à son grand soulagement, car il n'aurait pas apprécié d'être lié par le mariage de sa fille à la famille de son patron. Quand il apercevait Philippe arriver à cheval dans ses terres, il se gardait de se redresser pour éviter de croiser son regard.

Un soir de mars, tandis qu'il rentrait au Mas neuf, son travail achevé, il entendit au loin un cheval au galop. Contrairement à son habitude, il se retourna, sans penser à Philippe Ferrière. Celui-ci fonçait droit sur lui. Les sabots de son alezan soulevaient des gerbes de terre. Sur le coup, il crut qu'il venait lui annoncer une catastrophe tant il paraissait pressé.

Mais, au dernier moment, Philippe dévia son chemin et l'ignora, se dirigeant vers sa fabrique dont les toits de tuiles rouges se distinguaient à l'horizon.

— Qu'est-ce qui se passe ? remarqua Robert devant l'un de ses hommes.

Dans le lointain, une fumée épaisse s'élevait dans le ciel.

— C'est le four ! lui indiqua Germain. Ils procèdent à une cuisson.

— Tu te trompes. La fumée est bien trop noire. On dirait qu'on brûle du caoutchouc ou de l'huile usagée.

Robert ramassa ses outils et invita son ouvrier agricole à regagner le Mas neuf.

Quand Philippe arriva à Val Fleuri, il constata avec dépit les dégâts. Son four avait été volontairement incendié en son absence. Ses employés étaient partis, leur journée terminée. Plus personne ne se trouvait dans les locaux de la poterie.

Les flammes avaient déjà mangé tous les fagots empilés à l'entrée de l'atelier de cuisson et léchaient le bâtiment dans lequel une série de vases de toutes dimensions attendait d'être enfournée. Si le feu se propageait, la fabrication de tout un mois de travail serait anéantie.

Philippe prit sur lui de couper les vivres au brasier au péril de sa vie. Il pénétra à l'intérieur du hangar par une fenêtre ouverte, éloigna les produits inflammables de la porte, repoussa celle-ci malgré la forte chaleur qui se dégageait à l'extérieur. Enfin, il ferma toutes les issues pour éviter tout appel d'air, puis patienta.

Alertée par la fumée et les odeurs de brûlé, Irène avait averti les secours par téléphone. Des pompiers volontaires accoururent sur le lieu de l'incendie. Avec leurs maigres moyens, ils parvinrent à circonscrire le sinistre après une heure d'efforts.

Quand ils ouvrirent la porte à moitié calcinée, Philippe s'exclama :

— Si vous n'étiez pas arrivés à temps, j'aurais grillé comme un poulet au milieu de mes vases !

Quand il s'approcha des cendres qui fumaient encore devant l'entrée, il n'eut aucun doute.

— Quelqu'un a tenté de détruire mon atelier de cuisson. Ce n'est pas un accident.

Des carcasses de pneus finissaient de se consumer dans une odeur âcre qui piquait la gorge.

Quelques heures plus tard, un appel téléphonique dérangea Philippe au cours de son repas.

— Décidément, ce soir, on ne me laissera pas tranquille ! bougonna-t-il.

Il décrocha le combiné. S'enquit :

— Oui ?

— J'espère que cela vous servira de leçon, monsieur Ferrière, fit la voix sans se présenter. Voilà ce qu'encourent les ennemis du Maréchal.

Philippe raccrocha sans répliquer, blême de colère.

— C'était qui ? s'étonna Irène, encore toute bouleversée par l'incendie.

— Une erreur.

Philippe ne divulgua jamais aux siens ce qu'il comprit ce jour-là. Mais il prit une décision qu'il garda secrète afin de ne pas les mettre en danger.

* * *

En novembre, l'invasion de la zone libre par les Allemands, en réponse au débarquement allié en Afrique du Nord, remit en question le frêle équilibre que Pétain tentait de maintenir devant un Hitler tout-puissant. Sa politique de collaboration trouvait ses limites et prouvait à tous combien il s'était empêtré dans l'erreur.

Irène s'était résignée. Si son mari se tenait toujours à distance de son enfant, comme s'il niait sa paternité, elle lui savait gré d'avoir repris son entreprise en main et d'être redevenu aussi déterminé qu'avant la guerre. Philippe semblait déborder d'activité et, tant à Uzès où il se rendait régulièrement qu'à Anduze, il s'affairait, refusant de baisser les bras et de considérer l'Occupation comme une fatalité.

— Il faut leur montrer que nous continuons à exister malgré leur présence, affirmait-il devant ses employés. Je vous demande de travailler comme s'ils n'étaient pas là. Ignorons-les !

Depuis l'incendie de sa poterie, il n'avait plus reçu de menaces, alors qu'il n'avait pas honoré la commande de la Kommandantur de Paris. Preuve à ses yeux qu'il ne fallait pas renoncer à sa fierté ni s'avilir devant les vainqueurs.

Mais Irène finit par s'inquiéter de ses absences prolongées. Il quittait Anduze de plus en plus souvent et prétextait un travail important dans sa faïencerie d'Uzès pour rester plusieurs jours éloigné de Val Fleuri.

Elle crut qu'il se détachait d'elle à cause de Juline, qu'il fuyait ses responsabilités de père.

— Philippe souffre encore de ne pas avoir eu un fils, déplorait-elle devant Florian qui tentait de rassurer sa mère chaque fois qu'il rentrait de Montpellier.

— Vous devriez avoir une franche discussion entre vous. Papa ne peut agir ainsi indéfiniment. Juline est sa fille, qu'il le veuille ou non ! Il doit se mettre dans la tête que Damien est mort. Qu'il ne reviendra pas.

— Il n'a jamais accepté cette idée. Pourtant, quand j'étais enceinte, il avait changé totalement de comportement. Il était redevenu attentionné comme au début de notre mariage, à l'époque où j'attendais ton frère. Il était tellement persuadé que je lui offrirais un autre fils !

L'année se terminait dans une lueur d'espoir. Si, à l'ouest, la pression allemande s'exerçait de façon tyrannique, les nouvelles du front de l'est laissaient présager un retournement de situation. Les Soviétiques encerclaient l'armée allemande à Stalingrad et reconquéraient du terrain. La Wehrmacht reculait en Tunisie. La résistance s'organisait dans tous les territoires occupés.

Philippe était parti de Val Fleuri depuis plusieurs jours. Il avertit Irène par téléphone que son travail le retenait à Uzès, mais qu'il rentrerait pour le 24 afin de fêter Noël en famille comme chaque année. Ses cousins Rochefort avaient décliné l'invitation, Sébastien étant, de son côté, très sollicité par son journal.

Florian s'attrista de l'absence de Rose.

— Nous passerons donc le réveillon dans l'intimité, se consola-t-il. Mais le lendemain, j'irai la voir à Tornac au Clos du Tournel. J'adore sa grand-mère Elisabeth. C'est une vieille dame charmante.

Le matin du 24, Irène commença à préparer son repas pour le soir. Elle se mit elle-même aux fourneaux, ayant donné congé à sa gouvernante jusqu'à la fin de l'année. Elle aimait cuisiner, particulièrement les viandes en sauce et les plats mijotés. La daube de sanglier, la blanquette de veau, le bœuf bourguignon ou le coq au vin n'avaient plus de secrets pour elle. En revanche, elle n'excellait pas en pâtisserie et préférait acheter ses desserts dans les meilleures enseignes d'Anduze. Malheureusement, avec les restrictions causées par l'Occupation, elle devait se contenter de mets moins alléchants et essayait d'agrémenter les légumes et les viandes qu'elle trouvait sur le marché avec les condiments dont elle disposait. Un ragoût de pommes de terre devenait ainsi un plat de luxe, surtout précédé de salade du jardin et de charcuterie qu'elle acquérait parfois au marché noir chez un paysan voisin.

Vers midi, elle avait presque terminé de cuisiner, quand elle entendit dans le parc le vrombissement de plusieurs moteurs. Des portières claquèrent. Des voix fortes fusèrent, vociférant des ordres dans une langue qui lui était étrangère.

Elle tressaillit. S'approcha d'une fenêtre. Jeta un regard inquiet en contrebas.

On tambourinait à l'entrée.

Florian, alerté par le bruit, fut le premier à réagir.

— Laisse, maman. J'y vais.

Il descendit l'escalier sans se précipiter. Ouvrit la porte. Surpris, il recula d'un pas. Devant lui, un officier allemand, casquette à la main, se présenta :

— Oberleutnant Muller, annonça le visiteur en claquant les talons. Je suis bien ici chez monsieur Philippe Ferrière ?

— Oui, c'est exact, répondit Florian sans se départir de son calme. Que voulez-vous ?

Déjà, dans le parc du manoir, plusieurs soldats en armes sortaient d'un camion bâché tout un attirail militaire.

L'officier tendit une feuille de papier à Florian.

— Votre demeure est réquisitionnée par l'armée d'Occupation. Je logerai chez vous avec mon aide de camp et mes hommes. Mais je ne vous chasse pas. Nous vivrons ensemble dans la plus grande harmonie.

— Mon... mon père est absent, balbutia Florian. Mais ma mère est là. Je monte la prévenir.

Tandis que la troupe du lieutenant Muller se déployait dans le parc, Irène, tétanisée, descendit à son tour à la rencontre de l'officier allemand.

— Je suis désolée, madame, de vous occasionner un tel dérangement. Mais notre état-major a retenu votre résidence pour héberger mon unité. Ne vous inquiétez pas, mes hommes garderont leurs distances. Ils s'installeront dans les dépendances, vous n'aurez pas à vous plaindre d'eux. Je m'y engage. J'ai seulement besoin de deux chambres, pour mon aide de camp et pour moi. Et si possible une petite pièce annexe pour servir de bureau. Nous savons que vous avez de la place.

Irène se plia aux injonctions policées du lieutenant. Elle lui proposa ses plus belles chambres, dans la crainte qu'il se montre encore plus exigeant. Florian s'était éclipsé et, discrètement, avait décroché le téléphone pour avertir son père.

Quand ce dernier rentra en catastrophe à Val Fleuri, il constata avec stupéfaction le fait accompli : l'occupant avait pris possession de son domaine.

23

Résistants

1943

Marion ne parvenait pas à oublier Damien. Elle vivait seule à Anduze dans le souvenir du disparu et souffrait d'élever son enfant sans la présence d'un père. Son travail l'accaparait beaucoup et, depuis qu'Eduardo l'avait initiée au tour, elle se partageait entre son ancienne activité, qui n'avait rien d'enrichissant, et la fabrication de pièces de poterie qu'on lui donnait à confectionner. Elle mettait un point d'honneur à prouver qu'une femme pouvait réaliser les mêmes articles que les hommes. Certes, elle se contentait de vases de petite dimension, de pots à vinaigre ou à huile, de jattes, d'orjols... Mais sa dextérité lui valait la reconnaissance de son patron et la curiosité des ouvriers potiers de la fabrique.

Tristan grandissait dans l'insouciance. L'enfant, âgé de deux ans et demi, n'avait jamais relevé, jusqu'à présent, l'absence de père à la maison. Marion ne lui avait pas parlé de Damien, le jugeant trop jeune pour appréhender le drame qui était survenu. Mais, maintenant qu'il s'exprimait correctement, il lui arrivait de lui demander pourquoi elle, sa maman, avait un papa et pas lui. Il ne comprenait pas pourquoi tous les enfants qu'il connaissait avaient un père et une mère en plus de leur grand-père et de leur grand-mère.

Amélie et Robert choyaient leur petit-fils et ne manquaient jamais une occasion de proposer à leur fille de le leur confier. Marion s'était vite réjouie de constater que ses parents ne lui tenaient plus rigueur de les avoir mis devant le fait accompli.

Mais les remarques de Tristan commençaient à la chagriner et à lui donner mauvaise conscience.

— Tu devrais songer à te trouver un bon mari, lui conseillait souvent Amélie, quand elle voyait sa fille en proie à la tristesse. Il faut oublier le passé. Ton Damien ne reviendra pas. Tu gâches ta jeunesse.

Robert, lui, s'interdisait d'intervenir, se contentant de s'occuper de Tristan comme si tout était parfaitement normal dans la situation de l'enfant. Il craignait surtout que sa fille n'accepte le premier venu pour donner un père à son petit-fils.

— Laisse donc Marion décider de sa vie, rétorquait-il à Amélie quand celle-ci lui faisait part de ses inquiétudes. Qu'elle n'aille pas se jeter dans les bras de n'importe qui sous prétexte que Tristan n'a pas de père. Elle n'en serait que plus malheureuse.

Aussi quand, à la veille de Pâques, Marion vint au Mas neuf accompagnée d'Eduardo, Amélie et Robert Chassagne ne dissimulèrent pas leur surprise. Marion n'avait jamais introduit un homme sous leur toit depuis

Damien et ne s'était jamais étendue sur ses relations personnelles.

— Je vous présente Eduardo, leur dit-elle, en s'agrippant à son compagnon de travail. Je ne vous ai pas parlé de lui, car je voulais être sûre de moi... Voilà... Eduardo et moi désirons nous marier.

Eduardo tenait Tristan par les épaules. L'enfant restait sagement collé à lui comme s'il saisissait l'enjeu de l'entrevue. Il prit la main de sa mère et la rapprocha d'Eduardo. Marion lui sourit.

— Tristan et Eduardo s'entendent à merveille, dit-elle.

Robert le premier rompit le malaise qui s'était installé, Amélie demeurant muette d'émotion.

— Finissez d'entrer et asseyez-vous. Nous avons à discuter, je crois.

Amélie laissa les hommes entre eux et entraîna sa fille dans la cuisine.

— Alors, c'est donc sérieux ? lui demanda-t-elle. Il y a longtemps que tu le connais ?

Marion n'avait pas le temps de répondre à une question qu'Amélie lui en posait une autre, avide de savoir si sa fille était enfin heureuse. Celle-ci la tranquillisa totalement. Mais Amélie s'inquiétait à propos de son petit-fils.

— Et Tristan, comment le prend-il ?

— Tristan considère déjà Eduardo comme son père. Tu n'as aucun souci à te faire. Tout se passe bien. Eduardo est très gentil avec lui, il aime les enfants.

— As-tu révélé à Tristan que son vrai papa est mort à la guerre ?

— Non, pas encore. Il est trop jeune. Plus tard. Quand il sera en âge de comprendre, je le lui dirai.

Eduardo fit bonne impression aux parents de Marion. Il leur raconta son long parcours de réfugié, son passé dans les rangs des républicains espagnols contre Franco, ses racines catalanes, sa famille originaire d'un petit village près de Lérida, qu'il n'avait pas revue depuis la fin de la guerre civile...

— Et vous n'avez pas l'intention de rentrer dans votre pays ? s'enquit Robert, non sans arrière-pensée.

— Si je rentre chez moi, expliqua Eduardo, les franquistes me jetteront en prison. J'encours la peine de mort. Je n'ai pas le choix, même si, ici en France, depuis que la zone sud a été envahie, les Espagnols sont en danger. Les Allemands ne nous aiment pas. Nombre de mes compatriotes ont été arrêtés et envoyés dans des camps de travail sur la côte atlantique ou déportés en Allemagne. Heureusement que j'ai un emploi et des papiers en règle ! Je ne risque rien tant que je reste tranquille.

Amélie avait suivi la conversation. Elle s'inquiéta à nouveau.

— En vous mariant, vous ne redoutez pas d'être remarqué et d'aller au-devant des ennuis ? Marion ne s'expose-t-elle pas aussi au danger ?

Eduardo se montra rassurant, mais ne parvint pas à effacer l'appréhension d'Amélie.

Au moment où Marion et Eduardo prirent congé, elle glissa à l'oreille de sa fille :

— Es-tu sûre de ce que tu fais ? Maintenant qu'Eduardo nous a tout dit, j'ai un peu peur que tu te jettes dans la gueule du loup !

— Sois sans crainte, maman, Eduardo a la tête sur les épaules. On ne peut rien lui reprocher. Quand nous serons mariés, il passera encore plus inaperçu.

La cérémonie nuptiale eut lieu dans l'intimité, à la fin du mois d'avril. Le printemps était déjà bien installé. Le soleil inondait de lumière le temple dans lequel Marion avait voulu célébrer ses noces. Ce dernier était à moitié vide. Seuls les proches étaient venus honorer les jeunes mariés ainsi que quelques rares amis des Chassagne.
Les Ferrière avaient appris la nouvelle mais ne s'étaient pas déplacés. Au reste, Philippe continuait à tenir Robert à distance et n'évoquait jamais le passé en sa présence.

* * *

La vie reprit son cours. L'Occupation rendait les gens méfiants et prudents. Il se disait que, dans les montagnes, des maquis s'étaient levés un peu partout et attisaient la colère des Allemands. Leurs troupes étaient de plus en plus harcelées par des groupes clandestins armés que d'aucuns qualifiaient de terroristes, car ils mettaient les jours des braves citoyens en danger à cause des représailles.
A Val Fleuri, la présence des hommes du lieutenant Muller créait une atmosphère lourde et suspicieuse. Si Karl Muller témoignait d'une extrême courtoisie envers Irène et Philippe, veillant à ce que ses soldats dérangent le moins possible leur existence, chacun semblait épier l'autre. Philippe préférait s'absenter toute la

journée que de rester en présence d'uniformes dont il ne supportait pas la vue. Il partait à Uzès tôt le matin et ne rentrait que tard le soir. Parfois, il était arrêté en route par un barrage. Mais il parvenait à le franchir rapidement sans être inquiété. Grâce au lieutenant Muller, en effet, il avait obtenu de la Kommandantur d'Alès un sauf-conduit qui le laissait libre de ses mouvements.

Au début, Irène avait cru que son mari trompait sa déconvenue par le travail. Or, constatait-elle, à présent il ne lui reprochait plus de lui avoir donné une fille plutôt qu'un garçon. Juline allait sur ses deux ans. Son comportement prouvait qu'il l'avait acceptée. Il lui témoignait son amour paternel comme jadis avec ses fils.

— Ton père s'est rendu à la raison, avait-elle expliqué à Florian qui se souciait de son attitude. Il a compris qu'il ne servait à rien de s'accrocher à des chimères.

— Espère-t-il encore que je prenne un jour sa succession ?

— Non. J'en suis certaine. Il a définitivement chassé cette idée de son esprit. J'ai essayé de le convaincre qu'une fille peut parfaitement remplacer son père.

— Et alors ?

— Il m'a ri au nez. Un gendre peut-être, m'a-t-il rétorqué. Encore faudrait-il qu'il s'en montre capable !

Florian n'insistait jamais quand le problème revenait dans la discussion. Il menait à bien ses études. Dans quatre ans, il intégrerait une équipe hospitalière comme il le souhaitait, afin d'entamer une spécialité. Il fréquentait avec assiduité Rose Rochefort. La jeune fille poursuivait de son côté des études de droit international à la faculté de Montpellier. Ils se rencontraient donc fréquemment et caressaient le projet de vivre ensemble. Sébastien et Pauline Rochefort avaient avoué à leurs cousins Ferrière être ravis du choix de leur fille.

— Florian est un garçon sérieux, avait reconnu Pauline devant Irène au cours d'un après-midi passé à Val Fleuri. Nos deux familles seront encore plus soudées. Nos maris vont être comblés. Les deux branches d'une même lignée se rapprochent et assurent la postérité.

— Malheureusement, Philippe ne le voit pas de cette manière ! Il craint pour le devenir de son entreprise quand il ne sera plus capable de la diriger lui-même. Florian ne veut pas en entendre parler.

— Rose et Florian auront des enfants. Elle est là la relève !

— Il sera trop tard.

— Dans une vingtaine d'années, quel âge aura donc Philippe ?

— Presque soixante-dix ans.

— Il peut se maintenir jusque-là et garder la main dans l'espoir qu'un petit-fils le remplace. Où est le problème ?

Les deux femmes imaginaient le futur comme si leurs enfants avaient déjà fondé un foyer et tracé l'avenir de leurs propres enfants.

— En attendant, il s'agirait que nos maris ne commettent pas d'imprudences, ajouta Pauline.

— Dans quel domaine ? s'étonna Irène.

Pauline se rendit compte qu'elle avait été trop bavarde. Elle se reprit :

— Euh... au point de vue de la santé, bien sûr. A leur âge, il faut être raisonnable et s'abstenir de tout excès.

Irène trouva la réponse de Pauline étrange. Elle crut sur le moment, au regard de sa dernière et tardive grossesse, qu'elle sous-entendait que leurs maris devaient éviter de se montrer trop entreprenants au lit. Pudique par nature, elle rougit et détourna la conversation.

***

En réalité, Irène soupçonnait que Philippe s'absentait pour d'autres raisons que son travail, ce qu'avait insinué Pauline.

Dès le début de l'occupation de Val Fleuri par les Allemands, Philippe, en effet, avait décidé de ne pas demeurer inactif devant une situation qu'il considérait inacceptable.

Il s'en était ouvert à son cousin sans penser que ce dernier lui proposerait de se mettre au service de la France qui combattait dans l'ombre, celle qui ne se résignait pas.

— Si tu le souhaites, lui avait dit Sébastien en toute discrétion, je t'intègre dans mon réseau. Nous avons besoin d'agents capables de nous informer de ce que trame l'ennemi. Or tu me sembles extrêmement bien placé pour nous transmettre certains renseignements. Avec un Oberleutnant sous ton toit, et pas n'importe lequel – on m'a dit –, tu pourrais nous être d'une aide précieuse.

— Je ne demande qu'à me rendre utile, avait répondu Philippe, surpris d'apprendre que Sébastien appartenait à la Résistance.

— Si tu t'engages, il te faudra être extrêmement prudent et discret. Personne parmi les tiens ne devra connaître tes activités.

— Ta femme…
— Pauline est au courant. Je le regrette, car s'il m'arrive malheur, elle sera exposée autant que moi. Mais dans ton cas, suis mon conseil : n'en parle à personne.

Philippe entra ainsi en résistance contre l'occupant sous le nom de Sylvestre. Il fut d'abord chargé d'être attentif à tout ce qu'il entendrait et verrait dans sa propre demeure, d'espionner le lieutenant Muller, de s'introduire dans son bureau en son absence pour y découvrir tous les documents provenant de l'état-major ennemi, et d'en informer son relais, en l'occurrence Sébastien Rochefort. Celui-ci étant souvent en mission, il avait une seconde boîte aux lettres anonyme à Anduze. Officiellement Philippe était censé se rendre à Uzès pour son travail. Il devait s'y montrer tous les jours, agir en chef d'entreprise affairé. Sébastien lui avait même conseillé de ne pas refuser d'autres commandes de la part des Allemands si l'occasion se représentait afin de ne plus se faire remarquer.

— Tu as intérêt à ne pas signifier ton hostilité aux Allemands. Au contraire. Ils se méfieront d'autant moins que tu leur paraîtras…
— … collaborateur ! Je t'arrête tout de suite, Sébastien. C'est impossible ! avait objecté Philippe.

Sébastien n'avait pas insisté. Il lui avait remis sa première tâche et l'avait abandonné à son nouveau destin.

Depuis, Philippe travaillait dans l'ombre. Personne, dans son entourage, ne soupçonnait son activité clandestine. Celle-ci lui était salutaire. Elle lui permettait de se sentir utile dans l'attente de jours meilleurs. Il ne songeait plus aux problèmes qui lui gâchaient l'existence, les lendemains incertains de son entreprise, sa succession... Tout cela maintenant était relégué au second plan. Sa priorité était de retrouver la liberté. Après... après seulement, il envisagerait l'avenir.

Il pensait souvent à Damien. A ce qu'il aurait décidé en pareille situation. Lui qui avait été enfermé dans un camp de prisonniers, il s'en serait probablement échappé, se persuadait-il. Lui aussi aurait refusé la honte de la défaite et la soumission devant l'ennemi. Il aurait rejoint la Résistance et fait honneur à sa patrie.

Cette pensée l'encourageait dans son nouvel engagement. « Mon fils serait fier de moi », espérait-il en se reprochant de ne pas lui avoir accordé toute sa confiance dès le début et de lui avoir préféré Florian.

Ce dernier n'avait jamais tenu des propos laissant entendre qu'il désirait aider son pays à se libérer. Parfois il avait envie de lui parler, de lui faire part de son secret afin de connaître son opinion. Mais Sébastien avait été catégorique. Il devait être une tombe avec les siens sous peine de les mettre en danger.

* * *

Les mois se succédaient dans l'espoir pour chacun de voir bientôt le bout du tunnel. Depuis le printemps, on s'était réjoui de la défaite de l'Afrikakorps de Rommel en Tunisie, d'apprendre que la RFA bombardait la Ruhr et que l'armée du Reich était en pleine débâcle en Russie. Les Alliés avaient débarqué en Sicile malgré une forte tempête, Mussolini avait été renversé. Malheureusement pour la Résistance, l'arrestation de Jean Moulin était un coup dur porté à la lutte intérieure. Tous les réseaux avaient été alertés et se maintenaient prêts à obéir aux nouvelles directives du général de Gaulle.

Devant le danger, Eduardo s'était résolu à agir. De nombreux Espagnols, réfugiés comme lui, s'étaient déjà engagés dans la clandestinité et participaient à des opérations contre les troupes allemandes. Le maquis Bir-Hakeim, mis sur pied durant l'été 1942 par le commandant Rigal, chef de l'Armée secrète de Toulouse, sévissait dans le Gard depuis le mois de mars, sur l'initiative de Jean Capel, alias commandant Barot du mouvement Combat. Constitué au départ de jeunes étudiants et ouvriers toulousains, il comptait dans ses rangs des républicains espagnols. La mise en place du STO avait gonflé ses effectifs en multipliant le nombre des réfractaires qu'il fallait protéger et transformer en combattants.

Eduardo était entré en relation avec ce groupe et s'était vu confier la mission d'aider à la fédération des différents maquis de la région. Dans les vallées cévenoles, les unités de résistance étaient divisées, ce qui nuisait à leur efficacité. Mais si le panache du maquis Bir-Hakeim séduisait les nouvelles recrues, son audace effrayait les chefs des maquis locaux.

Eduardo s'absentait donc de temps en temps sans donner d'explications à Marion. Celle-ci était loin de penser que son mari appartenait à la Résistance. Jamais il ne lui parlait des échauffourées qui avaient lieu autour d'Anduze, de Saint-Jean-du-Gard ou de Saint-Hippolyte-du-Fort. Celles-ci pourtant mettaient la population en péril. Les représailles des Waffen-SS ne tardaient pas. Plusieurs villages en avaient été les victimes. Aussi s'attristait-elle quand il l'abandonnait parfois plusieurs jours d'affilée et n'était rassurée qu'à son retour. Elle ne lui demandait jamais de se disculper, car il l'avait suppliée de lui accorder sa confiance. Toutefois, elle trouvait son comportement de plus en plus étrange. Sa mère, à qui elle s'était livrée, crut bon de l'avertir :

— Exige de lui une explication. Un mari ne délaisse pas sa femme sans raison. Tu sais, les Espagnols ont le sang chaud. Qu'est-ce qui te certifie qu'il n'a pas quelqu'un d'autre dans sa vie et qu'il n'ose pas te l'avouer ?

Marion n'admettait pas une telle éventualité. Eduardo était si empressé avec elle et si attentionné avec Tristan ! Non, elle ne doutait pas de sa parole.

En revanche, à force d'absences, Eduardo s'attira les remontrances de son patron. Car, à la poterie, il ne pouvait fournir éternellement des justifications plausibles.

Marion en fut la première avertie.

— Vous préviendrez votre mari, lui reprocha-t-on, que s'il souhaite conserver son emploi, il doit être plus assidu au travail. S'il persiste à manquer de sérieux, je serai dans l'obligation de le renvoyer.

Eduardo rentra le lendemain. Quand Marion lui fit part de l'admonestation qu'elle avait reçue en son nom, il se rembrunit.

— Je n'ai pas le droit de t'expliquer. Crois-moi. Un jour, tu comprendras.

Il sortit de sa poche une enveloppe cachetée.

— Tiens, ajouta-t-il. Tu ne l'ouvriras que s'il m'arrive malheur. Pas avant.

Marion s'étonna du mystère qu'Eduardo laissait planer.

— Qu'est-ce que cela signifie ? lui demanda-t-elle plus effrayée que surprise. Que me caches-tu ? Nous sommes mariés pour le meilleur et pour le pire, non ? Tu dois tout me dire.

Eduardo refusa de dévoiler le contenu de sa lettre.

Une semaine plus tard, la Gestapo déboula chez eux au petit matin et arrêta Eduardo sans ménagement sous les yeux hagards de Tristan et de Marion.

Celle-ci, effondrée et stupéfaite, resta sans réaction pendant de longues minutes, incapable de reprendre ses esprits.

Alors, elle se souvint.

Elle alla dans sa chambre. Ouvrit le tiroir de sa table de chevet. En sortit la lettre que son mari lui avait remise. Lut.

24

Echec

Marion était au désespoir. Elle ne comprenait pas ce qui lui arrivait. Eduardo embarqué par la Gestapo, brutalisé devant elle, devant son enfant ! Ce fut si subit, si horrible !

Lorsqu'elle prit connaissance du contenu de la lettre, elle en fut sidérée. Son mari appartenait donc à un réseau de Résistance ! Il lui avait caché cette vérité. Pour la mettre à l'abri de tout danger, avait-il indiqué. Pour préserver *leur* enfant. Il avait écrit *leur*, considérant Tristan comme son propre fils. Elle ne put retenir ses larmes.

Comme elle poursuivait sa lecture, son étonnement grandissait de ligne en ligne. Eduardo lui demandait de se rendre immédiatement chez Philippe Ferrière au cas où il serait arrêté. Philippe Ferrière ! Mais que pouvait-il pour lui ? Ils ne se connaissaient pas ! Ils ne s'étaient jamais vus ! Quelle était la relation entre son arrestation et une éventuelle intervention de Philippe Ferrière en sa faveur ?

Peut-être était-il bien introduit chez les Allemands ? se dit-elle, horrifiée à l'idée de devoir implorer un collaborateur des nazis. Philippe Ferrière, un collabo ! Elle avait peine à le croire. Elle n'aurait jamais imaginé lui quémander son aide depuis qu'il lui avait signifié que jamais elle ne ferait partie de sa famille ! Elle se souvenait parfaitement de ses propos rapportés par Damien.

Pourtant Eduardo était clair :

… *Tu iras voir Philippe Ferrière à Val Fleuri de ma part*, avait-il écrit. *Il sait tout de moi. Il connaît mon engagement. Il a des relations. Il m'aidera. Demande-lui de vous protéger, toi et Tristan. Il ne te refusera rien. Fais-lui confiance…*

Faire confiance au père de Damien, à celui qui l'avait reniée, cela lui paraissait tout à fait incohérent. Complètement absurde.

Tristan ne cessait de pleurer dans sa chambre, se sentant délaissé.

— Je veux papa ! geignait-il. Je veux papa. Pourquoi les vilains monsieurs l'ont frappé et l'ont emmené dans leur voiture ?

Marion tenta de le calmer, mais l'enfant, traumatisé par ce qu'il avait vu, demeurait inconsolable.

— Ce n'est rien, mon chéri. Tout va s'arranger. Je connais un monsieur qui lui viendra en aide. Ne t'inquiète pas. Sèche tes larmes.

Marion déposa son fils chez Maryse, sa nourrice, et se rendit aussitôt à Val Fleuri.

Elle se fit violence pour franchir les grilles du manoir. Dans le parc, quand elle aperçut les grandes tentes dressées par les hommes du lieutenant Muller, elle se figea. Un drapeau arborant la croix gammée flottait dans les airs, tel un étendard, à la pointe d'un mât planté dans la pelouse principale. Sous ses yeux écarquillés, des soldats de la Wehrmacht levaient les couleurs, bras droit tendu, proférant des paroles qui lui furent comme un coup de sabre en pleine poitrine :

— *Sieg Heil ! Sieg Heil !* s'écriaient-ils tous ensemble. *Heil Hitler !*

Puis ils grimpèrent à l'arrière de camions bâchés, l'arme à la main. Ceux-ci démarrèrent en trombe et passèrent devant elle sans s'arrêter.

Stupéfaite, Marion n'osa plus avancer.

Elle s'apprêta à s'en retourner, persuadée en effet que Philippe Ferrière entretenait des relations peu recommandables avec l'ennemi.

« Pourquoi Eduardo m'a-t-il priée d'aller le voir ? » se demanda-t-elle une nouvelle fois.

Elle entendit derrière elle une voix masculine la héler :

— Mademoiselle…

Elle se ravisa.

Un officier allemand s'approchait d'elle, dans une tenue impeccable, l'air affable.

— Ne soyez pas effrayée par ce charivari. Mes hommes sont parfois peu délicats, surtout quand ils sont appelés en urgence sur un terrain d'opération. Que puis-je pour vous ?

Morte de peur, Marion bégaya :

— Euh… excusez-moi, je me suis trompée.

— Qui cherchez-vous ? Si je peux vous renseigner, ce sera avec plaisir.

Du haut de son balcon, Irène, attirée par le vacarme des camions militaires, regardait la scène. Sur le moment, elle ne reconnut pas la personne à qui le lieutenant Muller s'adressait. Elle se pencha plus en avant, finit par découvrir la jeune Chassagne.

« Que fait-elle ici ? s'étonna-t-elle, intriguée. C'est bien la première fois qu'elle entre à Val Fleuri. »

La croyant en difficulté avec l'officier allemand, elle se précipita à sa rencontre. Elle descendit rapidement, traversa le parc, feignit d'accueillir une amie :

— Marion, que me vaut votre visite ? fit-elle à la barbe du lieutenant Muller.

Celui-ci s'écarta et, le sourire aux lèvres, s'excusa :

— C'est donc vous que cette demoiselle cherchait. Alors je vous laisse. Mon aide de camp m'attend.

Marion n'avait encore dit mot, tétanisée.

— Suivez-moi, lui proposa Irène en la prenant par le bras.

Une fois hors de portée des oreilles du lieutenant, elle lui demanda :

— Qu'est-ce qui vous amène ici ? Vous ignoriez que notre demeure a été réquisitionnée par l'état-major allemand ?

— Je ne savais pas, répondit Marion, toute tremblante. En apercevant tous ces uniformes, je me suis sentie perdue. J'ai cru que vous et... et les Allemands... enfin, vous me comprenez.

— Oui, je comprends. Leur présence nous a été imposée. On n'a pas eu le choix. Mais ne pensez pas que nous nous en accommodons. D'ailleurs mon mari ne les supporte plus.

— C'est lui que je désirais voir, osa Marion.

— Philippe ! Mais il est déjà parti à Uzès, comme tous les jours. Il quitte Val Fleuri de bon matin pour sa faïencerie. Que lui voulez-vous ? J'avoue être surprise de vous rencontrer ici. Après tout ce temps ! Il est vrai que j'ai beaucoup souffert d'être éloignée de mon petit-fils... Tristan, n'est-ce pas ? C'est bien son nom ?

Les choses allaient trop vite pour la jeune femme. La scène lui paraissait irréelle. Elle se retrouvait brutalement et comme par enchantement revenue quelques années en arrière, à l'époque où elle aurait souhaité être présentée par Damien à ses parents. Sa mère ne venait-elle pas de reconnaître Tristan comme son petit-fils ?

Irène ne lui permettait pas de répondre à ses questions. Elle les enchaînait, avide sans doute de rattraper les années passées.

— Oui, mon fils s'appelle Tristan. C'est le prénom que nous avions choisi, Damien et moi, mentit Marion sans s'en rendre compte, tant, pour elle, c'était l'évidence même.

— Tout cela m'afflige, je vous prie de me croire. Mais mon époux ne veut pas entendre raison à ce sujet. Pour lui, c'est une histoire qui n'a jamais existé.

— Il s'agit de mon mari, reconnut enfin Marion.

— Ah, il est vrai que vous êtes mariée ! Et qu'attendez-vous de Philippe si ce n'est pas indiscret ? Je vous avertis sans détour, il est inutile d'espérer de sa part un geste de compassion pour votre enfant. Il n'est pas encore prêt à accepter le fait accompli, même si ce dernier date maintenant de près de quatre ans.

— Ce n'est pas Tristan qui a besoin de lui, mais Eduardo.

Marion sortit la lettre de sa poche.

— Tenez, lisez.

Irène parcourut les lignes écrites par Eduardo, aussi stupéfaite que Marion.

— Je... je ne comprends pas. Mon mari et le vôtre se connaissent donc !

— Ce n'est pas ce que dit Eduardo. Seulement que, s'il lui arrivait malheur, monsieur Ferrière l'aiderait. La présence des Allemands chez vous me donne à penser que votre mari entretient certaines relations... Je reconnais que cela me gêne beaucoup d'avoir recours à un ami des Allemands, mais...

— Vous vous trompez, Marion ! s'offusqua Irène. Mon mari ne collabore pas. Au contraire ! Je vous assure qu'il se passerait volontiers de ces militaires de la Wehrmacht sous son toit... Laissez-moi votre lettre, je la lui remettrai ce soir à son retour. Revenez demain. Il vous attendra avant de repartir pour Uzès.

Marion rentra chez elle dans l'espoir que Philippe Ferrière trouve une solution susceptible de rendre la liberté à son mari.

* * *

Eduardo avait été transféré à Alès au fort Vauban, la prison de la ville, ancienne forteresse édifiée sous Louis XIV. Les Allemands y enfermaient leurs suspects avant de les envoyer vers d'autres centres de détention ou de déportation. Les cellules y étaient particulièrement sinistres, car rien n'avait été modernisé depuis sa construction. Là avaient séjourné de nombreux protestants hostiles au Roi-Soleil à l'époque de la guerre des camisards. Le lieu avait triste réputation. Souvent des cris s'en élevaient. Des malheureux y étaient suppliciés par les agents de la Gestapo, parfois exécutés sur place, dans la cour intérieure.

Eduardo se doutait qu'il lui faudrait être courageux, car ses compagnons de misère, quand ils revenaient d'un interrogatoire, demeuraient de longues heures affalés sur leur paillasse, dans des souffrances innommables.

Il craignait de ne pas résister à la torture. Certes, il avait combattu en Espagne contre Franco. Il avait vu la mort de près. Mais jamais il n'avait été prisonnier de ses ennemis et n'avait eu à subir de sévices de la part de tortionnaires sans pitié. Dans les rangs des républicains, il avait assisté à des interrogatoires musclés de soldats nationalistes, voire de civils ou de religieux pris dans les filets d'éléments anarchistes. Il avait tenté en vain de s'opposer à certaines pratiques qu'il jugeait indignes d'êtres civilisés. Il en était ressorti profondément écœuré par ce que l'homme était capable de faire endurer à son semblable. Il ne supportait pas le mal pour le mal. Pour lui, le combat armé avait des limites qu'un réflexe d'humanité devait permettre de ne pas franchir.

Il attendait son tour dans l'ombre de son cachot. Il avait peur. Car il n'était qu'un homme. Pas un héros. Pour se donner du courage, il songeait à Marion, à Tristan. Les larmes coulaient sur ses joues. Il ne cherchait pas à les dissimuler. « Les hommes pleurent aussi quand ils souffrent », se justifiait-il en son for intérieur.

A côté de lui, son compagnon semblait anéanti. Agé d'à peine vingt ans, il était couvert d'ecchymoses et de plaies sanguinolentes. Ses yeux, boursouflés, demeuraient fermés malgré ses efforts pour les ouvrir.

— Je n'ai rien dit, parvint-il à prononcer. Ils m'auront pas. Plutôt crever !

Eduardo essaya de le secourir, le redressa sur sa couche, lui donna de l'eau à boire. S'occupa de le divertir pour penser à autre chose.

Dans la nuit, on le sortit de sa cellule. Deux gardes armés le traînèrent dans une salle obscure où deux civils en chemise discutaient comme si de rien n'était. Il ne comprenait pas leurs paroles, car ils s'exprimaient en allemand. Les gardes lui attachèrent les mains derrière le dos et le contraignirent à s'agenouiller, tête relevée. Eduardo aperçut devant lui une sorte de chevalet en bois auquel pendaient des chaînes et des bracelets métalliques. A côté, sur une table, des pinces, des tisonniers, des tessons de bouteille et des électrodes branchées à une prise de courant. Par terre, un seau d'eau.

Il se mit à trembler. Mais se contrôla aussitôt.

Il respira profondément pour tenter de se concentrer sur lui-même. Il gonfla le ventre, puis les poumons, expira lentement en visualisant de l'intérieur le trajet de l'air pour détendre tout son corps. Recommença plusieurs fois de suite, les yeux fermés. Il s'efforça d'appréhender l'énergie de la terre et du ciel afin de renforcer sa capacité à s'extraire de l'enfer où il allait plonger. Son être devint insensible, déconnecté du réel.

Lorsque ses tortionnaires se mirent à l'œuvre, lui criant sans cesse à l'oreille les mêmes questions, s'acharnant sur ses chairs à les faire éclater, il ne pensa qu'à Marion, à l'amour qu'elle lui donnait lors de leurs ébats, aux promesses de l'aube quand ils se réveillaient.

Il reprit connaissance des heures plus tard. Cette fois, c'était son compagnon de cellule qui s'occupait de lui.

— Ça va ?

— Ça pourrait aller mieux ! parvint-il encore à plaisanter. Moi non plus, je n'ai pas parlé.

Les interrogatoires reprirent plusieurs fois de suite, toujours dans le même local, dans les mêmes conditions. Eduardo résistait. Mais il n'était plus que l'ombre de lui-même.

Au bout de huit jours, n'ayant jamais lâché ce que ses bourreaux s'efforçaient de lui faire avouer, on le laissa tranquille. Mais un officier SS le prévint qu'il serait transféré à la prison de Nîmes pour être jugé par un tribunal, avant d'être déporté dans un camp de concentration.

* * *

Marion était revenue le lendemain à Val Fleuri. Philippe l'y attendait. Il avait lu la lettre d'Eduardo et avait déjà contacté des membres de son groupe. Il reçut Marion sans animosité mais sans une once de compassion, feignant de méconnaître le différend qui les avait opposés des années auparavant.

— Votre mari fait partie d'un réseau de Résistance, lui apprit-il. C'est la raison pour laquelle il vous a tenue à l'écart de ses actes. Il ne pouvait se confier à vous sans vous mettre en danger, vous et votre...

Il ne termina pas sa phrase, incapable d'évoquer l'existence de Tristan.

— Bref, poursuivit-il, la Gestapo l'a arrêté alors qu'il s'apprêtait à transmettre des informations importantes à son relais. J'ignore de quoi il s'agit et de quelle manière il opère. Et cela n'est pas de mon ressort. Mais, effectivement, je suis au courant de ce qu'il faisait… Ce qu'il vous demande, j'espérais que cela n'arrive pas… Je vais faire quelque chose. Nous avons toujours un plan de secours dans de tels cas. Mais je ne vous promets rien.

Marion était sidérée. Ainsi donc, Philippe Ferrière était lui aussi résistant ! Et Eduardo agissait sous ses ordres.

— Je ne sais comment vous remercier, monsieur Ferrière. Je me doute que vous ne faites pas cela de gaieté de cœur. Vous ne me portez pas en sympathie. Mais j'aime mon mari. L'histoire qui nous a opposés jadis ne doit pas déteindre sur ce qui nous préoccupe aujourd'hui. Je vous serai éternellement reconnaissante pour Eduardo et pour mon…

— Gardez vos larmes pour plus tard, la coupa Philippe afin de ne pas permettre à Marion de prononcer le prénom de son fils. Vous en aurez peut-être besoin si nous échouons. Je vous tiendrai au courant de la suite des événements. Vous habitez encore chez vos parents, au Mas neuf ?

— Non, rue Basse, à Anduze.

— Je vous ferai parvenir un message.

— Je préférerais venir moi-même pour entendre de votre bouche ce qui se passe pour Eduardo.

— Comme vous voulez. Vous avez du temps à perdre !

La froideur de Philippe n'étonna pas Marion. Elle ne s'attendait pas à un accueil chaleureux du père de Damien. Il croyait que Tristan était son petit-fils. Pour rien au monde elle ne l'aurait démenti. Même si Eduardo considérait Tristan comme son enfant, ce dernier demeurerait à jamais à ses yeux celui de Damien.

Une semaine plus tard, Marion retourna aux nouvelles.

Philippe lui apprit qu'Eduardo était sur le point d'être transféré à la prison de Nîmes pour y être jugé. Il n'était guère optimiste.

— En général, le tribunal, même présidé par un Français, relaxe rarement un prisonnier arrêté pour faits de Résistance. Les juges sont à la botte de Vichy et donc des nazis. Votre mari sera sans aucun doute condamné à la déportation. Comme il est espagnol, d'après nos sources, il sera envoyé à Mauthausen en Autriche.

— Déporté ! Cela signifie…

— Qu'il a peu de chances de s'en sortir, je ne vous le cache pas. Les conditions d'existence dans ces camps sont épouvantables.

Marion s'effondra. Ses larmes n'émurent pas Philippe. Il ne voulait pas s'attendrir devant celle en laquelle il voyait la responsable des erreurs de Damien et indirectement de sa tragique disparition. S'il ne s'était pas attaché à cette fille, ressassait-il toujours, Damien aurait gardé la tête froide et ne se serait pas laissé mourir dans son stalag. Car Philippe était persuadé que son fils n'avait pas survécu à cause du chagrin qu'il éprouvait d'avoir été séparé de Marion. Tout cela était donc de la faute de la jeune femme !

— Plusieurs de nos hommes, des résistants aguerris, doivent être emmenés à Nîmes en même temps qu'Eduardo, lui apprit-il. Un commando va essayer de les faire échapper au moment de leur transfert. C'est une opération délicate qui peut tourner court. Je ne tiens pas à vous donner trop d'espoir. Mais s'il y a quelque chose à tenter, c'est à ce moment-là. Ne vous inquiétez pas, on prendra toutes les précautions.

Marion sentit que, soudain, Philippe Ferrière devenait plus humain. Il se mettait à sa place, la plaignait, la rassurait. Elle ne retint pas ses larmes.

— Pardonnez-moi, s'excusa-t-elle en hoquetant d'émotion. Je... je vous avais mal jugé. Je ne pensais pas que vous m'aideriez. Vous avez des raisons de m'en vouloir.

Philippe lui jeta un regard attendri. Il la découvrit comme jamais il ne l'avait aperçue.

« C'est vrai qu'elle est jolie, avec ce petit air attristé ! se dit-il. Je comprends mieux Damien à présent. Mais il n'avait pas à agir sans mon consentement ! »

Il se reprit.

— Dès que tout cela sera terminé, il vous faudra redoubler de vigilance. Vous devrez changer d'adresse, vous couper de vos parents, ne pas chercher à les contacter, sous peine de les mettre en danger. Une vie de clandestinité vous attend. A moins que vous ne préfériez laisser votre mari prendre le maquis et ne plus le voir jusqu'à la paix retrouvée !

Marion était prête à tout accepter pour sauver son mari et permettre à son fils de grandir à côté de son papa, fût-il un papa d'adoption.

Quelques jours plus tard, Marion reçut la visite d'un homme qu'elle ne connaissait pas. Il se présenta de la part de Sylvestre, qu'elle avait rencontré, expliqua-t-il, à l'ombre des grands chênes de son parc. Elle saisit l'allusion.

— J'ai une mauvaise nouvelle à vous annoncer, lui dit-il après lui avoir demandé d'éloigner son enfant.

Marion blêmit. Comprit aussitôt.

— Le transfert de votre mari s'est mal passé, lui indiqua-t-il. Eduardo a été tué dans l'attaque du fourgon cellulaire dans lequel il était enfermé. Nos hommes n'ont rien pu faire. Les Allemands étaient armés jusqu'aux dents. Quand le fourgon s'est ouvert sous le feu de notre commando, Eduardo en est sorti. Un soldat a tiré en direction des prisonniers qui s'échappaient. Tous ont péri. Je suis désolé.

Marion s'effondra.

Les ténèbres s'appesantissaient à nouveau sur elle.

L'homme de l'ombre parti, elle rejoignit son fils dans sa chambre. Lui dit, d'une voix monocorde :

— Mon chéri, ton papa ne reviendra pas... Il est monté au ciel.

En prononçant ces paroles, Marion ne put chasser de son esprit l'image de Damien qui la hantait toujours.

25

Retour à la lumière

1944-1945

La tourmente dura encore plus d'un an, jusqu'à ce que les troupes alliées commencent à reconquérir le territoire. Le débarquement de Normandie, du 6 juin 1944, avait fait renaître l'espoir dans le cœur de chacun. Les villes étaient reprises les unes après les autres des mains des Allemands. Les Forces françaises de l'intérieur, unies au Comité national de la Résistance, obéissaient aux directives du général de Gaulle dont l'autorité n'était plus contestée.

Après la libération d'Alès le 21 août, les Allemands avaient évacué Nîmes dans la journée du 22, utilisant tous les moyens de fortune qu'ils avaient pu réquisitionner, chevaux, charrettes… Ce jour-là, et pour la dernière fois, les Alliés avaient bombardé la ville. Finalement Nîmes avait été libérée le lendemain par des résistants FTP, Francs-tireurs et partisans, et MOI, Main-d'œuvre immigrée.

Pour Philippe, le combat était terminé. Contrairement à beaucoup de jeunes résistants intégrés à l'armée de Libération, il estima que son rôle s'achevait.

— Je n'ai plus l'âge de me battre les armes à la main, se justifia-t-il devant Florian qui lui avait signifié son intention de rejoindre les FFL, les Forces françaises libres du général de Gaulle.

Philippe croyait son fils non investi dans la lutte pour la victoire. Aussi fut-il étonné quand celui-ci lui apprit, très tardivement, qu'à Montpellier il appartenait à un réseau clandestin, mis en place par des étudiants. Rose Rochefort l'avait même accompagné dans son engagement. Ensemble ils avaient risqué leur vie pour défendre leurs convictions. Sébastien, le père de Rose, résistant de la première heure, n'avait pu empêcher sa fille de faire honneur à sa patrie, pas plus que Ruben, son fils aîné.

— Je suis donc encore le dernier informé ! maugréa Philippe. Tu aurais dû m'en parler.

— Nous as-tu divulgué ton action secrète ? lui rétorqua Florian, amusé par l'attitude toujours aussi raide de son père. Décidément, papa, tu ne changeras jamais. Tu veux tout orchestrer.

A vingt-deux ans passés, Florian avait acquis de l'assurance. Il ne se laissait jamais influencer par les autres et tenait tête à son père sans toutefois lui marquer une opposition systématique.

— Je pars bientôt pour l'Est. Je vais m'engager dans l'armée du général Leclerc. Nous allons libérer l'Alsace et pourchasser les Allemands jusqu'à Berlin. Hitler est aux abois. Dans quelques mois, la guerre sera terminée.

— Sois prudent, mon chéri, le supplia Irène, la larme à l'œil. Reviens-nous sain et sauf. Pense à ce qui est arrivé à ton frère. Pense à Ma...

Elle se reprit de justesse.

— ... pense à Rose.

Depuis qu'elle avait revu Marion, chaque fois qu'il était question de Damien, Irène songeait à elle, à son enfant... son petit-fils. Elle regrettait ce qui s'était passé, cette incompréhension qui s'était installée entre son mari et son fils aîné. Philippe aussi éprouvait de profonds remords mais demeurait dans le déni, ne voulant pas admettre ses torts. S'il souffrait profondément de la disparition de Damien, il ne lui venait pas à l'idée qu'il était à l'origine de leur mésentente. Damien était parti sans s'être totalement réconcilié avec son père, et cela, Irène le reprochait à son mari sans jamais oser le lui signifier de vive voix.

L'année se termina dans la crainte que l'espoir né au lendemain du Débarquement soit remis en cause par un ultime rebondissement. Les Américains ne s'enlisaient-ils pas dans le Pacifique ? L'armée allemande ne résistait-elle pas avec acharnement, en sacrifiant ses dernières forces, des enfants de quinze ans et des vieillards arrachés à leur retraite inconfortable ? Hitler était-il vraiment acculé comme on l'affirmait ? Les nazis continuaient leurs massacres à travers l'Europe où Juifs et Tziganes étaient systématiquement exterminés. Quant aux troupes de Staline, comment se comporteraient-elles une fois la victoire obtenue ?

Toutes ces questions sans réponse hantaient l'esprit de Philippe comme de bon nombre de Français.

Pour l'heure, sa priorité était de redresser son entreprise. Car, depuis qu'il s'était engagé dans la Résistance, il l'avait quelque peu délaissée et son chiffre d'affaires était au plus bas. Il rouvrit son carnet d'adresses et contacta ses anciens clients pour leur proposer de nouvelles collections de services de table. Il s'était remis à dessiner et passait de longues heures à imaginer plats, assiettes, soupières, saucières, théières, dont il concevait le décor en les peignant directement sur des pièces de faïence vierges et défectueuses qu'il recyclait à cet effet.

Irène se plaignait à nouveau de ses absences. Maintenant qu'il ne pouvait plus se réfugier derrière son activité clandestine, il n'avait plus aucune raison de la laisser seule des journées entières. Aussi, pour la satisfaire, mais encore parce qu'il aimait se retrouver au plus près des Cévennes dans un cadre qui le transportait et l'incitait à la méditation, il décida de ne plus se rendre à Uzès qu'une fois par semaine.

— Ça t'évitera de la fatigue, prétexta-t-elle. Les Allemands n'occupent plus notre domaine. Tu travailleras ici en paix, comme avant la guerre.

Au printemps suivant, alors que le conflit se terminait, il remit également en marche le four de sa poterie. Celui-ci, en effet, était éteint depuis le jour où le lieutenant Muller avait investi Val Fleuri avec ses hommes. Philippe avait refusé de le maintenir en état de produire afin de ne pas être contraint de fabriquer pour l'ennemi, au cas où on le lui aurait à nouveau demandé.

Il rappela son contremaître, Jean Lanoir, et lui proposa de s'entourer d'ouvriers potiers qualifiés. Jean, après avoir été licencié par Philippe quelques années plus tôt, s'était embauché chez les Boisset qui, eux, ne s'étaient pas arrêtés de fonctionner malgré les difficultés du moment. A l'invite de son ancien patron, il n'hésita pas un instant et, sans donner l'ombre d'une explication, quitta son nouveau poste au profit de la poterie de Val Fleuri.

— Il faudrait reconstituer le stock d'argile, annonça bientôt Jean Lanoir. Ce que nous avions abandonné ne vaut plus grand-chose. Pourtant, il en restait une grande quantité lors de la fermeture.

— Les Allemands s'en sont servis pour édifier une digue le long du Gardon. Ils craignaient qu'une crue n'emporte leur matériel. Val Fleuri est inondable en cas de gardonnade. Je n'ai pas pu m'y opposer.

— C'est qu'ils ont drôlement entamé la réserve ! Non seulement ils ont utilisé ce qui était déjà extrait, mais ils ont creusé la carrière sur plus de dix mètres de profondeur. Ils ont même déboisé la falaise qui la surplombe. Cela représente au moins trois ou quatre années d'exploitation.

Philippe n'avait pas contrôlé les occupants de son domaine, trop absorbé par ses activités clandestines et ses allers-retours quotidiens à Uzès. Il s'inquiéta mais ne dit mot à son homme de confiance.

Le soir même, il se rendit à cheval à la carrière de Terre rouge et, à sa grande stupéfaction, s'aperçut que l'extraction pratiquée par les Allemands frôlait l'endroit où se situait la grotte explorée par Damien.

— Bon sang ! s'exclama-t-il à voix haute, selon une habitude qu'il avait contractée depuis la disparition de son fils – s'adressant ainsi à lui comme s'il se trouvait à ses côtés. Un peu plus, et ils détruisaient l'entrée de la grotte.

Il vérifia les dégâts : l'orifice de la cavité n'avait pas été touché. Personne ne semblait avoir découvert le fabuleux trésor de Terre rouge.

Il en fut soulagé.

— Faudrait envisager quelque chose, poursuivit-il. Un jour ou l'autre, quelqu'un tombera dans cette caverne et je ne pourrai plus dissimuler ce qu'elle recèle.

Philippe n'avait pas réellement pensé aux conséquences à long terme d'une telle découverte. Pour lui, si la grotte était rendue publique, il perdrait immédiatement l'usage de la carrière, persuadé qu'il en serait exproprié. Or il avait besoin de cette argile pour sa poterie. Il l'utilisait également mélangée à du kaolin, dans sa faïencerie d'Uzès.

Sur le moment, il songea à en condamner définitivement l'ouverture par d'énormes rochers.

— Le problème est d'amener une pelle mécanique sur le plateau sans éveiller les soupçons.

Constatant que la végétation y était assez touffue et obstruait parfaitement la descente dans le trou, il abandonna son idée.

— Je donnerai la directive de ne pas trop s'approcher de la paroi, et d'extraire dans le sens opposé. Ainsi personne ne montera voir là-haut.

Il s'apprêtait à repartir, quand sa jument se mit à hennir gentiment.

Intrigué, Philippe leva les yeux, jeta un regard circulaire autour de lui.

Quand il se promenait à cheval dans ses terres, il craignait toujours de tomber sur un individu errant seul dans la montagne. Des déserteurs de la première heure, des résistants isolés toujours tapis dans l'ombre et ignorant que la guerre était pratiquement terminée, en tout cas dans la région, des rôdeurs de tout acabit se cachaient dans les coins les plus reculés des Cévennes, dans l'attente d'un retour à la lumière. Certes, ils ne représentaient pas un grand danger, mais ils entretenaient une atmosphère de suspicion pour ceux qui, comme lui, aimaient la solitude des crêtes.

— Qui va là ? s'enquit-il.

Personne ne lui répondit. Il crut que son cheval avait été apeuré par un sanglier ou un chevreuil. Ils foisonnaient dans les bois depuis le début de la guerre. Les chasseurs avaient délaissé leur activité favorite, certains pour traquer d'autres gibiers dans la montagne et faire le coup de feu.

Il mit le pied à l'étrier. Sa monture hennit une seconde fois et se cabra. Désarçonné, Philippe faillit tomber en arrière.

— Bon sang ! Qui va là ? répéta-t-il.

Il entendit un bruit furtif dans les fourrés, juste derrière lui.

Il se retourna et n'eut que le temps d'apercevoir une petite silhouette déguerpir dans le taillis.

Il courut derrière elle, mais son pied trébucha sur une branche morte. Il s'affala dans une flaque d'eau.

Vociférant tous les jurons qu'il connaissait, il n'insista pas.

— C'était un gamin ! ronchonna-t-il. Sûr ! ce n'était pas un adulte.

Sa cheville lui faisait mal.

— Il ne manquait plus que ça ! Une entorse.

De retour à Val Fleuri, quand Irène, le voyant boiter, s'enquit de ce qui lui était arrivé, il lui cacha la vérité pour ne pas avoir à lui avouer qu'il avait été effrayé dans les bois par un enfant.

* * *

En mai, la guerre prit fin au grand soulagement de tous. Il fallait maintenant panser les plaies, reconstruire ce qui avait été détruit, reprendre l'habitude de vivre en paix, attendre le retour des prisonniers, civils et militaires. On découvrait avec stupeur l'existence des camps de concentration nazis. On s'interrogeait sur la manière dont les Américains viendraient à bout de l'acharnement des Japonais dans le Pacifique. Une autre horreur glaça le monde à l'annonce de l'explosion des bombes atomiques sur Hiroshima et Nagasaki.

Les soldats engagés dans les dernières forces armées alliées n'étaient pas encore tous revenus du front. Florian faisait partie du nombre. Son unité avait poussé jusqu'à Berlin. Il avait traversé une ville sinistrée, écrasée sous les bombes. Ses habitants erraient parmi les ruines, à l'affût de nourriture mais aussi d'un abri pour se préserver des représailles. Les Russes avaient mauvaise réputation. Ils occupaient la moitié est de la capitale allemande et commençaient déjà à avancer leurs prétentions. Tous attendaient avec anxiété le résultat des tractations entre dirigeants des grandes nations pour savoir comment le territoire allemand serait découpé et géré.

Florian expliquait tous ces arcanes diplomatiques dans des lettres qui parvenaient à ses parents avec beaucoup de retard. Il informait également Rose des dernières nouvelles et lui demandait de s'armer de patience.

Je reviendrai bientôt, lui écrivit-il en août. *Mon unité ne saurait tarder à être relevée de ses fonctions. Dès que je serai de retour, nous nous fiancerons. Nos deux familles seront à nouveau réunies en une seule branche. J'ai hâte de te serrer dans mes bras...*

A Val Fleuri, les Ferrière vivaient dans l'espoir de revoir très vite leur fils cadet sain et sauf. Ils n'oubliaient pas ce qui était arrivé à leur aîné et craignaient un malheur de dernière minute. Aussi la petite Juline était-elle pour Irène son trésor le plus précieux. Elle la surveillait constamment, ne la laissait jamais seule de peur qu'elle ne trébuche dans l'escalier ou ne se blesse en tombant dans les allées gravillonnées du parc. Au moindre rhume, elle appelait le médecin de famille pour qu'il la tranquillise, prête à administrer à l'enfant tous les remèdes de la pharmacopée.

Philippe reprochait à sa femme de trop couver sa fille.

— Tu es en train d'en faire une gamine délicate. Plus tard, elle sera incapable de s'affirmer et ne sera pas préparée à affronter les difficultés de la vie.

— J'espère qu'elle n'aura pas à te supporter comme nos fils y ont été contraints ! osait répliquer Irène, vexée. Juline aura du caractère, comme ses frères. Ça se voit déjà. Elle saura ce qu'elle voudra. J'en suis persuadée.

Pour l'instant, la fillette, âgée de quatre ans, se montrait d'une extrême docilité. Elle ne posait aucun problème particulier à ses parents. Si Philippe assurait son rôle de père, il ne s'intéressait pas spécialement à son éducation, laissant ce domaine à sa femme. Il estimait qu'une fille, de toute façon, ne devait pas envisager la même carrière qu'un garçon. Il n'attendait donc rien de Juline. Pour lui, il lui suffirait qu'elle fasse un bon mariage et qu'elle lui donne des petits-fils sur qui il pourrait compter, à défaut d'avoir pu compter sur ses propres fils.

Quand Florian rentra d'Allemagne, Philippe dissimula mal son émotion. Il retint ses larmes devant tout le monde, mais les trémolos dans sa voix trahirent ce qu'il ressentait. Il enserra son fils dans ses bras.

Dans son uniforme de l'armée française, Florian avait fière allure. Irène remarqua la première les galons qu'il portait sur l'épaule.

— J'ai obtenu le grade de sous-lieutenant, expliqua-t-il. J'avoue que j'ai pris des risques pour cela. J'ai accepté une mission dangereuse qui a bien failli m'envoyer là où se trouve Damien.

— Oh, mon Dieu ! s'exclama Irène. Et c'est seulement maintenant que tu nous annonces cela !

— Je ne voulais pas vous effrayer. J'étais certain que vous n'auriez pas tenu votre langue. Vous en auriez discuté avec les Rochefort, et Rose se serait fait un sang d'encre, à son tour.

— A propos de Rose, le coupa Philippe, va vite la rejoindre au salon. Elle t'attend avec impatience.

Nous reparlerons de tout cela plus tard, quand tu auras récupéré. Tu dois être fatigué, je suppose.

— Exténué.

— Va, mon garçon. Puis retrouve-nous au séjour pour fêter ton retour dignement. Sébastien et Pauline doivent arriver d'une minute à l'autre.

Florian retrouva Rose, le cœur battant. La jeune fille attendait, assise sur le canapé, l'oreille aux aguets. Quand il entra dans la pièce, elle se leva précipitamment et se jeta dans ses bras.

— Mon amour ! lui dit-elle sans lui laisser le temps de la regarder. Comme tu m'as manqué…

* * *

Marion avait repris le cours de son existence, se partageant entre son travail et son enfant qu'elle élevait dans le souvenir d'Eduardo. Elle ne parlait jamais de Damien à Tristan, estimant qu'il était encore trop jeune pour comprendre les méandres de sa vie sentimentale. Si elle aimait Eduardo, elle n'avait jamais oublié son premier amour. Damien demeurait dans son cœur celui qu'elle souhaitait rejoindre un jour, quand elle devrait quitter les siens pour effectuer l'ultime voyage.

A la poterie, on l'avait affectée définitivement à la fabrication. Elle remplaçait Eduardo même dans les tâches les plus difficiles. Elle ne craignait pas de se mesurer aux plus habiles ouvriers et ne refusait pas de se mettre au tour pour façonner les vases les plus grands. Certes, il ne fut pas facile pour elle de s'imposer, car le métier était plutôt masculin. Au reste, elle était la seule femme à manipuler l'argile.

Le soir, quand elle rentrait du travail, fourbue, elle récupérait Tristan chez Maryse qui, de nourrice, était devenue une amie. Maryse gardait plusieurs enfants, ce qui lui permettait de subvenir à ses besoins. Elle habitait une maison à mi-chemin entre les bois de Val Fleuri et la poterie Boisset. De chez elle, on distinguait les toits des deux poteries. Lorsque la cheminée des fours fumait, elle expliquait à Tristan qu'on y cuisait des vases qui en ressortaient de toutes les couleurs.

— Ta maman fabrique les vases avec de l'argile. Puis ces vases sont cuits dans un four après avoir été émaillés.

— Moi aussi, plus tard, je fabriquerai des vases, lui disait-il de plus en plus souvent. Je ferai comme maman.

Du haut de ses cinq ans, Tristan était un enfant attendrissant. Il avait beaucoup souffert de la disparition de celui qu'il avait vite considéré comme son père. Mais Marion avait su lui raconter les choses avec simplicité, et il s'était fait une raison, persuadé que son papa n'était pas très loin et qu'il l'accompagnait quand il pensait à lui.

De temps en temps, il échappait à la surveillance de Maryse. Le petit garçon aimait la solitude et gambader autour de la maison, à la découverte des fleurs sauvages, des insectes, d'une jolie pierre, du moindre détail qui suscitait sa curiosité. Pour son âge, il était déjà très éveillé et avait l'esprit créatif. Marion lui rapportait parfois des morceaux de terre glaise pris à la poterie avec l'accord de son patron.

— C'est pour mon fils, se justifiait-elle. Il préfère l'argile à ses jouets.

— On en fera un futur potier ! Il a de qui tenir.

Dès que sa mère rentrait, munie de son précieux cadeau, Tristan s'attablait et se mettait à pétrir la terre humide de ses mains habiles. Au début, il n'en confectionnait que des rouleaux, des « saucissons », comme il les appelait en riant aux éclats. Puis, petit à petit, avec l'aide de sa mère, il apprit à façonner des petits dessous-de-plat, des récipients, des assiettes et même des statuettes représentant des personnages sortis de son imagination. Quand ils avaient suffisamment séché, il les peignait avec beaucoup de soin et les offrait à sa maman.

— Tu es adorable, lui répétait-elle en le couvrant de baisers. Un jour, quand tu fabriqueras de plus grands objets, je les ferai émailler et les donnerai à cuire dans le four de la poterie.

Tristan adulait sa maman qui était tout pour lui, en l'absence d'un père.

Aussi, quand il s'échappait de chez Maryse et que Marion ne le voyait pas au moment où elle venait le rechercher, elle était morte de peur qu'il n'ait fait une mauvaise rencontre.

Or, depuis un certain temps, l'enfant, tapi dans les fourrés du bois de Val Fleuri, observait avec émerveillement un cavalier, tout vêtu de noir, dont l'allure lui paraissait celle d'un héros de légendes, comme celles que lui lisait sa mère, le soir avant de se coucher.

26

Furtive rencontre

1951

Les années d'après-guerre furent difficiles pour tout le monde. La pénurie, les privations, les disparus laissaient dans l'esprit de tous d'âpres séquelles. Mais la vie était plus forte que le désespoir. On s'était remis au travail. On rebâtissait ce qui avait été détruit, dans les villes, dans les campagnes, mais aussi dans le cœur des hommes. On croyait à nouveau en des lendemains meilleurs. On faisait confiance à la raison en chassant les vieux démons qui, pourtant, avaient resurgi à vingt ans d'intervalle. Les Etats s'étaient regroupés au sein de l'Organisation des Nations unies, garante de la paix. Les Alliés géraient la nouvelle Allemagne partagée en deux. Le monde était devenu bipolaire, la sphère communiste s'érigeant devant celle des pays capitalistes. Les Américains s'enlisaient en Corée, les Français en Indochine. En France, après la démission du général de Gaulle du gouvernement, la Quatrième République confortait le régime parlementaire, enterrant ainsi le spectre de la dictature de Vichy.

A Val Fleuri, Philippe Ferrière avait redressé les comptes de son entreprise, tant ceux de sa poterie d'Anduze que ceux de sa faïencerie d'Uzès. Les commandes étaient reparties à la hausse et profitaient du redémarrage de l'économie. Il dirigeait ses deux unités de production de main de maître sans sacrifier à sa vie de famille. Irène avait retrouvé un mari attentionné, enthousiaste, à l'écoute. Certes, Philippe n'avait pas changé d'opinion concernant le devenir de sa société. Mais, en l'absence de fils volontaire pour lui succéder, il s'était rendu à la raison et semblait accepter l'idée de devoir attendre la naissance éventuelle d'un petit-fils.

Florian et Rose s'étaient mariés une fois leurs études terminées, en 1947. Puis ils s'étaient installés à Paris. Florian y exerçait la médecine dans un hôpital et poursuivait une spécialité en chirurgie cardiaque. Rose, quant à elle, était avocate dans un célèbre cabinet de droit international. Ils n'avaient pas encore d'enfants, au grand désespoir de leurs parents. Philippe le premier s'impatientait et s'en plaignait souvent auprès de sa femme.

— Plus ils hésitent, plus ils repoussent la possibilité d'assurer la transmission de l'entreprise à un Ferrière !

— Ils sont jeunes tous les deux. Ils n'ont pas trente ans. Rien ne presse, tentait de le tranquilliser Irène.

— Tu sembles ignorer que je ne vais pas tarder à en avoir cinquante-six. Alors, fais le calcul, et tu admettras avec moi que mon futur petit-fils aura vingt ans quand j'en aurai plus de soixante-quinze. S'ils ne se décident pas maintenant, il y aura une vacance de pouvoir, comme on dit en politique.

— Tu oublies Juline ! Elle vient de fêter son dixième anniversaire.

— Tu sais très bien ce que j'en pense.

Philippe s'entêtait à ne pas croire qu'une femme pourrait prendre sa suite. Aussi continuait-il à exercer ses responsabilités comme s'il était irremplaçable et qu'après lui il n'y avait aucune solution sérieuse envisageable, hormis la transmission à un petit-fils.

En réalité, il passait plus de temps à gérer son entreprise qu'à créer de nouveaux modèles. A Uzès, il avait embauché un dessinateur qui concevait les nouveautés. Lui se contentait d'y mettre sa touche personnelle. Quant à sa poterie, il n'avait guère besoin de multiplier à l'infini la variété des vases qui sortaient de son four avec sa marque de fabrique. Elle offrait une gamme maintenant suffisamment étendue pour satisfaire la clientèle la plus exigeante. Philippe s'enorgueillissait même de concurrencer les Boisset dont l'essor n'avait pas cessé en l'absence d'autres poteries dans la commune cévenole.

— Nous ne sommes que deux fabriques de vases, aimait-il relever, et j'espère que cette situation durera longtemps. Si un jour d'autres nous imitaient en inondant le marché de produits de piètre qualité, cela nuirait à la réputation du vase d'Anduze. Celui-ci répond à des normes de fabrication draconiennes que nous devons défendre bec et ongles. Il nous faudrait obtenir un label de reconnaissance. Comme pour les vins. Une sorte d'appellation contrôlée. Ce serait une garantie pour évincer ceux qui ne possèdent pas toutes les compétences. J'en discuterai avec les Boisset.

Irène se réjouissait quand son mari montrait du ressort et de l'énergie malgré l'avenir incertain qui se profilait et qui le hantait – elle ne pouvait le nier au fond d'elle-même. De temps en temps, elle sondait Florian, lorsque ce dernier venait à Val Fleuri avec Rose, en visite dans leurs familles respectives. Elle osait encore lui demander s'il envisagerait, le cas échéant, d'abandonner sa carrière médicale pour reprendre l'entreprise paternelle. Mais Florian était catégorique.

— Jamais ! lui répondait-il. Je serai bientôt chirurgien. J'aurai passé plus de dix ans de ma vie pour le devenir. Je n'accepterai jamais de renoncer après tant d'efforts et d'abnégation.

— Ce n'était qu'une suggestion. Ne te mets pas en colère.

Irène connaissait son fils. Rien ne le ferait revenir en arrière. Mais, pour son mari, elle ne pouvait s'empêcher de lui rappeler la triste réalité qui se profilait à l'horizon d'une dizaine d'années si aucun événement n'en modifiait le cours.

— Et vous souhaitez avoir des enfants ? insistait-elle pour être rassurée.

Florian avait déjà éludé cette question. Irène percevait son malaise quand elle abordait le sujet. Elle ne comprenait pas pourquoi son fils semblait gêné lorsqu'ils en discutaient. Il n'était pas prude au point de refuser de parler de son intimité avec sa mère !

Cette fois, Florian parut plus disposé à s'ouvrir.

Elle s'en rendit compte.

Elle feignit de détourner ses propos.

— Rose est certainement très occupée par son travail. Elle se déplace beaucoup à l'étranger.

Avec les remous politiques qui impliquaient le pays dans les grandes affaires de la décennie, Rose, en effet, partait souvent plaider devant des cours internationales. Quand ce n'était pas en République fédérale allemande pour les derniers procès de criminels de guerre, elle se rendait à Strasbourg ou à La Haye où se jouait le destin de l'Europe, à Washington pour les conférences de l'ONU et de l'OTAN. Elle adorait son métier, ayant toujours rêvé d'une carrière de diplomate lorsqu'elle poursuivait ses études en Angleterre avant la guerre. Elle éprouvait de la fierté devant son père qui, infatigable, parcourait encore le monde pour son journal.

— Rose ressemble à Sébastien, releva Florian. Elle ne tient pas en place. Mais ce n'est pas cela qui m'inquiète.

Florian s'était rembruni. Irène s'en aperçut.

— Quelque chose ne va plus entre vous ?
— Non ! Tout va pour le mieux.
— Alors, que se passe-t-il ?

Florian hésitait. Il se servit un verre de scotch, s'installa tranquillement sur le canapé.

— Nous ne parvenons pas à avoir un enfant.

Irène demeura sans voix. Elle n'avait pas envisagé une telle éventualité.

— C'est... c'est irrémédiable ?
— Je suis bien placé pour le savoir ! J'ai consulté un confrère. Le problème vient de Rose.
— Elle est stérile ?
— Il n'y a rien de définitif. D'après le résultat des examens, cela pourrait s'arranger avec un traitement

approprié. Mais il n'y aura pas de miracle. Ça prendra du temps. Beaucoup de temps.

Irène ne voulut pas se montrer pessimiste.

— Alors, tout n'est pas perdu. Je suis sûre que vous aurez un jour de beaux enfants. Il faut y croire !

— Ne parle pas de tout cela à papa, la pria Florian. Ne brisons pas son espoir d'avoir un jour un petit-fils.

* * *

Quand il en avait le temps, Philippe effectuait toujours de longues promenades à cheval sur son domaine. Il s'y ressourçait après ses épuisantes journées de travail. Il rentrait parfois tard le soir après avoir parcouru des dizaines de kilomètres. Il ne rencontrait presque jamais personne et ne s'arrêtait que pour laisser sa jument reprendre haleine ou pour se désaltérer à l'onde fraîche d'une source.

Après les chaleurs étouffantes de l'été, il préférait les vastes étendues de garrigue, là où l'horizon se dégage et où la nature exhale ses parfums méditerranéens. Il poussait souvent beaucoup plus loin que les limites de ses terres, parvenant aux confins de l'Uzège, à deux pas de sa propriété d'Uzès. Il s'était même mis en tête de rejoindre le littoral en une journée, de se rendre aux Saintes-Maries-de-la-Mer et de sillonner la Camargue en solitaire. Il se grisait à galoper à bride abattue, cheveux au vent, l'esprit vide.

De retour, à l'approche de Val Fleuri, il contemplait toujours avec grand plaisir son domaine resplendissant sous les derniers rayons du soleil, quand les vignes rougeoyaient et qu'une forte odeur de moût flottait entre les rangées de ceps. Il mesurait alors à sa juste valeur la chance qu'il avait de vivre comme un seigneur, d'être maître chez lui.

Avec le temps, le souvenir de Damien le tourmentait moins. Il n'oubliait pas ce qu'avait représenté son fils, son espoir de succession, sa propre projection dans l'avenir. Mais il se sentait plus apaisé. Il avait enfin accepté son destin.

Un samedi, alors qu'il s'était absenté depuis l'aube, il s'arrêta au retour près de la grotte de Terre rouge, dans l'intention d'aller constater que rien n'avait été dérangé. Depuis la reprise d'exploitation de sa carrière, il avait fait obturer discrètement l'entrée de la caverne sans divulguer les raisons de sa décision. Il avait seulement évoqué la dangerosité de l'endroit et affirmé qu'il valait mieux, par sécurité, empêcher quiconque de s'en approcher. Depuis, il n'était jamais retourné sur les lieux. Ses ouvriers extrayaient l'argile rouge à proximité d'un véritable trésor sans se douter de rien.

La végétation avait à nouveau tout envahi. Il ne trouvait plus l'emplacement exact de la découverte de Damien. Il errait dans les bois alentour. Sa jument n'appréciait pas les espaces encombrés de ronces et de buissons épineux. Il mit pied à terre et la guida lentement en la rassurant.

Tout à coup, il entendit du bruit devant lui. Des pas sur des branches mortes. Il se dégagea des fourrés dans lesquels il s'était empêtré, parvint dans une petite clairière verdoyante toute baignée de lumière. A l'autre extrémité, il distingua nettement un enfant affairé à ramasser quelque chose.

Il comprit immédiatement.

Il remonta en selle. Et, avant qu'il ait pu réagir, fondit sur lui.

Surpris, l'enfant, un garçon d'une dizaine d'années, aux cheveux blonds et bouclés lui retombant sur les oreilles, se retourna et lâcha ce qu'il tenait dans les mains. La peur se lisait dans ses beaux yeux pervenche.

— Que fais-tu là ? demanda Philippe d'une voix sévère.

— Rien, monsieur, je vous assure.

A ses pieds, un lapin pris dans un collet trahissait son forfait.

— Tu mens. Tu braconnes !

Philippe ne supportait pas les braconniers. C'était la première fois qu'il en attrapait un de cet âge-là en flagrant délit.

— Sais-tu que je pourrais te conduire chez les gendarmes pour te punir ? Il est interdit de dérober le bien d'autrui. Que t'apprend-on à l'école ?

Penaud, l'enfant ne disait mot. Le menton rentré comme pour se protéger, il baissait le regard d'un air coupable.

Philippe s'approcha de lui, l'empoigna par la manche de sa veste, le secoua énergiquement.

L'enfant se démenait.

— Lâchez-moi, vous me faites mal. Je n'ai rien fait.

La colère montait à la tête de Philippe.

— Que je ne te reprenne pas sur le fait ! Sinon, je ne serai plus aussi indulgent qu'aujourd'hui. Pour cette fois, tiens-le-toi pour dit et file d'où tu viens. Je ne veux plus te voir rôder dans les parages.

Il repoussa le garçonnet.

Celui-ci ne se le fit pas répéter et déguerpit comme un voleur.

Philippe ramassa le lapin qui s'agitait encore dans son piège, le dégagea et le relâcha. L'animal détala aussi rapidement que son prédateur.

Ce n'était pas la première fois que Tristan se hasardait sur les terres de Val Fleuri. Il en avait pris l'habitude quand il séjournait chez Maryse. Depuis, il s'y aventurait dès que l'occasion s'offrait à lui et n'hésitait pas à parcourir plusieurs kilomètres, sa mère ayant le dos tourné. Celle-ci avait beau le sermonner et exiger qu'il ne s'éloigne pas trop de la maison, le petit garçon n'écoutait que ce qu'il voulait entendre.

Il était attiré par la nature sauvage, le chant des oiseaux dans les ramures, les écureuils dans les bosquets, l'éclosion des premiers bourgeons, les champignons tapis sous les feuilles de châtaignier. Il ne revenait jamais chez lui sans rapporter des fruits des bois, des cèpes ramassés au hasard de ses escapades.

Deux ans plus tôt, alors qu'il faisait l'école buissonnière, il avait rencontré un vieil homme barbu, habillé comme un chasseur, les cheveux hirsutes et le fusil en bandoulière. Apeuré au premier abord, il s'était peu à peu laissé apprivoiser. Hector n'était pas un individu dangereux. Il était seulement recherché par les gendarmes pour désertion, n'ayant pas répondu en 1914 à son ordre de mobilisation. Depuis plus de trente-cinq ans, il errait dans les montagnes en toute impunité, de serres en vallons, vivant de braconnage, de chapardages, mais aussi de la générosité de gens qui, à force de le croiser, avaient fini par l'accepter et par lui venir en aide.

Tristan s'était lié à cet homme des bois qui lui enseignait toutes sortes de subterfuges pour se débrouiller seul en forêt. C'est avec lui qu'il avait appris à poser des collets pour prendre lièvres et lapins de garenne, ou des *lèques*, ces petits pièges à oiseaux qu'il confectionnait avec une pierre plate et quelques bouts de branches sèches. Quand il rentrait le soir, fier d'exhiber son butin, Marion le grondait et exigeait de lui de ne plus recommencer. L'enfant promettait mais ne tenait jamais parole. Marion ne baissait pas les bras et s'efforçait de lui faire la morale.

— Si tu continues, les gendarmes t'emmèneront en prison, l'avertissait-elle gentiment. Au mieux, tu finiras à Aniane… Sais-tu ce qu'est Aniane ?
— Non. C'est quoi ?
— Une maison de correction pour les enfants désobéissants.

En réalité, il s'agissait d'un véritable bagne pour mineurs situé dans l'Hérault et tristement célèbre dans la région.

Tristan croyait que sa mère ne cherchait qu'à le mettre en garde. Il pensait à Hector et se disait que braconner ne devait pas être interdit puisque son vieil ami s'y adonnait depuis la nuit des temps. Au reste, depuis qu'ils se connaissaient, il n'avait jamais été inquiété.

Aussi, sa rencontre inopinée avec Philippe Ferrière le fit réfléchir. Sur le moment, il s'effraya. Car il n'avait jamais été menacé de cette manière.

Il alla se réfugier dans la capitelle au milieu des vignes de Val Fleuri. Il ignorait que l'abri ainsi que les terres alentour appartenaient à l'homme qui venait de le réprimander. Il ne savait pas non plus que sa mère y retrouvait jadis celui qu'elle considérait comme le véritable père de son fils. Et il n'avait avoué à personne que, depuis plusieurs mois, il y donnait rendez-vous à une petite fille de son âge.

C'était son secret. Leur secret.

Les deux enfants s'y étaient rencontrés par hasard. Tristan rôdait selon son habitude et s'était un peu égaré. La pluie commençait à tomber. Apercevant non loin, au milieu des rangées de vignes, un abri en pierre sèche, il s'y était rendu en courant afin de se mettre à l'abri.

Juline avait eu la même idée.

La jeune Ferrière tenait de son frère. De ce grand frère, Damien, qu'elle n'avait pas connu et dont sa maman lui parlait souvent. Elle aimait se promener seule, se perdre au milieu des ceps juste avant les vendanges, quand les effluves de raisin gorgé de soleil embaumaient encore la terre chaude. Elle apportait toujours un livre et restait des heures entières plongée dans sa lecture, assise à l'entrée de cette capitelle sur les murs de laquelle elle avait un jour découvert deux initiales gravées dans la pierre et enlacées l'une à l'autre : M & D. Elle n'avait pas deviné que son frère défunt y avait trouvé le grand amour.

Depuis ce jour-là, les deux enfants entretenaient des relations d'amitié et de complicité qui les unissaient étroitement, comme jadis Marion et Damien.

Tristan était loin de se douter qu'il s'était réfugié dans l'antre du loup.

A peine eut-il repris ses esprits qu'il entendit le bruit d'un cheval au galop. Il hasarda un regard à l'extérieur et aperçut un cavalier. L'homme l'avait poursuivi, crut-il sur le coup, et revenait appliquer sa menace.

Il se cala au fond de l'abri, retenant sa respiration.

Le martèlement des sabots se dissipa. Le danger s'éloignait.

Tristan demeura néanmoins sur ses gardes, prêt à déguerpir à la moindre alerte.

Il pensa à sa mère. A la honte qu'elle aurait éprouvée si on l'avait prévenue que son fils était à la gendarmerie, accusé de braconnage. A la peur qu'elle aurait ressentie en ne le voyant pas rentrer avant la nuit.

« Je ne recommencerai plus, se dit-il. Dorénavant, je ne poserai plus de pièges. »

Il sortait de son refuge quand il aperçut au loin son amie.

— Juline ! s'exclama-t-il.

— Tristan ! Que fais-tu ici ? Ce n'est pas le jour de notre rendez-vous !

— Je le sais. Mais… j'étais dans le coin. Et j'ai eu envie de me reposer dans notre abri.

Tristan hésita à avouer à Juline ce qui lui était arrivé. Il ne lui avait jamais parlé de braconnage ni d'Hector. Il craignait qu'elle le juge et qu'elle lui reproche ses mauvaises relations.

La petite fille se pendit à son cou, l'embrassa sur les joues.

— Mais tu es tout pâle. On dirait que tu as eu peur. Je me trompe ?

Tristan reconnut :

— En fait, je suis venu me cacher. Je me promenais dans les bois, là-haut sur la falaise, quand un homme m'a surpris.

— Tu faisais quelque chose de mal ?

— Euh… non, mentit Tristan. Mais il a cru que je braconnais. Alors, il a menacé de m'emmener chez les gendarmes.

— C'était certainement le garde champêtre. C'est son rôle de pourchasser les braconniers. Tu n'as rien à redouter puisque tu n'as rien commis de répréhensible.

— Tu as raison.

— Oublions tout cela. Allons nous promener.

Juline n'avait pas deviné qui était l'homme en question. Au reste, Tristan ne lui avait pas dit qu'il s'agissait d'un cavalier et ne le lui avait pas décrit.

Lui était loin de se douter que ce dernier n'était autre que le père de son amie.

27

Le cavalier noir

1952

Le temps s'écoulait dans la paix des jours heureux qui marquent l'enfance. Ni Tristan ni Juline n'étaient conscients qu'autour d'eux le monde entrait une fois encore en ébullition.

Loin de s'être assagies, les nations se lançaient de terribles défis et s'affrontaient sur d'autres terrains. Le spectre du nazisme à peine écarté, celui du totalitarisme gangrenait les esprits au point que la peur d'un troisième conflit était déjà sur toutes les lèvres. Russes et Américains ne se livraient-ils pas bataille en Asie, par pays du tiers-monde interposés ? Et que dire de la Chine qui avançait ses pions sur un échiquier duquel elle avait été si longtemps évincée ?

Les deux enfants passaient de plus en plus de temps ensemble, à cent lieues des travers des hommes, lui, le petit sauvageon, elle, la petite fille de bonne famille. Ils ne se souciaient pas de ce que leurs parents pourraient penser de leurs fréquentations ni de ce qui se tramait autour d'eux. Rien n'était plus important à leurs yeux que leurs rencontres, leurs jeux innocents, leur amitié. Ils s'adonnaient à de longues promenades, faisaient des découvertes qui nourrissaient leur curiosité. Tristan expliquait à Juline comment poser un collet sans blesser l'animal. Juline en retour lui lisait des pages entières de ses livres préférés et l'emmenait dans les pays où les contes transforment la réalité en rêves couleur de miel.

Tristan n'avait plus reparlé de sa mésaventure survenue à l'automne précédent. Il n'en éprouvait aucune fierté et regrettait d'avoir été surpris en pleine panique par son amie. Malgré les admonestations de Philippe Ferrière, il ne s'était pas assagi pour autant. Il s'était abstenu de retourner dans la forêt pendant plusieurs semaines, craignant de tomber à nouveau sur le cavalier noir, tel qu'il se le dépeignait dans son souvenir.

Mais, après deux mois au cours desquels il avait obéi scrupuleusement à sa mère, il ne put se retenir d'aller revoir son vieil ami Hector.

Celui-ci avait élu domicile dans une cabane de bûcheron abandonnée au milieu des bois de Val Fleuri. En plein cœur de l'hiver, personne n'y venait. Il y vivait donc en toute tranquillité, n'en sortant que pour se ravitailler. Tristan connaissait l'endroit situé à plus d'une heure de marche de chez lui.

Le jeudi, jour sans école, quand sa mère partait au travail à la poterie, elle le laissait seul à la maison, à charge pour lui de préparer le repas du soir et de faire un peu de ménage après ses devoirs. A bientôt douze ans, Tristan était assez grand à ses yeux pour demeurer sans surveillance pendant une journée. Marion lui accordait sa confiance.

Mais le jeune garçon succombait toujours à la tentation. L'appel de la forêt était plus fort que ses sages résolutions.

Oubliant son altercation avec le cavalier noir, il se rendit un matin à la rencontre d'Hector. Lorsqu'il arriva à l'emplacement de la cabane, il trouva la place déserte. Sur le sol traînait un tas de planches, vestige de la démolition du repaire du vieux braconnier.

Etonné, il tourna autour comme un animal à qui l'on a pris ses petits, souleva une planche, puis une autre, dénicha l'antique matelas sur lequel Hector passait ses nuits, des ustensiles de cuisine à moitié cassés ou cabossés. Rien n'avait été déblayé.

Il s'assit à l'écart, sur la souche d'un arbre abattu, pensif. Que s'était-il passé ? se demanda-t-il. Aurait-on chassé Hector et saccagé son refuge uniquement pour l'empêcher de revenir rôder dans les parages ?

Il savait que les bûcherons n'utilisaient plus la cabane. Celle-ci ne servait que d'abri pendant les beaux jours à des ramasseurs de champignons ou des promeneurs surpris par le mauvais temps. Quelqu'un avait donc décidé sa destruction.

Il en était là de ses réflexions quand il entendit des voix derrière lui. Deux hommes approchaient en discutant.

— Ici, on pourrait déboiser et aplanir, expliquait l'un d'eux. Ainsi la vue serait complètement dégagée. Et à la place de ces bois qui me sont inutiles, je planterais de la vigne, de bons cépages, afin de produire un vin de qualité que je ne proposerais pas à la coopérative. Je l'élèverais dans mon propre chai.

— Pourquoi te donner tant de travail, papa ? A ton âge, tu devrais songer à te reposer. Ton entreprise ne te suffit-elle plus ?

Les deux hommes ne s'étaient pas aperçus de la présence de Tristan. Celui-ci s'était dissimulé derrière un arbre et écoutait, curieux.

Il jeta un regard dans leur direction. Retint sa respiration, mort de peur.

Il venait de reconnaître le cavalier noir.

Philippe Ferrière et son fils Florian poursuivaient leur conversation comme si de rien n'était.

— Je n'ai pas encore atteint l'âge de prendre ma retraite. En outre, tu ne me donnes pas tellement le choix !

— Ah, ne recommence pas, papa ! Tu sais très bien ce que j'en pense. Je ne suis pas indispensable... Et tu as une fille ! Elle aura vingt ans dans moins de dix ans. Tu pourras alors lui faire confiance et lui laisser les rênes. Si elle le désire, bien entendu ! Tu ne dois pas forcer les gens à se plier à tes exigences. D'ici là, garde ton énergie et ta force pour ton entreprise au lieu de te disperser dans d'autres projets...

De sa cachette, Tristan écoutait avec attention mais ne comprenait rien aux enjeux de la discussion. Il n'osait bouger de peur de se trahir. Mais une forte envie d'uriner commençait à l'embarrasser. Il se tortillait sur place, serrant les cuisses, se retenant autant que possible. Craignant la catastrophe, il déboutonna sa culotte et se soulagea sans attendre. Mais, dans sa précipitation, il perdit l'équilibre et chuta sur un lit de feuilles mortes.

Philippe l'entendit le premier et se retourna dans sa direction.

Se voyant découvert, l'enfant se reboutonna à la hâte et voulut prendre ses jambes à son cou. Mais Philippe, plus prompt que lui, l'arrêta dans sa course.

— Tiens, tiens ! s'écria-t-il en le secouant brutalement. Tu ne m'as donc pas écouté, petit vaurien !

Tristan crut que l'homme allait le frapper.

— Ne me faites pas mal, je vous en supplie. Je ne braconnais pas, je vous le jure.

— Qui est-ce, papa ? demanda Florian qui ne connaissait pas le jeune garçon.

— Oh, un chenapan qui braconne sur mes terres ! Je l'ai déjà pris sur le fait il y a quelques mois. Je lui ai fait la leçon, mais cela n'a pas suffi. Je me suis montré trop indulgent. Cette fois, il aura droit aux gendarmes.

— Non, monsieur, non, pas les gendarmes ! Ils m'enverront à Aniane.

— Où ça ?

— A Aniane, en maison de correction. C'est ma maman qui m'a averti.

La colère de Philippe se lisait sur son visage. Il avait les yeux exorbités et le teint rouge. Il secouait toujours Tristan sans se rendre compte de sa force.

— Arrête, papa. Arrête ! s'écria Florian. Ce n'est qu'un enfant. Tu vas lui déboîter l'épaule !

— C'est qui ta mère ? le pressa Philippe. Je vais aller la voir et lui dire deux mots. Après tout, c'est elle la responsable. Elle ne te surveille pas assez. Si tu continues, tu deviendras un vrai voyou… Alors, qui est ta mère ? Tu me le dis ou je t'emmène directement à la gendarmerie !

— Marion.

— Marion qui ? Comment t'appelles-tu ?

— Je m'appelle Tristan Chassagne.

Philippe se figea, interdit.

Florian comprit la surprise de son père et intervint :

— Tu es le fils de Marion, du Mas neuf ?

— Au Mas neuf, c'est mon grand-père et ma grand-mère qui y habitent. Ma mère et moi, on habite à Anduze, rue Basse.

Philippe, qui dévisageait l'enfant, se sentit mal.

Tout un passé douloureux lui revenait à la mémoire... Damien... Marion... L'enfant qu'ils leur avaient presque imposé !

« Non, impossible ! » se dit-il en se faisant violence.

— Allons-nous-en ! ordonna-t-il à son fils. Ça suffit pour aujourd'hui.

Tristan fut soulagé.

— Vous ne me conduisez pas chez les gendarmes ? demanda-t-il tout hébété.

Philippe se retourna. Le fixa d'un regard d'acier.

— Tu ne perds rien pour attendre. Méfie-toi, la prochaine fois que je te rencontre sur mon chemin, tu y auras droit, aux gendarmes.

Florian saisit son père par le bras et le ramena vers leurs montures qui broutaient à l'entrée du bois.

Quand Philippe mit le pied à l'étrier, il faillit tomber en arrière, pris de malaise. Florian n'eut que le temps de le retenir.

— Ça ne va pas de te mettre dans de tels états ! l'admonesta-t-il. Cet enfant ne faisait rien de mal.

Il n'avait rien chapardé. Tu l'as accusé à tort. Pourquoi t'en prendre à lui aussi violemment ?

— C'est l'enfant de Marion.

— J'ai bien compris. Ce n'est pas une raison.

* * *

Une fois de plus, Tristan en fut quitte pour la peur. Toutefois, le cavalier noir l'intriguait. Il se demandait qui il était. Depuis la première fois qu'il l'avait aperçu, il n'avait cessé de penser à lui, imaginant tous les scénarios possibles.

Dans sa frayeur, il n'avait pas entendu l'homme lui interdire de ne plus braconner sur « ses » terres. Obstiné, il ne voulait pas abandonner, d'autant plus que la disparition d'Hector le chagrinait. Qu'était-il devenu ? s'inquiétait-il. Le cavalier noir serait-il le responsable de la démolition de la cabane de bûcheron et donc du départ de son vieil ami ? Il avait peine à admettre qu'Hector soit parti sans lui laisser, d'une manière ou d'une autre, un message lui indiquant ce qu'il s'était passé et où il se cachait. Que signifiaient les paroles qu'il avait entendues juste avant d'être découvert ? Le cavalier noir parlait de raser la forêt, de planter des vignes… Des vignes à cet endroit, alors qu'il y en avait plein dans la plaine ! Et le plus jeune des deux, ne l'avait-il pas appelé « papa » et n'avait-il pas essayé de calmer sa colère ? Il ne lui venait pas à l'esprit que les deux hommes puissent être les propriétaires du domaine de Val Fleuri. Au reste, l'enfant ne pensait pas que les bois appartenaient à quelqu'un. Il avait tellement l'habitude de s'y promener en toute tranquillité qu'il les croyait à tout le monde !

Toutes ces questions sans réponse l'empêchaient de trouver le sommeil et l'incitaient à retourner sur les lieux de l'incident afin d'espionner et de mieux comprendre. L'homme mystérieux ne manquerait pas d'y revenir puisqu'il l'avait déjà aperçu deux fois quasiment au même endroit. Mais, dorénavant, il serait doublement prudent et ne se ferait pas surprendre.

Il laissa passer plusieurs semaines. Le printemps avait chassé l'hiver dans ses derniers retranchements et amenait précocement son flot de douceurs. Pâques s'annonçait dans la joie d'une année pleine de promesses.

Pour autant, Tristan n'avait pas délaissé son amie Juline. Les deux enfants se retrouvaient avec beaucoup d'impatience dans les vignes de Val Fleuri. Juline n'avait plus évoqué sa mésaventure. Ayant deviné sa frayeur, elle n'avait pas voulu le vexer en la lui rappelant. Elle lui parlait parfois de ses parents ; de sa mère issue d'une ancienne famille aristocratique ; de son père et de son métier de céramiste, un artiste en son genre, aimait-elle préciser avec fierté ; de son frère Florian, un futur grand cardiologue. Elle s'attristait quand elle pensait à son frère défunt, Damien, qu'elle regrettait de ne pas avoir connu et qui à ses yeux était une sorte de héros mort à la guerre.

Tristan l'écoutait, intéressé, car il découvrait avec elle un milieu à cent lieues du sien. Il avait conscience que Juline était une petite fille privilégiée, qu'elle n'avait pas de souci à se faire pour son avenir. D'ailleurs sa mère ne travaillait pas et pouvait rester à la maison toute la journée à s'occuper d'elle ou à recevoir des amies. Aussi ne s'éternisait-il pas sur lui-même. Il avait seulement reconnu que sa propre mère était employée dans une poterie et, comme le père de Juline, fabriquait des vases horticoles de toute beauté.

— Ils font le même métier tous les deux, lui avait-il dit naïvement.

De son père, il ne parlait jamais, s'étant contenté de lui avouer un jour :

— Mon père, comme ton frère, est mort à la guerre. Tu vois, on a beaucoup de points communs !

Il ne s'était jamais étonné de porter le nom de sa mère et non celui d'Eduardo. Ce dernier, n'étant pas français, n'avait pu le reconnaître.

Juline ne l'avait pas démenti mais se doutait que la maman de son ami ne vivait pas dans l'aisance. Elle ne s'en offusquait pas, au contraire. A ses yeux, Tristan n'en avait que plus de mérite. Elle aimait chez lui sa spontanéité, sa débrouillardise, son franc-parler, son caractère enjoué. Car Tristan se montrait avec elle d'un naturel optimiste. Il ne se laissait jamais dérouter ni démoraliser. Il trouvait une solution à chacun de ses problèmes. Lui appréciait chez Juline sa gentillesse, son romantisme, sa sensibilité, sa simplicité. Elle ne mettait pas en avant ses origines sociales et demeurait humble en toutes circonstances. Tristan se sentait bien en sa présence et n'éprouvait aucun sentiment d'infériorité.

Avec les vacances de Pâques frémit en lui son besoin d'aller retrouver ses amis les animaux. Il se demandait aussi si Hector était revenu sur les lieux de la cabane. Il espérait le rencontrer dans les bois. Il lui expliquerait ce qui était arrivé, son altercation avec le cavalier noir, la menace qu'il lui avait lancée...

Il n'avertit pas Juline de ses intentions. Elle lui aurait sans doute déconseillé de réitérer ses exploits. Il profita d'une belle journée ensoleillée pour s'absenter de chez lui. Marion, selon son habitude, lui avait laissé les consignes.

— Ne t'éloigne pas de la maison. Prépare le repas pour ce soir. Et range un peu ta chambre, elle est dans un tel désordre qu'une chatte y perdrait ses chatons.

Tristan se débarrassa rapidement de ses corvées et, au milieu de la matinée, s'éclipsa en prenant soin de refermer la porte derrière lui.

Il prit aussitôt la direction de Terre rouge. Il s'attarda près de la carrière, observa de loin une pelle mécanique affairée à extraire la précieuse argile.

Un ouvrier l'aperçut :

— Eh, petit ! Ne reste pas là, c'est dangereux. La falaise risque de s'effondrer. Les pluies de l'automne dernier l'ont fragilisée... Qui es-tu ?

Tristan n'osa donner son nom.

Il biaisa.

— J'habite de l'autre côté, mentit-il. Je rentre chez moi. C'est plus court en passant par ici.

— Alors, ne traîne pas.

Tristan allait s'éloigner quand l'ouvrier arrêta le moteur de sa machine. Il en descendit et se dirigea vers le tas de terre glaise déjà extrait. Derrière le monticule, un homme lui adressait la parole. De l'endroit où il se trouvait, Tristan ne pouvait le voir ni l'entendre.

Curieux, il s'approcha de quelques pas.

Il ne s'était jamais aventuré aussi près de la carrière. Lorsqu'il se promenait dans les parages, il contournait le site afin de ne pas être surpris. Puis il s'éclipsait dans les bois sans se montrer. Il aimait jouer au chat et à la souris, tenter le diable en poussant l'espièglerie à ses limites. Plusieurs fois il avait failli être découvert à observer les ouvriers aller et venir entre la carrière et les hangars de fabrication. Un soir, alors que tout le monde avait quitté les lieux, il s'était même introduit dans l'atelier de cuisson et avait pu à loisir examiner le four qui donnait à plein rendement. La chaleur était accablante. Il avait cru rôtir sur place. Il n'avait jamais dit à sa mère qu'il pénétrait dans la poterie des Ferrière et qu'il espionnait la fabrique concurrente de celle où elle travaillait. De même l'avait-il caché à Juline, ne désirant pas passer à ses yeux pour un garnement mal éduqué.

Le conducteur d'engin gesticulait, visiblement en colère. Tristan comprit qu'il se disputait avec un collègue.

— Non, ce n'est pas possible ! s'écriait-il. J'ai fait mon boulot. On ne peut rien me reprocher...

Tristan voulut voir à qui il s'adressait.

Il s'approcha à pas de velours. Jeta un regard furtif. Découvrit le cavalier noir !

« Encore lui ! » s'étonna-t-il.

Stupéfait, il demeura sans bouger de crainte d'être repéré.

Il ne fit pas la relation entre ce mystérieux personnage et le propriétaire présumé de la poterie.

L'ouvrier tourna les talons, furieux, et s'éloigna.

Tristan n'eut pas le temps de se dissimuler. Philippe Ferrière l'aperçut et en oublia le motif de ses récriminations envers son employé.

Philippe semblait médusé.

— Encore toi ! Que fais-tu donc ici ?

Tristan allait s'enfuir en courant, quand Philippe l'arrêta :

— Ne pars pas ! Je ne te ferai pas de mal.

Le jeune garçon, méfiant, ne l'écouta pas. Il fonça droit devant lui, tête baissée, sans répondre. Il contourna la pelle mécanique, se cacha derrière, se croyant hors de danger.

Philippe s'approcha, un pas après l'autre, comme s'il désirait apprivoiser un animal blessé.

— Je sais que tu es là. N'aie pas peur. Je veux seulement te parler.

— Je n'ai rien à vous dire !

— On pourrait discuter... Tu agis comme un voleur !

Tristan demeurait tapi derrière les chenilles de la pelle mécanique, n'osant faire un geste.

— Je ne suis pas un voleur ! Je ne braconnais pas. Je ne mens pas.

— Alors que faisais-tu ?

— Je regardais la machine.

Philippe ne trahissait aucune colère. Il avait complètement changé d'attitude. Tristan se demandait s'il n'était pas en train de l'appâter pour mieux se saisir de lui et le conduire ensuite chez les gendarmes.

— Vous ne m'aurez pas ! cria-t-il. Je n'irai pas en maison de correction. Ma mère a besoin de moi ! Vous n'avez pas le droit !

Philippe avança d'un pas, contourna la cabine de l'excavatrice, découvrit Tristan replié sur lui-même.

— Allez, sors de là ! lui dit-il. Je n'ai pas l'intention de te frapper ni de t'emmener chez les gendarmes.

— Alors, que voulez-vous ?

— Seulement faire connaissance.

28

La vérité

Philippe était bouleversé. Le calme étant revenu dans son esprit, il avait peine à admettre que le petit sauvageon rencontré dans ses bois n'était autre que le fils de Marion Chassagne. Donc le fils de Damien ! Son propre petit-fils !

Douze ans après, Philippe était parvenu à reléguer cette histoire aux oubliettes. Quand il songeait à Damien, il ne lui en voulait plus de l'avoir placé devant le fait accompli. Son chagrin d'avoir perdu un fils, le seul capable de le remplacer au pied levé, s'était atténué avec le temps. Après de multiples tergiversations, il avait fini par admettre que les enfants de Florian pourraient le dégager du souci qui lui pourrissait l'existence. Mais, devant l'obstination de ce dernier à ne considérer que sa carrière – Irène avait tenu parole et avait tu les problèmes de stérilité de sa belle-fille –, il commençait à perdre patience. Or il repoussait encore l'idée de voir un jour sa fille Juline prendre sa relève.

Aussi, miné par l'éventualité d'être acculé à vendre son entreprise quand il ne serait plus en âge de la diriger, il avait songé que, tout compte fait, ce sauvageon de Tristan représentait peut-être l'ultime espoir d'éviter la catastrophe. Il était son petit-fils, qu'il le veuille ou non. Le sang de son sang. Celui de Damien.

Plus il réfléchissait à ce lien qui les unissait, plus il se persuadait de son erreur passée.

— Il faut accepter l'évidence, se confortait-il en s'adressant à voix haute à son fils disparu. Ce jeune Tristan est mon dernier recours.

Pourtant, il avait peine à trouver des qualités à l'enfant. Débraillé comme un petit Gitan, l'air espiègle, toujours à rôder par monts et par vaux et à commettre des larcins, il lui paraissait totalement étranger. Il ne reconnaissait pas son fils en lui.

— Il tient de sa mère, pas de toi, c'est sûr! regrettait-il. C'est un Chassagne, pas un Ferrière!

Philippe n'en démordait pas. Un enfant naturel n'était pas à ses yeux un enfant comme les autres. Il ne pouvait avoir dans le sang tous les gènes familiaux.

Mais devant la fatalité qui semblait s'acharner contre sa volonté, il se décourageait et ne voyait plus la réalité du même œil.

— Puisqu'il faut en passer par là, ce Tristan sera donc mon petit-fils! admit-il dans le secret de ses entretiens avec son fils défunt.

* * *

Tristan revenait régulièrement sur le domaine de Val Fleuri, poussé par une étrange prémonition. Quelque chose en lui l'attirait vers l'endroit où il s'était fait prendre comme un voleur.

L'inconnu vêtu de noir lui avait paru très antipathique. Son ton bourru, autoritaire, cassant l'avait effrayé. « Je n'aimerais pas avoir un grand-père comme lui ! » se disait-il, quand il repensait à ses mésaventures, le soir, au fond de son lit. Dès qu'il retrouvait Robert et Amélie au Mas neuf, il se réconfortait d'avoir des grands-parents comme eux.

— Vous êtes le papi et la mamie les plus gentils du monde, leur déclarait-il, plein d'amour dans ses gestes et ses paroles.

— Oh, toi, tu as quelque chose à nous demander ! lui rétorquait alors Amélie en l'embrassant avec tendresse.

Le jeune garçon n'avait parlé à personne de sa rencontre avec le cavalier noir. C'était son secret. Il s'était mis en tête l'idée saugrenue que, s'il le révélait, cela lui porterait malheur. Or il se méfiait de ce vieil homme à cheval qui l'avait menacé des gendarmes à plusieurs reprises. Et même si, la dernière fois, il lui avait tenu des propos plus amènes, il ne croyait pas en ses bonnes intentions. « Il a essayé de m'apprivoiser pour mieux me surprendre la prochaine fois », pensait-il.

Cela ne l'empêchait pas d'aller courir bois et garrigue, à l'affût de quelque petit gibier à piéger. Son naturel revenait au galop lorsqu'il retrouvait son milieu de prédilection. Avec Juline, il ne s'épanchait pas et ne lui racontait pas ce qu'il manigançait en son absence. La jeune Ferrière avait conscience qu'il lui cachait la vérité quand il lui affirmait ne plus vagabonder comme un rôdeur. Elle ne lui en tenait pas rigueur, heureuse d'être son amie.

Avec les vacances d'été, les touristes affluaient dans la région. Marion avait toujours plus de travail en cette saison. Son patron lui avait proposé de s'occuper du magasin en plus de son travail à l'atelier, le matin. De ce fait, ses journées s'en trouvaient allongées. Tristan restait seul à la maison de l'aube au coucher du soleil. Loin d'en souffrir, il en profitait pour s'échapper de plus belle. Il errait du matin au soir dans la montagne, s'aventurant parfois à plus de quinze kilomètres de chez lui, du côté de Saint-Jean-du-Gard, de Durfort ou de Lassalle.

Chez son grand-père, il avait déniché une vieille bicyclette datant d'avant la guerre. Robert ne s'en était pas servi depuis plus de vingt ans. A sa demande, il la répara et la lui offrit à son anniversaire, pour ses douze ans.

— Fais attention, le prévint-il. Les pneus ne sont pas en bon état. Ne roule pas trop vite pour ne pas chuter dans un ravin.

Heureux de son cadeau, Tristan délaissa ses longues marches en solitaire pour des randonnées à vélo sur les petites routes de la région. Il poussa rapidement assez loin d'Anduze, vers le plat pays, car, du côté opposé, les pentes raides de la montagne l'avaient découragé.

Juline lui avait raconté que son père possédait une fabrique de faïence à Uzès, où ils allaient de temps en temps passer quelques jours, quand son travail l'y retenait.

— Auparavant, mes parents y habitaient en permanence, lui avait-elle expliqué. Puis mon père a choisi de résider à Anduze, dans le manoir de ma mère. Il s'y sent mieux, prétexte-t-il, plus au calme pour dessiner ses nouvelles collections. En fait, il préfère les Cévennes à l'Uzège.
— L'Uzège ?
— Oui, la région d'Uzès.
Elle lui avait vanté la beauté du duché, décrit la vieille ville historique, l'ambiance colorée de son marché sur la place aux Herbes. Tristan trépignait d'envie de s'y rendre.

Un soir, il consulta une carte dans le calendrier des PTT que sa mère achetait chaque année au facteur. D'après ses estimations, il y parviendrait en deux heures, Anduze et Uzès n'étant distantes que de quarante-cinq kilomètres.

En réalité, Tristan avait surtout l'intention d'aller voir la faïencerie du père de Juline. Il connaissait déjà sa poterie d'Anduze, pour s'y être introduit. Mû par la curiosité, il voulait maintenant découvrir à quoi ressemblait son autre fabrique.

Début août, alors que Juline s'était absentée à Uzès avec ses parents jusqu'à la fin des vacances d'été, se retrouvant seul et désœuvré, il se mit en route un matin par très beau temps. Marion venait de partir à la poterie. Il fila droit vers l'est, à travers une mer de vigne qui s'étendait à l'infini sur les coteaux calcaires, passa sur le pont de Ners, où la confluence des Gardons cévenols donnait naissance au Gard. Puis il pénétra en Uzège, rassuré d'avoir abattu une telle distance si facilement.

Quand il aperçut au loin l'étendard flottant sur la tour du duché, il comprit qu'il avait atteint son but.

Il contourna la ville par les boulevards périphériques, puis se dirigea vers la rivière Alzon tout près de laquelle se trouvait la fabrique de Philippe Ferrière. Juline lui avait si bien décrit l'endroit qu'il n'hésita pas une seconde. Un grand portail métallique se dressa bientôt devant lui, indiquant en lettres de fer forgé l'inscription : Faïencerie Ferrière.

Il posa sa bicyclette contre le mur extérieur et se hasarda dans la cour de l'établissement. Tout autour, des bâtiments aux façades grises étaient séparés les uns des autres par des passages voûtés. « Les ateliers de fabrication », devina Tristan. Il s'approcha discrètement. Des palettes recouvertes de bâches étaient entreposées au milieu de la cour, dans l'attente d'être embarquées sur des camions de livraison.

Tout à coup, il entendit un bruit de roulement. Un ouvrier sur un élévateur arrivait à toute vitesse, portant sur les fourches de son engin une caisse d'objets bien emballés.

— Tu cherches quelqu'un, petit ? lui demanda-t-il en arrêtant brusquement sa machine.

— Non. Je suis entré par curiosité, avoua Tristan.

— Si tu veux de l'embauche, poursuivit l'employé, dirige-toi vers le bureau derrière toi. La porte rouge.

— Je n'ai pas l'âge de travailler.

— Alors, il ne faut pas rester là. Le patron n'aime pas les intrus. S'il te surprend à rôder autour des caisses, il pensera que tu chapardes. Ce n'était pas ton intention, j'espère !

— Non ! Je n'ai rien volé ! Vous vous trompez.

« Même ici, songea aussitôt Tristan, on me prend pour un voleur. Je vais finir par croire que j'en ai la tête ! »

Il ne s'attarda pas et sortit rapidement à l'extérieur de l'enceinte de la fabrique.

Il enfourchait sa bicyclette, prêt à s'en retourner, quand une automobile arriva de la route d'Uzès et s'arrêta devant la grille, juste à côté de lui. La vitre d'une portière s'ouvrit. Apeuré, Tristan évita de regarder, ignorant le visiteur.

— Décidément, on est destinés à se rencontrer ! dit le conducteur.

Tristan finit par relever la tête et découvrit le cavalier noir au volant de la voiture.

Tétanisé, il lâcha son vélo.

— Vous ! s'exclama-t-il.

* * *

Tristan n'osa pas s'enfuir. L'homme en face de lui, s'il ressemblait à son cavalier noir, avait perdu son air revêche.

Il reposa sa bicyclette contre le mur et l'écouta, prêt à prendre ses jambes à son cou.

— Qu'est-ce que tu es venu faire jusqu'ici ? lui demanda Philippe. Tu es très loin de chez toi. Tu n'as pas manqué de courage pour avoir effectué une telle distance à vélo !

— J'ai l'habitude. Je suis entraîné.

— Tu dois être fatigué… Suis-moi. J'habite juste derrière l'usine. Ma femme te donnera une collation. N'aie pas peur. Je ne te veux aucun mal.

Tristan jugeait étranges les propositions de l'inconnu. Il se méfia. Sa mère ne l'avait-elle pas prévenu dès son plus jeune âge quand déjà elle le laissait seul à la maison ? « N'ouvre à personne. Et surtout sur le chemin de l'école, n'accepte jamais de suivre quelqu'un que tu ne connais pas. »

Il le suivit néanmoins, commençant à deviner l'identité de cet homme qui l'avait tant effrayé. Tout semblait s'éclaircir à présent dans son esprit. Ce n'était donc pas un hasard s'il l'avait rencontré par trois fois dans les bois de Val Fleuri ! Et maintenant ici, dans l'enceinte de la faïencerie du père de Juline. Ce vieil homme – il lui paraissait tellement plus âgé qu'Eduardo, son père ! – devait être le grand-père de Juline, supposa-t-il en mettant ses pas dans les siens.

Derrière les murs de la fabrique, il découvrit une jolie maison de maître entourée de pelouses. Des saules pleureurs buvaient l'eau d'un petit étang où se miraient des canards et un cygne. Il n'avait jamais vu un tel décor. Pour lui, les maisons avaient toutes l'allure de celles de la cité d'Anduze, étroites, aux façades marquées par le temps, aux volets gris souvent dégondés.

Il évita de s'extasier mais retint son souffle quand il pénétra dans la demeure. Dans l'entrée, de vastes miroirs renvoyaient les perspectives à l'infini. Des meubles anciens brillaient sous l'effet de l'encaustique. Un escalier de marbre paré d'une main courante en fer forgé donnait accès à l'étage.

Le maître des lieux l'invita à le rejoindre.

— Viens donc ! Pourquoi hésites-tu ?

Tristan restait sur ses gardes.

Philippe le fit entrer dans la cuisine et appela Irène.

Si celle-ci connaissait l'existence de Tristan, elle ne l'avait jamais vu. Elle parut surprise en l'apercevant.

— Qui est ce jeune garçon ? s'enquit-elle.

Sur le moment, Philippe ne précisa pas à sa femme de qui il s'agissait.

— Un petit Anduzien, se contenta-t-il de répondre.

— Tu arrives d'Anduze ! s'étonna Irène.

— Oui, avoua Tristan, qui commençait à se demander ce qu'il faisait chez ces gens.

— Et il est venu à bicyclette, ajouta Philippe. Aussi a-t-il bien mérité un bon rafraîchissement et même quelque chose à manger. Retenons-le à déjeuner. Après, il reprendra sa route. Sa maman ne doit pas s'inquiéter. Le chemin est long jusqu'à Anduze.

Tristan trouvait de plus en plus bizarre le comportement du vieil homme. « Pourquoi autant de gentillesse, s'interrogeait-il, après m'avoir menacé des gendarmes ? »

Philippe ne parvenait pas cependant à révéler à sa femme qu'il était le fils de Damien. C'était encore trop lui demander de reconnaître cette vérité qu'il avait chassée de son esprit depuis si longtemps.

— Ah, j'entends du bruit. C'est Juline qui rentre, remarqua Irène.

Tristan sursauta. Juline séjournait donc chez ses grands-parents ! s'étonna-t-il, le cœur en émoi. Et ses parents, où étaient-ils ? Ses idées commençaient à s'embrouiller. N'ayant jamais rencontré ces derniers, il n'avait pas deviné qui étaient réellement les personnes qui l'avaient accueilli.

La jeune fille entra sans se douter de qui était derrière la porte. Quand elle aperçut Tristan, elle s'arrêta dans l'embrasure, surprise.

— Je te présente Tristan, lui annonça Philippe. Nous nous sommes croisés plusieurs fois à Anduze. Il déjeunera avec nous avant de repartir. Tu lui tiendras un peu compagnie, n'est-ce pas ?

Au nom de Tristan, Irène sursauta mais ne dit mot.

Juline, interdite, n'osa avouer la vérité, craignant une mauvaise réaction de son père. Elle s'avança près de son ami, lui tendit gentiment la main, comme si de rien n'était.

— Je suis enchantée.

— Oh, que de manières, ma fille ! releva Irène. Allez dans le salon tous les deux. Nous vous appellerons quand le repas sera prêt.

Juline emmena Tristan dans la pièce voisine, morte d'inquiétude.

— Que fais-tu ici ? lui demanda-t-elle dans un chuchotement. Mes parents ne savent pas que nous nous connaissons.

— Tes parents ! s'étonna Tristan. Ce vieux monsieur... enfin... ce monsieur n'est pas ton grand-père ?

— Mais non, voyons. C'est mon père.

— Et la dame...

— C'est ma mère !

Confus, Tristan se tut.

Trop heureuse d'avoir retrouvé son ami, Juline s'approcha de lui, l'enlaça par la taille.

— Ne sois pas honteux de t'être trompé. Je reconnais que papa a l'âge d'être mon grand-père. Je suis la petite dernière de la famille. Mais ça ne me gêne pas.

Elle entraîna Tristan dans sa chambre, à l'étage.

— Viens, je vais te faire visiter la maison. Tu verras comme ma chambre est spacieuse.

Tristan était embarrassé. Il lui semblait impossible que le cavalier noir fût le père de celle qu'il aimait. Car il ne se le cachait plus, il aimait Juline, comme on aime quand on tombe amoureux à l'adolescence. Comment pourrait-il oublier la réaction de cet homme lorsque, dans les bois, il l'avait menacé des gendarmes, le prenant pour un voleur ? Et n'était-il pas celui qui avait chassé Hector en détruisant son refuge dans la forêt ? Que lui avait fait Hector pour mériter une telle sanction, lui un pauvre bougre sans famille et sans toit ? Enfin pourquoi, depuis leur dernière rencontre, ce personnage étrange avait-il changé de comportement à son égard ?

Tristan s'interrogeait mais ne trouvait aucune réponse à ses questions.

Quand vint l'heure de passer à table, il hésita.

— Il vaudrait mieux que je m'en aille, dit-il à Juline. Je ne suis pas à ma place ici.

— Tu as peur que mon père découvre que nous nous aimons ?

Tristan se détendit.

— Pourquoi, toi aussi tu m'aimes ?

— Ballot ! Tu ne t'en es jamais aperçu ? Tu es aveugle ou quoi !

Il la prit dans ses bras et l'embrassa tendrement dans le cou, s'enivrant de son doux parfum à la fleur de lilas qu'elle dérobait à sa mère. Puis il osa effleurer ses lèvres et, pour la première fois, se perdit dans un monde nouveau où ni l'un ni l'autre n'avaient jamais pénétré.

— Alors, s'enquit Irène une fois à table, de qui es-tu le fils ? Mon mari joue les cachottiers. Il n'a pas voulu me répondre.

Philippe se racla la gorge, de toute évidence hostile à ce que la vérité éclate si brutalement devant les siens.

— Je m'appelle Tristan. Je suis le fils de Marion Chassagne.

Irène blêmit. Elle ne s'était donc pas trompée.

« Ainsi donc, voici mon petit-fils ! » pensa-t-elle, à tort, en fusillant son mari du regard.

Philippe, courroucé de ne pas avoir pu dissimuler plus longtemps le secret qu'il croyait être le seul à connaître, se leva et prétexta un travail urgent pour s'éclipser.

29

La proposition

1954

Chez les Ferrière, rien ne semblait avoir changé depuis que Tristan leur était apparu par cette belle journée d'été. Ni l'un ni l'autre, maintenant, n'ignorait la vérité. Pourtant aucun des deux n'osait parler à l'autre de ce garçon, fils de Marion Chassagne... fils de leur fils. Ils feignaient de ne pas en tenir compte, comme si cette évidence n'était fondée que sur les hypothèses les plus farfelues.

Philippe ne voulait pas reconnaître de vive voix qu'il ne voyait plus de salut qu'à travers l'existence de cet enfant. Oh, certes, il eût préféré que sa descendance fût plus nette, plus noble, moins entachée de soupçons, pour ne pas dire d'incertitudes. Car à ses yeux un enfant naturel demeurait un bâtard – il répugnait à utiliser ce terme, mais il n'empêche. Il subsisterait toujours un doute sur sa naissance, même s'il avait lu de ses propres yeux la lettre de son fils lui révélant sa paternité.

Il ne s'était pas encore décidé à aller au-devant de Marion pour lui annoncer qu'il était prêt à gommer le passé, qu'il lui pardonnait d'avoir séduit Damien et de l'avoir ainsi détourné de son destin. C'était trop tôt. De même qu'il était trop tôt pour prendre cet enfant par la main et lui dire qu'il était son grand-père. Ses sentiments à son égard avaient besoin de temps pour naître et se développer. Pour l'instant, il n'éprouvait rien envers ce Tristan Chassagne. Il demeurait dans son cœur un étranger, l'enfant d'une fille que son fils avait aimée.

Saurait-il un jour le considérer comme son petit-fils ? Avoir de la mansuétude pour cet être qui n'avait pas connu son père et dont la mère se démenait pour qu'il ne manque de rien ?

Philippe, en réalité, chassait ces questions de son esprit chaque fois qu'elles affleuraient, trop aveuglé encore par la vérité qu'il avait découverte et qu'il avait toujours beaucoup de mal à admettre.

Irène, quant à elle, avait été bouleversée. Certes, pour ne pas déplaire à son mari, elle ne s'était pas rapprochée de Marion toutes ces dernières années, mais elle ne l'avait jamais rejetée. Maintenant qu'elle avait fait la connaissance de son fils – son propre petit-fils ! – et que Marion demeurait seule depuis son veuvage, comment rester indifférente à ces deux êtres qui vivaient si près de chez elle, sans doute dans la précarité ?

L'aspect de Tristan, en effet, l'avait choquée. L'adolescent portait sur lui des habits rapiécés. Sa mère devait les lui raccommoder et les lui rallonger afin qu'ils durent le plus longtemps possible. Ses cheveux mal coiffés, ses égratignures multiples sur les bras et les jambes lui donnaient l'air d'un enfant des bois. C'était pitié de le voir ! Fréquentait-il régulièrement l'école ? se demandait-elle encore. Sa mère avait-elle toute autorité sur lui ? N'était-il pas livré à lui-même ?

Parfois, elle avait peine à croire que Tristan puisse être le fils de Damien. Elle ignorait si elle éprouvait pour lui de la compassion ou de la culpabilité ou si... elle avait honte de l'admettre... au fond d'elle-même, elle refusait tout simplement de se reconnaître comme sa grand-mère !

Elle chassait vite ses mauvaises pensées et, se réfugiant dans la prière, implorait Dieu de l'aider à apaiser son cœur troublé.

Avec le temps, Philippe commençait à sortir de son déni et à évoquer l'existence de Tristan.

Aussi Irène fut-elle soulagée lorsque, pour la première fois, son mari quitta l'armure derrière laquelle il se dissimulait.

— J'ai revu ce garçon dernièrement. Il rôdait une fois de plus près de Terre rouge. Que peut-il bien manigancer ? Les ouvriers de la poterie m'ont averti qu'ils l'avaient surpris à les observer travailler.

Il était trop difficile pour Philippe de parler de Tristan comme de son petit-fils. Il évitait de prononcer son prénom, semblait toujours le considérer comme un étranger.

Irène finit par le placer devant la réalité.

— Ce garçon, comme tu dis, est ton petit-fils. Il s'appelle Tristan. Pourquoi t'évertues-tu à ne pas l'admettre ? Il serait temps d'accepter les faits, tu ne crois pas ?

— Petit-fils, petit-fils ! Tu vas un peu vite.

— Nous avons lu tous les deux la lettre de Damien. Nous savions que Marion était enceinte de lui. Pendant des années, nous avons vécu sans nous préoccuper de ce qu'ils devenaient, elle et son enfant. Le hasard nous a placés sur le chemin de notre petit-fils. Nous connaissons la vérité à présent. Nous n'avons pas le droit d'agir comme si rien ne s'était passé.

— Bon, soit. Mais il ne faudrait pas qu'il commette quelque bêtise. Je lui glisserai deux mots à l'oreille quand je le rencontrerai.

— Pourquoi l'effrayer ? Invite-le plutôt à la maison un jeudi après-midi. Juline sera la première heureuse de le revoir. Ta fille n'a pas beaucoup d'amis. Ils ont à peu près le même âge. Et ils sont parents, en plus ! Y as-tu pensé ?

— Parents ! Je... non... à vrai dire, cela ne m'est pas venu à l'esprit.

— A quoi songes-tu, Philippe ? Tu ne veux vraiment pas considérer Tristan comme ton petit-fils ! Juline est la tante de Tristan, voyons ! C'est bizarre, mais ce n'est que la réalité. Même si elle a un an de moins que son neveu !

Trop enferré dans ses contradictions, Philippe n'avait jamais pris conscience de cette évidence.

Il accepta la proposition d'Irène. Celle-ci s'en réjouit mais ne le montra pas.

Philippe était-il en train de changer ?

* * *

Tristan ne se doutait de rien. Au cours de leurs nouvelles rencontres, le père de Juline lui paraissait toujours aussi bourru. Mais, à présent, il se demandait pour quelles raisons il ne le chassait plus de ses terres alors qu'il le surprenait à rôder dans les bois comme avant.

Chagriné par l'étrange absence de son ami Hector, il s'acharnait à le rechercher partout où il pensait le trouver. Le vieil homme était accoutumé des lieux les plus difficiles d'accès quand il s'agissait de débusquer le gibier. Tristan connaissait les endroits précis où il posait ses pièges. Mais force lui était de constater que ceux-là n'avaient plus été relevés depuis longtemps, depuis la démolition de la cabane de bûcheron. Et au fond de lui, il rendait Philippe Ferrière responsable de la disparition de son compagnon de braconnage.

Ecoutant les conseils de sa femme, plusieurs jeudis de suite Philippe invita Tristan à Val Fleuri pour passer l'après-midi avec sa fille. Juline ne s'étonnait pas du comportement de son père, croyant simplement qu'il désirait lui faire plaisir. Ainsi, comme jadis Marion et Damien, les deux adolescents se retrouvaient ensemble.

Tristan demeurait néanmoins sur ses gardes, méfiant comme un animal sauvage que l'on apprivoise.

Son attention fut attirée un jour par un journal que Philippe avait laissé traîner sur une table. Il était resté ouvert à la page des faits divers. Un titre en gros caractères indiquait : « Le cadavre d'un vieil homme retrouvé dans la forêt au fond d'un ravin ».

Interloqué, Tristan s'empara du quotidien et lut attentivement l'article.

— Que fais-tu ? s'énerva Juline, impatiente de se promener au soleil.

Plongé dans sa lecture, il ne répondait pas.

— Si mon père apprend que tu lis son journal, il ne t'invitera plus à la maison !

Les larmes montaient aux yeux de Tristan. Juline s'en aperçut.

— Qu'est-ce que tu as ?

Intriguée, elle lut à son tour par-dessus son épaule.

— C'est cet article qui t'attriste ?

— Je connaissais cet homme. On était devenus amis.

Juline s'étonna.

— Mais ils disent dans le journal qu'il s'agissait d'un braconnier recherché depuis longtemps par les gendarmes ! Tu fréquentais donc des bandits ?

Tristan s'insurgea.

— Ce n'était ni un bandit ni un voleur ! Seulement un brave homme qui était obligé de se cacher pour vivre. Tout cela parce qu'il avait refusé de partir à la guerre. La Grande Guerre. Il m'avait raconté toute sa vie. Moi, je l'aimais bien, Hector. Il n'aurait pas fait de mal à une mouche.

Juline se rapprocha de son ami, le consola.

— Ne sois pas triste. Là où il est à présent, il est sans doute plus heureux que dans la forêt par tous les temps.

— Si ton père n'avait pas ordonné la démolition de sa cabane, il ne serait pas mort !

Juline ignorait cette histoire. Elle s'étonna :

— Quelle cabane ? Et où ?

— La cabane de bûcheron dans les bois au-dessus de la carrière. Un jour, j'ai surpris ton père en compagnie de quelqu'un. Ils envisageaient de défricher la parcelle et d'y planter de la vigne.

— Je connais ce projet. Mon frère a dissuadé mon père de l'entreprendre. Quant à la cabane, mon père l'a fait démolir, car elle était toute vermoulue et représentait un danger pour ceux qui s'y réfugiaient. Il n'avait pas l'intention de chasser ton ami Hector.

— Celui qui l'accompagnait était ton frère ?

Tristan ne se souvenait plus des paroles exactes qu'il avait entendues ce jour-là et qui auraient pu lui rappeler que le jeune homme en question était le fils de Philippe, donc le frère de Juline.

— Oui, mon frère Florian, qui habite à Paris. Celui qui est chirurgien en cardiologie. Je t'ai déjà parlé de lui.

Tristan commençait à être rassuré. Il avait mal jugé le père de Juline.

— Tu en veux toujours à mon père ? lui demanda-t-elle, peinée par sa méprise.

— Non, je ne mets pas ta parole en doute. Si tu me dis la vérité, alors Hector serait bien mort par accident comme ils le racontent dans le journal. Il serait tombé dans un ravin.

De rencontre en rencontre, Tristan s'apercevait que Philippe Ferrière l'appelait maintenant par son prénom et avait à son égard une attitude de plus en plus affable.

Un jour, il l'invita gentiment à visiter les ateliers de sa poterie avec Juline.

— Une première fois, je t'ai surpris dans la carrière d'argile, puis une seconde fois à Uzès dans la cour de ma faïencerie. Serais-tu intéressé par la céramique ? le questionna-t-il, non sans arrière-pensée.

Tristan ne lui avoua pas avoir été attiré très jeune par le travail de sa mère. Pétrir la terre glaise, la façonner selon sa volonté, créer de ses mains des objets sortis de son imagination le fascinaient. Pourtant il n'avait jamais approché de près l'univers de Marion. Celle-ci ne l'avait pas introduit dans la poterie Boisset. Elle espérait que son fils ne suive pas ses traces. Non pas qu'elle réprouvât le métier qu'elle exerçait depuis maintenant plusieurs années, mais parce qu'elle souhaitait un autre avenir pour lui. Un destin plus prestigieux.

Elle s'était mise à rêver, en effet, que Tristan poursuivrait des études après le certificat. Malgré ses apparences de petit vagabond, il travaillait bien à l'école et son instituteur croyait en lui.

— Si vous le lui permettez, l'avait-il avertie, votre fils pourrait entrer au collège après le certificat d'études, voire plus tard rattraper les classes de lycée. Il en est tout à fait capable.

— Mais je n'en ai pas les moyens, avait-elle alors objecté.

— Il bénéficiera d'une bourse de l'Etat. Je me chargerai des formalités de dossier.

Depuis, Marion envisageait que son fils puisse « devenir quelqu'un », selon ses propres termes quand elle parlait de cette chance à son amie Maryse. En prononçant ces paroles, elle songeait à Damien. « Il serait si fier de lui ! Fier de son fils ! »

Car, en son âme éplorée, elle considérait toujours Damien comme le père de son enfant.

* * *

Tristan ne cachait pas à sa mère qu'il était souvent convié, le jeudi, à Val Fleuri par Philippe Ferrière. Mais il dissimulait sa joie d'accepter une telle invitation, de peur que Marion ne lui reproche de côtoyer des gens d'un milieu social trop élevé. Qui plus est, le patron de son grand-père. Celui-ci n'était pas au courant des liens qu'il entretenait avec Juline. Marion s'était abstenue d'en parler à son père. Qu'aurait-il pensé en effet, lui qui s'était jadis montré très réticent quand elle fréquentait Damien ? L'histoire semblait se répéter avec la deuxième génération ! se disait-elle en craignant que les amitiés de son fils ne se terminent par une forte déception.

Car Marion n'était pas dupe. Elle se doutait que Tristan, à quatorze ans, éprouvait pour la jeune Ferrière les mêmes sentiments qu'elle-même envers Damien vingt ans plus tôt.

Elle l'avait averti :

— Regarde où tu mets les pieds. Garde la tête froide. Ne crois pas qu'ils t'ouvrent leur porte comme à un membre de leur famille ! N'oublie jamais que ton grand-père n'est que le régisseur de monsieur Ferrière. Un jour, c'est sa fille qui pourrait le remplacer. Comprends-tu ce que cela signifie ?

Marion se méfiait. Elle s'interrogeait sur les véritables intentions de Philippe Ferrière. Après l'avoir si longtemps ignorée, voire condamnée, pourquoi, à présent, se montrait-il avec son petit-fils aussi prévenant, presque affectueux au dire de Tristan qui ne cessait de lui raconter comment se comportait le père de Juline depuis qu'il l'avait introduit sous son toit ?

Tristan lui-même changeait d'attitude. Quand arrivait le jeudi, il trépignait d'impatience. Il sortait du placard de sa chambre ses vêtements les moins usagés, s'habillait comme pour un dimanche, se coiffait devant le miroir, cirait ses chaussures, devenait élégant, lui, le petit braconnier, l'enfant des bois !

Marion s'évertuait à se convaincre qu'il agissait ainsi parce qu'il était amoureux. Elle hésitait à le lui faire avouer, car elle respectait ses sentiments. Elle le mettrait mal à l'aise en insistant. Elle se souvenait parfaitement de ce qu'elle-même avait ressenti quand elle s'enfuyait dans les vignes pour rejoindre Damien au mépris de ce que ses parents pensaient.

Mais elle commençait à soupçonner Philippe Ferrière d'éprouver des remords. Aurait-il décidé d'accepter Tristan comme son petit-fils ?

Elle n'osait le croire.

Avait-elle le droit, le devoir de révéler la véracité des faits ? Se devait-elle d'avertir Tristan de cette fausse vérité ? Elle était la seule à connaître le mensonge de Damien.

En son âme et conscience, torturée maintenant par une réalité qui la dépassait après tant d'années vécues dans la mystification, elle préférait ne rien dire afin de ne pas rompre le lien qui unissait à présent son fils aux Ferrière.

* * *

En juin, Tristan obtint avec brio son certificat d'études. Trois mois plus tard, il fêterait ses quatorze ans. Jacques Reboul, son instituteur, attendait sa décision pour inscrire à son palmarès un candidat supplémentaire au collège. Certes, lors de ses douze ans, Tristan n'avait pas passé l'examen d'entrée en sixième, et l'enseignant le regrettait. Il avait suivi la classe de fin d'études, comme la majorité des élèves de son âge. Aussi escomptait-il qu'il accepte d'aller au collège moderne ou technique en vue du brevet élémentaire, même au prix de quelques années de retard.

— Ce brevet lui permettrait de briguer le concours des écoles normales ou les postes de base des administrations et des entreprises, avait expliqué Jacques Reboul à Marion.

Celle-ci voyait déjà son fils maître d'école, à défaut salarié à la Poste ou à la mairie, ce qui, à ses yeux, représentait une réelle promotion sociale. Elle préférait l'imaginer en col blanc derrière un bureau ou un guichet plutôt que, comme elle et ses collègues, affublé d'un tablier et d'une salopette couverts d'argile. Elle ne reniait pas son travail et l'aimait. Mais elle reconnaissait que les tâches manuelles n'étaient pas aussi honorifiques que les emplois administratifs.

Tristan n'avait pas décidé de ce qu'il ferait à la fin des vacances scolaires. Pour l'heure, il passait l'été à parcourir les routes de la région à bicyclette, les chemins de transhumance à pied, à se baigner dans le Gardon d'Anduze, ou en compagnie de Juline à Val Fleuri lorsqu'il y était invité. Heureux comme on peut l'être à quatorze ans quand la vie vous sourit, il ne se souciait pas des lendemains incertains qui se profilaient.

Pourtant la conjoncture n'apparaissait pas très favorable pour les jeunes générations. Si le calme était revenu en Corée, la situation en Indochine demeurait fragile après le désastre de Diên Biên Phu. Les appelés du contingent s'inquiétaient à juste titre de savoir si, la paix à peine signée en Extrême-Orient, ils ne seraient pas bientôt amenés à se battre en Algérie où une guerre larvée menaçait d'éclater à tout moment. Les grandes nations se défiaient du haut de leur puissance, fortes de leurs terrifiantes armes nucléaires. Tandis que, dans les allées du pouvoir, les hommes politiques n'en finissaient pas de s'affronter à propos du sort des peuples colonisés qui revendiquaient les uns après les autres leur indépendance.

Tristan attendait de fêter son anniversaire. Il réalisait qu'à quatorze ans il ne serait plus considéré comme un enfant. C'était l'âge où il était permis de travailler comme un adulte, d'abandonner définitivement l'école. Il s'interrogeait, voyant en la proposition de son instituteur une chance mais aussi un engagement à plus long terme qui réclamerait à sa mère de nouveaux sacrifices. Même avec une bourse, la poursuite de ses études coûterait de l'argent à Marion, il en avait conscience.

Aussi, à la fin août, quand Philippe Ferrière s'enquit de ses intentions, il hésita.

— Ma mère souhaiterait que j'aille au collège. Mais cela sera difficile pour elle.

Philippe avait beaucoup réfléchi pendant l'été. A quatorze ans, c'était le meilleur moment de la vie pour commencer son apprentissage, avait-il déclaré à Irène.

Celle-ci s'était étonnée.

— A quoi penses-tu ? Tu oublies que seule sa mère peut décider pour son fils.

Philippe feignit de ne pas entendre.

Le lendemain, quand il croisa Tristan dans ses vignes en compagnie de Juline, il l'interpella.

— Veux-tu nous laisser un instant, s'il te plaît ? dit-il à sa fille. Nous avons à discuter tous les deux.

Juline n'insista pas et obtempéra.

Philippe emmena Tristan à l'écart. Juline les observait, curieuse et soucieuse à la fois. Son père gesticulait, comme s'il parlementait. Parfois des mots lui parvenaient aux oreilles.

— Réfléchis… ton avenir assuré… tu ne manqueras de rien…

Elle comprit à demi-mot.

Quand, après cinq minutes, Tristan revint vers elle, Philippe l'ayant quitté sans se préoccuper de sa fille, il avait la mine réjouie.

— Que t'a raconté mon père ? s'enquit-elle aussitôt.

— Il me propose de faire mon apprentissage dans sa fabrique de faïence à Uzès.

— Que lui as-tu répondu ?

— J'ai accepté.

30

L'apprenti

1954-1955

A l'automne, Tristan quitta Anduze pour Uzès. Il avait fêté ses quatorze ans un mois plus tôt et se sentait à présent investi de nouvelles responsabilités, conscient d'entamer une phase de son existence qui le mènerait à l'âge adulte.

Pendant ses dernières vacances scolaires, et surtout depuis que Philippe Ferrière lui avait offert de travailler dans son entreprise, il avait mûri sa réflexion. Sa mère avait tenté, en vain, de le dissuader d'entrer si vite dans la vie active.

— Tu as le temps, lui avait-elle objecté. Ton instituteur souhaiterait t'inscrire au collège. Tu y poursuivrais tes études encore quelques années. Tu obtiendrais facilement le brevet ; c'est lui qui l'affirme. Et tu pourrais envisager une carrière dans l'administration.

Mais Tristan n'avait pas hésité.

— Philippe Ferrière m'a proposé d'effectuer mon apprentissage dans sa faïencerie. J'ai accepté. J'aime l'argile et créer de mes mains.

Marion n'avait pas insisté. Elle craignait toutefois que les intentions de Philippe Ferrière ne soient pas aussi honnêtes qu'elles le paraissaient. Elle se demandait toujours pour quelles véritables raisons il s'était attaché à son fils alors que pendant des années il avait ignoré son existence.

Juline, de son côté, s'était attristée. A la rentrée d'octobre, elle devait intégrer le lycée Feuchères de jeunes filles à Nîmes. Ses parents ne lui avaient pas laissé le choix.

— Nous tenons à te donner la meilleure éducation, lui avait expliqué Irène, afin que, plus tard, tu puisses affronter la vie sans difficultés. Aujourd'hui, les filles font de longues études. Une fois mariées, elles ne dépendent plus de leur mari. Ce n'est pas comme à mon époque où les femmes demeuraient à la maison avec pour tâche d'élever leurs enfants. Tu dois accepter notre décision comme une vraie chance.

Juline ne s'était pas opposée à la volonté de ses parents. La jeune fille se montrait obéissante et compréhensive. En revanche, la perspective de ne plus retrouver Tristan aussi souvent qu'auparavant la chagrinait. Elle ne s'en était pas ouverte aux siens, mais elle avait partagé ses craintes avec Tristan avant son départ pour Uzès.

— Maintenant que tu vas travailler, tu n'auras plus autant de vacances que moi. On se verra de moins en moins. Mes parents veulent que je sois interne au lycée. Je ne rentrerai qu'une fois par mois à Anduze. Et toi, tu résideras à Uzès. Quand tu retourneras chez ta mère, reviendras-tu à Val Fleuri ?

Tristan n'avait pas songé à cette question.

— Résider à Uzès ?

— Oui, mon père te logera avec certains de ses ouvriers. Un bâtiment sert de foyer pour ceux qui sont trop loin de chez eux.

— Tes parents t'amèneront bien de temps en temps à Uzès. Nous nous y retrouverons, avait-il essayé de la rassurer.

Galvanisé par la perspective de la vie qui se dessinait devant lui, Tristan se montrait plus optimiste que Juline.

Il la prit dans ses bras et la consola. Mais au fond de son cœur, il se doutait que plus rien ne serait comme avant.

* * *

L'année commençait dans l'inquiétude. Depuis les tragiques événements de la Toussaint rouge en Algérie, début novembre, beaucoup craignaient l'enlisement du pays dans un conflit d'un genre nouveau. Après la victoire du Viêt Minh quelques mois plus tôt en Indochine, l'action des rebelles indépendantistes avait tendance à déborder les Aurès pour gagner le Constantinois et la Kabylie. Les soldats français se trouvaient confrontés à un ennemi disséminé dans les villes et les villages, pratiquant la guérilla plutôt que la guerre classique.

— Cette conjoncture à haut risque n'est pas favorable aux affaires, déplorait Philippe. Elle pousse à la frilosité et ralentit les investissements.

Or sa fabrique de faïence connaissait un réel rebond depuis la fin de la guerre. Après la période de reconstruction pendant laquelle ses carnets de commandes avaient souffert d'une difficile reprise, la production était repartie à la hausse. La paix en Europe s'étant consolidée, il profitait maintenant de la stabilité des Etats et espérait en l'ouverture des frontières qu'annonçait la nouvelle Communauté européenne du charbon et de l'acier, la CECA. Dans les travées du pouvoir, en effet, il était déjà question d'élargir celle-ci à l'ensemble de l'économie et d'établir une communauté économique européenne plus ambitieuse autour de la France, de l'Allemagne, de l'Italie et des pays du Benelux.

— Quand les frontières seront abolies, affirmait encore Philippe, il n'y aura plus de frein aux exportations. Nous vendrons sur un vaste marché européen sans aucune contrainte. Des pays comme l'Allemagne et l'Italie redeviendront nos principaux partenaires, comme avant les années 1930.

Aussi craignait-il une recrudescence de la violence jusque dans les villes de métropole.

— Les indépendantistes algériens répandront partout la terreur pour obtenir satisfaction. Ils ont des relais puissants sur notre territoire.

— Je ne vois pas en quoi cela empêcherait ton activité de se développer ! objectait Irène qui ne croyait pas au déchaînement des passions. Ni tes fournisseurs ni tes acheteurs ne sont en Algérie, que je sache !

— Si la Bourse dévisse à cause de la conjoncture, c'est toute l'économie qui en pâtira.

Tristan n'avait pas conscience des soubresauts de l'actualité et des dangers à venir. Le premier jour de son embauche, il avait découvert une entreprise en pleine croissance, fière de ses cent vingt ouvriers et employés, de ses multiples ateliers de fabrication, de sa plate-forme de diffusion, de ses camions en attente de livraison sur les quais de chargement. Philippe Ferrière en effet avait transformé sa faïencerie en une véritable usine. Il contentait toujours une clientèle huppée, avide de ce qu'il créait de plus beau, de plus spécifique, de plus artistique. Ses commandes personnalisées, marquées aux initiales de l'acheteur, lui rapportaient de gros revenus. Ses faïences à décor plus ou moins riche étaient souvent proposées sous forme de services de table complets comprenant plusieurs centaines de pièces. Elles figuraient au catalogue de l'entreprise et étaient assurées d'un suivi scrupuleux.

Mais il avait aussi développé sa production de faïence blanche ordinaire, non décorée ou ornée de simples filets. Elle représentait en moyenne plus de la moitié de ses ventes et pouvait être détaillée à la pièce. Il en inondait les grands magasins de la capitale, les Galeries Lafayette, la Samaritaine, le Printemps, véritables cathédrales du commerce depuis le XIXe siècle. Certes, la concurrence était rude, car Philippe se mesurait aux plus vieilles faïenceries de l'Hexagone, celles qui, depuis leurs origines, tenaient le haut du pavé. Mais, à force d'acharnement et de ténacité, il était parvenu à entrer dans le club fermé des producteurs reconnus et appréciés par toutes les catégories de clientèle.

Les pièces les plus diverses sortaient de ses ateliers : assiettes, plats, soupières, huiliers, vinaigriers, tasses, théières, cafetières, boîtes à épices, terrines, pichets… et même des statuettes de jardin depuis qu'il avait ouvert sa poterie à Anduze. Il avait aussi honoré une commande religieuse de l'évêché d'Avignon : des bénitiers et des statues de la Vierge destinés au palais des Papes.

Mais ce dont il était le plus fier restait en attente de livraison. Il en découvrit une partie à Tristan le jour où ce dernier, après trois mois passés à exécuter les basses besognes, commença vraiment son apprentissage en fabriquant son premier article de vaisselle.

— Suis-moi, lui dit Philippe. Avant toute chose, je veux te montrer mon œuvre d'art préférée. Car, à mes yeux, c'est le terme que méritent ces petites merveilles.

Il l'entraîna dans son propre atelier de travail, celui où il concevait ses nouveautés. Sur une longue table dressée sur des tréteaux, un drap blanc dissimulait un amoncellement d'objets mystérieux.

— Je les ai réalisés avant que de m'installer définitivement à Anduze, lui expliqua-t-il. Puis je les ai quelque peu délaissés. Je viens d'en terminer le décor. Regarde.

Il souleva le drap.

Une véritable apothicairerie apparut dans toute sa splendeur, éclatante d'or et de couleurs chatoyantes.

— Qu'est-ce que c'est ? s'enquit Tristan.

— Des chevrettes et des albarelles.

— Je ne connais pas ces noms, reconnut le jeune apprenti.

— L'albarelle est le plus répandu des pots de pharmacie. C'est un vase en majolique, en faïence, si tu préfères, inspirée de la Renaissance italienne, de forme cylindrique, conçu au départ pour les épices et les confitures. Puis on y a conservé les drogues solides, les onguents et les plantes médicinales séchées des apothicaires. Quant à la chevrette, c'est un pot de pharmacie généralement destiné à abriter des sirops et des liquides.

Tristan s'extasia devant la beauté des objets, la variété et la précision des motifs floraux, des angelots, des portraits, s'étonna du rendu des couleurs que l'émail sublimait. Sur certains pots, le décor incluait une étiquette indiquant sa fonction : feuilles d'eucalyptus, romarin, camphre…

— Vous êtes vraiment un artiste ! s'extasia-t-il. Juline me l'avait dit mais je ne la croyais pas tout à fait. Maintenant que j'ai vu ce que vous réalisez, mon envie de devenir céramiste me tiendra encore plus à cœur.

Philippe s'émut de la déclaration de son nouvel apprenti et se dit qu'il avait eu raison d'écouter son intuition.

— Tristan me rassure, avoua-t-il le soir même à sa femme. J'ai bon espoir qu'il suive les traces de son père.

— Tu le reconnais enfin comme ton petit-fils !

Philippe hésita. Réfléchit.

— N'allons pas trop vite, s'il te plaît. Je n'ai pas dit que j'ai l'intention de faire de lui mon successeur. Après tout, ce garçon ne porte pas notre nom ! Et il ne le portera jamais.

— Quelle importance ?

— Les bâtards de Louis XIV n'étaient pas élevés au même rang que ses enfants légitimes !

— Parce que tu te prends pour le Roi-Soleil à présent ! On aura tout vu… et entendu ! Comment peux-tu encore qualifier Tristan de bâtard ?

— Cela m'a échappé, excuse-moi. Mais ce n'est hélas que la réalité !

Philippe laissa donc Tristan aux mains de Gilles Bernard, un maître ouvrier, son homme de confiance, à qui il avait délégué la gérance de sa faïencerie pendant la guerre. Il préférait toujours séjourner à Anduze, au plus près de ses garrigues, de ses vignes et de sa poterie qu'il considérait comme son joyau personnel, l'objet de ses derniers désirs. Il n'essayait pas de la transformer en une entreprise à l'image de celle d'Uzès. Il souhaitait lui conserver une taille humaine, artisanale. D'ailleurs il n'avait pas voulu sacrifier au modernisme en remplaçant son vieux four à bois par une installation au gaz. Ses relations avec les Boisset demeuraient courtoises. Il ne tenait pas à leur opposer une concurrence déloyale ni à leur nuire d'une façon ou d'une autre, profondément attaché à vivre en toute sérénité dans ses Cévennes qu'il affectionnait tant.

Gilles Bernard lui promit de prendre soin de Tristan comme de son propre fils.

— Je veillerai à ce qu'il respecte scrupuleusement le règlement intérieur. Je ne tolérerai aucun retard, aucun manquement, aucune familiarité avec le personnel. Il participera à toutes les tâches de fabrication et découvrira ainsi tous les rouages du métier. A la fin de son apprentissage, il sera prêt pour l'embauche.

Philippe n'en demandait pas tant, mais se réjouit de ne pas avoir à s'occuper lui-même du fils de Damien.

Il espérait dans le secret de son âme qu'un jour viendrait où il se sentirait capable de reconnaître le lien qui l'unissait à Tristan, d'éprouver pour lui autre chose qu'une simple attirance due à ses origines.

Mais pour l'heure, regrettait-il, aucun sentiment de ce genre ne l'habitait, n'en déplaise à sa femme qui ne cessait de lui rappeler que Tristan était leur petit-fils.

* * *

Tristan savait que son apprentissage durerait au moins quatre ans. Et s'il voulait parfaire son parcours, il devrait en plus sillonner les routes de France et de Navarre pendant plusieurs années pour être promu compagnon. Il n'avait pas averti Juline de ses intentions, ignorant s'il irait jusqu'au bout de ses rêves ou si la nécessité l'obligerait à raccourcir sa formation. Il ne souhaitait pas l'attrister inutilement.

Il était parti pour Uzès sans états d'âme, certes le cœur chagrin, mais l'esprit libre. Marion ne s'était pas opposée à sa volonté de réussir là où elle-même s'était initiée par ses propres moyens. Toutefois Tristan lui avait précisé qu'il ne désirait pas devenir potier mais faïencier. L'idée lui était venue à la suite de sa visite à la faïencerie Ferrière au cours de l'été précédent. Il y avait découvert un autre univers. Philippe Ferrière, en effet, lui avait ouvert ses ateliers avant qu'il ne reprenne la route, et lui avait dévoilé les secrets de son art.

Aussi éprouvait-il beaucoup d'appréhension maintenant qu'il se retrouvait dans la place, face à son avenir.

Gilles Bernard l'avait prévenu :

— Le travail sera parfois pénible, notamment au four. Mais pour devenir un ouvrier émérite, tu ne devras manquer ni de courage ni de ténacité.

Il ne tenait pas un discours différent de celui que Damien avait entendu à son époque dans la bouche de ses maîtres de stage, tant à Uzès qu'à Limoges.

Après avoir opéré comme manœuvre d'un atelier à l'autre, il fut enfin admis à toucher la terre. Il en rêvait depuis le premier jour de son arrivée. Gilles Bernard l'invita d'abord à découvrir l'ensemble de la chaîne de travail et lui fournit tous les éclaircissements dont il avait besoin. Tristan, en apprenti studieux, le suivait un carnet à la main et prenait des notes.

— Pourquoi écris-tu ce que je t'explique ? s'étonna le maître ouvrier. Tu finiras bien de jour en jour par retenir les détails de chaque opération à force d'être à la tâche. Ici, tu n'es pas à l'école !

— Je veux réviser le soir tout ce que vous m'aurez appris dans la journée. Pour mieux intérioriser les gestes de chacun et les petits secrets de la fabrication, y réfléchir à tête reposée.

— Oh, toi, tu es un intellectuel ! Ce n'est pas ce qu'on attend d'un ouvrier. Seulement qu'il exécute correctement son boulot. Pas besoin de trop penser pour cela.

Tristan ne lui avait pas avoué que ce qui lui plaisait le plus dans le travail de la faïence n'était pas le simple façonnage des objets ni même leur décoration, mais la création. Il était ressorti de l'atelier de Philippe Ferrière subjugué. Comme Damien avant lui, il était doté d'un sens artistique qui ne demandait qu'à être mis en valeur et à s'épanouir.

— Dans notre fabrique, lui apprit Gilles Bernard, on élabore plusieurs types de faïence.

Il l'entraîna dans un premier atelier.

— Ici, on fait de la faïence stannifère. Toutes les pièces sont précuites pendant environ huit heures. On appelle cette phase la cuisson au dégourdi. Puis on les enduit d'un émail blanc opaque à base de sels d'étain, car la pâte argilo-calcaire est poreuse. En séchant, cet émail devient pulvérulent. C'est sur lui que le peintre applique son décor. Il se vitrifie en cours de cuisson, nappant ainsi la pièce d'une couverte blanche, imperméable et brillante.

Tristan suivait attentivement les explications de son maître.

— Pour le décor, on recourt à des oxydes métalliques : le cobalt pour le bleu ; le manganèse pour la gamme allant du brun au violet ; le cuivre pour la couleur verte ; l'antimoine pour le jaune ; le fer pour le rouge et le noir.

— Les teintes sont très limitées, remarqua Tristan.

— Exact. Mais seuls ces oxydes résistent aux fortes températures, environ huit cent cinquante degrés. L'autre inconvénient de cette méthode, c'est qu'on n'a pas droit à la faute. L'émail stannifère absorbe les oxydes métalliques. Toute erreur commise lors de la pose du décor est irréversible.

— C'est un travail d'artiste !

— Ce n'est pas faux. Aussi, on recourt souvent à une seconde méthode, la cuisson au petit feu qui permet de réaliser des décors plus minutieux avec des teintes plus douces et plus nuancées. Cette technique consiste à peindre les motifs sur l'émail stannifère déjà cuit. Les oxydes ne débordent pas. Ils sont plus faciles à utiliser car mêlés à des fondants. Les détails apparaissent plus fins. Et l'on bénéficie d'une gamme de couleurs plus étendue. Celles-ci sont ensuite stabilisées par un passage au four à basse température.

— A quelle température cuit-on la faïence dans ce cas ?

— Entre six et sept cents degrés.

— Pourquoi vous ne procédez pas uniquement de cette manière ?

— C'est une méthode beaucoup plus contraignante que la première. Chaque couleur doit être cuite séparément. Certaines pièces nécessitent jusqu'à soixante cuissons successives. Cette ancienne technique a été perfectionnée pour imiter la porcelaine chinoise avant que des Français ne découvrent à leur tour le secret de la porcelaine au XVIIIe siècle.

Gilles Bernard entraîna son apprenti vers un deuxième atelier situé dans le prolongement du précédent.

— Ici, reprit-il, on produit un autre type de faïence : de la faïence fine. Certains l'appellent demi-porcelaine en raison de sa ressemblance avec la véritable porcelaine.

Ils pénétrèrent dans le local où plusieurs ouvriers étaient à l'œuvre.

— Observe bien Adrien. Il est jeune mais il possède déjà un sérieux savoir-faire.

L'ouvrier appliquait sur une assiette un décor encré sur un papier de soie.

— Comme tu peux t'en apercevoir, poursuivit Gilles Bernard, le motif est posé par impression sur une pièce précuite façonnée dans une pâte blanche.

— D'où provient cette blancheur ? s'étonna Tristan qui ne connaissait que l'argile rouge.

— C'est une invention anglaise fondée sur l'utilisation d'une terre souple à laquelle on ajoute de la chaux et du kaolin, ce qui lui confère cette couleur blanchâtre. Après le décor, l'objet est enduit d'un vernis cristallin, à base de plomb cette fois, qui ne masque pas la pâte blanche de la faïence fine, contrairement à la glaçure stannifère. Nous fabriquons de plus en plus de services de table de cette manière. Surtout pour les séries industrielles, moins coûteuses à l'achat.

Tristan découvrait avec ravissement tous les aspects du métier. De la production la plus précieuse et la plus artistique à la plus courante et la moins onéreuse. Il n'avait jamais imaginé que le père de Juline fût à la tête d'une telle entreprise, n'ayant connu jusqu'à présent que sa poterie d'Anduze à échelle artisanale.

Dès le lendemain de sa prise de fonction, il fut dirigé vers l'atelier de façonnage où il apprit les rudiments du moulage et du tournassage de ses premières assiettes en faïence stannifère. Il s'assit à un tour et, le cœur battant, commença maladroitement, par pressage, à donner une forme à sa première boule d'argile.

De loin, Philippe le surveillait discrètement, avide de constater si le fils de Damien suivait les traces de son père et si, un jour…

Il ne pouvait encore admettre cette idée, tant la distance qui le séparait de lui lui semblait toujours impossible à franchir.

31

Nuages

1956-1957

Le temps semblait long à Juline. A l'internat, elle avait fini par prendre ses marques, mais l'absence de Tristan lui pesait. Elle pensait à lui très souvent, au point que ses professeurs lui reprochaient parfois de ne pas être suffisamment attentive.

Les premiers mois lui parurent interminables, car Tristan, contrairement à ce qu'elle avait espéré, n'était pas revenu à Anduze aussi fréquemment qu'elle l'aurait souhaité. Or, ses parents ne l'emmenaient plus à Uzès. Philippe ne s'y rendait qu'une fois par semaine et passait le reste du temps à Val Fleuri.

La vie des Ferrière suivait son cours. A plus de soixante ans, Philippe déléguait de plus en plus ses pouvoirs à ses hommes de confiance, tant dans sa faïencerie que dans sa poterie. Il recevait régulièrement son cousin Sébastien Rochefort avec qui il entretenait toujours des liens étroits, surtout depuis le mariage de Florian et de Rose qui leur avaient donné trois petits-enfants tant attendus.

Florian et Rose, en effet, étaient parvenus à avoir trois enfants en deux ans. Rose avait suivi un traitement médical approprié et Lukas était né en janvier 1954, Jérémie l'année d'après, Adeline dix mois plus tard.

— La famille s'agrandit encore ! s'était réjouie Irène à la naissance de sa petite-fille.

Certes, elle ne se faisait pas d'illusions. Les enfants de Florian étaient trop jeunes pour que son mari puisse compter sur l'un d'eux à sa succession. Or Philippe montrait des signes de fatigue qui l'inquiétaient. Elle était persuadée qu'il ne demeurerait plus très longtemps à la tête de son entreprise. S'il parcourait toujours ses terres à cheval comme par le passé, il avouait lui-même que le galop l'épuisait et qu'il pratiquait maintenant des promenades plus tranquilles et moins dangereuses. Irène redoutait une mauvaise chute.

— A ton âge, le mettait-elle en garde, tu devrais te calmer. Tu n'as plus vingt ans.

Philippe en avait conscience mais refusait de l'admettre. Pourtant, quelques petits ennuis de santé avaient déjà tiré la sonnette d'alarme.

Pendant l'hiver précédent, alors qu'une vague de froid, plus rude que celle de 1954, s'abattait sur l'ensemble du territoire national, il avait tenu à visiter son domaine. Comme tous les propriétaires fonciers, il craignait les dégâts occasionnés par le gel intense sur ses vignes et ses oliviers.

Depuis deux semaines, en effet, un flux de nord-est amenait de l'air glacial sur le pays pris en étau entre un puissant anticyclone centré sur l'Europe continentale et une forte dépression sur la Méditerranée. Le mistral soufflait en rafales d'une extrême violence. D'abondantes chutes de neige paralysaient la région, atteignant en certains endroits plus de soixante-dix centimètres.

— Par ce temps, tu devrais éviter de sortir, lui avait conseillé Irène. Accompagne-moi donc chez les Rochefort. Florian et Rose repartent demain pour Paris. Nous ne verrons plus nos petits-enfants pendant des mois. Profitons d'eux pendant qu'ils sont encore là.

Adeline était née en janvier. Pour son troisième accouchement, Rose avait préféré se reposer dans la maison familiale des Rochefort, le Clos du Tournel, plutôt que de rester à Paris avec ses deux enfants en bas âge. Sébastien et Pauline, ses parents, avaient définitivement quitté la capitale pour une retraite bien méritée à Tornac.

Mais Philippe s'entêta.

— Chaudement vêtu et avec la chaleur de ma jument, je ne risque rien, avait-il objecté. La neige ne me bloquera pas ici !

Quand il atteignit le milieu de ses terres, il constata avec effroi que ses oliviers avaient éclaté sous l'effet du gel. Le mal semblait irrémédiable. Les ceps de vigne, plus résistants, n'avaient pas trop souffert. Mais partout c'était la désolation. Les paysans de la région n'avaient pas connu un tel désastre depuis des décennies. Il leur faudrait des années pour récupérer leur bien perdu.

Choqué, Philippe mit pied à terre, incrédule. Quand, tout à coup, il sentit un violent tiraillement dans sa poitrine. Son bras gauche se paralysait. Il faillit s'évanouir. Il s'accrocha à sa selle pour ne pas tomber, se hissa au prix d'énormes efforts sur le dos de sa monture. Plié en deux sur l'encolure de son cheval, il rentra tant bien que mal au manoir.

Dans l'écurie, Gabriel, son palefrenier, le voyant en mauvaise posture, s'inquiéta. Philippe, le souffle coupé par la douleur, ne dit mot. Alors Gabriel partit chercher du secours. Irène prévint aussitôt le médecin de famille qui diagnostiqua un infarctus.

— Il faut hospitaliser d'urgence votre mari, madame Ferrière. Sinon je ne réponds de rien.

Philippe, conscient, refusa.

— Pas question ! s'insurgea-t-il. Je ne veux pas quitter ma maison.

Le médecin ne parvint pas à le faire changer d'avis.

— Dans ce cas, une infirmière vous dispensera les premiers soins à domicile. Puis je contacterai un confrère spécialiste.

— C'est inutile, l'interrompit Irène. Notre fils Florian s'occupera de mon mari. Il est cardiologue. Il n'est pas encore rentré chez lui à Paris. Je l'appelle sans tarder.

Florian se précipita au chevet de son père, reportant son départ au lendemain.

— Ne pourrais-tu pas rester chez nous quelques jours supplémentaires ? le supplia Irène, morte d'inquiétude.

— Mes patients m'attendent à l'hôpital Necker. Je ne peux pas m'absenter trop longtemps.

Irène insista.

— C'est bon, je m'arrangerai, le temps que papa se remette. Je pense que ce n'est qu'une alerte sans gravité. Mais, dorénavant, qu'il évite les grosses émotions et surtout qu'il ne sorte plus par grand froid. Son cœur est fragile. Il doit se ménager.

Florian prolongea son séjour à Val Fleuri d'une semaine, surveillant son père à toute heure du jour et de la nuit. Irène en fut réconfortée, d'autant qu'elle était entourée de ses trois petits-enfants.

— Papa a eu beaucoup de chance, reconnut Florian. Son état s'est rapidement amélioré. C'est un vrai miracle. Mais à présent, j'aimerais qu'il cesse petit à petit ses activités afin de se reposer.

Irène fit mine de se réjouir mais cachait mal son malaise.

— Je veillerai sur lui, ne te tracasse pas.

— Où en sont ses projets de transmission de son entreprise ? finit par s'enquérir Florian qui redoutait toujours d'aborder le sujet en présence de son père.

— Oh, il n'en parle plus beaucoup. Pour l'instant, il délègue beaucoup à ses hommes de confiance. Ses affaires marchent bien. Il ne se plaint pas.

Irène n'osa pas soulever le cas Tristan. Elle préféra éluder.

— Il n'a pas encore trouvé de solution, poursuivit-elle. Il croit toujours que, le moment venu, tu seras son ultime recours, même si tu décidais, sans pour autant abandonner ton métier de chirurgien, de t'occuper seulement de la gestion du patrimoine. Tu ne serais pas le premier à superviser de loin une affaire familiale. Les Rochefort ont été confrontés à une situation analogue à la mort du père de Sébastien. Elisabeth Rochefort, la mère, m'avait raconté cela juste avant son décès pendant la guerre.

Florian ne connaissait pas l'histoire des Rochefort. Cet argument ne le convainquit pas.

— Tu sais ce que j'en pense, maman. Il est inutile de revenir sur cette question. Parle-moi plutôt de Juline. Je ne l'ai pas beaucoup vue pendant mon séjour.

— Elle est interne à Feuchères. Elle ne rentre qu'un week-end sur deux et pendant les vacances.

— A-t-elle réfléchi au problème ?

— Ta sœur est un peu jeune pour s'intéresser aux affaires de ton père. En outre, elle n'a jamais manifesté la moindre intention de reprendre un jour les rênes. Et Philippe ne peut l'envisager, je ne t'apprends rien !

— Juline va avoir quinze ans. Dans six ou sept ans, elle aura terminé ses études. Elle sera en âge de seconder papa. Lui en aura soixante-huit. S'il se ménage, tout est possible.

— N'y compte pas Florian. C'est un sujet qui fâche ton père.

Irène mit fin à la discussion.

Florian n'insista pas.

Philippe hors de danger, son fils avait regagné la capitale, en laissant ses consignes au médecin de famille. Rose et ses trois enfants demeurèrent à Tornac chez Sébastien et Pauline Rochefort, pour la plus grande joie d'Irène, le temps que la jeune maman et le nouveau-né reprennent des forces.

* * *

Depuis ce jour-là, Philippe n'avait plus été inquiété. Tout était rentré dans l'ordre. Il surveillait de loin la bonne marche de son entreprise et ne semblait plus se soucier de l'avenir.

Tristan était heureux à Uzès. Il acquérait de plus en plus d'expérience au fil des mois. Au bout d'un an, il fut affecté à la finition où il excellait. Les oxydes métalliques n'avaient plus de secret pour lui. Il composait de magnifiques décors à main levée, sur des motifs créés par Philippe et reportés à l'aide de poncifs sur la faïence stannifère. Il choisissait en toute connaissance les pinceaux les mieux adaptés à la surface pulvérulente et absorbante de l'émail sans commettre d'erreurs fatales. Mais il préférait exercer ses talents sur la faïence fine afin d'utiliser toute la palette des couleurs. C'est seulement dans ce cas qu'il se sentait un véritable peintre. Il prenait même parfois des initiatives en créant ses propres modèles.

Quand Philippe visitait ses ateliers, il ne manquait jamais de l'aborder. Il s'intéressait de près à son travail et se réjouissait de voir en lui un futur artiste à son image, à l'image de Damien. Il se retenait de lui parler de son fils, s'embrouillait lorsqu'il évoquait le passé. Il était souvent tenté de l'entretenir de l'avenir de l'entreprise. Mais, au dernier moment, il s'interdisait de prolonger la discussion de crainte de se laisser aller à lui dévoiler la vérité.

Parfois Tristan prenait des nouvelles de Juline. Philippe demeurait évasif, se contentant de lui dire qu'elle poursuivait sérieusement ses études au lycée. Tristan n'osait lui demander si elle parlait de lui.

Lorsqu'il revenait à Anduze chez sa mère, il hésitait à se rendre à Val Fleuri. Maintenant qu'il était l'ouvrier de Philippe, il estimait qu'il devait rester sur sa réserve. Marion lui avait fait la leçon.

— Ça ne se fait pas de s'imposer chez son patron. Si tu désires voir Juline, attends qu'elle se manifeste. Si elle tient à toi, elle saura bien te trouver.

Tristan espérait donc patiemment que Juline lui donne signe de vie.

Mais lorsque la jeune Ferrière passait un week-end à Val Fleuri, il n'était pas toujours rentré dans ses foyers. De plus, de son côté, elle n'osait prier ses parents d'inviter son ami. Elle aussi ressentait une certaine gêne maintenant que Tristan était l'employé de son père.

Leurs relations, à force de se raréfier, commencèrent à se distendre. En l'espace de deux ans, ils ne s'étaient revus que trois ou quatre fois, à l'occasion des vacances scolaires de Juline et des quelques jours de congé accordés par Philippe à son apprenti.

Au cours de l'été, Tristan bénéficia enfin de deux semaines de liberté, comme tous les ouvriers de l'entreprise. Il surmonta ses réticences et, par un beau matin, se rendit à Val Fleuri. Juillet resplendissait sous un soleil radieux. Les touristes affluaient. Les ruelles commerçantes d'Anduze étaient très animées. C'était jour de marché. Sortant de la rue Basse, il s'attarda à la terrasse d'un café, juste en face du temple, hésitant encore à aller à la rencontre de Juline. Ils ne s'étaient pas vus depuis plus de six mois, depuis le Noël précédent, et il se souciait de savoir comment elle l'accueillerait.

Il était plongé dans ses pensées quand il entendit derrière lui un groupe de jeunes rire aux éclats. Il se retourna dans leur direction. Se figea.

Assise à quelques tables plus loin, une fille ressemblant à Juline lui tournait le dos. Il ne voyait pas son visage. Il ne se résolut pas à l'interpeller. Quelque chose avait changé dans son apparence. « Sa coiffure », se dit-il aussitôt. La fille portait les cheveux très courts, à la garçonne, alors que ceux de Juline lui retombaient sur les épaules. Elle fumait sans se cacher. Elle était entourée de trois garçons qui lui semblaient familiers. L'un d'eux remarqua qu'il les observait. Il se pencha vers sa voisine d'un air soupçonneux. Elle se retourna à son tour. L'aperçut. Parut surprise.

Le cœur de Tristan sursauta.

— Juline !
— Tristan !

Après un bref moment d'hésitation, Juline fit le premier pas.

— J'ignorais que tu étais à Anduze ! Viens donc t'asseoir avec nous, je te présenterai mes amis.

Il s'approcha d'elle pour l'embrasser.

— Attention, lui dit-elle, en écartant sa cigarette. Je vais te brûler.

Quelque chose en lui se brisa. Comme si soudain tous ses rêves s'évanouissaient au cours d'une chute dans un abîme sans fond. Cet instant merveilleux de retrouvailles qu'il avait idéalisé, sublimé à l'excès, Juline l'avait détruit en une fraction de seconde, au moment même où elle prononça ces quelques mots sans importance qui lui parurent complètement déplacés.

Il comprit sur-le-champ que celle qu'il aimait avait profondément changé.

Jamais cette terrible blessure ne s'effacerait de son cœur.

— Je te présente des camarades de lycée, ajouta-t-elle. Enfin, pas tout à fait, car à Feuchères il n'y a que des filles. Mais nous nous rencontrons souvent en ville, le jeudi après-midi, quand nous avons une permission de sortie. Eux sont au lycée de garçons, de l'autre côté des arènes. Ils sont venus exprès pour moi à Anduze. C'est gentil de leur part, non ?

Tristan trouva Juline peu enthousiaste. Etait-ce la présence de ses amis qui la gênait ? Il feignit de s'intéresser à eux et leur posa des questions sur les études qu'ils poursuivaient. Mais il avait hâte de se retrouver en tête à tête avec son amie.

Quand le garçon de café apporta l'addition, il eut le courage de lui demander de se voir seuls.

— Dans notre capitale, lui murmura-t-elle à l'oreille. Dans une heure.

Le cœur de Tristan bondit de joie.

Elle n'avait donc pas oublié leur lieu de rendez-vous ! Elle n'attendait que cet instant pour lui sauter au cou ! Pour renouer les liens distendus par les trop longues absences.

« Ai-je été stupide, se dit-il, d'avoir pensé qu'elle m'avait oublié ! Moi-même ne suis-je pas fautif de l'avoir maintenue dans l'ignorance de ce que je devenais ? »

Tristan culpabilisait afin de se rassurer sur les sentiments de Juline.

Quelle ne fut pas son émotion lorsqu'il se dirigea une heure plus tard vers la capitelle ! Il lui sembla tout à coup qu'une éternité le séparait du jour où ils s'étaient quittés à Noël, éplorés, sous les fenêtres de Val Fleuri. Six mois seulement s'étaient écoulés. Elle repartait le lendemain pour Nîmes, lui le jour même pour Uzès. Que lui dirait-il à présent qu'il l'avait surprise, joyeuse, en compagnie de garçons qui ne lui ressemblaient pas du tout ? Pourrait-il se précipiter vers elle au moment où elle apparaîtrait ? La prendrait-il dans ses bras pour l'embrasser comme avant, quand il se perdait dans sa chevelure déployée sur ses épaules nues ?

Toutes ces pensées le perturbaient tandis qu'il s'approchait de l'abri de berger. Les ceps de vigne croulaient sous le poids des grappes encore vertes mais qui auguraient déjà une excellente récolte.

Il fut le premier au rendez-vous.

Serait-elle ponctuelle ? Jamais elle ne s'était dérobée ou n'avait été en retard.

Il patienta à l'entrée de la capitelle, le regard inquiet fixé sur l'horizon.

Quand elle arriva enfin, sur un solex, soulevant un nuage de poussière, il s'étonna.

Il attendit qu'elle pose pied à terre et qu'elle ôte son casque, et lui dit en souriant :

— Je constate que tu t'émancipes !

— Non. Je suis moderne ! C'est différent.

— Et tu fumes maintenant ! Depuis quand ?

— N'en parle pas à mon père quand tu le verras. Mes parents l'ignorent !

Tristan trouvait étrange son comportement. Il y avait quelque chose de faux dans ses propos et dans ses gestes. Quelque chose qui ne lui ressemblait pas.

— Tu as changé depuis la dernière fois, remarqua-t-il.

Il s'approcha d'elle en lui ouvrant ses bras. Elle ne réagit pas.

Il voulut l'embrasser. Elle détourna le visage, ne lui offrant que la joue.

— Qu'y a-t-il ? s'inquiéta-t-il. Tu n'es pas heureuse de me revoir ?

— Si, bien sûr !

— Alors ?

Alors, gênée, Juline expliqua à Tristan qu'elle n'était plus tout à fait sûre d'elle-même. Qu'elle ne pouvait envisager, à son âge, de se lier pour toujours à un garçon... qu'à seize ans elle s'estimait trop jeune... qu'elle devait d'abord songer à ses études... Bref, qu'ils étaient allés trop vite, trop loin... Qu'il était préférable d'attendre.

— Ça ne change rien à ce que je ressens pour toi, s'embrouilla-t-elle. Je t'aime bien, autant qu'avant.

— Tu m'aimes bien ! releva Tristan. Mais moi, je t'aime tout court !

— Ne sois pas triste. Reprends-toi. Tu travailles à présent. Dans deux ou trois ans, tu auras un métier, tu entreras dans la vie active. Moi, je serai encore à l'école.

— Tu penses que je serai peut-être le salarié de ton père et cela t'embarrasse. Tu auras honte de moi. Avoue-le, tu as déjà honte de moi !

Juline semblait chagrinée par les paroles sans détour de Tristan.

— Non ! Ce n'est pas ce que je voulais dire. Tu ne me comprends pas. Nous sommes trop jeunes pour aliéner notre avenir. Où serai-je dans quatre ou cinq ans ? Où poursuivrai-je mes études ? Tu y as songé ?

Tristan ne savait plus comment réagir. Jamais il n'avait envisagé d'entendre un jour ces propos dans la bouche de celle qu'il aimait depuis sa tendre enfance. Non, il était impossible qu'il fût à son tour victime d'un tel drame. Cela n'arrivait qu'aux autres ! Ils s'étaient juré fidélité jusqu'à la fin de leur vie, ils avaient promis d'affronter leurs propres parents si ceux-ci s'étaient opposés à leur union le jour venu ! Juline ne pouvait balayer tout cela sur un coup de tête !

32

Une si longue attente

1958-1962

Comme le craignait Tristan, Juline mit fin à leur relation. Elle se montra de plus en plus distante lorsqu'ils se croisaient au hasard de leurs séjours à Anduze. Elle ne prenait plus de ses nouvelles, ne cherchait plus à le rencontrer. Tristan de son côté, comprenant qu'elle avait renoncé à lui, s'efforça d'effacer son chagrin en se plongeant dans le travail. Mais il y parvenait difficilement, car il n'oubliait pas les moments de complicité et d'intimité qu'ils avaient partagés pendant de si nombreuses années. Il n'avait jamais aimé quelqu'un d'autre et n'entrevoyait pas de s'attacher à une autre fille. Pour lui, le ciel s'était à jamais assombri. Il en fut très perturbé pendant deux longues années au cours desquelles Marion s'inquiéta pour lui, le trouvant de plus en plus refermé sur lui-même. Aussi évitait-elle de lui parler de Juline et de ses parents, de crainte de réveiller en lui de trop douloureux souvenirs.

Quand Tristan errait au hasard dans Uzès, après son travail, il songeait souvent à celle dont la seule évocation l'enflammait. Il lui arrivait parfois de croire apercevoir Juline dans la rue. Alors son cœur explosait dans sa poitrine. Il s'arrêtait de marcher, le souffle coupé, incapable d'avancer. Il ne se ressaisissait que quelques minutes plus tard, après avoir réalisé son erreur. Le soir, dans son lit, les larmes lui venaient lorsque, malgré ses efforts pour la chasser de son esprit, ses pensées le ramenaient aux moments merveilleux qu'ils avaient vécus ensemble. Il ne comprenait pas comment Juline avait pu prendre une telle décision, alors qu'elle lui avait prouvé combien elle avait souffert de leur séparation au début de son apprentissage. Plus il y réfléchissait, plus il était persuadé qu'elle avait agi sur recommandation de ses parents. Elle n'avait pas osé s'opposer à eux, elle avait craint peut-être que son père ne le renvoie s'ils persistaient à se fréquenter. Elle lui avait donc fourni de mauvais arguments en lui affirmant qu'elle se sentait trop jeune pour aliéner si tôt son avenir !

Il espérait encore qu'elle lui donne signe de vie, qu'elle frappe un jour à la porte de sa chambre à Uzès ou qu'elle apparaisse sur le seuil de sa maison à Anduze. Il rôdait souvent devant la terrasse du café où il l'avait surprise en compagnie de ses camarades de lycée, dans l'espoir de l'y découvrir en train de boire un verre.

Mais il dut se rendre à la raison. Juline avait disparu. Depuis un peu plus de deux ans qu'ils s'étaient expliqués dans leur capitale, il ne l'avait plus revue. Elle avait fêté ses dix-huit ans au mois de septembre. Jamais il n'avait oublié son anniversaire. Il tombait trois jours avant le sien. Il se souvenait du dernier cadeau qu'il lui avait offert, un an avant leur séparation, un livre sur Van Gogh acheté dans une librairie d'Uzès. Elle aimait beaucoup les impressionnistes. C'était pour ses quinze ans. En retour, elle lui avait offert une eau de toilette et une jolie cravate en soie bleue, pour qu'il soit élégant quand il viendrait manger chez elle, ce qui ne tarderait pas, avait-elle affirmé. Croyait-elle vraiment ce qu'elle disait ? Ne se doutait-elle pas déjà que ses parents n'accepteraient plus sa présence sous leur toit ?

A l'automne, elle s'était inscrite à l'université en vue de commencer des études de droit. Elle lui avait annoncé un jour qu'elle souhaitait devenir avocate comme sa belle-sœur Rose Rochefort, et travailler comme elle à l'international. Depuis son plus jeune âge, elle savait ce qu'elle voulait. Elle s'était toujours montrée très déterminée. Tristan aimait sa volonté, son côté fonceur quand elle évoquait son avenir. Brillante, Juline ne laissait pas de place à l'incertitude. Et elle ne se privait pas de se confronter à son père lorsque ce dernier lui traçait son chemin en négligeant de lui demander son avis, comme il avait agi avec ses frères.

Aussi, plus il y songeait maintenant, plus Tristan était persuadé que rien ne détournerait Juline du but qu'elle s'était fixé. Si elle avait décidé de rompre, il devait à son tour s'efforcer de tourner la page afin de ne plus se rendre malade.

A dix-neuf ans, il venait de terminer son apprentissage. Philippe Ferrière lui avait promis de l'embaucher dans sa faïencerie. Il lui proposa :

— Je t'offre le choix d'entrer directement dans mon entreprise ou, si tu préfères, de te perfectionner chez les compagnons. Normalement le tour de France exige plusieurs années d'absence pour atteindre l'objectif final, la fabrication d'un chef-d'œuvre qui consacrerait ton savoir-faire.

— C'est très long !

— Etant bien introduit dans le milieu, je peux m'arranger pour que tu ne fasses qu'un an seulement. Dans ce cas, tu ne présenteras pas ton chef-d'œuvre comme tout compagnon en fin de parcours, mais tu auras reçu une bonne base. A toi de décider.

Tristan n'avait jamais voyagé. Il éprouvait une forte envie de visiter d'autres régions, pour s'aérer l'esprit et pour oublier. Maintenant qu'il s'était résigné et que son chagrin commençait à s'adoucir, il jugea que s'éloigner lui serait salutaire.

— Je préfère me perfectionner, répondit-il.

— Je n'y vois aucune objection. Au contraire. Tu reviendras riche d'une expérience acquise auprès des meilleurs ouvriers de France.

— Dans un an, je partirai à l'armée, s'inquiéta Tristan. J'aurai vingt ans. M'embaucherez-vous quand même après mon service militaire ?

— Je n'y avais pas réfléchi, reconnut Philippe. Mais qu'à cela ne tienne ! Ta place t'est réservée. Je n'ai qu'une parole.

Philippe envisageait sérieusement de donner à Tristan de plus grandes responsabilités une fois celui-ci rentré de son tour de France. Maintenant que ce dernier connaissait tous les secrets du métier et qu'il excellait même dans la décoration, Philippe s'était mis en tête l'idée de lui apprendre les rudiments de la direction d'une entreprise afin qu'il soit capable de suppléer au pied levé Gilles Bernard, son gérant à Uzès. Ce dernier en effet, âgé de soixante-trois ans, prendrait bientôt sa retraite. Il devait songer à le remplacer.

Tristan quitta donc Uzès le cœur soulagé.

Il fit ses adieux à Marion qui ne put s'empêcher de pleurer de voir son fils s'éloigner. Il la laissait seule, non sans regret, car il se doutait que sa mère dissimulait dans son âme une profonde blessure dont elle ne lui avait jamais parlé. Il avait respecté ses silences, n'avait jamais relevé ses sous-entendus. Mais il avait deviné que Marion gardait en elle depuis longtemps de douloureux souvenirs. Ne l'avait-il pas surprise plusieurs fois dans sa chambre à regarder furtivement une photo, juste avant qu'elle ne la glisse dans le tiroir de sa table de chevet ? Il s'était interdit en toute honnêteté d'aller fouiller dans ce tiroir. Mais il était persuadé qu'il renfermait le secret de sa mère.

Sur le seuil, elle lui fit une dernière recommandation :

— Prends bien soin de toi, mon chéri. Fais honneur à ton père. Il te voit de là-haut. Il aurait été fier de toi si tu l'avais connu.

Tristan crut une fois de plus qu'elle lui parlait d'Eduardo. Il n'avait que des souvenirs lointains de ce père mort en héros de la Résistance. Il releva l'erreur de sa mère :

— Mais j'ai connu mon père, maman !

Marion se reprit, bafouilla :
— Bien sûr ! Je voulais dire « si tu l'avais connu plus longtemps ».

Tristan partit, certain que sa mère lui cachait une part de vérité sur sa naissance. Il s'était toujours demandé en effet pourquoi il ne portait pas le même nom que son père.

* * *

Il se rendit d'abord en Lorraine où il travailla trois mois dans une faïencerie de Lunéville. De là, il gagna Sarreguemines où il découvrit d'immenses usines réputées depuis des siècles. Il n'y demeura pas longtemps, ne trouvant pas sa place dans cette structure industrielle trop impersonnelle à son goût. Il monta dans le Nord et s'établit dans une petite unité de production à Saint-Amand-les-Eaux. L'hospitalité et la cordialité des gens des Flandres l'étonnèrent. Il eut envie d'y prolonger son séjour, mais son maître compagnon lui conseilla de ne pas s'attarder, étant donné le laps de temps qu'il s'était imposé. Il gagna Gien, célèbre pour avoir fourni au siècle précédent la cour des Pays-Bas, le futur roi de Serbie et le grand-duc de Saxe. Enfin, il redescendit dans le Midi, à Moustiers, où il découvrit la faïence en camaïeu bleu à décors historiés, armoriés, et aussi les décors caractéristiques à la Bérain et à grotesques.

Après avoir sillonné les routes de France, il fut appelé sous les drapeaux. Il venait de fêter ses vingt ans au mois de septembre. A son arrivée à Anduze, sa convocation l'attendait dans la boîte aux lettres. Marion se réjouissait déjà de retrouver son fils. Or son devoir militaire l'obligeait à nouveau à s'éloigner.

Comme la plupart des jeunes de son âge, Tristan redoutait d'être envoyé en Algérie. La guerre s'y éternisait et les soldats du contingent pouvaient y être maintenus jusqu'à trente mois après trois mois de classe. Il espérait toutefois n'effectuer que deux ans de service national, comme l'avait institué la loi de 1959.

Il se rendit sans tarder à Val Fleuri sans penser y rencontrer Juline. Il se devait d'avertir Philippe Ferrière de son départ précipité. Lorsqu'il franchit la grille du manoir, il entendit dans le parc des rires féminins et des cris joyeux d'enfants. Il hésita à s'approcher.

Il s'aventurait discrètement afin de ne pas éveiller l'attention, quand, au détour d'une allée, il tomba nez à nez avec Juline. La jeune Ferrière passait ses vacances dans sa famille avant de reprendre ses cours à l'université.

Surprise, celle-ci ne sut que lui dire. Elle bredouilla :
— Tristan ! Tu es donc de retour ! Je te croyais encore loin d'ici à faire ton Tour de France.

Tristan s'étonna de constater que Juline était au courant de sa vie. Le passé resurgit brutalement. Ses efforts pour l'oublier s'évanouirent en quelques secondes.

— Je viens de rentrer, lui répondit-il, gêné comme au premier jour.

— Je suis en compagnie de mes neveux et de ma nièce, poursuivit-elle. Ce sont les enfants de Florian. Mes parents les gardent durant l'été. Ils sont plus heureux à Anduze qu'à Paris.

Juline semblait embarrassée elle aussi et tenait des propos d'une grande banalité, comme si elle ne savait que dire tout à coup à celui qu'elle avait tant aimé.

— Tu souhaites voir mon père, je suppose, finit-elle par s'enquérir.

— Oui. Je dois lui annoncer mon départ à l'armée. Je suis convoqué demain à Marseille.

Juline affecta de s'étonner.

— A l'armée ? Déjà !

— Tu n'ignores pas que je viens d'avoir vingt ans. Moi, je n'ai pas oublié que ton anniversaire est dans deux jours. Si j'avais su que je te rencontrerais en venant ici, je n'aurais pas manqué de t'apporter un cadeau.

Juline détourna le regard, confuse.

— Je n'ai pas oublié !

Tristan remarqua qu'elle avait à nouveau les cheveux longs, comme jadis. Elle portait à merveille un jean bleu délavé très moulant. Son chemisier échancré laissait percevoir la naissance de ses seins. Son teint hâlé prouvait qu'elle avait profité du soleil et lui donnait une mine radieuse.

— Tu es toujours aussi jolie, remarqua Tristan sans réfléchir. Je te retrouve comme avant. Tu n'as pas changé.

— Toi non plus. Un peu plus… comment dire… sûr de toi, peut-être.

Tristan dissimulait mal son émotion. Il ne trouvait pas les mots appropriés pour tenir conversation à Juline. Cette entrevue fortuite lui paraissait tellement surnaturelle qu'il était comme paralysé. Il aurait voulu s'approcher d'elle, la serrer dans ses bras, l'embrasser comme s'ils venaient de se quitter. Mais quelque chose en lui le retenait, l'empêchait d'être lui-même.

Lukas, Jérémie et Adeline jouaient autour d'eux sans leur prêter attention. Tristan ne les connaissait pas. Il feignit de s'intéresser à eux.

— Tu fais la baby-sitter, si je comprends bien.

— Je soulage ma mère. Et ils sont si charmants que c'est un plaisir de les garder. Dans quelques jours, je les ramène à Paris chez mon frère, par le train.

— Tu vas y terminer tes vacances ?

— Non. J'entre à Sciences Po. J'ai été admise en juin. J'ai décidé de changer de voie. Fini le droit international. Je veux m'orienter vers la haute fonction publique. J'ai l'intention de préparer l'ENA.

Tristan ne savait pas exactement ce qu'était cette grande école. Il évita de s'étonner et expliqua qu'en ce qui le concernait il avait obtenu son CAP par l'apprentissage et espérait de son père une embauche définitive, à son retour du service militaire.

Juline ne le questionna pas davantage. Elle prétexta devoir s'occuper de ses neveux et nièce et le laissa s'avancer vers le manoir.

— Mon père travaille dans son bureau. Vas-y. Il sera très heureux de te retrouver.

Tristan faillit s'approcher pour l'embrasser, mais, au dernier moment, il s'en abstint. Juline rassembla les trois enfants et les invita à aller se baigner à la rivière.

— On se reverra peut-être, lui dit-elle en s'éloignant.

Il la regarda disparaître derrière un gros saule pleureur, le cœur meurtri de ne pas avoir su la retenir. En son for intérieur, la mort dans l'âme, il comprit que tout était joué.

Philippe Ferrière l'accueillit chaleureusement. Mais il s'attrista à l'idée que son protégé repartait dès le lendemain.

— La situation en Algérie n'est pas bonne du tout, reconnut-il. Là-bas, sois prudent. Les fellaghas n'aiment pas les soldats français. Ne t'expose jamais inutilement.

Philippe se rappelait avoir donné les mêmes recommandations à Damien vingt ans plus tôt, lorsque celui-ci était parti pour le front en 1940. Dans ses souvenirs, c'était hier. A présent, il s'adressait à son petit-fils. Il lui prodiguait ses ultimes conseils afin qu'il échappe au drame que Damien avait vécu. Il aurait tant souhaité pouvoir lui parler de son père. Mais c'était toujours plus fort que lui, il ne parvenait pas à effacer cette réticence, cette impuissance à lui avouer qu'il était son grand-père.

Il plongea son regard dans celui de Tristan, l'air grave.

Celui-ci crut qu'il était sur le point de lui reprocher d'avoir séduit sa fille, qu'il allait tout remettre en question. Il le revoyait tel qu'il l'avait découvert la première fois, dans les bois de Val Fleuri, alors qu'il n'était qu'un petit braconnier intrépide.

— Quand tu seras rentré d'Algérie, lui confia Philippe Ferrière, je ferai de toi quelqu'un de bien. A condition que tu sois à la hauteur de mes espérances.

Tristan s'étonna de ces paroles mystérieuses. Qu'avait-il à lui proposer d'autre que son embauche dans sa faïencerie, comme il le lui avait déjà promis ? Que signifiait pour lui « quelqu'un de bien » ? Pourquoi s'évertuait-il donc à lui montrer autant d'égards alors que jadis il l'avait chassé de ses terres et menacé des gendarmes ? Il entendait encore ses reproches, se souvenait de ses colères. Certes, depuis, Philippe Ferrière s'était adouci et lui tenait un langage plus courtois, plein d'amabilités. Il l'avait pris sous sa protection comme pour s'excuser d'en avoir voulu à un enfant innocent. Mais son attitude lui paraissait maintenant très étrange.

En sortant du manoir, il espéra retrouver Juline de retour de la rivière. Il lui aurait parlé de son père pour connaître son point de vue. Elle devait savoir ce qu'il pensait de lui. Ils avaient dû discuter du passé, de ce qui les avait unis tous les deux et des raisons qui poussaient Philippe à s'intéresser à lui.

Mais Juline n'était pas encore revenue.

Le cœur gros, Tristan franchit la grille du parc. Se retourna une dernière fois. Fit ses adieux à Val Fleuri.

Le lendemain, il prit le train à Nîmes pour Marseille et commença sa préparation militaire le jour même.

Après trois mois passés au camp de Carpiagne pour son instruction militaire, il s'embarqua sur un paquebot affrété par l'armée et débarqua à Alger alors que, dans le bled, la guérilla faisait rage.

* * *

Tristan n'eut pas à passer trente mois en Algérie. Grâce aux accords d'Evian signés en mars 1962, il put rentrer en France avant. L'indépendance concédée aux Algériens par le général de Gaulle lui rendait sa liberté.

Pendant presque deux ans, il s'était retrouvé aux avant-postes de combats inégaux et souvent sanglants. Il s'était endurci à manier les armes à feu et à affronter un ennemi tantôt invisible, tantôt embusqué dans les ruines des villages rebelles assiégés. Son courage lui avait valu le grade de sergent. Mais il n'en tirait aucune gloire, car il exécrait la violence dont il était témoin malgré lui. Il avait assisté à des interrogatoires musclés au cours desquels certains soldats français n'hésitaient pas à user de méthodes dignes d'une autre époque. Il avait été écœuré quand, avec son unité, il découvrit tout un groupe de musulmans assassinés par leurs coreligionnaires du FLN dans des conditions atroces. Lorsqu'un de ses camarades était retrouvé mort, égorgé ou émasculé après une nuit de garde, il avait envie de vomir et de déserter pour ne plus avoir à regarder en face ce que les hommes étaient capables d'infliger à leurs semblables. Il songeait parfois à Eduardo, à ce qu'il avait dû subir dans les geôles de la Gestapo pendant la guerre, et se désespérait de constater que tout recommençait.

Aussi, lors de sa démobilisation à la fin de l'été, son soulagement fut-il énorme. Quelques jours plus tard, il rentrerait à Anduze et reprendrait le cours normal de son existence.

Durant tous ces mois interminables, passés dans l'éternelle angoisse de la mort, il avait eu le temps de penser à Juline. Il n'avait reçu d'elle aucune nouvelle. Il se doutait qu'elle poursuivait brillamment ses études de sciences politiques à Paris. Leur destin était donc maintenant définitivement scellé.

Avant de s'embarquer pour la métropole, quand son capitaine lui avait demandé s'il était heureux de retrouver sa fiancée, il lui avait répondu :
— Seule ma mère m'attend au pays.

33

Une nouvelle vie

1962-1963

Philippe Ferrière respecta sa promesse. Il embaucha Tristan dans sa faïencerie d'Uzès à la fin de son service militaire. Une nouvelle vie se dessinait pour le jeune Chassagne.

En Algérie, il s'était rendu à la raison. Certes, il avait souvent pensé à Juline, comme il ne cesserait d'y penser encore pendant longtemps. Mais sa blessure avait fini par cicatriser. Quand il songeait à ce qu'il lui était arrivé, il ne regrettait rien, persuadé au contraire que cet échec l'avait endurci. A vingt-deux ans, il avait acquis suffisamment d'expérience pour être capable d'affronter d'autres obstacles dans l'existence, d'autres revers. Il se sentait plus fort, plus serein.

A Anduze en visite chez sa mère, lorsqu'il passait à proximité de Val Fleuri, au cours de ses promenades dans la nature qu'il affectionnait toujours, il ne s'attardait plus dans les vignes et n'était plus tenté de se réfugier dans la capitelle où il avait aimé mais aussi où son bonheur s'était effondré. Il ne voyait plus cet endroit avec le même regard. Ses rendez-vous avec Juline lui paraissaient si lointains ! Il en conservait de bons souvenirs mais n'éprouvait plus de regrets ni de tristesse. Seulement un peu de vague à l'âme. Une grande solitude.

Depuis son retour d'Algérie, il avait fait quelques rencontres agréables qui lui avaient permis de se changer les idées. De comprendre que la vie poursuivait son cours, que rien n'était jamais perdu.

Sur le marché d'Uzès, place aux Herbes, il avait osé accoster une jeune fille qui terminait ses études secondaires au lycée de la ville. Sylvie Leroux était un peu plus jeune que Juline et ne lui ressemblait pas. Elle était fille de commerçants à l'esprit ouvert. En sa compagnie, quelques semaines suffirent pour atténuer ses plus profondes blessures qu'il avait crues indélébiles. Il noua avec elle des liens étroits mais peu sincères, tant son esprit était égaré. Elle n'hésita pas à l'introduire chez elle où il fut accepté sans aucune réticence. Tristan s'amusait de ce nouveau type de relations si éloignées de celles qu'il avait entretenues avec les Ferrière. Tout se précipitait. Trop rapidement à son goût. Quelles étaient les intentions de Sylvie ? Que souhaitaient ses parents pour leur fille ?

Il craignit d'aller trop vite en besogne. Se sentit à son tour prisonnier d'une existence qu'il n'avait pas choisie. Il mit fin à sa liaison afin de ne pas bercer Sylvie d'illusions.

Il s'attacha ensuite à Claudia Angelino, une belle brune d'origine italienne qu'il retrouva par hasard dans un bar, à la sortie de son travail. Ils s'étaient déjà rencontrés quelques années auparavant alors qu'il commençait son apprentissage chez Philippe Ferrière. Mais à l'époque, il était trop épris de Juline pour prêter attention à une autre. Pourtant Claudia possédait des charmes auxquels aucun homme ne demeurait insensible. Très sensuelle, méditerranéenne au teint mat et à la chevelure de jais, elle possédait un tempérament exalté. Elle adorait être courtisée et ne se privait pas de s'entourer de galante compagnie. Elle devint pour une brève période son nouvel horizon, son soleil dans la brume qui lui emprisonnait l'esprit. Tristan avait besoin de s'étourdir, de se prouver qu'il pouvait aimer et être aimé. Il se dégageait de Claudia un attrait sexuel irrésistible. Elle sut en l'espace de quelques semaines l'enivrer des vapeurs de l'amour charnel auquel il succomba sans se défendre. En sa présence, il n'éprouvait qu'une envie, enterrer ses plus tristes pensées. Mais Claudia le laissait chaque fois sur sa faim et refusait d'aller avec lui au bout de ses fantasmes.

Un soir, alors qu'elle lui avait donné rendez-vous dans l'appartement qu'elle louait non loin de la place aux Herbes, il crut parvenir à ses fins et guérir à tout jamais du mal qui le rongeait encore sournoisement. Très vite enlacés, ils s'abandonnèrent à de folles étreintes. Claudia avait aussi besoin de s'évader, lui confia-t-elle. La douceur de sa peau, ses caresses lui procuraient des sensations impérieuses qu'il n'avait jamais ressenties auparavant avec d'autres filles, en Algérie. Ses lèvres charnues et sensuelles l'attiraient dans des pièges oubliés depuis longtemps. Sa poitrine ferme et gonflée sous son tee-shirt moulant l'invitait à l'indécence tandis que ses mains vagabondes sur son corps tendu de désir le plongeaient dans le néant. Ils s'allongèrent sur son lit, emportés par l'ivresse.

Alors, au beau milieu de leurs ébats, elle s'écarta. Le repoussa. Reconnut, désolée :

— Je ne peux pas. Pas maintenant. C'est trop tôt.

Blocage psychologique ! Souvenirs de son ancien ami qui, avoua-t-elle, lui faisait si bien l'amour qu'elle préférait attendre avant de se jeter dans les bras d'un autre. Elle lui proposa néanmoins de passer le reste de la nuit chez elle, de dormir ensemble, côte à côte, en toute innocence.

Marri mais pas rancunier, Tristan refusa gentiment. Il repartit dans l'espoir que l'horizon s'ouvre bientôt devant lui. Ses relations avec Claudia en restèrent à ce stade, inachevées.

Il reprit le travail sans plus penser à se perdre dans un dédale de liaisons impossibles. Après Claudia, il décida de ne plus s'attacher. Quand il rencontra Mélanie, il se jura d'être attentif. Il l'entoura de toute sa prévenance mais se garda de lui promettre autre chose qu'une franche amitié. Cette jeune professeure de mathématiques au lycée d'Uzès ne le laissait pas indifférent. Toutefois, avec elle, il se sentit vite engagé. Sérieuse – trop à son goût –, elle lui inspirait beaucoup de respect mais se montrait très conformiste. Issue d'une famille modeste, elle s'habillait de façon stricte, presque austère, alors que ses élèves commençaient à porter la minijupe et des ballerines à la manière de Brigitte Bardot dans *Et Dieu créa la femme.* Elle n'aimait pas le retrouver dans les cafés et, à la sortie de son lycée, préférait lui donner rendez-vous dans des lieux moins exposés.

— Si mes élèves me voyaient ! lui donnait-elle comme excuse. Que diraient-ils de leur prof ? J'aurais mauvaise réputation.

Alors il l'entraînait dans les jardins de la cité, l'embrassait en catimini, à l'abri des regards. Quand, assis sur un banc, il avait des gestes plus intrépides, elle écartait sa main, rougissait, lui demandait d'attendre.

Elle refusait de le suivre dans sa chambre, de crainte de commettre la faute irrémédiable.

— Je ne l'ai jamais fait, lui avoua-t-elle un jour qu'il l'entreprenait avec un peu plus de hardiesse que d'habitude. N'allons pas trop vite.

Tristan respectait toujours les désirs de ses compagnes. Aussi, il n'insista pas. D'autant que, de son côté, il savait que lui-même ne voyait pas cette relation avec sérieux et qu'il ne souhaitait pas lier son avenir à Mélanie.

Il préféra rompre avant de la faire trop souffrir, conscient de briser à son tour le rêve d'un être dont il s'était servi comme pour arracher une revanche au destin. Ce rôle ne lui ressemblait pas.

Alors il reprit ses esprits et ne chercha plus à plaire, à séduire, à être aimé à tout prix. Il en ressentit un profond vide dans son âme orpheline. Mais c'était le prix à payer pour renaître à la vie, se dit-il afin de s'encourager à regarder droit devant lui.

* * *

Un an s'était écoulé depuis son retour d'Algérie.

Tristan travaillait dans l'atelier de finition de la faïencerie. En même temps, Philippe l'initiait à la gestion. Il comprit alors pourquoi ce dernier lui avait promis avant son service militaire de faire de lui « quelqu'un de bien », il se souvenait encore parfaitement du terme qu'il avait utilisé. Il ne lui avait pas demandé ses intentions, persuadé qu'il souhaitait simplement qu'il soit capable, le jour venu, de prendre quelques décisions importantes en l'absence de son homme de confiance. En outre, son talent de décorateur était apprécié par toute la clientèle de Philippe et certains ne se privaient pas d'affirmer devant lui qu'il avait trouvé la perle rare qui assurerait la pérennité de l'entreprise. Tristan ne s'estimait pas pour autant indispensable mais était conscient que sa place était privilégiée.

L'année touchait à sa fin. Philippe s'apprêtait à rentrer à Anduze. Il demeurerait absent d'Uzès deux semaines consécutives pour fêter Noël et nouvel an en famille à Val Fleuri. Florian et Rose y étaient déjà. Irène éprouvait une joie immense à s'entourer de ses enfants et petits-enfants.

Mais, auparavant, il se devait d'honorer le départ à la retraite de son gérant, Gilles Bernard. Ce dernier avait accompli plus de deux décennies au service de Philippe Ferrière. Nul dans le personnel ne savait par qui il serait remplacé. Les deux hommes ayant à peu près le même âge, beaucoup s'inquiétaient de la succession du patron, car tous savaient que celui-ci ne pouvait compter sur les membres de sa famille.

Afin de rendre hommage à son homme de confiance, Philippe commença un discours sans surprise. Il loua les qualités de Gilles Bernard, évoqua son parcours d'ouvrier puis de contremaître. Il insista sur sa disponibilité en son absence et sur sa probité. Lorsque le moment arriva d'annoncer le nom de son nouveau gérant, il s'interrompit. Un silence s'appesantit sur la salle. Philippe jeta un regard dans l'assemblée, aperçut Tristan au fond, en train de discuter à voix basse avec un camarade de travail. Alors Philippe poursuivit :

— J'aimerais que Tristan Chassagne me rejoigne sur l'estrade.

Etonné, Tristan se demanda pour quelles raisons Philippe l'appelait auprès de lui. Il s'approcha, fendant la foule qui s'écarta sur son passage. Déjà des murmures affirmaient :

— C'est lui ! C'est lui le remplaçant.

Tristan feignit de ne pas entendre ce qui lui parvenait aux oreilles. Mais, tout en avançant, il devina que Philippe allait faire de lui « quelqu'un de bien ».

Une fois sur l'estrade, il mesura toute l'étendue de ce qu'il avait pressenti. Sous ses yeux, plus de cent vingt personnes attendaient dans le silence, impatientes d'apprendre de la bouche de leur patron qu'il était désigné comme son nouveau gérant.

— Je ne veux pas plagier le général de Gaulle ! déclara Philippe, le sourire aux lèvres. Aussi ajouterai-je : vous m'avez compris. Je ne vais pas tergiverser plus longtemps. Gilles Bernard part couler une retraite heureuse. Tristan Chassagne le remplacera dans ses fonctions. Dorénavant, c'est à lui que vous vous adresserez lorsque vous serez confrontés à un problème. C'est lui également qui assurera l'intérim en mon absence. Il a toute ma confiance, car c'est un garçon dévoué et très compétent dans tous les domaines.

L'assemblée applaudit chaleureusement. D'aucuns affirmèrent :

— Je l'avais bien dit ! Je ne me suis pas trompé.

Tristan, très ému, ne s'attendait pas à une telle promotion. Certes, il se doutait que Philippe Ferrière le récompenserait. N'avait-il pas accepté jusqu'à présent toutes ses propositions, notamment celle de s'exiler pendant un an ? Ne l'avait-il pas initié à toutes les phases du métier de céramiste, y compris à la direction d'entreprise, ce qui n'était pas du ressort d'un simple ouvrier ?

A vingt-trois ans, Tristan se voyait donc investi de grandes responsabilités.

Sur le moment, il craignit de ne pas être capable de s'imposer au personnel dont les membres, pour la plupart, étaient plus âgés et avaient plus d'expérience que lui. Ne susciterait-il pas des jalousies, des rancœurs qui nuiraient à ses futures initiatives ? Serait-il à la hauteur des souhaits de Philippe Ferrière ?

Quel chemin parcouru ! reconnut-il le soir, quand, dans sa chambre, il s'allongea sur son lit et prit conscience de ce qui lui arrivait.

Il pensa à sa mère, aux sacrifices qu'elle avait consentis afin de lui assurer un avenir. Il s'attrista en songeant qu'elle n'avait pas eu la même chance que lui, qu'elle souffrait toujours d'un mal enfoui. « Si seulement elle parvenait à me confier le secret qui la ronge ! » déplorait-il, les larmes aux yeux. Il savait Marion terriblement malheureuse mais n'osait la prier de s'épancher.

* * *

Philippe était bien résolu à désigner un jour ou l'autre Tristan comme son digne successeur. En l'absence d'un fils, un petit-fils comblerait son attente, avait-il finalement tranché. Mais pas question – pas encore – de lui révéler la vérité sur sa naissance, avait-il décrété. Ce serait une erreur de brûler les étapes. Il devait d'abord s'assurer de ses compétences. « N'est pas un Ferrière qui veut ! » avait-il souvent déclaré.

Ce qui le chagrinait le plus, précisément, c'était le nom que portait Tristan. Chassagne ! Le nom de sa mère ! Le sang ne devait-il pas aussi se transmettre par le patronyme ? Damien aurait pu effacer cette lacune, s'il avait vécu. Il lui aurait pardonné de lui avoir imposé Marion en dépit des convenances. Il enrageait à présent à l'idée que le sort en avait décidé autrement. Le sort... le mauvais sort !

Néanmoins, il ne parvenait toujours pas à accepter officiellement le lien de parenté qui l'unissait à Tristan.

— Qu'est-ce qui te retient ? lui demanda Irène, le soir de son retour d'Uzès.

Elle aspirait une bonne fois pour toutes à éclaircir la situation.

— Tristan serait enfin reconnu comme le fils de Damien, poursuivit-elle, comme notre petit-fils. Quel mal y vois-tu encore ? Ce n'est pas parce qu'il est né hors mariage qu'il doit subir à vingt-trois ans les bêtises de son père !

— Il ne s'agit pas d'effacer ou non les bêtises de son père. Et de sa mère aussi d'ailleurs, car, dans cette histoire, Damien n'était pas seul !

— Alors, de quoi s'agit-il ?

Philippe s'empêtrait dans ses réticences et ses contradictions. Il ne parvenait plus à justifier sa position. D'un côté il nommait Tristan à un poste de confiance, d'un autre il lui refusait une réalité qui aurait le pouvoir d'assurer sa succession, problème qui le rongeait depuis si longtemps.

— Si tu étais honnête envers toi-même et envers Tristan, tu n'hésiterais plus un instant à lui dévoiler la vérité.

— Et que fais-tu de Marion Chassagne ?

— Marion ? Mais elle est la mère de Tristan ! Celle que Damien aurait épousée avec ou sans notre consentement s'il avait vécu. Lui n'aurait pas tergiversé comme toi. La victime dans tout cela n'est autre que Tristan. Or, puisque tu as décidé de te préoccuper de lui, va donc jusqu'au bout de ta démarche. Dis-lui qu'il est ton petit-fils.

Philippe ne se résolvait pas à une telle décision.

— C'est trop tôt. Mais j'y songe, ne t'inquiète plus. Cela viendra en temps voulu. Laisse-moi quelques mois pour réfléchir. Mesurer le pour et le contre. Préparer Tristan à cette révélation. Tu imagines bien que, pour lui, cela changera également beaucoup sa vie. Apprendre que nous sommes ses grands-parents pourrait le perturber. Je reconnais que je ne me suis pas toujours bien comporté avec lui. Je me souviens comment je le recevais lorsqu'il braconnait sur mes terres. Je le considérais alors comme un petit vaurien et ne me privais pas de le lui signifier. Il n'a pas dû l'oublier non plus ! Même si, depuis, nos relations sont devenues, disons, plus cordiales.

— Heureusement que Juline et lui ne se sont pas épris l'un de l'autre, comme Damien et Marion à leur époque ! releva Irène. Sinon cela aurait compliqué la situation ! Tu imagines, une aventure entre la tante et le neveu !

— Tu déraisonnes ! Juline et Tristan se connaissent à peine. Comment peux-tu concevoir une telle aberration ? Tu lis trop de romans !

Ni Irène ni Philippe n'avaient deviné l'amour de Juline pour Tristan.

— En tout cas, ajouta Philippe, je te demande de ne pas avertir Tristan avant que je le fasse. Il ne doit entendre la vérité que de ma bouche.

Irène promit.

Philippe ne se faisait pas de souci pour l'avenir de sa fille. Juline poursuivait brillamment ses études à l'ENA. Elle avait définitivement choisi de faire carrière dans la haute administration. Elle avait appris à ses parents s'être liée à un jeune député socialiste de l'Hérault, un certain Hervé Legrand, qui lui avait assuré un poste d'attachée parlementaire une fois ses études terminées.

Elle ne rentrait plus à Val Fleuri que deux fois par an, pour quatre ou cinq semaines au cours de l'été et deux ou trois jours à Noël. Elle leur avait présenté Hervé Legrand à l'occasion des élections législatives de novembre 1962. Elle l'avait accompagné dans sa tournée électorale afin de se rendre compte de la vie politique et du destin qui l'attendait en tant qu'attachée parlementaire. L'élu avait fait bonne impression à Philippe malgré ses opinions contraires aux siennes. Mais Juline, en fille libérée, ne prêtait pas attention aux idées de son père. Au contraire, elle aimait prouver sa modernité. Elle militait déjà avant l'heure pour le droit des femmes à disposer de leur corps et pour l'avortement, ce qui n'était pas du goût de sa mère, fidèle aux valeurs traditionnelles de la famille.

Philippe semblait envisager l'avenir de plus en plus sereinement.

Florian était un grand chirurgien. Il était souvent appelé à l'étranger pour participer à des congrès de cardiologie ou à des conférences internationales. Ses préoccupations étaient à cent lieues de la faïencerie et de la poterie de son père. Avec Rose, ils formaient un couple uni, que beaucoup enviaient. Ils s'investissaient chacun de leur côté dans des domaines plus prestigieux que celui que leur offrait Philippe. Au reste, celui-ci ne parlait plus à son fils d'assurer un jour sa succession.

Ses petits-enfants n'avaient pas dix ans. Aucun ne pourrait le remplacer en temps voulu. Il s'était rendu à la raison.

Enfin, il allait fêter ses soixante-huit ans. Pour lui, l'heure de la retraite sonnerait bientôt. Il fallait admettre l'irrémédiable, savoir transmettre le relais, quitte à reconnaître ses erreurs.

Aussi était-il maintenant décidé à dévoiler à Tristan toute la vérité. A lui révéler que son fils Damien était son vrai père, que sa mère avait gardé depuis sa naissance un secret qu'eux seuls connaissaient grâce à une lettre envoyée par Damien juste avant de mourir dans un camp de prisonniers en Allemagne.

Comme tous les ans, Philippe et Irène s'apprêtaient à passer Noël avec Sébastien et Pauline Rochefort. A cette occasion, ils retrouveraient Florian et sa famille au Clos du Tournel en compagnie de leurs cousins. Depuis le mariage de leurs enfants, ils avaient pris l'habitude de s'inviter alternativement d'une année sur l'autre pour réveillonner ensemble.

C'était toujours une joie immense pour les grand-mères de choyer leurs petits-enfants. Lukas, Jérémie et Adeline leur rendaient au centuple l'amour que toutes les deux leur prodiguaient. Avant de monter se coucher, ils attendaient impatiemment l'arrivée du père Noël. La cheminée ronronnait et dispensait sa chaleur dans la grande salle à manger où le repas se déroulait. Avant le dessert, Florian s'éclipsait discrètement, endossait un habit rouge de circonstance et, après être sorti à l'extérieur, allait cogner vigoureusement à la porte d'entrée vitrée. Les enfants, tout excités et apeurés à la fois, apercevant à travers le carreau opaque une couleur rouge, partaient vite se cacher dans la pièce voisine afin de ne pas voir le mystérieux personnage qui leur apportait les jouets tant désirés. Florian tapait ses pieds sur le paillasson comme pour chasser la neige de ses bottes, entrait et, de sa plus grosse voix, faisait mine de se renseigner sur les enfants, demandant à leurs grands-parents s'ils avaient été sages. Au bout de quelques minutes qui leur paraissaient interminables, il disparaissait en traînant les pieds. Le temps de refaire le tour de la maison et de se débarrasser de son habit rutilant, il réapparaissait au salon comme si de rien n'était. Alors seulement, les enfants découvraient leurs cadeaux, s'émerveillaient et se précipitaient pour ouvrir les paquets accumulés au pied du sapin.

Vers onze heures, tandis que Rose mettait ses enfants au lit, Philippe et Irène prirent congé de leurs cousins.

Dehors, la lune éclairait la nuit comme un soleil en plein jour. Un froid intense s'était abattu sur la région depuis une semaine et la chaussée présentait des plaques de givre.

Philippe conduisait prudemment. A son âge, il ne commettait plus d'excès de vitesse. D'autant que les routes cévenoles étaient particulièrement sinueuses.

Dans un virage, il fut surpris par une camionnette qui venait à sa rencontre. Ebloui par ses phares, il eut le réflexe d'écraser la pédale de frein. Ses roues dérapèrent sur la chaussée glissante. Sa voiture dévia de sa trajectoire, fit plusieurs tonneaux et stoppa sa course sur le toit, dans un fossé. L'autre conducteur ne s'arrêta pas.

Après quelques minutes, reprenant lentement conscience, Philippe s'extirpa de la carcasse de son véhicule, à moitié groggy. Il dégagea Irène, restée coincée entre son siège et le tableau de bord.

Tous les deux s'en sortaient miraculeusement sains et saufs.

Un automobiliste bienfaisant, les apercevant en mauvaise posture sur le bas-côté de la route, les raccompagna jusqu'à Val Fleuri et leur proposa de les aider à faire le nécessaire auprès de la police. Mais Philippe, très fatigué, décida d'ajourner au lendemain matin les démarches à entreprendre.

Irène, légèrement contusionnée, se remit petit à petit de ses émotions, mais Philippe, lui, semblait très perturbé.

Il voulut s'allonger sur le canapé du salon. Quand, tout à coup, il s'effondra. Irène n'eut pas le temps de le soutenir et ne put que constater la mort subite de son mari.

Florian, appelé en urgence au milieu de la nuit, diagnostiqua, le cœur serré de douleur :

— Crise cardiaque. Il n'a pas souffert.

34

Deuil

1964

Le deuil plongea la famille Ferrière dans la consternation. La disparition brutale de Philippe créa un vide immense.

Il s'était vite rétabli de ses premières alarmes. Personne, pas même son fils cardiologue, n'avait pensé qu'il courait un risque fatal. Philippe avait su se ménager. Il prenait scrupuleusement ses médicaments, évitait les fortes émotions, s'aérait chaque matin lors d'une promenade de santé et ne pratiquait plus l'équitation qu'avec modération. Il savourait une demi-retraite tranquille. Et surtout, il s'apprêtait à reconnaître Tristan comme son petit-fils. Tous ses ennuis semblaient s'être effacés avec le temps et la raison.

Il était mort sans avoir réglé sa succession. D'avoir trop tardé, le problème demeurait entier. Certes, Irène connaissait ses dernières intentions à ce sujet. Mais ne lui avait-il pas fait promettre de ne pas révéler elle-même à Tristan la vérité sur sa naissance ? Elle ne se sentait pas le droit de trahir sa volonté. Elle décida donc de ne pas parler, de laisser le destin s'accomplir sans intervenir. Terrassée par la douleur, elle ne pouvait prendre des initiatives à même de compromettre l'avenir de l'entreprise de son mari. Tristan à Uzès, Jean Lanoir à Anduze restaient aux commandes et assureraient parfaitement la direction des deux fabriques. « Rien ne presse », pensait-elle quand, devant la dépouille de Philippe, elle songeait à ce que deviendrait la Société Ferrière.

Les obsèques furent fixées au vendredi 27 décembre.
Prévenue le lendemain matin de la mort de son père, Juline accourut sans tarder à Val Fleuri, délaissant momentanément ses études. Dans le train qui l'emmenait vers Nîmes, elle eut de terribles remords. C'était la première fois en effet qu'elle avait refusé de descendre à Anduze pour fêter Noël, ayant prétexté un surcroît de travail. Chaque année, à cette occasion, elle effectuait un rapide aller-retour sur deux ou trois jours pour être présente auprès des siens.

Mais, en septembre, elle avait attaqué sa dernière année et préparait son diplôme de fin de cursus à l'ENA pour le printemps suivant. Elle ne voulait pas dilapider son temps. Malgré son envie de retrouver sa famille, elle avait décidé de ne pas se rendre à Val Fleuri.

Elle n'avait donc pas revu son père depuis l'été précédent. Elle l'avait trouvé reposé, serein, et ne s'était pas inquiétée de son état. D'ailleurs, Philippe l'avait tranquillisée quand elle était repartie à Paris, lui conseillant de terminer au plus vite ses études et d'entrer sans attendre dans la vie active, ce qui, à ses yeux, représenterait la consécration de toutes ces années d'efforts et d'abnégation. Devant sa fille, il tenait rarement des propos très encourageants, mais estimait Juline à sa juste valeur et ressentait beaucoup de fierté en songeant qu'elle embrasserait bientôt une brillante carrière. Il n'avait jamais eu l'intention de lui demander d'assurer un jour sa relève. Pour lui, la direction d'une entreprise n'était pas une affaire de femme. Philippe était de la vieille école. Il éprouvait encore beaucoup de difficulté à admettre l'évolution de la société. Aussi, Juline ne lui avait jamais proposé son aide. Elle avait vécu toute sa jeunesse dans l'ignorance totale des questions familiales, ne s'étant jamais intéressée ni à la faïencerie ni à la poterie.

Elle arriva à Anduze éplorée, l'âme malmenée par la culpabilité. Dans le manoir régnait un silence d'église. Irène, ainsi que l'aurait souhaité son mari, peu attaché aux traditions de sa religion d'origine, s'était refusée à tout signe ostentatoire de deuil. Contrairement à la coutume en cours chez certains protestants, les pendules n'avaient pas été arrêtées, les miroirs n'avaient pas été recouverts d'un voile, les volets étaient grands ouverts, le soleil illuminait les pièces comme par un jour normal. Seules les mines contrites de sa mère, de son frère et de sa belle-sœur ramenèrent immédiatement Juline à la triste réalité.

Elle s'effondra dans les bras de sa mère et ne trouva pas les mots justes devant Florian pour s'excuser de son absence. Rose, venue sans ses enfants pour soutenir son mari, tenta de la rassurer.

— Tu ne pouvais pas deviner qu'il s'en irait si vite, lui confia-t-elle dans le creux de l'oreille. Ne te sens pas fautive. Console-toi en pensant qu'il n'a pas souffert.

Mais les paroles de réconfort de Rose ne parvinrent pas à apaiser Juline.

Au fond de son âme, elle réalisait à quel point elle était passée à côté de son père. Elle reconnaissait, mais un peu tard, qu'ils ne s'étaient pas suffisamment parlé, qu'elle n'avait pas toujours fourni l'effort nécessaire pour le comprendre en dépit de son caractère entier et autoritaire. Elle avait cru longtemps que seuls ses fils comptaient pour lui, qu'elle n'était à ses yeux que la fille de sa femme, une enfant à élever au gynécée. Certes, elle lui avait démontré le contraire et il ne lui en avait pas tenu rigueur. Il lui avait avoué sa fierté devant sa réussite. Maintenant qu'il n'était plus là, elle ressentait cruellement son absence et se reprochait la distance qui les avait séparés, leur incommunicabilité.

Il lui manquait déjà.

Le jour des obsèques, au temple, toute la famille et tous les amis se regroupèrent autour d'Irène. Les Rochefort s'étaient placés à côté d'elle et de ses enfants, et les assuraient de toute leur affection. Sébastien se souvenait des deuils qui avaient marqué les siens, son père d'abord dans les années 1920, sa mère pendant la guerre. Il percevait la douleur de celle qui restait seule après de longues années passées dans l'amour et le respect de l'autre. Accompagné de sa femme Pauline, de sa fille Rose et de son fils Ruben, il songeait qu'il avait le même âge que son cousin, que son tour arriverait bientôt, qu'il devait donc apprécier la vie comme un cadeau quotidien. Il jeta un regard mélancolique autour de lui, tira, malgré les circonstances, une grande consolation d'être entouré de tous les siens. A ses côtés, ses sœurs, Faustine et Elodie, étaient venues avec leurs maris. Il y avait aussi Lucie, sa nièce, ainsi que Thibaud, le pasteur de la famille, et sa sœur jumelle Alix, les petits-cousins de Florian et de Juline au même titre que Rose et Ruben. Il ne manquait que son frère aîné, Jean-Christophe, et son fils, Pierre, pour que la lignée fût au complet.

Irène, très soutenue, ne pleurait pas. Elle écoutait le culte d'une oreille distraite, plongée dans ses pensées. Son cœur était ailleurs. Avec Philippe. Quelque chose la retenait d'épancher sa peine. « De là-haut, Philippe doit savourer d'avoir su regrouper l'ensemble de sa famille », se disait-elle pendant le sermon du pasteur.

Juline lui tenait le bras, attentive aux paroles d'espoir prodiguées par l'officiant. Elle n'avait jamais été versée dans la religion. Comme son père, elle n'entrait dans les églises et les temples que par obligation. Mais elle admettait que, dans ces circonstances, la présence du représentant de Dieu aidait à ne pas se laisser submerger par le chagrin.

Une fois la cérémonie terminée, la famille se rangea à la sortie du temple pour les condoléances. C'était le moment le plus pénible, même si la chaleur des amis venus nombreux rendre un dernier hommage au disparu était réconfortante.

Tous attendaient en silence que vienne leur tour. Les Chassagne s'étaient déplacés pour témoigner leur sympathie à la veuve et à ses enfants. Marion les accompagnait. Quand Irène la vit passer, elle la prit dans ses bras et l'embrassa cordialement. Puis elle lui murmura à l'oreille :

— Comme je regrette tout ce qui s'est passé ! Merci pour votre présence. Vous me procurez un bien immense.

Marion s'étonna de ces paroles. Elle lui adressa quelques mots banals, de ceux qu'on prononce en pareilles circonstances, et poursuivit son chemin.

A côté de sa mère, Juline avait aperçu Tristan. Il s'approchait lentement, parmi les derniers. Quand il parvint à son niveau, il la regarda, l'air attristé.

Juline baissa les yeux.

Il hésita quelques secondes.

Elle releva la tête. Lui sourit.

— Je te présente toutes mes condoléances, lui dit-il en lui tendant la main.

Puis, instinctivement, il se pencha pour l'embrasser.

Elle accepta son geste d'affection, s'attarda tout contre lui et le remercia avec des trémolos dans la voix.

— C'est gentil d'être venu, lui répondit-elle. Je suis très touchée.

— C'est bien normal.

Derrière lui, le pasteur emportait déjà la corbeille des offrandes.

— Nous nous reverrons, ajouta Juline. Je suis au courant des décisions de mon père. J'ai moi-même beaucoup réfléchi. A bientôt.

Sur le moment, Tristan ne sut comment interpréter les paroles sibyllines de Juline. Il rentra chez sa mère, intrigué.

— J'ai rencontré Juline, lui apprit-il sans hésiter.

— Tu devais t'y attendre en allant aux obsèques. Et que t'a-t-elle annoncé ?

— Rien de spécial. Seulement que nous nous retrouverons sous peu. Personnellement, je n'ai rien de particulier à lui dire. Demain, je repars à Uzès pour prendre mes nouvelles fonctions. A la sortie du temple, Irène Ferrière m'a averti que, en ce qui me concerne, rien ne changeait. Les volontés de son mari seront respectées comme s'il était encore de ce monde.

— Elle m'a murmuré à l'oreille des propos étranges, ajouta Marion. Elle m'a avoué se reprocher quelque chose. Je n'ai pas compris ce qu'elle sous-entendait.

En réalité, Marion se demandait si Irène ne faisait pas allusion au mensonge de Damien. Irène demeurait à présent la seule personne – avec son fils Florian – à croire que Tristan était son fils. Mais pourquoi regretterait-elle maintenant ce qui s'était passé, selon ses propres termes ?

Plus Marion y réfléchissait, moins elle devinait le sens de ses paroles.

***

Contrairement à ce que sa famille avait pensé, Juline ne remonta pas à Paris sitôt après l'enterrement. A la grande joie d'Irène, elle prolongea son séjour à Val Fleuri sans en préciser la raison. Florian s'attarda également afin de régler certaines affaires avec le notaire.

En sa compagnie, elle visita la poterie d'Anduze afin de se rendre compte de ce que Philippe laissait d'inachevé. Puis, le lendemain, ils partirent pour Uzès explorer la faïencerie. Certes, les deux fabriques ne leur étaient pas étrangères. Ils connaissaient les lieux. Juline y avait traîné ses guêtres enfant, à l'époque où aller à la rencontre des ouvriers constituait un jeu. Ils furent surpris de constater à quel point les deux unités de production s'étaient développées, comme les méthodes de travail s'étaient modernisées, et combien la main-d'œuvre avait augmenté en l'espace de quelques années.

Juline était la plus étonnée. Elle n'avait jamais imaginé son père à la tête d'une telle entreprise.

Tristan avait pris la gérance de la faïencerie quelques jours à peine avant leur arrivée à Uzès. Il possédait peu de notions de direction et s'était attelé à la tâche en compagnie de Gilles Bernard qui, étant donné les circonstances, lui avait proposé ses services pour l'aider à débuter. Tristan avait volontiers accepté, car il ne se sentait pas totalement prêt à assumer ses nouvelles responsabilités.

— Pour la fabrication et la décoration, je me trouve dans mon élément, avait-il relevé. Mais pour ce qui est de la gestion financière et commerciale, il me faudra plusieurs mois pour être au courant de tout ce que je dois savoir.

— Je resterai auprès de toi le temps nécessaire, l'avait rassuré Gilles Bernard. Maintenant que je suis à la retraite, je n'ai plus d'obligations ! Et, entre nous, je n'ai pas envie de me retrouver chaque matin à la maison à me demander de quoi ma journée sera faite ! Ni d'avoir ma femme sur le dos !

Fort du soutien de son ancien contremaître, Tristan entreprit sans attendre de s'initier aux arcanes de la direction d'entreprise. Mais il convenait volontiers que ce travail l'attirait peu et qu'il souhaitait surtout se consacrer à la conception de nouveaux modèles de services de table et à la décoration, à l'image de Philippe Ferrière.

Juline et Florian demeurèrent à Uzès deux jours et effectuèrent un véritable audit de la société. Gilles Bernard leur fut d'un grand secours. Il leur ouvrit tous les registres de comptes et les carnets de clientèle, leur fit part des commandes en cours et à venir, leur expliqua les objectifs de leur père en matière de création mais aussi d'investissements. Ils ne comprirent pas tout, mais réalisèrent qu'ils étaient les héritiers d'un petit empire dans le domaine de la céramique et s'en émurent. Ils se demandèrent ce qu'il adviendrait à présent de cette fortune fondée sur le labeur de toute une vie, voire de plusieurs générations. Leur obstination à ne pas vouloir se préoccuper de ce que leur léguerait leur père les avait rendus indifférents à sa réussite. Certes, Juline n'y avait jamais été invitée par Philippe, mais elle concédait sans se dérober qu'elle n'avait jamais insisté pour l'amener à changer d'avis.

A la fin du deuxième jour, avant de se retirer dans la chambre qu'elle occupait jadis, elle descendit prendre l'air au jardin. Elle avait toujours aimé ce petit coin de paradis où elle se sentait à l'abri du monde, comme dans un havre de paix. L'étang n'était plus entretenu. Le cygne et les canards étaient partis sous d'autres cieux. Les saules pleureurs noyaient leur chagrin à la surface d'une eau trouble envahie d'algues vertes. Philippe avait délaissé sa demeure au profit de Val Fleuri.

Elle regarda en direction du bâtiment où logeaient les rares ouvriers de la fabrique qui ne rentraient pas chaque soir chez eux. Elle ignorait si Tristan y était encore hébergé, comme à l'époque de son apprentissage. Elle porta les yeux vers la fenêtre de sa chambre, y aperçut de la lumière.

« Est-ce lui ou quelqu'un d'autre ? » se demanda-t-elle.

Le froid commençait à lui transpercer les os. Elle se leva du rebord de la fontaine, transie, et se dirigea vers l'entrée de la maison. Non loin, elle entendit des bruits de pas. Un homme approchait. Elle aperçut le point rouge de sa cigarette allumée. Reconnut Tristan.

— Juline ! s'étonna celui-ci. Je te croyais repartie à Anduze avec ton frère.

— Nous avons décidé de ne reprendre la route que demain matin. Florian redoute de conduire la nuit. De plus, après ce qui est arrivé à nos parents...

— Oui, je comprends, la coupa Tristan. C'est terrible !

Ils se retrouvaient tous les deux face à face, gênés comme à l'époque de leurs premiers émois.

— Je ne te retiens pas, reprit Tristan. Rentre chez toi, il ne fait pas chaud. J'étais sorti fumer une cigarette. Je n'aime pas fumer dans ma chambre. Ça empeste le tabac froid jusqu'au lendemain.

— Je peux rester quelques minutes en ta compagnie si je ne te dérange pas.

Tristan lui offrit une cigarette.

— Merci, refusa-t-elle. Je ne fume plus. A vrai dire, je n'ai jamais vraiment fumé. C'était davantage pour me donner une contenance. On est un peu stupide à l'adolescence !

Tristan ne releva pas. Dans la pénombre, il la dévisageait à son insu. Elle n'avait pas changé. Elle lui paraissait encore plus jolie qu'avant, avec ses longs cheveux ondulés qui lui entouraient le visage. Ses yeux rieurs, sa bouche en cœur lui conféraient un air angélique qu'il n'avait jamais oublié. Elle était seulement un peu plus sûre d'elle-même, elle avait mûri. Elle était devenue femme.

Tristan sentit sa blessure se rouvrir dans sa poitrine. Elle ne s'était jamais tout à fait refermée. Mais à force de l'étouffer, il était parvenu à ne plus en souffrir. Il la gardait en lui comme une vieille compagne, comme une cicatrice qui ne s'effacerait jamais, gardienne de ses souvenirs.

— Ton père m'a confié de grosses responsabilités avant de mourir, ajouta-t-il pour meubler la conversation. J'espère me montrer digne de ses attentes. Je ne croyais pas qu'il me nommerait à ce poste. J'ai peu d'expérience. Je n'ai pas compris pourquoi il s'est subitement intéressé à moi, alors qu'au départ nos relations étaient pour le moins chaotiques.

— Papa était un homme imprévisible. Il a toujours étonné son entourage. Il devait avoir ses raisons. L'essentiel n'est-il pas qu'il ait placé aux commandes de son entreprise des collaborateurs en qui il avait entière confiance ? Pour le reste…

Juline ne termina pas sa phrase.

— Pour le reste ? insista Tristan.

— Rien d'important. Mais je peux déjà t'annoncer que je vais surprendre beaucoup de monde et surtout les membres de ma famille.

Les propos énigmatiques de Juline intriguèrent Tristan.

Ce soir-là, elle n'en dit pas plus.

Elle s'approcha de lui comme pour l'embrasser amicalement. Se retint au dernier moment.

— Je monte me coucher. Il est tard. Demain, je rentre à Anduze.

— On se reverra ? osa Tristan, dans tous ses émois.

— Oui. Sans aucun doute.

Elle fila dans la nuit, abandonnant Tristan à ses nouveaux espoirs.

* * *

Au bout d'une semaine, Juline ne semblait toujours pas vouloir rentrer à Paris. Son frère, lui, s'apprêtait à regagner son hôpital. Il avait déclaré que, les fabriques de son père lui paraissant en de bonnes mains, il n'y avait aucune raison de s'inquiéter.

— Je pars rassuré, avertit-il. S'il survenait un quelconque problème, bien sûr je ne manquerais pas à mon devoir. Mais j'ai confiance en Jean Lanoir et en Tristan Chassagne. L'un a l'expérience de l'âge, l'autre la vitalité de sa jeunesse. Nous sommes tranquillisés pour quelques années encore.

— Tu te dégages un peu vite de tes responsabilités, lui reprocha Juline.

Florian regarda sa sœur avec étonnement. C'était la première fois qu'elle lui adressait une telle remarque.

— Qu'est-ce que tu insinues ? s'offusqua-t-il. Je n'ai jamais caché mes intentions concernant les affaires familiales. Papa savait pertinemment que je ne lui succéderais jamais. Quand le moment arrivera, nous reconsidérerons la question et nous prendrons alors les résolutions qui s'imposent.

— C'est inutile d'attendre, rectifia Juline.
— Ce qui signifie ?
— Rien ! répliqua-t-elle d'un ton tranchant. Sois patient.

Irène, enfermée dans son chagrin, déplorait d'entendre ses enfants se déchirer. Elle réagit afin de les ramener à la raison.

— Vous n'avez pas honte de discuter de cette manière alors que vous venez d'enterrer votre père !

— Je ne me dispute pas avec Juline, répondit Florian, agacé. Je veux seulement lui expliquer le point de vue qui a toujours été le mien. A propos de la succession de papa, j'ai été clair. Je ne modifierai jamais ma position. Je suis chirurgien. Un point, c'est tout ! Ça se voit que ce problème ne la concerne pas !

— Il ne me concerne pas parce que je suis une femme ! Avoue-le ! Tu es bien comme papa à ce sujet. Pour vous, une femme est incapable de se hisser à un poste de responsabilité !

— Je n'ai pas dit cela ! Tu te méprends. Mais, que je sache, toi non plus tu n'as jamais montré beaucoup de velléités à t'intéresser à l'entreprise de papa.

— Il n'est pas interdit de changer d'opinion.

Le ton montait entre le frère et la sœur. Irène ne savait comment les calmer.

— Cessez de vous chamailler ! finit-elle par leur ordonner. Je ne veux plus vous entendre. Je suis chez moi, ici. Si votre père vous entendait, il serait accablé par vos propos.

Après quelques minutes de silence, Juline reprit la première la parole :

— Je désirais vous annoncer...

— Si c'est pour jeter de l'huile sur le feu, la coupa Irène, ce n'est pas la peine d'en rajouter. Tu ferais mieux de te taire.

— Laisse-moi parler, maman, s'il te plaît. J'y ai réfléchi depuis un certain temps... J'arrête mes études...

— Tu arrêtes tes études ! s'épouvanta Irène, incrédule. A quelques mois de ton diplôme ! Mais c'est insensé !

— C'est même stupide, renchérit Florian. Qu'est-ce qui t'est passé par la tête ? Tu auras fait Sciences Po et l'ENA pour rien. Tu abandonnes alors que tu es à deux doigts d'attaquer une brillante carrière ? C'est complètement insensé !

Juline n'avait pas l'air de plaisanter.

En descendant à Anduze pour les obsèques de son père, elle avait déjà pris sa décision. Elle regrettait seulement d'être arrivée trop tard pour la lui apprendre de son vivant. Aurait-il été heureux de l'entendre ? Lui aurait-il ri au nez ? Elle le craignait mais espérait le contraire.

— Voilà, avoua-t-elle enfin, je vais assurer la relève de papa.

35

Un nouveau départ

1964-1965

Juline jeta le trouble par sa déclaration. Personne ne s'attendait à une telle révélation. Même Irène parut stupéfaite. Elle n'avait pas imaginé sa fille succédant un jour à Philippe. Ce dernier ayant écarté Juline de tout projet de transmission, elle avait fini par admettre que la société tomberait entre les mains d'un étranger. Avec Tristan, elle s'était mise à espérer qu'il n'en serait rien. Mais aurait-il encore fallu que Philippe se décidât à le reconnaître. Avec son décès prématuré, le problème demeurait en suspens.

Aussi, après mûre réflexion, elle ne cacha pas sa satisfaction.

— Enfin les vœux de votre père sont exaucés ! exulta-t-elle devant ses enfants. Il était temps que cet écueil soit levé.

Florian n'avait pas l'air d'apprécier. Il devait remonter à Paris le lendemain et se trouvait pris de court.

— Tu aurais dû nous en parler plus tôt, reprocha-t-il à sa sœur. Puisqu'il y a longtemps que tu y songeais.

Juline fusilla son frère du regard.

— Je ne vois pas en quoi ma décision te contrarie. Tu n'as jamais eu l'intention de succéder à papa. Alors, où est le problème ?

Florian s'abstint de répondre, ne souhaitant pas à nouveau créer la polémique.

— Toutefois, poursuivit Juline, je vous demande de me donner quelques mois. Je ne veux pas me précipiter. Je dois mettre de l'ordre dans mes affaires. Et dans ma vie.

— Rien ne presse, ma chérie, lui certifia Irène. L'entreprise de ton père ne risque rien.

Le soir, veille de son départ, elle avoua à sa mère qu'elle avait quitté Hervé Legrand peu avant le décès de Philippe.

— Voilà pourquoi j'ai dit devoir mettre de l'ordre dans ma vie. Entre nous, il y a un certain temps que ça ne collait plus. Je ne me serais jamais habituée à ses absences répétées. Son mandat de député ne lui laisse aucune minute pour moi. Nous étions sans cesse à nous donner des rendez-vous entre deux visites dans sa circonscription, quand ce n'était pas entre deux voyages à l'étranger. Il participe à la commission des Affaires étrangères. J'ai vite compris que la femme d'un député ne voyait pas son mari tous les jours. Ce n'est pas la vie que je souhaite.

— Alors, ma chérie, tu as eu raison de rompre avant qu'il n'ait été trop tard... Et pourquoi as-tu ajouté vouloir mettre de l'ordre dans tes affaires ?

— C'est par rapport à mes études. J'ai parlé sur un coup de tête quand je vous ai annoncé que je les abandonnais. Il ne m'a pas fallu longtemps pour admettre qu'il s'agissait d'une grave erreur de ma part. Florian m'avait énervée avec ses préjugés sur les femmes.

— Tu passeras donc ton diplôme ?

— Oui. Mais cela n'enlève rien à ma décision. Au contraire. Beaucoup d'élèves de ma promotion se destinent à entrer dans le privé. Certes, ils briguent de hautes fonctions dans les plus grandes sociétés nationales, voire internationales. Mais il ne nous est pas défendu de faire nos armes dans des structures plus modestes. Ce sera un atout pour la Société Ferrière d'avoir une énarque à sa direction, non ? Dans les six mois à venir, et pendant un an de plus, je suivrai en parallèle une formation accélérée de gestion financière à HEC. Cela m'aidera.

— Sans aucun doute. Mais ne crois-tu pas que tu as suffisamment étudié ? Tu possèdes déjà un gros bagage universitaire.

— Un an de plus, ce n'est pas très long. Je n'ai pas encore vingt-trois ans. J'ai le temps devant moi.

Irène n'osait contredire sa fille, trop heureuse d'avoir enfin la solution au problème laissé par Philippe.

— Et Tristan ? s'inquiéta-t-elle.

— Quoi, Tristan ?

Irène comprit immédiatement qu'elle s'apprêtait à trahir sa promesse.

— Euh... rien... Enfin je... je m'interrogeais à son propos. Ton père l'a initié à la comptabilité depuis son retour d'Algérie et l'a nommé gérant de sa faïencerie avant de mourir. Si tu t'absentes une année supplémentaire, qui le contrôlera ? Il est bien jeune pour être à la tête de la fabrique la plus prestigieuse de la Société Ferrière ! Et il n'a aucune expérience ni formation en la matière.

— Que se serait-il passé si je n'avais pas pris ma décision ?

Irène ne sut que répondre.

— Papa lui faisait confiance. Il faut continuer. Et quand j'aurai terminé, je serai pleinement investie dans l'entreprise. Tout rentrera dans l'ordre.

Le frère et la sœur repartirent pour Paris le lendemain. Florian, par la route. Juline, par le train. Elle refusa l'offre de ce dernier de la remonter en voiture.

— Après l'accident de papa, prétexta-t-elle, je préfère les transports en commun. C'est plus sûr.

Entre les deux, la paix n'avait pas été entérinée. Florian doutait encore des compétences de sa sœur. Juline réprouvait les idées sexistes nourries par son frère.

« Ça lui passera, songeait-elle dans le train. Lorsqu'il réalisera que je suis parfaitement capable de remplacer papa, il s'étonnera et regrettera ses paroles. »

* * *

Tandis que Juline obtenait son diplôme de l'ENA et se formait à la gestion à HEC, Tristan, lui, s'initiait sur le tas aux aspects financiers et commerciaux de la Société Ferrière. Non seulement il accepta la direction de la faïencerie d'Uzès, mais, à la demande d'Irène elle-même, il se chargea de la poterie d'Anduze dont le gérant, Jean Lanoir, mourut au cours de l'année d'un cancer du pancréas. Il fallut le remplacer sans attendre, car Irène n'avait pas réfléchi au renouvellement du personnel le plus âgé. Au reste, il n'était pas le seul à se trouver sur le point de quitter la vie active. Plusieurs dizaines d'ouvriers, parmi les plus anciens que Philippe avait embauchés, allaient bientôt partir à la retraite. Son entreprise avait besoin de rajeunir ses effectifs. Or Philippe n'avait pris aucune initiative à ce sujet. Le problème incombait maintenant à Irène qui se voyait contrainte de trancher seule les questions les plus urgentes. Afin de respecter le vœu de son mari, elle avait donc proposé à Tristan de diriger les deux fabriques, le temps que Juline revienne assumer ses nouvelles fonctions.

Tristan avait été très étonné en apprenant la décision de Juline. Il avait mieux compris, avec le recul, la phrase sibylline qu'elle avait prononcée le soir de sa visite à Uzès : « Je vais surprendre les membres de ma famille. » Et d'insister : « Nous nous reverrons sans aucun doute. »

Tout était parfaitement clair pour elle. Elle savait déjà qu'elle assurerait la relève de son père. Et ils seraient bien obligés de se revoir pour des raisons professionnelles. Cette idée l'assombrit. Son espoir de reconquérir le cœur de Juline s'effondrait à nouveau. Mais, fort de son expérience, il ne s'abandonna pas au découragement et poursuivit avec clairvoyance la mission qui lui incombait.

Dans la faïencerie comme à la poterie, il était respecté et apprécié pour ses compétences, pour la rigueur de ses jugements et de ses décisions. Il aimait toujours mettre les mains dans l'argile, façonner lui-même les modèles qu'il dessinait dans la pure tradition Ferrière mais en y ajoutant sa touche personnelle. Il était courtisé dans l'atelier de décoration. Les filles qui assuraient la finition étaient tout excitées de travailler à ses côtés comme à l'époque où il n'était qu'un jeune apprenti puis un ouvrier. Elles étaient flattées d'être considérées d'égal à égal par celui qui était devenu leur chef.

— Avec lui, ce n'est pas comme avec le vieux ! osaient-elles remarquer en parlant de Philippe. Il ne se croit pas sorti de la cuisse de Jupiter ! Et il est si charmant !

Tristan avait rapidement conquis les employés de la fabrique. Seuls les anciens briscards, la plupart du temps syndiqués à la CGT, lui tenaient des discours stéréotypés sur les relations entre ouvriers et patronat, et ne se privaient pas de lui rappeler qui il était. Toutefois, tous s'accordaient sur sa capacité de dialogue et ses compétences professionnelles.

De fait, loin de diminuer à la suite du décès de Philippe, la production ne faiblissait pas. La poterie diffusait ses vases d'Anduze vers de lointains horizons. Une commande pour l'Australie venait d'être honorée, une autre pour le Canada était en cours. Aussi Tristan avait-il demandé à Irène d'envisager le remplacement du four à bois par un four à gaz de nouvelle génération. Elle lui fit confiance et, vu les bénéfices enregistrés les années précédentes, donna son consentement.

A Uzès, Tristan avait élargi la clientèle huppée de la faïencerie en fournissant les salles à manger de plusieurs ministères à Paris. Il visait à présent l'Elysée, ayant conçu un service en faïence fine décoré à la Bérain, aux emblèmes de la République française, où le fond blanc unissait le bleu et le rouge des motifs symboliques de la Nation. Il éprouvait une grande fierté de se voir ainsi considéré comme un véritable créateur dans son domaine.

Marion ne tarissait pas d'éloges sur son fils et s'attendrissait quand quelqu'un la complimentait. Elle pensait souvent à Damien, se réconfortant à l'idée que Tristan suivait ses traces sans l'avoir connu, sans savoir qui il avait été pour elle. « Il est son digne fils », songeait-elle lorsque, le soir, elle sortait du tiroir de sa table de chevet la dernière lettre qu'il lui avait adressée, celle dans laquelle il lui promettait de reconnaître son enfant comme le sien. Avant de la ranger, elle la repliait méticuleusement autour d'une photo de lui en tenue de soldat.

A quarante-trois ans, Marion menait une vie paisible, sans histoire. Elle travaillait encore à la poterie Boisset et avait refusé la proposition de son fils de l'embaucher à Val Fleuri.

— Je ne veux pas qu'on te reproche un jour de favoriser ta mère, lui objecta-t-elle. De plus, je ne crois pas que, de son vivant, Philippe Ferrière m'aurait engagée.

— Pourquoi donc ?

Tristan ignorait tout de ce qui s'était passé avant sa naissance. Personne ne lui avait parlé de ce secret qui unissait sa mère à la famille Ferrière. Marion ne s'était jamais décidée à lui révéler la vérité. Toute la vérité. Que son père n'était pas Eduardo Perez, son défunt mari. Que son père spirituel, à ses yeux, était Damien Ferrière, celui qui l'aurait reconnu s'il avait vécu et qu'elle avait aimé depuis sa tendre enfance, comme lui avait été épris de Juline Ferrière. Que de similitudes entre ces deux êtres passionnés, marqués par le destin ! Elle n'avait jamais pu lui avouer que son vrai père n'était qu'un garçon d'une aventure d'un soir, sans importance. Elle en éprouvait une honte profonde et de terribles remords en songeant à Damien. « Ne serait-il pas temps de rompre le silence ? » se disait-elle parfois dans ses moments de doute. Vingt-cinq ans après, seuls Irène et Florian Ferrière croyaient encore que Damien était le père de Tristan. Fallait-il les maintenir dans l'erreur plus longtemps, laisser Irène mourir en emportant dans la tombe la tromperie de son fils ? Qu'aurait à y gagner Tristan d'apprendre par le mensonge qu'il était le petit-fils de Philippe Ferrière ou par la vérité qu'il était le fils d'un inconnu ?

Toutes ces questions finissaient par troubler sa conscience. Marion souffrait de vivre dans le non-dit, dans une fausse sérénité. Elle avait envie de reprendre le cours de son existence en main, d'abandonner au grenier des souvenirs ce qui l'empêchait d'être elle-même. Une amie, à qui elle se confiait à demi-mot sans lui dévoiler vraiment son secret, ne cessait de lui affirmer :

— Il n'est pas bon de ressasser le passé. Tu te fais mal. Tu as encore devant toi de nombreuses années de bonheur possible. Ne gâche pas ta vie.

Alors Marion prit une décision : quitter Anduze et s'installer à Marseille où son amie l'invitait à la suivre.

— J'ai hérité d'une petite épicerie pas loin du Vieux-Port, lui apprit celle-ci. Si tu acceptes, tu deviendrais mon associée. Nous ne serions pas trop de deux pour nous en occuper.

Marion accepta.

— Je ne pars pas loin, se rassura-t-elle elle-même devant son fils... Tu viendras me voir, n'est-ce pas ?

— Sois heureuse, maman. Ne t'inquiète pas pour moi. Je suis sur de bons rails. Je ne manquerai pas de venir à Marseille dès que mon travail me laissera un peu de temps libre.

Non sans regret, Marion s'éloigna d'Anduze, de sa famille et de son fils.

Comme pour Tristan, comme pour Juline, un nouveau chapitre de sa vie commençait.

* * *

Vers le milieu de l'année suivante, Juline, diplômes en poche, endossa ses fonctions de chef d'entreprise à Uzès.

Contrairement à son père, elle ne s'installa pas à Anduze, estimant que le cœur de la société était la faïencerie, point de départ des activités de Philippe. Elle ne délaissa pas pour autant Val Fleuri où elle avait l'intention à la fois de surveiller au plus près la production de la poterie et d'y résider les week-ends afin, elle aussi, de se ressourcer, comme son père dès le début de son mariage.

Elle s'attacha immédiatement Tristan afin qu'il l'initie à la gestion des comptes de l'entreprise, le temps qu'elle y trouve ses marques et qu'elle se sente capable de la diriger seule. Elle lui proposa d'habiter dans un petit trois-pièces aménagé au rez-de-chaussée de la maison d'Uzès et qui n'avait jamais servi en dehors des rares visites d'amis et de quelques proches parents d'Irène.

— Mon père te logeait avec ses ouvriers. Maintenant que tu es gérant de la société, je ne vais pas te laisser dans cette situation, lui expliqua-t-elle. Tu as besoin d'un appartement de fonction.

Tristan accepta avec réticence. Il éprouvait des scrupules à être traité différemment des autres. Il n'oubliait pas d'où il venait ni ce qu'il était quelques années encore auparavant. Mais, Marion étant installée à Marseille, il ne se rendait plus à Anduze que de temps en temps pour aller voir ses grands-parents.

— Je ne suis plus gérant puisque tu assures maintenant la direction, objecta-t-il.

— Ne jouons pas sur les mots. Rien ne change à mes yeux. Je n'ai pas l'intention de défaire ce que mon père a entrepris. Si le terme de gérant te dérange, disons que tu es le directeur de production de la Société Ferrière.

Malgré les paroles d'encouragement de Juline, Tristan s'inquiétait. Il ne se sentait pas à l'aise en sa présence. Leurs rapports ne seraient plus jamais comme avant, pensait-il à juste titre. Dorénavant, Juline était sa patronne. Il lui devrait des comptes. Ils ne pourraient plus se considérer comme deux êtres qui s'étaient aimés à la folie et avaient fait ensemble les rêves les plus fous. Qu'étaient devenus leurs espoirs de se dégager de la routine d'une existence normalisée, d'une quotidienneté ankylosante, de vivre effrontément au mépris des qu'en-dira-t-on et du regard des autres ? Toutes ces chimères qu'on se raconte à l'adolescence, toutes ces utopies auxquelles on tente de croire pour échapper à l'emprise de sa famille, qu'en restait-il une fois adulte et entré dans la vie professionnelle, une fois dans le rang ?

Tristan reconnaissait avoir perdu ses illusions, mais gardait au fond de lui quelque chose de son enfance, de sa naïveté, qui renforçait sa conviction que tout était toujours possible tant qu'on se projetait dans l'avenir.

Il prit donc sur lui et s'efforça de considérer Juline avec un autre regard.

— C'est toi la patronne à présent, lui dit-il en agréant sa proposition. Je t'obéirai comme j'ai obéi à ton père. Je t'aiderai.

Juline n'avait nulle intention d'écraser Tristan. Elle aussi éprouvait une certaine gêne à lui donner des ordres, à devoir se comporter avec lui comme avec n'importe quel autre employé. Mais elle ne pouvait agir différemment.

« Avec le temps, pensait-elle, nos relations deviendront plus détendues, plus amicales. »

Les premiers mois, elle ne s'ingéra pas trop. Elle le consultait, lui demandait son avis, suivait ses conseils. Quand elle le regardait travailler dans l'atelier où Philippe concevait jadis ses modèles de service de table, elle demeurait discrète, émerveillée devant son talent de créateur.

— Tu es le digne successeur de mon père, lui dit-elle un jour. Lorsqu'il me parlait de mon frère Damien, j'imaginais ce dernier à ton image. Tu aurais pu être son fils, je crois. Tu as en toi quelque chose de lui.

C'est étrange comme les gens doués se ressemblent. Mon père aurait été tellement heureux de te savoir à ses côtés jusqu'à la fin de ses jours, comme le petit-fils qu'il aurait eu si Damien n'avait pas disparu. Quand je pense à vos premières rencontres à Val Fleuri !

Tristan trouvait les paroles de Juline pleines d'amertume. Regrettait-elle d'avoir mis un terme à leur relation ? se demandait-il tout en gardant la tête froide.

Dans la grande maison de ses parents qu'elle occupait seule, elle avait peu de distractions le soir après le travail. Elle sortait en ville de temps en temps, traînait sous les arcades de la place aux Herbes, flânait dans les passages médiévaux qui reliaient le bourg aux boulevards extérieurs, s'attardait sous les remparts du Duché. Depuis son arrivée, elle ne s'était guère fait d'amis. Ses connaissances se réduisaient à celles de la faïencerie.

Tristan de son côté menait une vie rangée depuis qu'il avait cessé de courir d'une fille à l'autre dans l'espoir de s'étourdir. Il fréquentait quelques rares cafés où il retrouvait ses compagnons de travail. Ceux-ci appréciaient de constater que sa promotion ne lui avait pas tourné la tête. Ils continuaient à le tutoyer et, en dehors de la fabrique, lui parlaient sans détour quand quelque chose les chagrinait.

La plupart d'entre eux avaient accueilli Juline avec méfiance. La fille de leur ancien patron ne leur avait pas fait mauvaise impression, mais ils demeuraient dans l'expectative, reconnaissant sans ambages ne pas être habitués à être commandés par une femme. Qui plus est sans expérience !

Tristan avait beau essayer de les rassurer, il ne parvenait pas à les convaincre.

Il s'était abstenu de leur raconter que Juline et lui avaient été très liés étant jeunes. Ils auraient immédiatement porté sur lui un autre jugement. Mais plus les mois passaient, plus il s'apercevait que si les ouvriers de Philippe Ferrière l'avaient accepté sans problème, il n'en allait pas de même avec sa fille.

Pourtant Juline leur avait déclaré lors de sa prise de fonction :

— Je me doute que ma tâche ne sera pas facile. Je n'y connais rien en matière de céramique et très peu en gestion d'entreprise. Mais je ne demande qu'à apprendre. Votre nouveau directeur, Tristan Chassagne, qui avait toute la confiance de mon père, m'a promis de guider mes premiers pas et de me dévoiler tous les secrets du métier. Je compte sur votre compréhension. Comptez sur la mienne.

Juline n'avait pas senti d'animosité ce jour-là.

Elle plaçait tous ses espoirs en Tristan.

Tristan s'interrogeait.

36

Confrontation

1966

Une année nouvelle commençait. Depuis six mois, Juline avait trouvé sa place au sein de l'entreprise Ferrière. Elle avait suivi scrupuleusement les conseils de Tristan sans jamais s'y opposer, respecté ses directives, même lorsqu'elles lui parurent, à ses yeux d'énarque, un peu trop éloignées des réalités du marché. Elle avait évité d'imposer ses points de vue, de se prévaloir de ses connaissances en matière de sciences économiques et sociales. Elle avait beaucoup étudié comment réagissait Tristan face aux difficultés techniques mais aussi commerciales qu'il rencontrait.

Le personnel des deux établissements, dont elle était devenue la patronne à part entière, l'avait accueillie sans grande chaleur, avec plus de méfiance que de cordialité. Elle en avait vite pris conscience, mais s'était persuadée qu'avec le temps elle finirait par être reconnue. Elle devait accepter cette période probatoire, se disait-elle pour ne pas se décourager. Lorsqu'elle passait dans les ateliers et allait au-devant de ses employés, peu d'entre eux lui adressaient la parole, alors que, du temps de son père, malgré l'autorité et la froideur qui émanaient de sa personne, tous le saluaient avec respect et se réjouissaient quand il leur serrait la main, s'inquiétant de leurs enfants ou de la santé de leurs conjoints.

Tristan se rendit compte rapidement que Juline ne bénéficiait pas de la même reconnaissance que Philippe. Il en souffrait mais ne pouvait pas contraindre ses compagnons de travail à entretenir de bons rapports avec Juline. Pourtant celle-ci s'était abstenue de toute remarque désobligeante et n'avait jamais montré ostensiblement que, dorénavant, c'était elle la patronne, ne souhaitant pas heurter la susceptibilité des anciens ni provoquer une réaction de méfiance de la part des plus jeunes. A l'ENA comme à HEC, on lui avait appris comment se comporter avec ceux qu'elle serait amenée à commander. Il était inutile de les affronter ouvertement. La diplomatie était le maître mot de toute relation entre le chef d'entreprise et son personnel.

Avec Tristan, elle évitait d'être trop familière. Elle ne voulait surtout pas qu'on devine leur liaison passée. Elle s'adressait à lui en le vouvoyant et en l'appelant « monsieur Chassagne. » Comme la plupart ignoraient qu'ils s'étaient connus dès l'enfance, ils ne trouvaient rien d'anormal à cette situation. Seul Tristan en souffrait. Il avait le sentiment que Juline s'éloignait définitivement de lui et n'avait plus aucun espoir de la reconquérir.

Au fil des mois, Juline prit de l'assurance. Elle mit en œuvre ses compétences acquises par ses cours de gestion. Mais elle prit vite conscience qu'entre la théorie et la pratique il y avait souvent un gouffre. Elle se heurta d'abord à des impossibilités d'honorer certaines commandes dans les temps à cause d'impondérables tels que l'absence de personnel en congé maladie, ou une grève des transports, voire une panne du four nécessitant un arrêt technique de plus de vingt-quatre heures. Toutes ses projections, toutes ses courbes de croissance prévisionnelles, tous ses calculs s'en trouvaient modifiés. Elle dut compter avec les incertitudes de la conjoncture, et aussi avec la lenteur de l'administration lorsqu'il s'agissait d'obtenir des autorisations de la chambre de commerce ou du service des douanes. Elle se confrontait à la réalité du monde des affaires et comprenait petit à petit qu'être patron n'était pas une sinécure.

Certes, Tristan l'aidait au mieux, mais il reconnaissait ne pas maîtriser toutes les données en matière financière et de fiscalité. Certains domaines lui étaient toujours abscons du fait de l'enseignement qu'il avait reçu. S'il excellait dans la création artistique, il ne possédait pas encore toutes les compétences nécessaires pour diriger une entreprise.

— Je ne suis pas ton père, disait-il à Juline quand celle-ci s'adressait à lui pour un problème qu'elle ne parvenait pas à résoudre. Je me suis formé sur le tas. Et il n'a pas eu le temps de tout me transmettre. Puisque tu as fait de longues études, tu devrais en savoir plus que moi !

Parfois Juline s'agaçait de ses remarques qu'elle prenait pour de la mauvaise volonté. Elle finit par croire qu'il la désapprouvait.

— Tu réagis comme Florian, lui reprocha-t-elle, un soir qu'ils se penchaient ensemble sur les comptes.

— Que veux-tu dire ?

— Tu me juges mal parce que je suis une femme.

— Absolument pas ! s'insurgea-t-il. Loin de moi cette idée.

— Alors, c'est que tu as des complexes devant moi !

— Des complexes de quoi ?

— Tu me comprends parfaitement. Je suis une fille. J'ai fait des études. Je suis ta patronne... Avoue que cela te contrarie. Tu aurais sans doute préféré être aux ordres de mon père s'il avait vécu, voire de mon frère si ce dernier avait accepté ma place !

Tristan s'assombrit. Il n'avait aucun mauvais sentiment à l'égard de Juline. Il souffrait seulement de constater qu'entre eux rien n'était plus comme avant et il en éprouvait un profond malaise. La situation lui paraissait trop artificielle, leurs discussions trop feintes, empreintes de non-dits, de sous-entendus, d'allusions. Il ne se reconnaissait plus lui-même et voyait en Juline une étrangère. Elle ne correspondait plus à la jeune fille qu'il avait connue. Avec le temps, pouvait-on changer au point de devenir quelqu'un d'autre ? se demandait-il avec peine. Etait-ce lui ou elle qui avait le plus changé ?

Il se garda d'envenimer la situation. Ses rapports avec Juline se teintèrent d'une certaine froideur. Il s'efforçait de lui sourire devant le personnel, de ne pas la contredire quand il s'apercevait de ses erreurs, hésitait à la corriger pour ne pas la froisser et la placer en porte-à-faux vis-à-vis de ses employés.

Juline se rendait compte que Tristan ne se comportait plus avec elle comme avant. Elle en souffrait, car elle éprouvait pour lui un mélange d'amitié, d'amour et de regret, et ne parvenait pas à envisager l'idée de se séparer de lui pour toujours.

* * *

Dans les ateliers, la colère grondait, à Uzès comme à Anduze. Le bruit courait que la nouvelle patronne s'apprêtait à opérer une série de licenciements. Les délégués syndicaux étaient sur le qui-vive, prêts à lancer leurs troupes dans la bataille.

— Nous n'avons jamais connu une telle situation de blocage, déploraient-ils en assemblée. Du temps de Philippe Ferrière régnait la concertation. Les décisions n'étaient jamais prises unilatéralement. S'il le faut, camarades, nous irons à la grève. Restons unis pour imposer nos droits. L'entreprise se porte bien et engrange des bénéfices importants. Les licenciements seraient inadmissibles.

Après avoir épluché les comptes et les prévisions de croissance à court terme, Juline en avait conclu qu'il y avait trop de dépenses par rapport aux gains des années précédentes. Elle s'en était expliquée à Tristan :

— Le budget de fonctionnement est nettement trop élevé. J'ai observé la main-d'œuvre en poste. Elle me paraît pléthorique. Nous employons à l'année des ouvriers qui, en certaines périodes, sont trop peu occupés. Il faudrait travailler davantage en flux tendu.

Pouvoir débaucher quand on n'a pas besoin de tout le monde et embaucher quand nos carnets de commandes se remplissent. Nous gagnerions en productivité.

— Ton père a toujours protégé ses salariés, objecta Tristan. Quand il embauchait un ouvrier, c'était pour lui assurer un emploi jusqu'à ce que lui-même demande à partir.

— Mon père se comportait en patron paternaliste. Le paternalisme a vécu, Tristan. Aujourd'hui il faut diriger avec d'autres méthodes, plus adaptées à notre époque, au marché, à l'Europe. Nous ne pouvons plus nous permettre de procurer à chacun un emploi à vie et promettre aux enfants d'être embauchés à leur tour à la suite de leurs pères. Tout cela était valable au siècle dernier, peut-être même jusqu'à la guerre. Mais nous sommes maintenant dans la seconde moitié du XXe siècle. Il faut vivre et agir avec son temps !

Tristan n'admettait pas de tels arguments. Certes, il ne refusait pas d'évoluer. Il avait le même âge que Juline et, en d'autres domaines, s'estimait proche de ses idées. Mais, en matière de travail, il se sentait plus près de ses anciens compagnons de route, car ils avaient tous été formés à l'école de la vie et n'avaient pas fréquenté les salons huppés des grandes écoles où l'humain passait après les plans chiffrés et les calculs de rentabilité.

— Mets-toi à la place de ces hommes et de ces femmes pour qui l'avenir n'est jamais assuré. Tu leur enlèves leur emploi, tu leur ôtes le sang qui coule dans leurs veines. C'est pareil !

— Je n'ai pas l'intention de procéder à des licenciements secs, admit Juline. Dans un premier temps, il suffirait de ne pas remplacer les départs à la retraite.

Dans les deux ans à venir, j'en ai compté une bonne dizaine sur nos deux sites de production, dont trois à Anduze.

— Tu prévois donc de reporter leur tâche sur les autres. C'est ce que tu appelles un gain de productivité. Plus de travail pour ceux qui restent moyennant le même salaire !

— Nous devrons en passer par là pour demeurer compétitifs. Sinon, à plus ou moins courte échéance, nos concurrents nous doubleront et nous serons alors obligés de licencier plus durement.

— Je ne serai jamais d'accord avec cette façon d'envisager les relations entre l'homme et l'entreprise. Celle-ci doit être au service de tous et non au service de l'argent. Je sais, c'est peut-être utopique, mais il faut l'être si l'on ne veut pas que les problèmes s'amplifient. Car si l'on entre dans cette spirale, dans cinquante ans, nos enfants vivront dans un monde où le profit à outrance aura digéré tout ce qui subsiste d'humain dans les rapports avec le travail. Je ne le souhaite pas. Vraiment.

Juline proposa de temporiser afin d'éviter tout mouvement de contestation dans le personnel. Mais le mal était fait. La rumeur de licenciement courait. Rien ne l'arrêtait. Chacun se voyait déjà victime. Tous étaient prêts à en découdre avec la nouvelle direction.

Tristan se trouvait mal placé. En tant que directeur de production, il passait pour le relais de la patronne, son porte-parole. Il avait beau ménager ses propos, atténuer les pensées de Juline lorsqu'il essayait d'expliquer les raisons de ses décisions, il ne parvenait pas à convaincre. Les plus jeunes, ceux qui n'avaient pas connu l'époque où il était l'apprenti de Philippe Ferrière, estimaient qu'il jouait le jeu du patronat et le lui reprochaient sans détour. Les anciens, qu'il les trahissait et se reniait.

Tristan commençait à s'interroger.

* * *

Cette année, il avait pris ses trois semaines de congé au mois d'août. Il en avait profité pour aller voir sa mère à Marseille et ses grands-parents à Anduze. Il lui restait une semaine et avait décidé de rester à Uzès pour goûter à l'ambiance de vacances qui s'emparait de la cité médiévale dès le début de l'été. Le samedi, il ne manquait jamais d'aller flâner au marché sur la place aux Herbes et y achetait les produits de la région que les paysans proposaient sur leurs étals : olives, oignons, fruits et légumes de saison, mais aussi les charcuteries et les fameux petits fromages de chèvre – les pélardons – des Cévennes toutes proches. Quand venait janvier, il rôdait autour des vendeurs de truffes, spécialité de l'Uzège qui faisait d'Uzès l'une des capitales du diamant noir. Mais ses moyens ne lui permettaient pas d'en acquérir. Il se contentait de les regarder, de les sentir de loin, d'apprécier leur préciosité.

Pendant ses congés, il continuait à fréquenter certains camarades de la fabrique qu'il rencontrait en ville. Il ne leur parlait pas travail, préférant évoquer avec eux les faits divers ou les matchs de football qu'il suivait à la radio et parfois à la télévision, dans un café qui mettait le petit écran à disposition de sa clientèle.

Il était resté attaché à Adrien qui avait été apprenti dans les années 1950 en même temps que lui. Depuis, ce dernier était devenu ouvrier, affecté à l'atelier de fabrication de la faïence fine. Les deux garçons ne s'étaient jamais perdus de vue, en dépit de leurs parcours divergents. Adrien avait toujours été bien considéré par Philippe Ferrière et avait progressé jusqu'à passer contremaître. Comme la plupart de ses camarades, il s'inquiétait des initiatives de Juline. Mais, en compagnie de Tristan, il évitait ce sujet. Tristan pensait qu'il n'était pas tout à fait d'accord avec les autres ouvriers et qu'il n'osait le montrer.

Ils se retrouvaient fréquemment dans un café du boulevard Victor-Hugo. L'été, la terrasse profitait de l'ombre des platanes. Il était agréable de s'y attabler, le soir, à boire une anisette, à se mêler aux touristes venus visiter le Duché, alors que le soleil nimbait encore la cité de sa lumière dorée.

Ce jour-là, Damien avait en main le journal *L'Equipe* et, tout excité, commentait haut et fort l'exploit des Français au championnat de ski alpin à Portillo au Chili.

— Killy a gagné la descente devant Lacroix, exultait-il. Et Périllat a remporté le slalom géant devant Mauduit. Chez les dames, Marielle Goitschel a gagné le géant et le combiné ! Les skieurs français ont plané comme des aigles !

Tristan s'intéressait beaucoup aux événements sportifs. Ils étaient pour lui une façon d'oublier les problèmes liés à sa vie quotidienne. Il aimait d'ailleurs s'entraîner au stade, courir une heure ou deux pour s'oxygéner et se maintenir en forme. Adrien l'accompagnait souvent.

Tristan s'apprêtait à quitter son ami quand ce dernier le retint.

— Reste un peu. J'avais quelque chose à t'apprendre.
Tristan se rassit, peu pressé de rentrer chez lui.
— Je t'écoute.
— Tu savais, toi, que le patron avait un fils disparu à la guerre ? Enfin… l'ancien patron, Philippe Ferrière.
— Oui, pourquoi ?
— Il était donc le frère de Juline Ferrière !
— Evidemment ! Où veux-tu en venir ?
— C'est ce fils défunt qui aurait dû devenir le patron de l'entreprise, si j'ai bien compris. Son père comptait sur lui.
— Je le crois. Mais pourquoi me parles-tu de cela ? C'est une vieille histoire. Ce fils est mort l'année où je suis né, d'après ce que je sais. En 1940.
— S'il avait ressemblé à son père, on n'aurait pas tous les problèmes qu'on rencontre aujourd'hui avec sa fille.
— Faut voir !
Tristan avait entendu Juline évoquer Damien. Mais celle-ci s'était peu étendue sur son frère, ne l'ayant jamais connu.
— Comment as-tu appris cette tragédie ?
— Par les anciens de la fabrique qui travaillaient à l'époque de ce Damien Ferrière. C'était un gars bien, d'après eux. Il n'aurait jamais agi comme sa sœur.
— Ah, c'est à cause de tous ces bruits de licenciement que certains se souviennent du passé ! releva Tristan.
— Sans doute… Encore que… paraît-il, entre le père et le fils, tout n'était pas aussi idyllique qu'on croyait. Tous les deux se sont longtemps affrontés.
— Je n'en savais rien. Pourquoi ?

L'histoire commençait à intéresser Tristan.

— Oh, à cause d'une fille, d'après ce qu'on m'a raconté. Le fils s'était épris de la fille du régisseur de son père, ou plutôt de sa mère. Car c'est madame Ferrière qui est la propriétaire de leur domaine d'Anduze.

En entendant ces explications, Tristan sursauta.

Il comprit immédiatement. La fille du régisseur de Philippe Ferrière !

— Le régisseur des Ferrière ? se fit-il confirmer comme pour mieux entendre une vérité qu'il n'avait jamais soupçonnée.

— Parfaitement. Tu as l'air choqué par ce que je t'apprends.

— Non... Pas du tout. Etonné, sans plus.

Tristan écouta la fin de l'histoire avec attention et effarement.

— Evidemment, les Ferrière n'ont pas dû apprécier que leur fils s'attache à une petite paysanne. Dans le beau monde, c'est inconvenant ! Du coup, Philippe Ferrière aurait envoyé son fiston en apprentissage à Limoges, chez les porcelainiers.

— Et ensuite ?

Tristan sentait sa poitrine prête à exploser.

— Les relations entre le père et le fils se seraient améliorées. Le Damien aurait délaissé sa dulcinée. Loin des yeux, loin du cœur. Malheureusement, à peine réconcilié avec son père, Damien Ferrière est mort sur le front peu après sa mobilisation.

Tristan ne réagissait plus.

Tout devenait clair à présent dans son esprit. Cette vérité qu'il cherchait depuis longtemps, Adrien venait involontairement de la lui dévoiler. Marion, sa mère, était donc cette fille dont se serait épris Damien Ferrière. Voilà pourquoi elle lui paraissait toujours aussi nostalgique et dissimulait quelque chose de mystérieux dans sa table de chevet. Une photo ? Une lettre ? Et que penser de sa naissance à lui ? La raison pour laquelle il ne portait pas le nom de son père, Eduardo Perez ! Bien évidemment, s'il était le fils de... de Damien Ferrière ! Non, c'était impossible ! Quant au comportement de Philippe à son égard...

Tout remontait dans sa mémoire. Comme si, soudain, le film de sa vie repassait à l'envers devant ses yeux.

Et Juline !

Horreur !

Juline... sa... sa tante !

Il se leva précipitamment. Renversa sa chaise sous le regard interloqué de son ami.

— Mais où cours-tu si vite ? s'étonna ce dernier, stupéfait.

Tristan ne lui répondit pas. Il fonça droit devant lui. Sans savoir où il allait. Il avait besoin d'air. Besoin de se rafraîchir les idées. De faire le vide en lui.

Il déambula dans la ville sans voir où ses pas le conduisaient.

Quand, au bout de plusieurs heures d'errance, il réagit, il rentra à la fabrique dans l'espoir d'y rencontrer Juline. Elle était revenue d'Anduze depuis la veille. Elle y avait passé quelques jours auprès de sa famille. Elle avait renoncé aux vacances, étant donné la situation qui régnait dans l'entreprise.

Quand il fut devant la grille, il l'aperçut qui s'éloignait en direction du jardin de la propriété. Elle y avait ses habitudes. Elle pouvait demeurer des heures à contempler le petit étang sans penser aux soucis de sa nouvelle vie. Elle y avait réintroduit un cygne et des canards comme à l'époque de son père. Elle les gratifiait de pain rassis chaque fois qu'elle leur rendait visite.

Le soleil était tombé sur l'horizon. Une demi-clarté baignait le parc dans une atmosphère ouatée, pleine de douceurs. Des effluves miellés de fleurs emplissaient l'air, tandis que des crapauds rompaient le silence de leurs coassements rauques.

Tristan s'approcha sans bruit, le cœur battant.

Qu'allait-il lui dire ?

Il n'avait pas préparé ses paroles.

Quel regard porterait-il sur elle à présent ?

37

Retrouvailles

Ce soir-là, Tristan n'osa pas demander à Juline des explications à propos de ce que lui avait appris Adrien. Au dernier moment il se retint, comme mû par le pressentiment qu'il ne devait pas précipiter les confidences. Certes, si ce que son camarade lui avait raconté était avéré, ce serait dramatique. Mais rien, sur le moment, ne l'autorisait à penser qu'il était le fils de Damien Ferrière, même si sa mère avait été sa maîtresse.

Il ne parvenait pas à admettre qu'il avait commis l'irrémédiable avec Juline. Son amour pour elle, s'il s'était assombri depuis de longues années, n'avait pas disparu. Il l'aimait encore et voulait être assuré qu'elle l'aimait aussi.

Il reprit son travail la semaine suivante comme si de rien n'était. Juline avait différé le non-renouvellement des départs à la retraite. Début septembre, deux ouvriers étaient concernés, mais ils furent immédiatement remplacés. Quant aux licenciements, elle promit d'attendre.

— Si les comptes financiers de l'entreprise sont au vert à la fin de l'année, déclara-t-elle, tout le monde gardera son emploi.

Le vent de la contestation s'apaisa aussitôt. Tristan se réjouit le premier. Ses camarades le remercièrent, pensant à juste titre qu'ils lui devaient cette heureuse nouvelle.

De fait, ses relations avec Juline s'améliorèrent, devenant moins tendues, plus franches. Les sous-entendus et les allusions au passé disparurent. Entre eux régna bientôt une collaboration étroite, une grande connivence, dépourvue de toute méprise. Juline accepta plus volontiers d'être contredite par Tristan. Ce dernier reçut plus facilement ses idées novatrices. Elle lui apprit les méthodes modernes de gestion, reposant sur la prospective à long terme, sur l'étude des marchés internationaux.

— Il faut sans cesse se tenir informés de la conjoncture pour être capables de réagir sur-le-champ, lui expliqua-t-elle. Seul l'examen des cotations boursières nous transmet la tendance macroéconomique.

— Notre entreprise n'est pas cotée ! s'étonna Tristan. Elle est trop modeste pour cela ! Je ne vois pas en quoi cela est primordial pour nous.

— Si tu connais l'évolution du cours des matières premières, par exemple, tu peux anticiper tes achats. Les produits chimiques que nous utilisons en dépendent. Et ce n'est qu'un cas parmi d'autres. Ainsi le prix du pétrole régit celui des carburants. Pour le transport, c'est aussi important. De façon générale, la Bourse révèle l'état de santé de l'économie globale. Tout bon chef d'entreprise doit en tenir compte.

Tristan comprenait peu à peu que la gestion à l'ancienne de Philippe Ferrière, basée sur les méthodes généreuses et paternalistes, était révolue. Il le regrettait, mais devait se rendre à l'évidence.

— Bientôt, lui apprit encore Juline un beau matin alors qu'il l'avait rejointe dans son bureau, nous communiquerons plus rapidement.

— Tu penses à la multiplication des autoroutes à travers le territoire ?

Juline sourit.

— Non. Pas à ce genre de communications. Je fais allusion au transport de l'information, à l'informatique, si tu préfères. On commence à utiliser des systèmes d'exploitation de données. Dans un futur proche, l'usage des ordinateurs se généralisera et nous permettra de réagir toujours plus vite et de communiquer de façon instantanée à travers la planète. Il est là, le progrès de demain. Le métier d'informaticien est plein d'avenir.

Tristan avouait son ignorance en la matière.

— Je ne demande qu'à te croire, lui répondit-il. Mais il faudra se montrer très vigilant pour ne pas casser l'emploi sous prétexte de modernité.

Juline admettait les soucis premiers de Tristan. Elle ne lui tenait pas rigueur de ses prises de position en faveur de son personnel.

— Je reconnais bien ton âme généreuse, lui glissa-t-elle à l'oreille en veillant à ce que personne autour d'eux ne l'aperçoive.

Elle lui passa délicatement la main sur la nuque, comme jadis lorsqu'ils s'abandonnaient à d'autres confidences.

Tristan faillit lui rendre sa caresse. Il se retint. Se cabra.

Juline s'en étonna. Reprit ses distances.

— Tu m'en veux encore ? lui demanda-t-elle.

— Je ne t'en ai jamais voulu. C'est la vie qui nous a éloignés. Un monde nous sépare. Il fallait bien qu'un jour ou l'autre cela se révèle.

— Comme tu es fataliste ! Tu n'avais pas de telles idées quand nous nous rencontrions dans les vignes de Val Fleuri !

— Nous n'étions que deux adolescents. Et nous n'avions aucune expérience.

— Si j'ai changé, dis-le-moi, je t'en prie. Je reconnais que, pendant quelques années, nos chemins se sont écartés. Et tu as eu raison de m'en tenir rigueur. Mais aujourd'hui j'espérais que tu avais compris à quel point je regrettais mon erreur.

Tristan ne savait plus que penser.

Son esprit était trop en proie au questionnement, au doute, pour entrevoir clairement ce que lui proposait Juline. Il s'abstint de dévoiler le secret qu'il croyait avoir percé.

— Donne-moi une seconde chance, le supplia-t-elle. Retrouvons-nous à Val Fleuri ce week-end. Je rentre à Anduze voir ma mère. Et j'ai l'intention d'y rester une semaine afin d'éclaircir quelques petits problèmes. Je justifierai ton absence à la faïencerie par la nécessité de faire le point avec le personnel de la poterie.

Tristan hésita. Finit par accepter.

* * *

Il descendit chez ses grands-parents le samedi suivant. Eloignés de leur fille Marion, Robert et Amélie éprouvaient une grande joie de recevoir leur petit-fils. A plus de soixante-dix ans, ils vivaient une retraite modeste et paisible. Irène Ferrière les avait maintenus au service de Val Fleuri mais leur avait adjoint un couple de jeunes originaires des Flandres. Paul et Yvette Van Duynslaeger s'occupaient des terres du domaine sous les ordres de Robert dont la tâche ne consistait plus qu'à superviser le travail. Chaque visite que leur rendait Tristan était comme un jour de fête. Amélie mettait un point d'honneur à lui mitonner ses meilleurs plats. Et lorsqu'il repartait à Uzès le dimanche soir, il emportait toujours dans son cabas de quoi se nourrir pour la semaine.

Depuis le décès de Philippe Ferrière, Robert et Amélie entretenaient des relations plus courtoises avec Irène. Celle-ci se montrait moins distante que son mari, plus compréhensive. Elle témoignait une chaleur humaine qui manquait à Philippe. Lorsqu'elle leur demandait des nouvelles de Tristan, elle s'exprimait avec émotion, des trémolos dans la voix, qui laissaient croire aux Chassagne qu'elle aimait leur petit-fils. Pourtant ils ignoraient quels liens avaient noués Tristan et Juline quelques années auparavant. Ils savaient que Tristan se rendait parfois au manoir de Val Fleuri, mais ils n'avaient jamais deviné quel motif l'animait.

— Juline nous a rendu visite, lui apprirent-ils dès son arrivée le samedi après-midi.

— Que voulait-elle ? feignit de s'étonner Tristan.

— Te rencontrer, je suppose, répondit Amélie. Cette petite est vraiment charmante. Dommage qu'elle ne soit pas de notre monde ! Ça se voit qu'elle a suivi de longues études. Et elle est d'une politesse !

Amélie avait la simplicité des gens humbles. Elle parlait avec son cœur et ne mesurait pas ses compliments, utilisant peu de mots pour exprimer ce qu'elle pensait.

Tristan ne répondit pas à sa remarque.

— Tu ne dis rien ! Tu n'es pas de mon avis ?

— Si, mamie, tu as raison. Juline est une jeune femme adorable.

Amélie sentit son petit-fils embarrassé.

— Qu'est-ce qui ne va pas, mon grand ? Je vois bien que ça te gêne de discuter de la fille Ferrière. Ne serais-tu pas un peu amoureux d'elle, par hasard ? Maintenant que tu travailles sous ses ordres, je reconnais que ça ne doit pas être très commode pour toi.

— Tu te trompes, mamie. Il n'y a rien entre nous. Il n'y a jamais rien eu et il n'y aura jamais rien !

Amélie n'insista pas mais comprit que son petit-fils lui taisait la vérité.

— Tu es comme ta mère, ajouta-t-elle pour clore la conversation. Quand son cœur était prisonnier de ses sentiments, il n'y avait pas moyen de lui sortir les vers du nez !

Tristan n'osa pas retrouver Juline au manoir de Val Fleuri. Au téléphone, elle lui avait donc donné rendez-vous dans leur capitelle.

Avant de s'y rendre, il déambula dans les vignes du domaine, comme il aimait s'y perdre, enfant. Il pénétra dans la cabane de berger, examina les pierres une par une, pour mieux s'imprégner du lieu de ses anciennes amours. Il redécouvrit la pierre marquée des initiales M & D que Juline lui avait montrées jadis. A l'époque, ils n'avaient pas établi la relation entre ces deux lettres et les prénoms correspondants. Cette fois, le doute ne lui fut plus permis.

« Que j'ai été stupide ! se reprocha-t-il. Comment n'ai-je pas deviné ? »

Le sens de cette union lui sauta aux yeux. Il caressa du doigt les deux initiales. Imagina sa mère et le frère de Juline en train de graver dans la pierre leur amour pour l'éternité.

Juline savait-elle ce qui s'était passé dans cet abri de berger ? Connaissait-elle l'histoire de Damien et de Marion ? Pourquoi ne lui avait-elle jamais parlé de cette impossible liaison ?

Tristan se posait toutes ces questions quand il entendit un cheval arriver au galop. Le martèlement des sabots sur le sol lui rappela tout à coup les moments d'angoisse qu'il traversait lorsque Philippe le surprenait sur ses terres.

Juline, comme son père avant elle, parcourait volontiers à cheval le domaine maternel. Elle arrêta sa monture juste devant l'entrée de la capitelle, sauta lestement de sa selle.

— Je suis en retard, reconnut-elle sans laisser à Tristan le temps de réagir. Des ouvriers de la poterie désiraient me voir alors que nous sommes samedi et qu'ils ne travaillent pas.

— Que voulaient-ils ?

— Rien d'important. Une augmentation de salaire pour l'ensemble du personnel.
— Ça ne pouvait pas attendre lundi ?
— Ils croyaient que je repartais demain à Uzès.
— Et alors ?
— Je leur ai expliqué que j'allais y réfléchir.

Tristan ne tenait pas à s'immiscer dans les relations entre Juline et ses employés.

— Qu'en penses-tu ? ajouta-t-elle, le forçant à sortir de sa réserve.
— Ce serait justifié étant donné l'inflation. Au moins pour la compenser. Cela fait plus de trois ans qu'ils n'ont pas été augmentés. Ce ne serait qu'un juste rattrapage.
— D'accord. J'y songerai donc… Mais nous ne sommes pas venus ici pour parler boulot !

Tristan se demandait quelles étaient les intentions de Juline en l'invitant en ce lieu pour lui si sensible. Souhaitait-elle lui tendre un piège ? L'amener à retomber dans ses filets ? Pourquoi se serait-elle alors détachée de lui pendant toutes ces années ? Regrets ? Remords ? Reproches ?

Il s'interrogeait quand elle déclara sans détour :

— J'ai bien réfléchi, Tristan. Je ne peux plus agir comme si rien ne s'était passé entre nous. Je reconnais toutes mes erreurs. Si nous en sommes arrivés là aujourd'hui, la faute m'en incombe. Je ne peux plus me voiler la face… Je t'aime, Tristan. Je n'ai jamais cessé de t'aimer. Je suis sincère. Crois-moi, je t'en supplie.

Tristan exultait au fond de lui. Tout ce qu'il avait espéré jusque-là, Juline venait de le concrétiser par quelques mots prononcés avec simplicité, sans fausse pudeur. Il la revoyait comme avant. Avec cette pointe de naïveté, d'enfance jamais inassouvie, d'innocence qui le subjuguait quand elle se réfugiait contre sa poitrine.

Elle s'approcha de lui. Se hissa sur la pointe des pieds. Lui posa un baiser sur les lèvres.

Il la prit dans ses bras. Ferma les yeux. Répondit à son avance.

Il n'eut pas le courage de lui révéler la vérité. Il s'enivra de son parfum. Se perdit dans l'allégresse des retrouvailles si longtemps désirées, si patiemment attendues.

Ils s'allongèrent dans la paille. Se déshabillèrent à la hâte. Renouèrent avec les impressions dont ils se grisaient jadis, lorsqu'ils se donnaient rendez-vous à l'insu de leurs parents. Juline se montrait plus téméraire, plus expérimentée. Il se dégageait d'elle une chaleur que Tristan n'avait éprouvée qu'auprès des filles d'un soir en Algérie. Cela ne le choqua pas. Lui aussi avait changé. Ils n'étaient plus des adolescents amoureux, mais un homme et une femme follement épris l'un de l'autre qui cherchaient dans l'extase le don le plus total de soi.

Leurs ébats terminés, ils demeurèrent côte à côte, épuisés mais heureux. Juline ne pouvait dissimuler son bonheur. Elle ne cessait de caresser Tristan, de profiter de sa nudité, le redécouvrant comme un être nouveau. Elle l'embrassait à en perdre la raison, à cheval sur son corps, sa longue chevelure lui frôlant le visage. Emporté par ses sentiments, Tristan s'abandonna.

— Comme c'est bon de se retrouver ! reconnut-elle la première.

Tristan avait l'impression de planer. Plus rien n'avait d'importance à ses yeux. Il en oubliait tout ce qu'il aurait à affronter dès lors qu'il recouvrerait ses esprits : Damien, Marion, la mère de Juline, leur lien de parenté !

A cette pensée, il réagit brutalement.

— Il faut rentrer, déclara-t-il en se dégageant de son étreinte. Ta mère va s'inquiéter.

— Mais, mon chéri, je n'ai plus quinze ans ! Et toi non plus ! Je suis libre de fréquenter qui je veux et de rentrer quand je veux. Je n'ai plus de comptes à rendre à ma mère !

Tristan se revoyait dix ans en arrière.

— Je… je voulais dire qu'il se fait tard et qu'il serait raisonnable de rentrer, balbutia-t-il. Mais si tu le souhaites, je t'offre un verre à Anduze. Les touristes ne sont pas encore repartis. Le samedi, il y a de l'animation. On pourrait poursuivre dans un petit resto. Qu'en penses-tu ?

— J'ai mieux à te proposer. Allons chez moi. Ce soir, c'est moi qui t'invite. Je te montrerai mes talents de cuisinière.

— Mais, ta mère…

— Ma mère sera enchantée de te retrouver. Il y a longtemps que tu ne l'as pas vue, je suppose.

Tristan préférait le restaurant, mais n'osa repousser la suggestion de Juline.

— Rendez-vous vers dix-neuf heures ?
— Ça marche.

* * *

Irène ne s'attendait pas à revoir Tristan. Elle l'accueillit chaleureusement et prit aussitôt des nouvelles de ses grands-parents.

— Je les rencontre de temps en temps lorsque j'ai besoin de dresser le bilan du domaine, lui apprit-elle.

Tristan ne savait comment se comporter. Embarrassé par les idées qui fourmillaient dans sa tête, il craignait que la conversation vienne à tourner autour du fils défunt. Il se demandait si Irène Ferrière était au courant de la liaison de Marion avec Damien.

Mais Irène, contrairement à Philippe, ne ressassait pas le passé.

Juline invita la gouvernante à lui abandonner la cuisine et se mit immédiatement au fourneau, laissant Tristan discuter tranquillement au salon avec sa mère.

Tristan entretint cette dernière essentiellement de son travail, reconnut que son mari avait été pour lui un bienfaiteur, omettant volontairement de rappeler leurs épisodes d'affrontement. Il évita de parler de sa mère pour ne pas amener la conversation sur le sujet qu'il craignait d'aborder.

Au bout d'une heure, Juline réapparut, réjouie.

— Ça y est, déclara-t-elle. C'est prêt. On peut passer à table.

La gouvernante avait dressé le couvert pendant que Tristan et Irène bavardaient. La salle à manger était grande ouverte sur le jardin, et une douce chaleur envahissait encore la pièce à la tombée de la nuit. Juline avait allumé quelques bougies pour donner un air de fête et plaça Tristan à la droite de sa mère, juste en face d'elle.

La gouvernante apporta une bouteille de champagne que Juline confia à Tristan.

— Veux-tu la déboucher ? lui demanda-t-elle. C'est aux hommes de s'occuper du vin, n'est-ce pas ?

Tristan s'exécuta volontiers. Servit trois coupes.

Alors Juline se leva et déclara :

— Maman, j'ai quelque chose à t'apprendre.

Irène s'étonna du ton solennel de sa fille.

Tristan sentit le piège. Même s'il aimait éperdument Juline, il estimait inopportun ce qu'elle était sur le point d'annoncer.

— Eh bien, en voilà des mystères ! répondit Irène. Qu'as-tu d'exceptionnel à m'avouer qui nous vaut du champagne ?

Juline regarda Tristan amoureusement. Elle prit sa coupe. Se rapprocha de lui. Lui demanda de l'imiter.

— Je ne vais pas y aller par quatre chemins... Après quelques années de séparation, Tristan et moi nous sommes retrouvés par le travail. Et notre collaboration porte ses fruits.

— Ça, ma fille, ce n'est pas une nouvelle fraîche ! plaisanta Irène. Je suis quand même au courant de ce qui se passe dans l'entreprise de mon défunt mari.

— J'en viens au plus important...

Tristan commençait à croire que Juline ne parlerait pas d'eux personnellement. Il s'en sentit soulagé. « Je me suis trompé, Dieu merci ! »

— ... Voilà, poursuivit-elle. Il y a longtemps que Tristan et moi nous nous connaissons. Et que nous nous apprécions.

— Tu as dit que tu irais droit au but ! releva Irène, amusée par les hésitations de sa fille. Pourrais-tu être plus directe ? Ton plat est en train de refroidir. Je te signale que la blanquette de veau se mange chaude !

— En fait, je souhaitais t'annoncer que... Tristan et moi... nous nous aimons.

Juline s'arrêta à cette déclaration.

Irène sourit. Visiblement pas perturbée.

— Tu ne m'apprends rien, ajouta-t-elle. Tu aimes bien Tristan... qu'y a-t-il de nouveau ? Depuis le temps que vous vous connaissez tous les deux, l'amitié entre vous doit être plus solide que le granite.

« Ça y est, c'est foutu ! pensa Tristan. Elle a avoué. »

— Je te répète que Tristan et moi, nous nous aimons, insista Juline en pesant ses mots. On ne s'aime pas *bien*. Ce n'est pas l'amitié qui nous unit. On s'aime tout court. Et je désire vivre avec lui. J'ai bien réfléchi.

Un malaise s'appesantit autour de la table.

Tristan se rassit le premier, guettant la réaction d'Irène. Celle-ci était devenue blanche comme la craie.

Juline s'assit à son tour, le bras toujours levé pour porter un toast à l'heureux événement.

— Tu ne dis rien ? poursuivit-elle, rompant la première le silence.

Irène demeurait muette, les mâchoires crispées. Elle évitait le regard de Tristan. Juline comprit que sa mère allait se trouver mal. Elle se releva, s'approcha d'elle.

— Ça ne va pas ? s'inquiéta-t-elle.

Alors Irène sortit de son mutisme.

— C'est impossible ! déclara-t-elle d'une voix enrouée. C'est impossible !

— ... !

— Tristan est le fils de ton frère Damien.

38

Illusions perdues

Irène n'avait jamais soupçonné que Juline entretenait une relation amoureuse avec Tristan Chassagne. Aussi saisit-elle immédiatement l'horreur de la situation. Tristan était le neveu de Juline. Elle ne pouvait concevoir une telle union qu'elle jugeait incestueuse.

Quand elle eut exprimé l'objet de son épouvante, un froid glacial s'abattit sur le manoir de Val Fleuri. Juline se mura dans un silence qui trahissait son désarroi. Tristan, qui avait réfléchi à la question à la suite des révélations de son ami Adrien, resta de marbre, n'osant intervenir le premier.

Quand tous les trois eurent repris leurs esprits, Irène, en mère responsable et digne, demanda à sa fille et à Tristan de la suivre au salon pour discuter calmement.

— Saviez-vous, Tristan, commença-t-elle, que mon fils Damien et votre mère avaient entretenu une relation que mon mari réprouvait ?

Tristan hésita.

Le reconnaître le plaçait dans une situation scabreuse vis-à-vis de Juline. Comment justifierait-il, en effet, ce qui venait de se passer entre eux, dans la capitelle ? Ils s'étaient donnés l'un à l'autre sans retenue, lui en toute connaissance de cause, elle en toute innocence ! Le lui pardonnerait-elle ? Certes, il était encore habité par le doute. Rien ne prouvait qu'il fût le fruit de cette liaison.

— J'en ai vaguement entendu parler, avoua-t-il.

— Et cela ne vous a pas intrigué ?

— Que devais-je en conclure ?

— Mais… que vous étiez le fils de Damien. Mon fils a mis votre mère enceinte avant de partir à la guerre. L'enfant que celle-ci portait, c'était vous !

Tristan ne pouvait plus nier. Ce qu'Adrien lui avait laissé entendre était donc ce drame que Marion lui avait toujours caché.

— Comment pouvez-vous l'affirmer ? insista-t-il néanmoins.

Assise près de lui, Juline, anéantie, se taisait. Elle assistait à la discussion comme si elle n'était pas concernée, comme une étrangère.

Irène se leva et, sans se départir de son calme, se dirigea vers un petit secrétaire Louis XV. Elle en ouvrit un tiroir fermé à clé, en sortit un coffret en bois de rose, en tira une enveloppe.

— Ceci est la dernière lettre de notre fils. Il nous l'a envoyée depuis le stalag dans la Ruhr où les Allemands le retenaient prisonnier. Il nous explique toute la vérité. Tenez, lisez.

Elle tendit l'enveloppe à Tristan, l'air grave.

Tristan se saisit du mystérieux document. L'ouvrit délicatement. Lut.

A ses côtés, Juline ne réagissait toujours pas, comme dépassée par les événements.

Tristan blêmit. Ce qu'il découvrait était l'évidence même. Damien Ferrière parlait d'une « confession » à faire à ses parents, d'une « demande expresse ». Il leur apprenait l'état de Marion qui attendait un enfant, « notre enfant », précisait-il, qui devait naître « au mois de septembre prochain ». Il les suppliait de « prendre soin de Marion et de son bébé ». Il affirmait qu'ils allaient se « marier le plus vite possible ».

Comment pouvait-il encore douter ? La vérité était écrite en lettres d'amour et de larmes sur la feuille de papier jauni qu'il tenait à la main.

Juline sortit de sa torpeur pour demander à la lire à son tour. Elle parcourut lentement la déclaration de son frère. Ne contint pas sa tristesse.

Elle jeta un regard noir à Tristan.

— Tu savais ! Et malgré cela, tu n'as pas hésité à…

Elle s'interrompit, gênée de dévoiler son intimité devant sa mère.

— Rien ne me certifiait que j'étais le fils de Damien, se justifia Tristan, de plus en plus mal à l'aise. Je t'aime, Juline, autant que tu m'aimes. Je n'y peux rien. C'est ainsi. Quand on m'a parlé de cette liaison, je n'avais pas la preuve que j'étais l'enfant de Damien. Ma mère m'a toujours soutenu que mon père était Eduardo Perez.

Juline était désemparée. Son amour venait de recevoir un coup fatal.

— Tu te rends compte quand même que je suis ta tante, même si j'ai un an de moins que toi ?

Irène intervint.

— L'essentiel, dit-elle en regardant sa fille, est que vous n'ayez pas commis l'irréparable.

Juline baissa les yeux.

— Ne me dis pas que…

— Maman, j'ai vingt-cinq ans !

— Mon Dieu !

Irène se précipita dans le vestibule et monta l'escalier pour aller s'enfermer dans sa chambre, laissant Juline et Tristan seuls face à face.

— Dans la capitelle, poursuivit Tristan, j'étais sur mes gardes. Mais quand tu t'es jetée dans mes bras, je n'ai pas pu endiguer mes sentiments qui m'ont à nouveau submergé. Moi, je ne t'ai jamais effacée de mon cœur. Comme tu m'as fait souffrir lorsque tu t'es détachée de moi une fois partie à Montpellier puis à Paris pour poursuivre tes études ! Tu ne peux pas imaginer comme j'ai été malade de t'avoir perdue.

Juline ne disait mot. Elle comprenait, très tardivement, que Tristan était resté fidèle à leur amour en dépit de ses aventures sans lendemain. Elle l'avait reconquis malgré les obstacles familiaux, les désaccords réciproques, le regard des autres et surtout son récent statut de femme chef d'entreprise qui avait mis Tristan dans une situation délicate d'infériorité. Elle avait réussi son pari de renouer avec son idylle de jeunesse, de se faire pardonner ses erreurs, ses errances.

Et maintenant, son rêve s'écroulait comme un château de cartes soufflé par le vent de l'infortune !

— Et si je suis enceinte ? explosa-t-elle, affolée. Que ferons-nous ?

Tristan n'avait pas envisagé une telle malchance.

— Tu vas un peu vite ! Pourquoi céder à la panique alors que nous ne nous sommes retrouvés qu'une seule fois ?

— Une seule fois suffit !

Ils en étaient à concevoir le pire, quand ils entendirent un grondement à l'extérieur. Les vitres tremblèrent pendant une fraction de seconde.

— Je dois rentrer, dit Tristan. L'orage menace. Demain, nous y verrons plus clair. Il faudrait d'abord être certain que je suis l'enfant auquel Damien fait allusion. Il y a peut-être une chance qu'il ne s'agisse pas de moi.

— Qu'aurait donc fait ta mère de cet enfant ? Elle aurait avorté ? Ça ne tient pas debout. De plus, les dates que donne Damien correspondent à ton mois de naissance. Comment peux-tu encore douter ?

Juline ne retint pas Tristan. Elle avait besoin de réfléchir, de faire toute la lumière en elle. Elle était trop secouée pour prendre une décision. Mais elle savait que plus rien ne serait comme elle l'avait espéré à son retour d'Uzès.

* * *

Le lendemain matin, Tristan, n'ayant pas trouvé le sommeil de la nuit, se leva à l'aube. C'était dimanche. Ses grands-parents étaient déjà debout. Ils n'aimaient pas paresser au lit. Toujours réveillé avec le soleil quand il travaillait pour Philippe Ferrière, Robert avait l'habitude de préparer le café avant de se rendre à l'étable vérifier que tout était en ordre. Puis il partait dans les vignes examiner les ceps et décider des tâches à distribuer à ses ouvriers pour la journée.

Dans la cuisine, Robert semblait affolé.

— Que se passe-t-il ? s'inquiéta Tristan.

— Rien de grave, mais ç'aurait pu être pire ! Heureusement que le samedi, personne ne travaille à la carrière des Ferrière !

— A la carrière ! Il y a eu un accident ?

— Un éboulement. La falaise s'est effondrée hier soir, peu avant dix heures. J'ai bien entendu un bruit épouvantable, très sourd, mais je ne me suis pas douté de l'ampleur de la catastrophe.

Tristan se souvint d'avoir perçu un grondement peu avant de quitter Juline.

— C'était donc ça ! Moi aussi j'ai entendu. J'ai cru qu'il s'agissait du tonnerre.

Il se rendit immédiatement sur les lieux et constata amèrement les dégâts. Les jours précédents, les orages de fin d'été avaient déversé sur la région des pluies torrentielles. Les épisodes cévenols étaient fréquents de la mi-août jusqu'à octobre. Ils se traduisaient par des inondations dévastatrices. Les Gardons sortaient souvent de leur lit à une vitesse défiant l'imagination.

Une vaste coulée de boue s'épandait sur toute la surface de la carrière. Les éboulis pierreux s'étaient mélangés à l'argile déjà extraite. Les dommages étaient considérables. Il faudrait plusieurs semaines pour dégager le chantier et le remettre en exploitation.

Tristan leva les yeux vers le haut de la falaise. Ce n'était plus qu'un chancre évasé en forme de langue dégoulinante où les arbres et les buissons arrachés à la montagne se noyaient dans une gangue de terre rougeâtre.

Il songea tout à coup à la grotte dont il partageait jalousement le secret avec sa mère, et se dit que le glissement de terrain aurait pu en dévoiler l'entrée.

Quand il avait huit ou neuf ans, Marion lui avait révélé l'existence de cette caverne et lui avait demandé de n'en parler à personne.

— Quand j'étais jeune, lui avait-elle expliqué, j'étais très amoureuse d'un garçon qui, comme toi, aimait se promener seul dans la nature. Un jour, il m'a emmenée visiter une grotte qu'il avait découverte dans les bois de Val Fleuri. C'était son secret. Cette grotte renfermait sur ses parois des peintures magnifiques...

Marion n'avait pas précisé le nom du garçon. A l'époque, Tristan ne s'en était pas préoccupé et, avec le temps, il avait fini par oublier cette histoire. Puis, quand, à son tour, il s'éprit de Juline, il éprouva l'envie de partager avec elle ce qu'il avait de plus précieux. Il ne put s'empêcher de lui parler de la fameuse grotte de sa mère. Ensemble, les deux adolescents avaient recherché son entrée, sans succès, Philippe Ferrière ayant ordonné de l'obturer.

Tristan sortit de la carrière et s'engagea sur un chemin qui menait sur le plateau. De là-haut, il aurait une vue plongeante sur l'affligeant spectacle, sans risquer de s'enfoncer dans le fleuve de boue.

Quand il parvint à l'emplacement supposé du gouffre, il découvrit un paysage totalement bouleversé. Ce n'était qu'un chaos de roches emmêlées, de végétation déchiquetée. Force lui fut de constater que la montagne s'était à jamais refermée sur le secret de Marion.

* * *

Juline, convaincue par sa mère, décida, la mort dans l'âme, de renoncer à son amour pour Tristan. Elle lui téléphona pour le rencontrer à Val Fleuri avant de repartir à Uzès où son travail l'attendait le lendemain.

Tristan hésita. Revoir Juline serait un supplice de plus. Entre eux, tout était terminé. Il se sentait perdu et désemparé. Tout semblait s'effondrer autour de lui. Jusqu'à cette grotte qui avait sombré dans le néant, emportant dans les ténèbres le mystère de Val Fleuri.

Irène s'était retirée, par discrétion, ne souhaitant pas imposer sa présence. Elle n'avait pas eu besoin d'expliquer à sa fille le caractère inextricable de la situation dans laquelle elle s'était fourvoyée. Il lui avait suffi de lui dire ces simples paroles pour rendre la sentence implacable :

— Que tu le veuilles ou non, Tristan est mon petit-fils. Et toi, tu es ma fille !

Juline saisit la dureté des mots, l'effrayante évidence qu'ils induisaient. Irène n'avait pas prononcé le terme d'inceste, mais c'était lui qui s'était incrusté dans son esprit à la pensée qu'elle s'était donnée corps et âme à Tristan. Quand elle repassa sur l'écran noir de sa nuit blanche les moments d'extase, de jouissance vécus dans ses bras, quand elle ressentit ses mains sur sa peau, ses lèvres sur sa bouche, son corps sur le sien, elle éprouva un mélange d'excitation et de dégoût.

Tristan fit face avec courage. Il savait ce que Juline était sur le point de lui annoncer. En outre, lui-même avait la ferme intention de mettre fin à leur liaison. Il ne pourrait plus jamais la tenir tout contre lui sans songer qu'elle était sa tante, que sa mère était sa grand-mère.

Juline l'attendait dans le salon. La mine contrite. Comme le jour des obsèques de son père. Ils se saluèrent tels deux étrangers, évitant de s'approcher trop près l'un de l'autre. Elle l'invita à s'asseoir, lui servit une tasse de café.

— J'ai réfléchi toute la nuit, commença-t-elle. J'avoue que je ne suis pas parvenue à trouver le sommeil.

— Moi non plus, reconnut Tristan. Je suppose que tu as arrêté ta décision. Sache que de mon côté, j'ai décidé de…

Il avala sa salive. Le mot lui restait dans la gorge.

— … de nous séparer, termina Juline. C'est ce que je souhaite moi aussi. C'est plus raisonnable, en effet. Nous n'aurions jamais dû renouer. Notre relation s'était interrompue naturellement lorsque nos chemins avaient divergé il y a quelques années. Cela devait être inscrit. Nous avons eu tort de forcer le destin.

— Nous ne savions pas.

— Dès demain, nous reprendrons le travail comme si entre nous rien ne s'était passé. Ce ne sera pas facile, mais nous ne sommes plus des enfants. Nous y parviendrons. Le personnel ne doit s'apercevoir d'aucun changement.

Tristan, songeur, regardait Juline avec une profonde tristesse.

— Es-tu d'accord ?

Tristan hésitait.

— Tu ne dis rien !

— Je te donne ma démission, annonça-t-il sans détour. Je préfère partir pour que tout soit clair entre nous. Si nous restons à travailler côte à côte, nos relations risquent d'être faussées et d'en pâtir. Un jour ou l'autre, notre histoire ressortira et nous en souffrirons à nouveau. Pour le bien de l'entreprise, pour notre bien à tous les deux, il vaut mieux que je disparaisse.

Juline ne s'attendait pas à une telle décision. Sur le moment, elle ne trouva aucune objection à opposer.

— Je... je te comprends, finit-elle par admettre. C'est plus raisonnable, et très courageux de ta part.

— Demain, je ne retournerai pas à la faïencerie. Tu inventeras bien une justification à mon absence. Dis-leur que j'ai été débauché par une autre boîte et que j'ai succombé à l'appât du gain. Charge-moi plutôt que d'essayer de me fournir une excuse. Le personnel risquerait de t'en vouloir de m'avoir mis à la porte. Maintenant qu'il t'a acceptée, il serait dommage que mon départ te soit préjudiciable.

Juline était au bord des larmes. La générosité de Tristan la touchait au cœur. Elle se maîtrisa, s'essuya les yeux discrètement.

— C'est d'accord. Je leur expliquerai.

Ils se quittèrent sans un adieu, comme s'ils allaient se revoir le lendemain.

Il s'approcha d'elle.

Elle s'avança vers lui.

Ils se retinrent tous les deux.

Puis s'abandonnèrent une dernière fois, tombant dans les bras l'un de l'autre.

Le lundi matin, Juline reprit seule la route d'Uzès, le cœur serré, les yeux remplis de larmes. Elle savait que Tristan avait emprunté le chemin de l'exil.
Qu'il s'éloignait d'elle à tout jamais.
Qu'une autre vie commençait.

Epilogue

1966-1970...

Tristan était revenu chez ses grands-parents et les avait avertis qu'il partait entreprendre un voyage. Sur le coup, ni Robert ni Amélie ne comprirent la décision précipitée de leur petit-fils, mais ils se doutèrent qu'un événement grave s'était produit lors de sa visite à Val Fleuri. Par discrétion, ils ne lui demandèrent aucune explication. Tristan promit de prévenir sa mère et leur fit ses adieux le lendemain.

Quand il quitta Anduze, il ne put s'empêcher de songer qu'au même moment Juline regagnait Uzès. A la sortie de la ville, il prit la direction de Nîmes sans trop savoir où il allait, l'esprit encore encombré par sa discussion avec Juline.

Sa Simca 1000 flambant neuve, acquise quelques mois auparavant, semblait le conduire seule en direction de l'est. Plongé dans ses pensées, il roulait sans prêter attention à la route, sans voir les endroits qu'il traversait. Quand il passa le Rhône aux environs d'Arles, il se rappela son stage à Moustiers-Sainte-Marie, à la fin de son tour de France. Ce village ancré dans la terre de Provence, riche en traditions, lui était apparu comme un pays d'exception, jouissant depuis le XVIIe siècle d'une renommée internationale pour ses faïences réputées. Il s'y rendit sur-le-champ pour chercher du travail.

Il ne lui fut pas difficile de prouver ses compétences et son savoir-faire. Certes, les ateliers de céramique n'avaient pas la taille de l'entreprise qu'il avait quittée. Mais une structure artisanale ne lui déplaisait pas. Après quelques jours passés à visiter en touriste les différentes faïenceries de la commune, il trouva un emploi de décorateur dans une petite fabrique dont le fondateur avait participé au renouveau de la faïence de Moustiers depuis 1925.

Tristan se retrouvait dans son élément. Mais, s'il se donnait à fond à sa nouvelle tâche, il ne parvenait pas à oublier Juline qui hantait toujours ses rêves.

Celle-ci, de son côté, s'était rendue à la raison, ne pouvant en effet envisager une liaison avec un neveu, même si ce dernier était d'un an son aîné. Elle s'efforçait d'effacer cette tragédie de son esprit en dirigeant son entreprise sans états d'âme. De fait, elle se montrait parfois autoritaire et cassante envers le personnel qui, de nouveau, commençait à relever le menton.

Une année s'écoula. Avec le temps, la douleur s'adoucit lentement.

Lorsque Tristan revenait à Anduze voir ses grands-parents, il évitait le manoir de Val Fleuri, de crainte de rencontrer fortuitement Juline. Mais, comme à l'époque de leur première séparation, son cœur cognait dans sa poitrine quand il croisait dans les venelles de la petite cité cévenole une jeune fille qui lui ressemblait.

Il rendait visite à Marion assez fréquemment. Moustiers n'étant éloignée de Marseille que de cent trente kilomètres, deux bonnes heures en voiture lui suffisaient pour se retrouver sur le Vieux-Port.

Il ne s'était pas étendu devant sa mère sur les raisons de son départ précipité d'Uzès. Mais Marion avait aussitôt deviné qu'un différend l'avait opposé aux Ferrière. Elle ne lui avait posé aucune question, pensant que son fils souffrait intérieurement. Elle ne souhaitait pas raviver le feu qui se consumait en lui.

Un soir, pourtant, la discussion les amena à évoquer le passé et notamment l'existence d'Eduardo. Ils regardaient ensemble une émission à la télévision sur la Résistance pendant la Seconde Guerre mondiale. Marion avait toujours évité de parler devant Tristan de son défunt mari et de son rôle dans le maquis. C'était pour elle une période de douloureux souvenirs qu'elle n'aimait pas rappeler. De ce fait, Tristan connaissait mal ce qu'avait fait de glorieux celui qu'il considérait comme son père.

Devant les images qui défilaient sous leurs yeux, présentant le témoignage d'anciens résistants ayant survécu à leurs bourreaux, Marion ne put s'empêcher de regretter la fin tragique d'Eduardo.

— Ton père a été très courageux, lui confia-t-elle. Il n'a pas avoué sous la torture…

Tristan la coupa sèchement dans son évocation.

— Maman, il serait temps que tu cesses de me mentir !

— Mais je ne te mens pas, voyons. C'est la réalité. Pourquoi mentirais-je ? Ton père est mort en héros de la Résistance. D'ailleurs, je peux te montrer un document officiel qui l'atteste.

— Je ne mets pas ta parole en doute.

— Quoi alors ?

— Il s'agit de mon père. Eduardo n'était pas mon père ! C'est pourquoi je n'ai jamais porté son nom. Il y a longtemps que j'ai tout découvert. Je ne t'ai rien dit pour ne pas te chagriner. Mais, à présent, il faut mettre fin à ce mensonge. Je ne suis plus un gamin à qui l'on cache la vérité pour son bien.

Marion demeurait sans voix. Elle se demanda soudain si son fils avait percé le secret de sa naissance.

— Je connais le nom de mon vrai père, poursuivit Tristan. Damien Ferrière. Tu n'as jamais voulu me le dire pour des raisons qui t'appartiennent et que je respecte. Mais il est inutile de me mentir davantage.

Marion ne sut plus comment réagir. Devait-elle admettre ce que Tristan venait de lui apprendre ? Dans ce cas, un autre mensonge remplacerait le premier. Mais n'était-ce pas ce qu'elle avait toujours souhaité ? Que Damien soit le père de son enfant ? Ne le lui avait-il pas promis dans sa dernière lettre ?

— Je suis soulagée que tu aies découvert la vérité par toi-même, reconnut-elle. Je n'ai jamais eu le courage de te la révéler moi-même. Je craignais que tu le prennes mal. Damien Ferrière et moi, nous nous sommes beaucoup aimés jadis, depuis notre tendre enfance jusqu'à sa mort. Ni ses parents ni le temps écoulé n'ont pu étouffer les sentiments que je lui porte encore aujourd'hui dans mon cœur.

Marion s'épancha devant son fils, déversant sans retenue le flot d'amour et de douleurs qu'elle contenait en elle depuis plus de trente ans.

— Si tu m'avais parlé plus tôt, rien de ce qui m'est arrivé avec Juline ne se serait passé, lui dit Tristan. Je ne t'adresse aucun reproche, mais je veux que tu saches combien je souffre à présent de l'avoir perdue à jamais.

Marion ne comprenait pas les propos de son fils. Certes, elle avait deviné que Tristan aimait Juline Ferrière. Mais tant que personne ne lui affirmait que Damien était son père, il n'y avait aucune raison de s'y opposer. Elle seule connaissait la vérité sur sa naissance.

— Que s'est-il donc passé entre vous ?

— Quand sa mère a appris que nous nous fréquentions, elle nous a révélé que notre relation était impossible du fait que mon père est Damien, le frère de Juline. Voilà où mènent les mensonges ! Si tu ne m'avais pas trompé dès le début, je ne serais jamais tombé amoureux de Juline, ma tante !

Marion était effondrée. Le mensonge de Damien à ses parents, le sien à son fils avaient provoqué un drame dont Tristan et Juline, deux êtres innocents, étaient les victimes.

Elle devait réparer sa faute. Sans hésiter, elle s'exclama :

— Damien n'est pas ton père !

Tristan regarda Marion d'un air effaré.

— Qu'est-ce que tu me chantes à présent ? Tu viens de m'avouer le contraire ! Je ne sais plus quand tu mens ou quand tu dis la vérité. Que cherches-tu à dissimuler ?

C'était la première fois que Tristan parlait sur ce ton à sa mère. La colère, mais aussi la déconvenue emplissaient son esprit perturbé.

— C'est la vérité, mon chéri. Damien t'aurait accepté comme son fils s'il avait survécu. Il me l'a affirmé dans une lettre qu'il m'a envoyée du camp où il était prisonnier.

Marion alla dans sa chambre et, comme à Anduze, sortit du tiroir de sa table de chevet une enveloppe et une photo.

— Tiens, voilà la photo de Damien et sa lettre. Lis-la. Je ne te trompe pas. Il a également écrit à ses parents, pour leur révéler qu'il était le père de l'enfant que je portais. Il leur a menti pour mon bien. Pour qu'ils prennent soin de moi et de mon bébé. Mais Philippe Ferrière n'a pas voulu te reconnaître et m'a toujours tenu rigueur d'avoir aimé son fils.

Tristan lisait et relisait la déclaration de Damien. Tout s'éclaircissait dans son esprit. Ses premiers rapports tendus avec Philippe Ferrière, quand celui-ci avait appris par sa bouche qu'il était le fils de Marion Chassagne. Puis son étrange compassion à son égard quelque temps après. Il avait changé d'attitude, sans doute grâce à sa femme qui l'avait convaincu d'agir autrement avec le fils de son fils ! Enfin cette place privilégiée dans son entreprise jusqu'à voir en lui son digne successeur !

— Si Damien Ferrière n'est pas mon père, reprit Tristan, qui est donc mon père ?

— Je ne suis pas très fière de moi, mais je te dois la vérité, toute la vérité. Damien et moi, nous nous étions perdus de vue pendant sa période d'apprentissage à Limoges. De désespoir, je me suis donnée à un garçon au cours d'une aventure d'un soir. Je suis tombée enceinte. Tu es né neuf mois plus tard. Quand Damien est revenu de Limoges, il m'a pardonné. Tu connais la suite.

Tristan était stupéfait. Il n'avait jamais imaginé une telle histoire. Tant de mensonges autour de sa naissance. Tant d'amour contrarié.

— Alors, réagit-il, Juline et moi n'avons pas le même sang ! Elle n'est pas ma tante. Je ne suis pas son neveu !

— Bien sûr que non ! Tout est de ma faute, se morigéna Marion. Mais je vais la réparer sans tarder.

— Que comptes-tu faire ?

— Aller voir Irène Ferrière et tout lui dire.

— Elle ne te croira pas.

— Si. Je lui montrerai cette lettre, celle dans laquelle Damien me promet de te reconnaître comme son fils. C'est assez explicite pour qu'elle admette enfin la vérité : Damien a menti à ses parents par amour pour moi.

Tristan reprenait espoir.

— Quand partons-nous ? demanda Marion.

— Demain matin.

* * *

Avant de se rendre à Anduze, Tristan tint à passer à Uzès. Il parvint à convaincre Juline de l'accompagner à Val Fleuri avec Marion, sans lui révéler l'heureuse nouvelle que celle-ci avait à communiquer.

Marion s'exprima devant Irène, Juline et Tristan avec simplicité, humilité, avec des mots venant du cœur. Reconnaissant ses torts. Mais aussi avec l'amour qui l'avait toujours animée et qui l'habitait encore pour celui qui avait disparu.

Juline et Tristan l'écoutaient, main dans la main, enfin réunis, sous l'œil attendri d'Irène.

Depuis ce jour-là, ils ne se quittèrent plus jamais.

Tristan reprit très vite sa place dans l'entreprise Ferrière, secondant puis remplaçant Juline quand celle-ci dut se consacrer à leurs enfants. Ceux-ci portèrent le nom de leur mère. Tristan l'avait ardemment souhaité afin d'honorer et de perpétuer la mémoire de celui qui avait désiré être son père. Ainsi la dynastie des Ferrière fut-elle consolidée avec la naissance de Matthieu, de Thomas et de Lisa.

Quelques années plus tard, alors que les vases d'Anduze connaissaient une véritable renaissance grâce à l'implantation de plusieurs artisans dans la commune, ils décidèrent d'appeler la poterie créée par Philippe « Les Enfants de Val Fleuri », en souvenir de l'amour de Damien et de Marion, mais également du leur, de leur union qui fut sacralisée dans le temple de la petite cité cévenole.

Saint-Jean-du-Pin, le 21 mars 2018

Table des matières

Avertissement 7

PREMIERE PARTIE : DAMIEN ET MARION

1. Incendie	11
2. Une dynastie de faïenciers	25
3. La crise	38
4. La carrière	51
5. Nouveau départ	65
6. La fugue	79
7. La grotte	92
8. Le secret	106
9. Début d'apprentissage	119
10. Lendemains de grève	134
11. Désillusion	146
12. Détenus	161
13. Limoges	175
14. Prison de porcelaine	189
15. Un trop long exil	203
16. Déchirement	216

17. Le retour	231
18. Retrouvailles	245
19. La lettre	257

SECONDE PARTIE :
TRISTAN ET JULINE

20. Le mensonge	275
21. Nouvel espoir	289
22. Occupation	303
23. Résistants	316
24. Echec	329
25. Retour à la lumière	342
26. Furtive rencontre	355
27. Le cavalier noir	368
28. La vérité	381
29. La proposition	393
30. L'apprenti	406
31. Nuages	419
32. Une si longue attente	432
33. Une nouvelle vie	445
34. Deuil	460
35. Un nouveau départ	474
36. Confrontation	487
37. Retrouvailles	500
38. Illusions perdues	513
Epilogue	525

Faites de nouvelles rencontres sur pocket.fr

- Toute l'actualité des auteurs : rencontres, dédicaces, conférences...
- Les dernières parutions
- Des 1ers chapitres à télécharger
- Des jeux-concours sur les différentes collections du catalogue pour gagner des livres et des places de cinéma

POCKET
Un livre, une rencontre.

Composition et mise en pages
Nord Compo à Villeneuve-d'Ascq

Imprimé en Espagne par
Liberdúplex
à Sant Llorenç d'Hortons (Barcelone)
en janvier 2022

POCKET - 92, avenue de France - 75013 Paris

S31618/02